ハヤカワ・ミステリ文庫

〈HM⑤⑨-1〉

# 処刑台広場の女

マーティン・エドワーズ

加賀山卓朗訳

早川書房

8978

GALLOWS COURT
by
Martin Edwards

Translated by
Takuro Kagayama
First published 2023 in Japan by
HAYAKAWA PUBLISHING, INC.
This book is published in Japan by
arrangement with
WATSON, LITTLE LIMITED
through THE ENGLISH AGENCY (JAPAN) LTD.

ジョナサンとキャサリンに

# 処刑台広場の女

登場人物

レイチェル・サヴァナク……………………名探偵
ジェイコブ・フリント………………………クラリオン紙の記者
ウォルター・ゴマーソル……………………同編集長
トマス・ベッツ<br>オリヴァー・マカリンデン }…………ジェイコブの同僚
ドリー・ベンソン……………………………殺人事件の被害者
クロード・リナカー…………………………ドリー・ベンソン殺害犯
アルフレッド…………………………………クロードの兄。政治家
メアリ＝ジェイン・ヘイズ…………………殺人事件の被害者
ローレンス・パードウ………………………メアリ＝ジェイン殺害犯
スタンリー・サーロウ………………………スコットランド・ヤードの刑事
サー・ゴドフリー・マルハーン……………同総監補
アーサー・チャドウィック…………………同警視
フィリップ・オークス………………………同警部
レヴィティカス・シューメイカー…………私立探偵
ペイシェンス・ダウド………………………ジェイコブの下宿先の大家
エレイン………………………………………ペイシェンスの娘
ハロルド・コールマン………………………脱獄囚
ゲイブリエル・ハナウェイ…………………サヴァナク家の法律顧問
ヴィンセント…………………………………ゲイブリエルの息子
ウィリアム・キアリー………………………イナニティ劇場の舞台俳優
サラ・デラメア………………………………奇術師
マーサ…………………………………………サヴァナク家のメイド
トルーマン……………………………………同運転手
トルーマン夫人………………………………同家政婦
ジュリエット・ブレンターノ………………レイチェルの親戚の娘
サヴァナク判事………………………………レイチェルの父。通称“処刑台のサヴァナク”

# ジュリエット・ブレンターノの日記

一九一九年一月三十日

両親が昨日死んだ。

ヘンリエッタから知らせを聞いたばかり。彼女は眼に涙を浮かべて、わたしの腕に触れた。わたしは何も言わず、泣きもしなかった。アイリッシュ海から島に吹きつける強い風が、わたしの代わりに叫んでくれた。

ヘンリエッタの話では、ハロルド・ブラウンがロンドンからサヴァナク判事に電報を送ってきたそうだ。わたしの両親が、ほかの何千もの人たちと同じようにスペイン風邪にやられたと。苦しむ間もなく、ふたりは抱き合って安らかにこの世を去ったらしい。

まるでおとぎ話。ヘンリエッタがそんなことをまったく信じていないのは、声のうつろな響きでわかった。

わたしも信じていない。母と父は殺されたのだ。まちがいなく。

悪いのはレイチェル・サヴァナク。

# 1

「ジェイコブ・フリントがまたこの家を見てますよ」家政婦の声が苛立った。「もしかして何か……」

「知ってるわけない」レイチェル・サヴァナクが言った。「心配しないで。わたしがなんとかする」

「いけません！」年配の家政婦はたしなめた。「そんな時間はありませんよ」

レイチェルは姿見のまえでクローシュ帽を整えた。鏡のなかの慎み深い顔が視線を返してきた。彼女の神経の末端がピリピリしているなどと想像する人はいないだろう。判事も黒い帽子をかぶるときに、こんな感覚になったのだろうか（かつてイギリスの法廷で死刑を宣告する際に着用した）。

「時間は充分あるわ。車が来るのは五分後だから」

レイチェルは夜会用の手袋をはめた。トルーマン夫人は彼女にハンドバッグを渡し、玄関のドアを開けた。応接間から鼻歌が聞こえる。マーサが新型の自動蓄音機でドーシー・ブラザーズの曲をかけているのだ。ポンパドール・ヒールをはいたレイチェルは、コール・ポーターの『レッツ・ドゥ・イット』を口ずさみながら、短い階段を軽やかにおりていった。

霧が這うように広場に流れこみ、一月の冷気が頬を刺した。黒貂《くろてん》のコートを着ているのがありがたかった。街灯が汚れた灰色の風景を不気味な黄色に染めていた。レイチェルは小さな島で長年暮らしたので、海霧には慣れていた。海から紗幕のように波打って流れてきて、湿った大地に垂れかかる冬の霧には、奇妙な愛着がある。しかし、ロンドン名物のこの霧はまったく別物だ。煤や硫黄が混じって体に悪く、ライムハウス（イーストエンド《イーストエンド》の波止場地域）のごろつきのように人の息の根を止めることができる。脂っこい空気がレイチェルの眼に染み、ピリピリする刺激が喉を焼いた。それでも彼女は盲人が漆黒の闇を怖れないのと同様、汚れて粘つく空気の渦に悩まされることはなかった。今宵は無敵の気分だった。

影のなかから人の姿が浮かび出た。暗がりに眼を凝らすと、外套を着て中折れ帽をかぶった長身痩軀《そうく》の男が見えてきた。長いウールのマフラーをゆったりと巻いて、肩から垂らしている。足取りは潑剌《はつらつ》としているが、ぎこちない。呼び鈴を鳴らす勇気を奮い起こしているのだろう。

「ミス・サヴァナク！　日曜の夜にすみません！」その声は若々しく熱心で、悪びれる様子は微塵もなかった。「ぼくの名前は――」

「知っています」

「ですが、正式に紹介されたことはないので」中折れ帽の下からブロンドの髪があちこち飛び出していた。もったいぶって咳払いをしても、不器用さ《ゴーシェリー》は隠せない。二十四歳なのに、顔をごしごし洗ってさっぱりした小学生のような雰囲気だった。「ちなみにぼくは――」

「ジェイコブ・フリント、クラリオンの記者。わたしが報道機関に何も話さないことは知ってるはずよ」

「宿題はしてきました」彼は左右をすばやく見た。「ひとつ確かなのは、凶暴な殺人鬼がロンドンの街をうろついてるときに、レディが外出するのは危険だってことです」

「わたしはレディじゃないかもしれない」

ジェイコブの視線は彼女のダイヤモンドつきの帽子留めに張りついた。「あなたはどこからどう見ても――」

「外見じゃわからないものよ」

ジェイコブは彼女に身を寄せた。彼の肌からはコールタール石鹸がにおった。「かりにレディじゃないとしたら、なおさら気をつけないと」

「わたしを脅すのは利口な手じゃないわ、ミスター・フリント」

ジェイコブは一歩うしろに下がった。「どうしてもあなたと話したかったんです。このまえ家政婦にことづけた手紙を憶えていますか？」

もちろんレイチェルは憶えていた。彼がそれを預けるところを窓から見ていたのだから。あのときジェイコブは階段で待ちながら、そわそわとネクタイをいじっていた。レイチェル自身がドアを開けると思うほど世間知らずでもあるまいに。

「すぐに迎えの車が来るの。だから取材を受けるつもりはありません。とりわけ霧に包まれた舗道なんかでは」

「ぼくは信用できますよ、ミス・サヴァナク」

「冗談でしょ。あなたは記者よ」

「いや、本当に。ぼくたちには共通点がある」

「どこに？」レイチェルは手袋をはめた手でひとつずつ指摘していった。「あなたはヨークシャーで見習い記者になって、去年の秋、ロンドンにやってきた。アムウェル・ストリートに下宿していて、家主の娘から体と引き換えに結婚を迫られるんじゃないかと心配している。野心家なので、ちゃんとした新聞ではなく、クラリオンの醜聞あさりの連中に加わった。編集長はあなたのしつこさには感心しているけれど、無分別には頭を悩ませている」

ジェイコブは息を呑んだ。「どうしてそれを……？」

「あなたは犯罪に病的な興味を抱き、このまえのトマス・ベッツの事故を、不運な出来事ではあるけれど絶好の機会ととらえている。クラリオンの主任犯罪報道記者が瀕死の状態になったことで、出世のチャンスが訪れたと」彼女はそこでひと息ついた。「己の野望には気をつけることね。ウォール街が崩壊するなら、なんだって崩壊しうる。前途洋々たる将来がふいになったら、悔やんでも悔やみきれないでしょう、トマス・ベッツみたいに」

ジェイコブは頬に平手打ちをくらったかのようにたじろいだ。話しはじめた声はかすれていた。

「さすがはコーラスガール殺害事件を解決した人だ。名探偵ですね。警察を恥じ入らせただけのことはある」

「手紙を送りつけておいて、わたしが何もしないと思ったの？」

「ぼくのことをそこまで調べてもらって光栄です」ジェイコブは思いきって笑みを浮かべ、歯並びの悪いところを見せた。「それともその輝かしい知性で、ぼくのマフラーの結び方が雑だとか、靴が汚れてるといったことから、いまのすべてを導き出したんですか？」

「記事を書くならほかの人を見つけなさい、ミスター・フリント」

「醜聞あさりと呼ばれたことを知ったら、うちの編集長はショックを受けるだろうな」彼は落ち着きを失ったときと同じくらい早く取り戻した。「クラリオン紙は一般大衆に声を与えるんですよ。最新のスローガンは〝読者は知る必要がある〟で」

「わたしについて知る必要はない」

「手持ちの資産は別として、あなたとぼくはさほど変わりませんよ」ジェイコブはにやりとした。「どちらもロンドンに来たばかりだし、好奇心旺盛で、ラバみたいに頑固だ。コーラスガール事件を解決したということは否定しませんでしたね。なら最新の話題の事件についてどう思います？　コヴェント・ガーデンで惨殺された気の毒なメアリ＝ジェイン・ヘイズのことは？」

ジェイコブはそこで黙ったが、レイチェルは空白を埋めなかった。

「メアリ＝ジェイン・ヘイズの首のない死体は袋に入っていた。頭部は見つかっていない」ジェイコブは小声で言った。「詳細は残酷すぎてとても新聞には書けません。彼女はまっとうな女性だった――だからうちの読者は夜眠れなくなる。あんな目に遭ってもしかたない女性ではなかったから」

レイチェル・サヴァナクの顔は陶器の仮面のようだった。「女性がその人にふさわしい扱いを受けることなんてある？」

「この狂人はひとりではやめません。それが彼らの習性です。だからほかの女性に被害が及ぶまえに、なんとしても裁判にかけないと」

彼女はじっと相手を見た。「あなたは裁判というものを信じてるの？」

ロールス・ロイス・ファントムのつややかな車体が汚れた茶色の霧のなかから現われ、若者は轢かれそうになって飛びのいた。車はレイチェルの横に停まった。

「ではこれで、ミスター・フリント」

身長百九十センチを超える肩幅の広い男が車から出てきた。後部座席のドアを開けた彼に、レイチェルはハンドバッグを渡した。ジェイコブ・フリントは男にちらっと怯えた視線を送った。運転手のお仕着せよりヘビー級ボクサーのガウンのほうが似合いそうだ。服のボタンが警告灯のように光っていた。

ジェイコブは軽く会釈した。「報道から逃げてもいいことはありませんよ、ミス・サヴァナク、ぼくが記事を書かなかったら、もっと無遠慮な誰かが書くだけだ。ぼくにスクープをくださいよ。後悔はさせません」

レイチェルは彼のマフラーの両端をつかんで引っ張り、きつく首に巻きつけた。不意をつかれたジェイコブは、あっと声を発した。

「わたしは後悔なんかで時間を無駄にしないの、ミスター・フリント」彼女はささやいた。

そしてマフラーを放すと、トルーマンからハンドバッグを受け取り、ファントムの後部座席に乗りこんだ。車はすべるように夜のなかへ走り出した。レイチェルは、ジェイコブ・フリントが首をさすりながら闇に消える車を見送っているところを意識した——彼は利用できるだろうか。欲しがっている記事のネタを与えるのは危険だろうが、これまで賭けを怖れたことはない。わたしにはそういう血が流れている。


「あの若者が面倒を起こしたとか？」トルーマンが送話管を通して訊いた。

「大丈夫。何か知ってたら、もらしてたはずだから」

後部座席の彼女の隣には、ワインレッドのビロードの座面を傷つけないように薄紙を巻いた包みが置いてあった。レイチェルは紙をむき取って制式のリボルバーをあらわにした。それがウェブリーの四五五口径マークⅥであることがわかるくらいには、火器のことを学んでいた。グリップの網目模様とニッケルメッキが目立つが、足のつかない銃かどうか尋ねる必要はなかった。トルーマンの配慮は行き届いている。ワニ革のハンドバッグの口を開いて、銃をなかに入れた。

ユーストン駅に向かうにつれ、舗道には一般の通行人より制服警官のほうが増えてきた。

女性はひとりも歩いていない。コヴェント・ガーデンの殺人鬼が野放しになっているいま、よほどの理由がないかぎり、霧のロンドン中心部をうろつきたい人はいない。大気には汚臭さながら恐怖が満ちていた。

前方に駅入口のドリス様式のアーチが、ぬっと現われた。滅びた文明のグロテスクな記念碑だ。レイチェルは腕時計を見た。六時十分前。霧はあったが間に合った。

「ここで停めて」

彼女は車から飛びおり、敷石に靴音を響かせて駅に急いだ。駅構内の軽食堂の明るく青い光のまわりには人が群がっていた。レイチェルは手荷物預かり所に歩いていった。スタンリー・ボールドウィン（貴族の実業家。二十世紀前半に三度、イギリス首相を務めた）に驚くほどよく似た年配の男性が、相手もいないのに大声で文句を言っていた。彼が杖を振っている先には、大きな厚紙に黒い大文字でこう書かれていた。

**閉鎖中。再開は追って通知**

レイチェルはアルフレッド・ヒッチコック監督の映画『恐喝』の黄色いポスターの下で立ち止まった。あとは待つだけだ。不運なハエが引っかかるのを待つ優雅なクモのように。

六時ちょうど一分前、ローレンス・パードゥが歩いてくるのが見えた。背が低くでっぷり太った男で、カシミアの外套を着て山高帽をかぶっている。安っぽいベニヤ板の箱を、ドレスデンの陶器が詰まっているかのように大事そうに抱えていた。棍棒を持った盗人に襲われそうといった態度で、眼をしきりにあちこちに向けている。

レイチェルは、彼が手荷物預かり所に近づいてくるのを見つめた。厚紙から二メートルほどのところまで来て、パードゥはようやく表示に気づいたらしく、はっと息を呑んだ。木箱を地面に置き、ポケットからハンカチを取り出して額の汗をふく。群衆のなかからたくましい巡査が出てきて、つかつかと彼に近づいた。レイチェルは一歩踏み出した。巡査がパードゥに何か耳打ちした。

パードゥはどうにか見苦しい笑みを浮かべた。大丈夫です、お巡りさん、お気遣いはありがたいが助けは必要ありませんと言っているかのようだった。巡査は離れ際に木箱を一瞥し、明るくうなずくと、背を向けて去った。パードゥは安心して体の力を抜いた。いまので気が動転して、あわてて逃げ出すだろうか？　彼は病人だ。心臓発作を起こして倒れてもおかしくない。

否。起こさなかった。パードゥは一瞬ためらったのち、木箱を拾い上げて出口に向かった。それがレイチェルの引き返す合図になった。彼女はパードゥの二倍の速さで動いた。

駅の外に出ると、霧が濃くなっていたが、ロールス・ロイスの輪郭はまちがえようがない。トルーマンが後部座席のドアを開け、レイチェルは乗りこんだ。窓越しに見ると、パードゥが荷物の重さによろめきながら、灰色の夜のなか、フェンダーが黒い臙脂《えんじ》色のファントムを探していた。

トルーマンが何も言わずに進み出て、パードゥの木箱を取り上げ、トランクに入れて、車内に入るように彼に手を振った。

パードゥは車に入り、ドアが閉まったところでレイチェルに気づいた。額に汗をかき、息を荒らげていた。顔は熟れすぎたプラム色だった。五十がらみで、運動には慣れていない。いつも誰かがものを取りに行ったり、運んだりしてくれるからだ。レイチェルはやさしく微笑んで、肝腎なときまでこの人が死なないようにと祈った。

「こんばんは、ミスター・パードゥ」

「こ……こんばんは」暗号文を読み解こうとするかのように、眼を細めて彼女の顔を確かめた。「ひょっとして……ミス・サヴァナク？」

「家族と似ているところがあります？」

「ああ、ええ。わずかにですが、もちろん……立派なかたでした、亡くなられた父上は」

絹のハンカチを取り出して、汗ばんだ額をふいた。「サヴァナク判事……本当に惜しいかたを亡くした」

「動揺してるみたいね」

パードウは咳払いをした。「すみません、ミス・サヴァナク。なんというか……このところつらいことが多くて」

彼はレイチェルの考えを読もうとしてか、眉間にしわを寄せた。そんなことをしても無駄だった。自分の運命は知りようがない。

トルーマンが車のエンジンをかけた。レイチェルは手をハンドバッグに置いた。ファントムのエンジンはきわめて静かなので、パードウの頭のギアが入って歯車がまわる音すら聞こえそうだった。

車がトッテナム・コート・ロードに入ると、パードウが言った。「これからどこへ？」

「サウス・オードリー・ストリートよ」

「まさか私の家に？」彼は当惑した。

「そう、あなたの家よ。言われたとおり、家で働く人たちに今晩はいなくていいと伝えたでしょうね？」

「信頼する友人から、ユーストン駅に行って手荷物預かり所に……あるものを預けるようにと指示する手紙が来たのです。この車が迎えに来るから、乗って若い女性に会うようにと——それがあなただとは知らなかった、ミス・サヴァナク。その女性が友人のところへ連れていってくれると書いてあった。なぜ家にいる者たち全員を外出させたいのかは、説明がなくて……」

「ごめんなさいね」レイチェルは言った。「その手紙を送ったのはわたし」

パードゥの眼に恐怖が燃え上がった。「ありえない！」

「ありえないことなんてない」彼女は静かに言った。「肝に銘じておきなさい、たとえそれがあなたの最後の仕事になっても」

「理解できない」

レイチェルはバッグからリボルバーを取り出し、パードゥの脇腹に銃口を押しつけた。

「理解する必要はないわ。もう黙って」

パードゥの書斎には、鼻につんとくる艶出しのにおいが満ちていた。ドアはひとつで、窓はない。唯一の明かりは金の燭台で燃える蠟燭の光だけだった。大きな振り子時計の時を刻む音が不自然に大きく聞こえた。パードゥはロールトップデスクのまえに坐り、背を丸めていた。両手は痙攣を起こしたように震えている。机の上にはペン一本と、何も書かれていないフールスキャップ紙数枚、封筒二枚に、黒いインクの壺があった。

置いてあった。

トルーマンは革張りのウィングバックチェアに坐り、右手に銃、左手に刃が光る肉切りナイフを持っていた。足元にはコダックのブローニー・カメラ。床には熊毛の敷物が広がっている。そのまんなかに、パードウがレイチェルに銃でうながされて運びこんだ木箱が置いてあった。

レイチェルはハンドバッグに手を入れて、チェスの駒を取り出した。黒のポーンだ。パードウは低くうめいた。彼女は机に近づき、その駒をインク壺の隣に置いて、フールスキャップ紙と封筒を一枚ずつ取り、自分のバッグに入れた。

「どうしてこんなことをするんです」パードウはまばたきして涙を押し戻した。「隣の部屋にはミルナー金庫がある。組み合わせの数字は……」

「どうしてわたしがあなたの財産を盗まなきゃならないの？　いまでも使い途《みち》に困るほどあるのに」

「ならば……何が望みなんです？」

「殺人の自白書を書いてもらう」レイチェルは言った。「文言については心配しないで。わたしが一言一句指示するから」

パードウのふっくらした両頰から最後の血色が消えた。「殺人の自白？　頭がおかしくなったのでは？」

トルーマンが椅子で身を乗り出した。脅しをたっぷり含んだ動きだった。レイチェルは銃をパードゥの胸に向けた。

「お願いだ」パードゥは、喉をうがいのように鳴らした。「父上はこんなことは望まな——」

「判事は死んだわ」レイチェルは微笑んだ。「でもわたしは、物事をドラマチックにする趣味を受け継いでいる」

「わ……私はもっとも忠実な——」

「最後にあなたが署名したら、わたしたちはここから出ていく。あなたは部屋の鍵をかけ、鍵は穴に挿しっぱなしにしておく。机のいちばん下の抽斗《ひきだし》——留め具は壊れてる——に弾がひとつだけ入った銃がある。それをこめかみに当てるなり、口にくわえるなり、好きにして。手っ取り早い終わり方よ。もうひとつの方法よりはるかに望ましい」

パードゥは生体解剖をする者のまえに出たモルモットのように体をよじらせた。「私に自殺を命じるなんて無茶だ！」

「それが最善の道よ」レイチェルは言った。「あなたはすでに死の宣告を受けている。ハーレー街（一流の開業医や医学関係者が多く住むロンドン中心部の通り）のお友だちには余命どのくらいだと言われた？　せいぜい半年？」

パードゥは驚いて眼をぱちくりさせた。「どうしてそれを！　誰にも言ってないのに。サー・ユースタスがもらすわけはないし……」

「サー・ユースタスの診断結果を思い出しなさい。これは彼が予言した長い苦痛から逃れるチャンスなの。一発の弾を無駄にしないで」

「だが……なぜ？」

「ジュリエット・ブレンターノに起きたことを知ってる？」

「なんの話だ？」パードゥは眼をぎゅっと閉じた。「わからない」

「そう。あなたはわからないまま墓に入るの」レイチェルはトルーマンに合図した。トルーマンはナイフの切っ先を年上の男の喉に向けた。

「やらなきゃいけないことを、ずるずる引き伸ばさないで」レイチェルは言った。「すぐ終わるということを慈悲だと思いなさい。六十秒、わたしたちが部屋を出てからそれだけあげる。それ以上は認めない」

パードゥは彼女の眼をのぞきこみ、見えたものにぶるっと身を震わせた。

そして長い沈黙のあと、しわがれ声で言った。「わかった」

「ペンにインクを吸い上げて」

ゆっくりと、パードゥは言われたとおりにした。

「さあ、書きなさい」彼女はソフトノーズの弾を相手の脳に撃ちこむように、一語一語をゆっくりと伝えた。「〝私はメアリ＝ジェイン・ヘイズを彼女のマフラーで締め殺し、弓鋸で切断した。あれは私ひとりの犯行で……〟」

## 2

ジェイコブ・フリントは徒歩で家に向かった。歩くことが考えを整理するのに役立った。待ちに待ったレイチェル・サヴァナクとの会話で、頭のなかには新たな疑問が渦巻いていた。知りたい答えがたくさんあったのだが。

落胆に押しつぶされそうだった。それは背中にのった大きな岩のように重かった。取材力には自信があったし、暇さえあれば『英国著名裁判』を熟読して、交互尋問のテクニックも学んでいる。この日の午後は、寝室の鏡のまえで下稽古までしたのに、本人と向き合うと、そうした準備はなんの役にも立たなかった。彼の質問を無意味な雑談に変えてしまったレイチェルの冷たく射貫くような視線を思い出して、ジェイコブは己の不甲斐なさに顔が熱くなった。

何がわかったか？　メアリ＝ジェイン・ヘイズの殺害については、何ひとつわからなかった。女性を絞め殺して首を切断し、頭部をどこかへ隠すような非道な男の捜索に加わっている刑事をジェイコブはひとり知っていた。友人であるそのスタン・サーロウがもらした話によると、スコットランド・ヤード（ロンドン警視庁本部）は、あのコヴェント・ガーデン殺人事件にレイチェル・サヴァナクが興味を示すのを期待しているという。レイチェルは最新の殺人事件について彼女なりの推理をしているのかもしれないが、なんのヒントも与えてくれなかった。夢見ていたスクープ記事はまだ月ほども遠いままだった。

　アムウェル・ストリートに曲がりながら、ジェイコブは時間を無駄にしたわけではないと自分に言い聞かせた。いっとき恥ずかしい思いはしたが、レイチェル・サヴァナクの注意深さが徹底していることはわかった。タイムズ紙の社説かと思うほど入念なことば遣いでしたためた手紙が功を奏して、彼のことを調べ上げていたではないか。エレイン・ダウドに結婚を迫られていることまで知っていた。

　ただコメントを拒否すればいいだけなのに、なぜそこまでする？　マウント・プレザントの巨大な郵便局のまえを歩いていたときに、暗闇を貫く懐中電灯の光のように突然答えが閃いた。

　あれは良心が咎めている証拠だ。レイチェル・サヴァナクは何か隠している。

　ジェイコブの家主のダウド夫人は、家を番地の数字で呼ぶことを拒み、亡き夫にちなんで〈エドガー館〉と名づけていた。エドガー・ダウドは、先の大戦のツェッペリン飛行船による無音空襲の爆弾に当たって死んでいた。羽振りのいい会計士だったので、妻と若い娘が快適に暮らせる蓄えを遺したが、ダウド夫人の資金は時とともに減ってきた。減る勢いは彼女が愛好するフランス製の高級服とロンドンのジンへの出費で加速して、ついに家計をやりくりするために下宿人を入れることにしたのだった。

ジェイコブのクラリオン社の同僚で、以前ここに住んでいたオリヴァー・マカリンデンから、エドガー館はフリート街（多くの新聞社の本社がある）に近いし、家賃も驚くほど安いぞと勧められた。ダウド夫人は〝いい借り手〟と見なす若い男たちの家賃を気前よく割り引いてくれるのだ。その代償としてジェイコブは、夫人のとめどないおしゃべりとあからさまな結婚の仲介に耐えなければならなかった。

これだけ家賃が安いのに下宿人はジェイコブだけで、ダウド夫人は娘のエレインとの夕食にしつこく彼を誘った。長年、娘が地元の裕福な服地屋のにきび面の息子と仲よくなることを後押ししてきたが、ほとんど進展はなかったというのがジェイコブの読みだった。

〝オイリー〟・マカリンデンとくっつけようという試みもうまくいかなかった。もっとも、オイリーの趣味に女性は含まれないようだが。エレインは最近までつき合っていた愛しの君を断じて母親に紹介しなかった。どうやら相手は既婚者で、秘密にするしかなかったのだろう。彼女がもらした話は、ジェイコブがロンドンに来る直前にその男と別れたということだけだった。おそらく彼が妻を捨てるのを待つのに疲れたのだ。お母さんの言うことは正しかった、そろそろ身を固めるときだ、と決意したのかもしれない。しかし、世の中で名をなしたい若い記者は、アムウェル・ストリートでスリッパをはいてパイプをくゆらす生活よりはるか先の地平を見ていた。

ジェイコブは三階の自分の砦にまっすぐ駆け上がるつもりだったが、台所のドアがいきなり開いて足止めをくらった。ソーセージを焼くにおいが漂ってきて、すぐあとからダウド夫人が出てきた。昔は色っぽい体つきだったのだろうが、いまはただ大きくて肉が波打っている。夕食を作る家主に似つかわしくないシフォンドレスの深い襟ぐりがやたらと眼を惹いた。

「お帰りなさい、ジェイコブ！　霧も寒さもひどい夜よね！　わたしたちといっしょに食べない？　あったまるわよ」

ジェイコブはためらった。においがたまらない。「ありがとうございます、ミセス・ダウド」

夫人は太い指を振った。「何度言えばわかるの？　わたしの名前はペイシェンス。忍耐《ペイシェンス》なんて柄じゃないけどね」

胃がグルグル鳴って、ジェイコブは降参した。それに、エレインは愉しい話し相手だ。もしかすると、レイチェル・サヴァナクのことを忘れさせてくれるかもしれない。

＊

「女性の友だちとはうまくいったの？」エレインが暖炉で両手を温めながら訊いた。

「話してくれなかった」

「嘘でしょ！　こんなに素敵な男性なのに？　いったい何を考えてるんだか」

ふたりは客間にいた。その小さい部屋にいるのは彼らだけで、エレインが職場の花屋から持ってきたヒヤシンスが彩りを添えていた。ダウド夫人は、きちんと片づいた台所に引きあげるという見え見えの戦略を用いた。若いふたりを見張る仕事は、マントルピースの上の亡夫――口ひげをたっぷり蓄えた厳めしい顔――にまかせたのだ。彼の額入りの写真が誇らしい位置を占め、その左右には、遠い昔に家族が休暇をすごしたディールやウェストクリフの色とりどりの小さな土産物が並んでいる。ジェイコブは紅茶をひと口飲み、仕事のことをエレインに気軽に話すのではなかったと後悔した。ついやってしまったのだ。ロンドンに来てから、新たに得た仕事に身も心も捧げていた。たまにではあれ長い手紙を、ヨークシャー州アームリーにいる寡婦の母親に書くことはあったが、クラリオンで欠くべからざる人材になるために日夜努力しているので、新しい友だちを探す時間はないに等しかった。

エレインは燃えるような赤毛で、そばかすがあり、色目を使う。最初は挨拶を交わす程度だったのが、徐々に友情に変わり、ついにある日、彼女が大の芝居好きであることを知っている花屋の得意客のひとりからイナニティ劇場のチケットを二枚譲り受けたので、と誘われることになった。エレインとジェイコブは、劇場でシンドバッドと姉妹たちといっしょに歌い、空飛ぶフィネガン一家《フライング・フィネガンズ》の綱渡りの芸にハラハラし、ヌビアの魔法と神秘の女王ネフェルティティの奇術に息を呑んだ。ネフェルティティは美しかったが、ジェイコブは舞台上の彼女のしなやかな動きにうっとりしながらも、エレインの引き締まった体が誤解の余地なく横から押しつけられるのにも同じくらい興奮した。

その後、彼はエレインをリージェント劇場に誘って、エドガー・ウォーレス作の『密告者』を鑑賞し（そのときエレインは、シンドバッドとネフェルティティに加えて今度はどうしてもバーナード・リーのサインが欲しいと言って、楽屋待ちをした）、映画も二本観た。エレインがあまりにも熱心に彼自身と彼の仕事に興味を示すので、ジェイコブはうれしくなり、このまえの夜、ダウド夫人が寝室に引きあげたあとで、レイチェル・サヴァナクに関するスクープで調査報道記者としての名声を確立したいという野望を打ち明けたのだった。エレインにキスをすると、彼女は熱く応えた。その熱意にジェイコブはクラクラし、彼女の憧れの人、アイヴァー・ノヴェロとまちがわれているのではないかと思った。既婚の恋人からひとつふたつ学んだことがあったようだ。エレインの健康的なイギリスふうの顔立ちは、ネフェルティティの彫刻芸術のような輝かしい洗練には欠けるけれど、未来に希望を感じさせる線を描いている。エレインは彼のイングランド北部の訛りが大好きで、聞くと胸がドキドキすると言っていた。

結婚指輪をつけるまで体は許さないとエレインが主張することはなさそうだったが、ジェイコブは、彼女を妊娠させて道義上結婚しなければならなくなるのが怖かった。ダウド夫人は折に触れて、女性は二十三歳にもなればすっかり妻と母になる準備ができていると仄めかしていた。ジェイコブに忍び寄る不安は、家族に記者を迎え入れるという夫人の冗談めかした発言と、それに続くぞっとするほどこれ見よがしのウインクで、警戒警報に変わった。エドガー館で幸せな家庭を築くという見通しは、ジェイコブにとって終身刑のようなものだった。〝ただの仲よし〟の関係にとどまるほうがいいに決まっている。

「信じられないだろう？　ぼくもそう思う」

エレインは笑って、長椅子の彼の隣に腰かけた。ふたりはごくわずかな緩衝地帯を隔てて坐っている。「彼女、婚約者がいるとか?」

「ぼくが知るかぎり、いないよ」

「それでも一流記者? わたしの考えを言いましょうか。彼女は謎の女を演じたいんだと思う」

「演じてるとは思えないけどな」

「話を聞いてると、あなたに魔法をかける魔女みたいだけど。さあ、もっと話して。わたしにライバルがいるなら、何もかも聞いておきたい!」

ジェイコブは、まいったというふうに両手を広げた。「本当にあまり知らないんだ。誰も知らない」

「逃げられると思ったら大まちがいよ、ジェイコブ・フリント。わたしは馬鹿じゃない。さあ、秘密を明かして!」

ジェイコブはため息をつきそうになるのをこらえた。たしかにエレインは馬鹿からほど遠い。簡単にあきらめる女性でもない。レイチェル・サヴァナクに対する興味をかき立てたのは大失敗だった。

「最初に彼女の名前を聞いたのは、知り合いの刑事からだった。ある晩、スタン・サーロウと一杯やりながらコーラスガール殺害事件について話していたときに、彼の口が軽くなったんだ」

エレインは顔をしかめた。あまりにも暗いニュースばかりなので、もう新聞は読まなくなったと言っている。ウォール街が破綻し、恐慌が迫っていて、世界はむちゃくちゃになり、庶民はそのどれに対しても何もできない……。

「それはあの気の毒な……」

「そう、ドリー・ベンソンだ。絞め殺されて……凌辱された。犯人は自殺したらしいね、とぼくが言ったら、サーロウがその話をしてくれた。レイチェル・サヴァナクと名乗る女性が突然スコットランド・ヤードにやってきて、犯人の名前を知っていると言ったそうだ。警察はすでにドリーの元婚約者を逮捕して、殺人容疑で起訴していた。レイチェル・サヴァナクは高名な判事の娘だ。でなきゃ門前払いをくらってた。素人探偵で、おまけに若い女性だ。誇り高い警官がまじめに取り合うわけがないだろう？」

エレインは彼の腕をなでた。「女性を見くびっちゃだめよ」

「レイチェル・サヴァナクは、殺人があった夜のクロード・リナカーの行動をどうか調べてほしいと言った。リナカーは裕福な美術愛好家、現役閣僚の弟で、自分のことを芸術家だと思ってる。ウォルター・シッカートの作品を褒めたたえ、同じように禍々しい死に興味を抱いていたものの、シッカートのような才能はなかった。ドリーが働いていた劇場の理事会に所属し、彼女を直接知っていた。ドリーは当時のボーイフレンドを袖にして、億万長者とつき合いはじめたと友人たちに自慢していた。レイチェルは、ドリーのその恋人はリナカーだったと主張した。ドリーが身ごもったせいでリナカーが暴力をふるうようになったというのが、彼女の見立てだった」

「本当に身ごもってたの？」

「ああ。ドリーは妊娠してた。警察はその情報を公にしてなかったけどね。それでもレイチェルの推理は少々乱暴に思えた。捜査にぜひ協力したいという熱意は示していたけど、ヤードの上層部は、彼女がリナカーに恨みを抱いているんだろうと考えた。たぶんリナカーに拒絶されて仕返ししたいのだ、彼女はただの詮索好きで時間があり余っているんだろう、とね。そこでレイチェルに丁重に感謝して、お引き取り願った。ところがその二十四時間後、リナカーがストリキニーネをのんだ。馬一頭を殺せるほどの量をね。人間などひとたまりもない」

「なんてこと」エレインはぶるっと震えた。「自白書が残ってたとか？」

「いや、でも警察の捜査で、チェルシーの彼の自宅から決定的な証拠が見つかったんだ。死んだ女性の髪の房が半ダースほど煙草ケースのなかに入っていた。アトリエには描きかけのドリーの裸体画があって、そこに猥褻なことばが書き殴ってあった」

「つまり、あなたの友人のレイチェルが正しかったの？」

「友人じゃないよ。警察は彼女がリナカーに送った電報も見つけた。ふたりが電話でした会話に触れて、レイチェルが彼の家を訪ねるという内容だった」

エレインは眼を見開いた。「リナカーが万事休すと感じて自殺したように聞こえるけど」

「かもしれないよ。レイチェルが死因審問に呼ばれて証言することはなかった。医学的証拠から心神喪失だろうということになり、評決は自殺だった。リナカーの兄が手をまわして、報道機関は黙らされた。ドリー・ベンソン殺害の容疑をかけられていた男は釈放され、こうして捜査はひっそりと終了した。ぼくはサーロウからこの情報を仕入れたあと、トム・ベッツに事件のことを尋ねて——」

「トム・ベッツって、このまえ車に轢かれた人？」

「ああ、気の毒にね。うちの主任犯罪報道記者だ。彼はぼくの話を聞いても驚かなかった。レイチェル・サヴァナクがリナカーを殺人者だと名指ししたこともすでに耳にしてた。誰も公式取材には応じてくれなかったけどね。リナカーの兄は首相の右腕だ。かなり権力がある」

「だからほかの記者はこの話を記事にしようと思わないのね？」

「ああ、たとえ同じ噂を聞いてたとしてもだ。だけど、トムはレイチェルに興味を持った。なぜ彼女は探偵を演じたがるのか、そしてなぜリナカーを疑うに至ったのか。彼女は現代美術の蒐集家だから、その関係でリナカーのことを聞きつけたのかもしれない。リナカーは大口を叩くことで有名だったから、ひょっとすると自分のほうから何かもらしたのかも」

「あら」エレインは馬鹿にしたように笑った。「だとしたら、レイチェル・サヴァナクはそんなにすぐれた探偵でもないんじゃない？」

「犯罪者が決してまちがいを犯さないなら刑務所は空っぽだよ。レイチェルが正しくて、ヤードがまちがってたのは事実だ。クラリオンにとってどれほどの特ダネになったか、想像してごらん。けど彼女はトムの取材の申しこみを無視した。わが社には彼女の写真すらなかったんだ。だからトムはぼくにゴシップ欄の記事を書かせた。そこで彼女の名前を出せってね。とにかく彼女を引っ張り出したかったが、もとから見込み薄だ。なんの成果もなかった。トムはまだこの件を掘り下げてる最中に車にはねられた。そしてロンドン中央部でまた別の女性が無残に殺された。ぼくはレイチェル・サヴァナクが首を突っこんでくるだろうかと思った。友人のサーロウによると、ヤードもそう思ったらしい」

エレインは彼をちらっと見た。「ふたつの事件はつながってないんでしょう？」

「つながってるわけないだろう？　でも、彼女が犯罪にことさら魅了されるなら……まあ、トムとはそりが合わなかったみたいだけど、ぼくが話したらどうだろうと思ったんだ」

「でも嫌味を言われて追い払われた？　安息日に気の毒な女性につきまとったんだから、当然よね」エレインはくすっと笑った。「彼女、きれいなの？」

「まあね」ジェイコブは慎重に答えた。「好みにもよるけど」

「男の人がひと目惚れしたときの言いわけに聞こえる」エレインはわざとらしくため息をついた。「だったら続けなさいな。あなたがきれいな顔に抵抗できないことはわかってる。ネフェルティティ女王にメロメロになったの憶えてる？」

「メロメロになんてなってないよ！」

「ご冗談を。とにかく、その妖婦セイレーンについて、すべて知りたいの。どんな人？」

「もし判事として裁判に出たら、被告席の悪党をひとり残らず葬り去るだろうね」

「でも、きれいなの？」

ジェイコブはその質問を、ラグビー選手がフルバックのタックルをかわすようにはぐらかした。「少なくとも、サヴァナク家の鼻は受け継いでいない。サヴァナク判事が裁判長になったときには、パンチ誌が漫画で長い鉤鼻を馬鹿にしてたからね」

「判事については聞いたことがないわ」

「〝処刑台のサヴァナク〟と呼ばれてたよ。厳しいことで悪名を轟かせた。奥さんが戦前に亡くなって、そこから精神がおかしくなった。法廷で奇矯な行動をとりだして、判決はますます過激になった。最後はスキャンダルだ。中央刑事裁判所《オールド・ベイリー》の休廷期間中に、自分の手首を切ったんだ」

「なんて恐ろしい！」

エレインが震え上がり、ジェイコブは彼女に腕をまわした。服の袖が彼女の胸をかすめた。「死ななかったけどね。司法の場からは引退するしかなかった。そこで、ゴーントと呼ばれる島にある家族の屋敷〈サヴァナク荘〉に戻った」

エレインの温かい息が彼の頬にかかった。「それはどこ？」

「アイリッシュ海にある。カンバーランド西岸の先だ。どこからどう見ても僻地《へきち》さ。潮が引いたときには、海上に現われる土手道を通って本土から往き来できるけど、あとは船を出すしかない。あそこの海流は危険だ。レイチェルはその島で育った。頭がおかしくなった父親と、何人かの使用人といっしょにね」

エレインはまた震えた。「ペントンヴィル刑務所に入れられるよりひどそう」

「父親が去年死んだから、彼女は自立して新しい生活を始めた。いまの家はロンドンでも最高級の住宅地にある。まえの家主は会社設立者だった。過去一年半のあいだに、彼はその家にあらゆる現代的な改良を加えた。ジムに始まって、地下には暗室、最上階にはプールというふうにね」

「だったらなぜ他人《ひと》に売ったの？」

ジェイコブは笑った。「リフォームに使ったのが自分の金じゃなかったからさ。彼は詐欺で有罪になり、禁固十年を言い渡された。うち二年は重い労役つきだ。レイチェルは破産管財人からその家を買い、〈ゴーント館〉と名づけた」

エレインは温かい脚を彼の脚に押しつけた。ジェイコブはラベンダーの香水のにおいを吸いこんだ。「どうして彼女は、わざわざ海のまんなかのとんでもなく寂しい島で、文明から切り離されて暮らすことを選んだのかしら」

「牧歌的な島だと聞いたけどね」

「牧歌的！」エレインは大きなため息をもらした。「ねえ、もう彼女のことがうらやましくなくなった」

ジェイコブはにやりとした。「レイチェルがカスタム仕様のロールス・ロイスに乗っていて、家具はパリのルールマンにデザインさせたと聞いたら、気が変わるんじゃないかな。彼女が買いあさってるけばけばしい現代アートの値段を聞いたら涙が出ると思うよ。ほかの趣味でわかってるのは、おそらく素人探偵だけだ。上流社会とのつき合いは避けてるし、報道機関は大嫌いだしね」

「それはあなたの責任じゃないって言える？」エレインは言い返した。「クラリオンに写真をどんどん載せられたいと誰もが思ってるわけじゃないわ。わたしも、もし大金持ちだったら、あなたみたいな詮索好きに自分のお金の使い途を知られたくないもの」

「ぼくが関心を抱いてるのは、ほかのことさ。あの家にはほとんど使用人がいない。夫婦ひと組と、メイドがひとりだけ。プライバシーを大切にしたいのはわかるよ。でも、家事をこなす人手をどうしてそこまで削らなきゃならない？」ジェイコブは束の間、眼を閉じた。「彼女についてはひとつ逸話がある。教えてあげよう」

「見出しが見える」エレインは息を吸った。「〝探偵界のガルボ（アメリカの女優。隠遁生活を好んだ）〟ってね」

ジェイコブは愉しげに笑った。「そりゃいい！　いただくかもしれないよ。花屋を馘《くび》になったら、副編集長の輝かしい未来が待ってるぞ」

「褒めことばとして受け取っておくわ」エレインはさらにすり寄った。ジェイコブは空いた手をピンクのカーディガンのなかにすべりこませた。

玄関のドアを激しく叩く音がして、目的地に向かう彼の指が止まった。廊下にダウド夫人の足音が響き、夫人がぶつくさ文句を言いながらドアの鍵をあけ、えっと驚く声が聞こえた。

エレインがもつれた髪をほどいていると、ほどなく家主が封筒を手に威勢よく入ってきた。封筒の表には美しい手蹟でジェイコブの名前が書かれていた。

「誰かから手紙ですよ。こんな天気なのに！　届けに来た人をしっかり見ようとしたんだけど、すぐ霧のなかに消えてしまって」

ジェイコブは封を開けた。

「誰からだった？」エレインが訊いた。

ジェイコブは手紙を読んで、ダウド夫人に眼を上げた。

「署名がありません」

「匿名なの！」家主はがぜん興味を示した。「嫌がらせの手紙でなきゃいいけど」

「いや、それはちがいます……」

「でも顔が赤いし、困ってるように見えますよ」ダウド夫人の青い眼が興奮で輝いた。

「どうかやきもきさせないで！　なんて書いてあるの？」

ジェイコブは内心舌打ちしながら、どうしてこの家主と娘に自分の職業を話してしまったのだろうと思った。だがしかたない。彼は咳払いをした。

「〝サウス・オードリー・ストリート一九九番地でスクープを提供する。九時ちょうど〟」

がっしりした体型で鼻の折れた若い警官が、煉瓦の壁よろしく舗道の行く手をふさいでいた。シャベルのような手を上げて、「すみませんが、ここから先には行けません」と言った。

ジェイコブは自転車からおりた。道は封鎖されていて、霧の向こうに警察車三台と救急車が見えた。並ぶ邸宅の一軒のドアが開いており、制服と私服の警官がせわしなく出入りしていた。近所の家の窓には明かりがついている。なんの騒ぎだろうと人々がカーテンをずらして外をのぞいていた。

「ぼくがわからないか、スタン？　霧は濃いが、ぼくの不細工な顔はまさか忘れてないだろう？」

「フリンティ？」警官の声に驚きが表われた。「いったいどうしてこんなに早く嗅ぎつけた？」

「嗅ぎつけたって、何を？」

「またいつもの悲しい子犬の顔か。やめとけ。そのおとぼけはレディには効くかもしれないが、おれには効果なしだ、とくに勤務中はな。新進の犯罪報道記者がこういう事件にたまたま出くわすなんてことはない」

「こういう事件とは?」

スタンリー・サーロウ刑事は眉根を寄せた。「本当に知らないと言うつもりか?」

ジェイコブは刑事のカリフラワーのような耳に顔を寄せた。「正直に言う。ここで何か起きてるという情報は得たんだが、それがなんなのかはまったく知らない」

「誰がそんな情報を? おい、フリンティ、言えよ。チャドウィック警視に内通者を知らせれば、おれの覚えがめでたくなる。いつも機嫌をとっとかないとな」

「悪いが言えない。言いたくても黙っていないと。記者が情報源を明かせないのはわかってるだろう。いずれにしろ、匿名だった」

サーロウはしかめ面をした。「そんなことをおれに信じろと?」

「なぜ信じられない? 真実だよ」

「ならおれの名前はラムゼイ・マクドナルド(当時の労働党党首でイギリス首相)だ」

気分を害したジェイコブは外套のポケットに手を突っこみ、見ろとばかりに手紙を取り出した。サーロウは一歩近づいて、街灯の下でしわくちゃの便箋をのぞきこんだ。

「ほらな?」ジェイコブは言った。「これで誰に送りこまれたと訊かれても、見当もつかない」

「きれいな字だ。男じゃないな」ぶっきらぼうな態度がどことなく尊大な感じに変わった。

「おまえの愛人のひとりじゃないか、フリンティ？　じつのところ、誰だってかまわない。この件の関係者を捜してるわけでもないしな」

沈黙が流れた。家からふたりの救急隊員が担架を運び出してきた。上にのった人には頭から足先までシーツがかかっている。

ジェイコブは息を呑んだ。「死んだのか？」

「まちがいなく」サーロウは声を落とした。「いいか、ここだけの話だぞ。あれはこの家の住人だ。パードゥという」

「殺人？　事故？　それとも自殺？」ジェイコブはためらった。「関係者を捜してないってことは、自殺だろうな」

「ご名答」サーロウは親指を家のほうに振った。「なかに警部がいるから、仕事が終わったときにひと言、話を聞くといい」

「誰も手を貸さなかったのは確かなのか？」

「確かに決まってる。書斎に鍵をかけて閉じこもり、やたらと長い遺書を書いたあとで、自分に銃を向けて撃ったんだから。おかげで警察は大助かりだ」

「どういう意味だ？」

「自白書を残したのさ。コヴェント・ガーデンで例の女性を殺したのは自分だって」

レイチェルにマフラーを巻きつけられたときと同じように、ジェイコブの喉が締めつけられた。「彼は何者なんだ？　精神錯乱かもしれないぞ。どうして真実を語っているとわかる？」

サーロウは笑った。「まちがえようがないさ、フリンティ、名誉にかけて。おれの言うことが信じられないなら、上官から直接話を聞けよ。彼が話す気になればだが」

「もちろん」ジェイコブは小声で言った。

「ブン屋の言う〝決定的な〟証拠があるのさ。われわれが密室のドアを打ち破ったときに、それがまっすぐこっちを見てた」

「それって？」

「木の箱に入った気の毒な女性の首だよ」

# 3

「満足ですか？」トルーマン夫人が訊いた。

レイチェル・サヴァナクは肘掛け椅子から顔を上げ、クラリオン紙の最新版を脇に置いた。ジェイコブ・フリントのめざましいスクープ記事を読んでいたのだ。夜勤の法務担当が一文おきに〝と考えられる〟や〝と推定される〟を振りまいているが、博愛主義者と評される著名な銀行家が殺人を告白して自殺したことの衝撃は、どんな但し書きがつこうと弱まることはなかった。若い記者は特ダネをつかんだのだ。

「満足？」レイチェルは皮肉な笑みを浮かべた。「まだ始めたばかりよ」

家政婦は首を振った。「昨夜は何もかもうまくいきました。パードウの使用人が予想外に帰ってくることはなかったし、手荷物預かり所の職員も袖の下を受け取って、窓口を閉めてくれた。パードウは、みずから命を絶たなければ、女性の頭部を戦利品みたいに持っているところをトルーマンが撮った写真が出まわって破滅すると思いつめたんでしょう。

いつもこんな幸運に恵まれるとはかぎりませんよ」

「幸運?」レイチェルは新聞記事を指差した。「わたしたちは幸運をこの手で作り出したの。手なずけた記者がわたしたちの代わりに仕事をしてくれた。この最後の段落を読んだ?」

トルーマン夫人はレイチェルの肩越しに首を伸ばして、記事を読み上げた。

「〝故人は慈善事業への援助を惜しまなかったことで広く知られる。彼の個人資産の源は、みずからの名を冠した家族経営の銀行だった。長年、かぎられた一流顧客向けの銀行業を営んできたが、その顧客リストには貴族、政治家、そして故サヴァナク判事のような著名な公人が含まれる〟」

トルーマン夫人はそこでちょっと考えた。「フリントはどうやって判事とパードウのつながりを探り出したんでしょうね」

「宿題をやる人だから」

「気に入りませんね。判事の名前を出す必要はなかったのに」

「関係ないことで字数を満たしたように見せかけて、じつは手がかりなのよ」レイチェルは暖炉でめらめらと燃える炎を見つめながら言った。「ここまで推論したぞというメッセージを、わたしに送ってるの。パードウの家に彼を送りこむ手紙を書いたのはわたしだろうって」

「あの記者を焚きつけるべきじゃありませんでしたよ」

家政婦は腕組みをして暖炉のまえに毅然と立っていた。三十代で髪は灰色になり、心労で額には深いしわが刻まれていたが、しっかりした体格と角張った顎は、地震が来てもびくともしないという印象を与えた。

レイチェルはあくびをした。「この件はおしまい」

広大な居間からは広場を見おろすことができた。中央の庭園に林立する樫《かし》と楡《にれ》の尖った枝にうっすらと日が射し、昨夜の霧は嘘のように消えていた。室内の家具はどれも繊細でたおやかなカーブを描き、異国を思わせる木目に象牙やシャークスキンの装飾が映えた。暖炉の両横のアルコーブは本棚で、本がぎっしり詰まっている。反対側の壁には、暗く不吉な印象派の絵がかかっていた。トルーマン夫人は咳払いをして、ハロルド・ギルマンが描いた、乱れたベッドに横たわる女性の裸体像を不満げにひと睨みした。

「トマス・ベッツよりしつこくつきまとってきたらどうするんです？　ジュリエット・ブレンターノのことを知られでもしたら……」

「それはない」レイチェルの声は無感情で有無を言わさぬ調子だった。「彼女はもういない。忘れ去られた」

「きっとあなたの手紙をスコットランド・ヤードの友だちに見せますよ」

「もちろんよ。でなきゃ、サウス・オードリー・ストリートに九時にいた理由を説明できないでしょう?」

「困ってないように聞こえますけど」

「むしろすごくうれしいの、リナカーとパードウが死んだから。スコットランド・ヤードには、勝手にわたしのことを想像させておけばいい」

「次は誰かしら」家政婦は火かき棒を取った。「ジェイコブ・フリントでしょうね、わたしに言わせれば。愚かにもパードウと同じ記事で判事の名前を出すようなまねをしたから。自分の首に輪縄をかけてもおかしくない」

「彼は火遊びが好きなの。それを言えば、わたしもそう」

年配の女性は燃える石炭を火かき棒で突いた。「いつかあなたも火傷しますよ」

レイチェルの眼は、クラリオン紙のおどろおどろしい見出しにちらっと戻った。〝「首なし死体」の殺人鬼、銃で死亡。富豪の慈善家が自殺か〟。

「危険があるからこそ」彼女は静かに言った。「人生は生きるに値する」

「悪くない」ウォルター・ゴマーソルが言った。

クラリオンの編集長の口から出ることばとしては、手放しの称賛に等しかった。祖先の出身地であるペナイン山脈のようにごつごつして頑固そうなゴマーソルの顔からは何も読み取れなかったが、ジェイコブは年長者のうなり声からかすかな喜びを感じ取った。編集長は競争紙を出し抜くのが何よりも好きなのだ。

「ありがとうございます」

ゴマーソルは椅子に親指を振った。「まあ腰かけたまえ」

ジェイコブは主人の指示を待つ子犬のように、おとなしく坐った。ゴマーソルは荒々しい一本気のランカスター出身者だが、古来、赤い薔薇（ランカシャー州の紋章）と白い薔薇（ヨーク州の紋章）の対立があるにもかかわらず、トム・ベッツが事故で危篤になったあと、リーズ出身のこの若者に代理を務めさせたのだった。グレンジ・オーバー・サンズ出身のベッツは、かつてジェイコブに、編集長はロンドンの成り上がりより北部人に時間を割くとこぼしていた。

「ひとつ質問」ゴマーソルは自分の左の耳たぶを引っ張った。彼の耳は異様に大きく、ジャーナリストとしてこれほど偉大な資産はないとよく言っている。「どうしていち早く犯行現場に着くことができた？」

ジェイコブはしばしためらって答えた。「情報を入手したんです」

彼の知る口の堅い警官はみな好んでこう言う。はぐらかしたことをゴマーソルが恨まず、むしろとっさの機知を評価してくれることを祈った。

編集長は腕を組んだ。ジェイコブは息を詰めた。もしかすると生意気な答えだったかもしれない。

「いいだろう。直接答えられないようだから、別の質問をする。なぜサヴァナク判事の名を出した？」

ジェイコブは訊かれるだろうと思って答えを用意していた。「判事は去年亡くなりました。パードウのいま生きている友人や顧客の名前をあげたら大騒ぎになります。殺人を自白した人とのつながりを指摘されて喜ぶ人は、上流階級にはひとりもいませんから」

ゴマーソルは渋い顔をした。「わかった。パードウはなぜあんなことをした？」

「事件を担当する警部と話しました。自白書は見せてもらえませんでしたが、警察は動機を……その、性的なものと考えているようです。パードウは狂気に駆られて被害者を殺し、頭部を切断したものの、その戦利品を始末する段になってパニックに陥った」

「被害者は看護師で品行方正だったと考えられる。加害者も銀行家で、人格に一点の染みもなかった――まあ、そういう形容矛盾をよしとすればだが。余暇とちょっとした財産を〝善行〟のために使っていた。知るかぎり彼女に性的不品行の前歴はなく、彼に暴行の前科もない」ゴマーソルは首を振った。「筋が通らんな」

「まったくおっしゃるとおりです」お世辞は記者の武器庫に欠かせない武器である、とトム・ベッツがたびたび言っていた。新聞社の編集長ですら甘いことばの愛撫に屈するのだろうか。「オークス警部も困惑しているようでした」

「あの若いオークスは切れ者だな。ヤードのトップにいるお飾りの年寄りなんかとちがって」ゴマーソルは口をすぼめて考えた。「もしパードゥが無実で、これが仕組まれた事件だったとしたら?」

ジェイコブは眼をぱちくりさせた。「密室で自分を撃ったんですよ」

「何事も額面どおりに受け取ってはならんものさ」

戦術的撤退の頃合いだった。「記事の続きを書こうと思っています。スコットランド・ヤードに電話して、オークス警部と面会の予約をとりました。死んだ女性の家族と、パードゥの知り合いからも話を聞きたい」

ウォルター・ゴマーソルが持ち上げた眉毛は、背中を丸く曲げた黒いもじゃもじゃの毛虫に似ていた。「それできみもほかのいたずらをしなくてすむわけだ」

「もちろん編集長の許可があればです。ウィットネス紙より一歩、ヘラルド紙より二歩先んじたいので。そう思われませんか?」

「なら、どんどん進めたまえ。だが用心してな」

「真相がわかったらお知らせします」ジェイコブは言った。「パードゥも死んだ判事と同じくらい無害です。どちらも名誉毀損の訴訟なんて起こせませんから」

「自信過剰は禁物だ」ゴマーソルは言った。「私が考えていたのは、パードゥのことでも、頭部を失った不幸な女性のことでもない。トム・ベッツの身に起きたことだ」

＊

毎日、レイチェル・サヴァナクは運動のために、地下のジムと最上階のプールで一時間を費やしていた。木製のトレッドミルで汗を流していたとき、足音が聞こえた。うしろを振り返ると、メイドのマーサが階段をおりてきていた。

「お客さん？」レイチェルは荒い息をつきながら訊いた。

マーサはうなずいた。身ぶりで用が足りるときには、めったに話さない。体型は堅苦しい灰色のお仕着せに隠れてわからないし、豊かな栗色の髪も不恰好な帽子の下に押しこめられている。彼女の右の横顔を見た人はみな、その美しさに心を奪われるが、人目を避けるのが本人の習慣だった。左頬の醜い窪みを初めて見た人の顔に浮かぶ嫌悪の表情が怖くてたまらないからだ。

レイチェルはトレッドミルを踏む足を止めた。「ゲイブリエル・ハナウェイ?」

勢いよくうなずいた。

「ご老人をすぐにお通しして」レイチェルは額をふいた。「わたしを待つあいだ、ウイスキーを出してあげて。気持ちを落ち着かせるのに強い飲み物が必要だろうから」

狭苦しく騒々しい若手記者の部屋に戻るジェイコブの頭のなかで、ウォルター・ゴマーソルの別れ際のことばが響いていた。編集長は、不満の多い配偶者にヒヨス（有毒植物）を調合する薬剤師の慎重さでことばを選んでいた。彼はベッツが意図的な攻撃の対象になったと思っているのか？

ベッツの犯罪記者歴は二十五年前にさかのぼる。はるか昔、ホーリー・ハーヴェイ・クリッペン（妻を毒殺した罪で一九一〇年に絞首刑にされた）とセドン夫妻（フレデリック・ヘンリー・セドンは下宿人の女性を毒殺した罪で一九一二年に絞首刑。妻も起訴されたが無罪放免だった）の裁判を傍聴し、何人もの花嫁を浴槽で溺死させたジョージ・ジョゼフ・スミスが有罪宣告を受けたときにも、かぶりつきの席で見ていた（スミスは一九一五年に絞首刑にされた）。ベッツは幼いころにポリオに罹《かか》り、片脚が麻痺していたので軍役にはつけなかった。ポリオと闘った気丈さが、どうしても権威にしたがえない反骨精神につながった。好条件の職を得ても、上司を我慢の限界まで追いやったあと、馘になるまえに辞職することが相次いだ。ほかの記者が何も感じないところからたびたびスクープを嗅ぎつけたが、新聞事業家のビーヴァーブルック男爵も、新聞王ノースクリフ子爵も彼の態度を肚《はら》にすえかね、ヘラルド紙の財布の紐を握っている労働組合の大物たちも、綱領を守ろうとしないベッツに愛想を尽かした。なんとしても発行部数を伸ばしたいゴマーソルだけが、フリート街で彼に最後のチャンスを与えたのだった。ふたりは一度ならず衝突しかけたものの、ベッツは解雇されないだけの働きを見せていた。

寡黙で短気なベッツは人に嫌われることを怖れなかったが、ジェイコブには粘り強く取材することの大切さを教えた。ヤードの情報源から、謎の女性レイチェル・サヴァナクがなんらかの方法でリナカーをコーラスガール殺害事件の犯人と特定したことを聞きつけると、骨をくわえた犬のように離そうとしなかった。全貌を解明してクラリオンの読者に示そうと張りきっていたところで、ペルメルのはずれの脇道で車にはねられ、道路沿いに放置されたのだ。

その事故が起きたのは霧が濃い夜で、ウェールズ人の若い街路清掃人が目撃した。救急車と警察が現場に到着すると、清掃人は、ベッツがつまずいて、通りに入ってきた車の車輪に巻きこまれ、地面に打ち倒されるのを見たと言った。車は視界が悪いのでゆっくり運転していたが、停まることはできなかった。ひどい霧《ピースーパー》だから、人ではなくちょっとした障害物にぶつかったと思ったのかもしれないと清掃人は言った。車はフォードだったかもしれないが、はねられた男に駆け寄ったので、ナンバープレートは見なかった。最初、男は死んだと思ったらしい。ベッツの両肘の骨は折れ、頭が割れて、大量の血が流れていた。即死ではなかったが体内の損傷がひどく、予後は思わしくなかった。

ジェイコブはその街路清掃人に取材しなければならなかった。彼の頭のなかで、そのような清掃の仕事は、貧乏人が都市の汚れた通りを掃除して裕福な通行人から施しを受けていたディケンズ時代の産物だったが、まだその手のことに精を出す人間もいるにはいた。清掃人は真実を語っているように思えた。ベッツは脚が悪かったので歩きながらバランスを崩すことがあり、暗闇と霧のなかで水たまりかすべりやすい泥を踏んで、走る車の車輪のまえに倒れることは充分考えられた。だが、清掃人がもしまちがっていたら？　あるいは、嘘をついていたら？

「お知らせもせず押しかけて申しわけありません、お嬢さん」ゲイブリエル・ハナウェイが、しわがれたぜいぜい声で言った。「近所に所用で来ましたところ、ここにひとりで閉じこめられたあなたのことがふと頭に浮かび、良心が痛みまして。気が利かないことでした。ゴーントで長年世間から切り離されて暮らしたあなたがロンドンで幸せな生活を送られるように見守ると、亡き父上にあれほど約束したというのに」

レイチェルは微笑んだ。ゲイブリエル・ハナウェイに良心とは傑作だ。

「それはご親切に」彼女はつぶやいた。「ですが、わたしはひとり暮らしを愉しんでいます。必要なことはトルーマン夫妻とマーサが全部してくれますし」

ハナウェイは判事の親友で、個人的な法律顧問でもあった。ゴーント島を訪ねてくることはめったになかったが、レイチェルはそのまれな訪問で初めて、一張羅の黒いフロックコートを過去四十年にわたって着ていそうな、このしなびた小男に会ったのだった。その後の年月と肺気腫の無慈悲な進行は、彼の魅力を増す役には立っていなかった。黄色とも茶色ともつかない肌はなめし革のようで、レイチェルの記憶にあるかぎり最初からしわが寄っている。小さな黒い眼はきょろきょろと動いて、つねに逃げ道を――または法の抜け穴を――探しているかのようだ。その姿は彼女に邪悪な爬虫類を想起させた。砂漠の岩陰に身を隠し、獲物がいたら飛びかかろうと小さな鼻先で空中のにおいを嗅いでいる、鋭い歯のイグアナを。

「これほど若くて美しいレディが使用人といっしょにいるだけではもったいない」不満を言い立てるように入れ歯がカチカチ鳴った。「あなたがこの街においでになってから今回一度しかお目にかかっていないのは、まったくもって私の落ち度ですが、忘れていたわけではないのです」

「ごめんなさい、わたしは救いようがないくらい人づき合いが悪いので。アクロスティック（詩や文の先頭か末尾の文字をつなげると、ある語句になることば遊び）を解いているか、トルケマダ（十五世紀スペインの異端審問官。書評家・パズル作家E・P・マザーズの筆名だった）の悪魔のようなクロスワードパズルと格闘しているときがいちばん幸せなんです。蓄音機で最新のレコードを聴きながら。とくに好きなのが現代のアメリカ音楽」レイチェルは無垢な笑みを浮かべた。『メイキン・ウーピー』はお好き？」

ハナウェイはふんと鼻を鳴らした「ジャズ、ですかな？ 何を指すのかよくわかりませんが。まったくのゴミでしょう、お嬢さん！」

レイチェルの眼がすっと細くなり、弁護士は一瞬たじろいだ。「いやとにかく……パズルゲームやレコード音楽は体の悪い人や弱った人には恰好の趣味ですが、あなたのようなかたがひとりでそういう寂しい時間をすごしているのはよろしくない。またこちらに招待していただけますか？ 息子のヴィンセントとまいります。いっしょに食事でも？」

そこでハナウェイは間を置いたが、レイチェルは何も言わなかった。「ヴィンセントとあなたは馬が合うと思います。友情が別のものに発展するかもしれませんぞ。息子は快活な女性が大好きですから」

「なんてご親切な」

「慣れない街に越してきたばかりの裕福な若い女性は、素直な性格につけこもうとするいかさま師の餌食になりやすいのです。信頼できる友人の支援の手をしっかりつかんでおくに越したことはありません」

「ゴーントで自分の面倒を見ることは学びました」レイチェルは言った。「まったく軟弱というわけでもないんですよ」

イグアナの眼がきらりと光った。「どうか気を悪くなさらないで、お嬢さん。先を急ぎすぎたようです。まあ、こんなこともありますから、そろそろあなたの信頼できる顧問の役まわりをもっと若く健康な男にまかせたほうがいいように思います。ヴィンセントはロンドンでも指折りの事務弁護士で、その才能はすぐれた起草技術と訴訟時の集中力にとどまりません。彼の判断は非の打ちどころがない。安心してすべてをまかせられます」

「とても心強いご提案ね。ですが、いまのところ息子さんの賢明な判断に頼らなければならない火急の用件はありません。ご記憶でしょうが、判事の遺志にしたがって、わたしは二十五歳の誕生日に遺産の完全な管理権を得ましたので」

「まさしく！」ハナウェイは息をあえがせた。「父上が亡くなってまだまもないのに、あなたがパードゥの銀行から資金を引きあげたと聞いて肝を冷やしたのです。あなたはあの島で過保護に育てられて……」

「そう思うの？」レイチェルは訊いた。

「ゴーントは子育てにふさわしい場所ではありません。この王国のどこよりも孤絶している」彼は人差し指を上げて爪を閃かせた。「いまは未曾有の経済危機です。わが国の政府が万が一にも金本位制を捨てたりしたら……いや、こう言えば充分でしょう。事前にあなたの意図をひと言相談してくださっていたら、目立たず利益率の高い財産の避難先をご提案できましたのに」

レイチェルは歯をむいた。「昨夜の出来事があったから、わたしの先見の明を祝福しに来られたのかと思ったわ」

イグアナの顔にしわが寄った。「いやまことに、お嬢さん！　しかし、パードゥの銀行はいまも最高の人々が経営しております。会長があんな……不幸な亡くなり方をしてもです。ヴィンセントと私はたまたまあそこの取締役でして、ほかの役員も同じくらい金融に精通しています。会長の死で銀行の経営が暗礁に乗り上げることはありますまい。パードゥに投資している人々は選りすぐりの目利きですから、愚かな衝動に駆られてパニックを起こしたりはしません」

「だといいけど」

「もうひとつ残念だったのは、保有株式をすべて現金化なさったことです。率直な物言いをお許しいただきたい。若い女性は、いかに自信と独立心にあふれていようと、世知に長《た》けるまでに時間がかかるのですな」

「男性ならもっと信頼できるというわけ？」レイチェルはまたダージリンをひと口飲んだ。「毎朝新聞を読むと、また別の株式仲買人が青酸カリをのんだとか、ペントンヴィルに投獄されたという記事が載ってますけど」

「父上は確固たる信念をお持ちだった」ハナウェイはつぶやいた。「こういうしゃれたフランスの家具に投資するあなたの趣味について判事がなんと言われるか、あえて想像しようとは思いませんが。それとこの……芸術作品と称する品々に」

彼は黒と金色とピンクが派手に散ったシッカートの絵を睨みつけた。金縁の姿見に映った自分の体をうっとりと眺める官能的な高級娼婦の絵だった。

「市場を襲った大災害を考えると、彼もわたしのすぐれた投資の才覚に感心するんじゃないかしら。ルールマンの家具や画家たちの人間洞察から得られる喜びは、配当としては充分すぎるくらい」レイチェルはほっそりした手をシッカートの絵に振った。「クロード・リナカーは、あなたにカムデン・タウン・グループ（一九一〇年代に活動したポスト印象派の芸術家集団。シッカートのアトリエによく集まっていた）の美徳を売りこんだんじゃありませんでした？」

「美徳？」ハナウェイは咳払いをした。「私ならそうは言いませんね。あの若いリナカーは無責任でした。聞いたところでは、麻薬中毒だったとか」

「ローレンス・パードウも同じくらい……弱みがあったことがわかるかも」

ハナウェイはごくりと唾を飲んだ。「そんな、ありえない！　ローレンス・パードウが殺人を犯して自殺したですと？」

「一時的に正気を完全に失ってしまったのかもしれない。われに返ったとき、犯した罪に対する恐怖に耐えられず、名誉ある解決法を選んだとか」

痰がからんだようなため息。「あまりにもぞっとする話です。とりわけ、あの不道徳なくず新聞のクラリオンに載った記事は。今朝起きたときに知らせを聞いて、最初に現場に着いたという男が書いた記事を読んだのです」

「そうなの？」

イグアナの眼が彼女を見すえた。「驚いたのは、あなたの亡き父上のお名前がいきなり出てきたことでした」

「判事は会った人全員に強い印象を残したから」

「その記者はあなたと同じ年代ですぞ」ハナウェイの声が引きつった。「判事に会っているわけがないし、法廷でも見ていません。記者がこういう態度では……みなが困る」

ハナウェイは大儀そうに立ち上がり、また咳をして唾を飛ばしそうになるのをこらえた。

ハーレー街のサー・ユースタス・ライヴァースがこの人を診たら、ローレンス・パードゥのときより明るい診断結果を出すだろうか、とレイチェルは思った。たぶん出さないだろう。ハナウェイは部屋のなかをぐるりと見まわし、遠い隅にあるマホガニーの机に眼をとめた。美しい彫刻がほどこされたその机には、チェス盤がはめこまれている。そこにそろそろと近づいて背を屈め、駒の配置をじっくりと眺めた。

「チェス・プロブレムを解くのも、わたしの孤独な暇つぶしなんです」レイチェルは言った。「あなたもなさるんでしょう？　タヴァナーの有名なパズルはご存じよね。名作だと思いません？　麗しいまでに厳しくて」

老いた弁護士のしみだらけの顔が色を失った。

レイチェルはチェス盤を指差した。「次の手で〝ツークツワンク〟になる。黒は駒を動かさざるをえないけれど、何をしようと、いっそう危険な状態に追いこまれる」

偶然からか、ハナウェイのフロックコートが白のクイーンに当たって、駒が床に落ちた。

「どんなゲームをするにしろ、お嬢さん、ひとりでなさるのはまちがいです」

「街路清掃人の名前はシアーだ」ニュース編集者のジョージ・ポイザーがジェイコブに言った。なんでも記憶していることで有名なベテラン記者だ。同僚が命にもかかわる事故に遭ったという一報がクラリオンに入るやいなや、真っ先に現場に駆けつけた。

「彼に会ったんですか？」

「感謝の印に何シリングか渡したよ。ちゃんとした若者だが、彼がいなければトムは病院のベッドにもたどり着けなかったかもしれない」

「彼が言うには、でしょう」

ポイザーの渾名は〝ギョロ眼〟だった。巨大な角縁眼鏡の奥で飛び出した眼をいつもぱちくりさせている。太って頭は禿げており、その不恰好な外見から何かにつけジョークのネタにされるが、彼のギョロ眼はたいていのことを見逃さない。

「話をふくらませたと言うのか？　ヒーローになりたいがために？」

「念のため訊いただけです」ジェイコブは波風を立てたくはなかった。「トムを訪ねてミドルセックスに行くつもりなので。命を救ってくれた若者について、トムもまちがいなく知りたいでしょう」

ポイザーは団子鼻にしわを寄せた。「あまり期待しないほうがいい。おととい見舞ってきたが、とても生き延びるとは思えないな」

「シアーのフルネームと住所はわかりますか？」

「ちょっと待ってくれよ」ポイザーはゲラ刷りがあふれている抽斗のなかを探り、ページの角が折られた手帳を掘り出した。「あった。整理整頓が大事、だろう？　ヨーワース・シアー、そう、これだ。キルバーン、バラクラバ・ミューズ、二十九番」

三十分後には実情が明らかになっていた。ジェイコブが調べたところ、ヨーワース・シアーなる人物の痕跡はロンドンのどこにも見当たらなかった。バラクラバ・ミューズという場所も、キルバーンはおろか、ロンドンのどこにもない。街路清掃人として生計を立てている若者は、当人にしかわからない理由で当局と報道機関から身元を隠したのかもしれない。しかし、金をもらってトム・ベッツの事故について嘘をついたのだとしたら？

ジェイコブの脳裡に、レイチェル・サヴァナクの冷ややかなことばがこだました。

〝前途洋々たる将来がふいになったら、悔やんでも悔やみきれないでしょう、トマス・ベッツみたいに〟

# ジュリエット・ブレンターノの日記

一九一九年一月三十日（続き）

　両親のことをヘンリエッタから聞いたあと、わたしは部屋に駆け上がった。ここにひと晩じゅういて、海のまんなかの荒涼たる岩の島に風と雨が打ちつける音を聞いている。夕食にもおりないつもり。もう二度と、何も食べたくない。

　階段でレイチェルとすれちがった。お互いひと言も口を利かなかったけど、起きたことを彼女がちゃんと知ってるのはわかった。眼が興奮で光っていたから。彼女は勝ち誇り、それを隠そうともしていなかった。

　父が出征し、母とわたしがここに着いた瞬間から、彼女はわたしを見下していた。レイチェルとわたしは数週間ちがいで生まれたので、父はわたしたちがすぐ仲よくなると思っていた。レイチェルの母親は死に、父親は病気で孤独だから、彼女はゴーントで寂しく暮らしているにちがいないと父は言ったけど、わかっていなかったのだ。

レイチェルに友情なんて必要ない。あの子はこの孤島の女王のつもりでいる。ほかの女の子と共有するのはぜったい嫌なのだ。わたしの父と母が結婚していないのを知るなり、わたしを私生児呼ばわりしてあざ笑った。

いまやレイチェルは欲しかったものを手にした。母と父を亡くしたわたしは、彼女のなすがまま。

# 4

「やはり画廊に行くのですか？」トルーマンが訊いた。

レイチェルは老弁護士が落としたチェスの駒を拾って、握りしめた。「もちろん」

「パードゥの仲間が、炎に群がる蛾のようにあなたのまわりに集まりますよ」

「蚤と言ったほうが近いかもしれないけど。わたしの愉しい性格に注目してくれるなら振り向いてあげてもいいわ。実際……」

「なんです？」

「多少不快な思いをすることは覚悟してる」

トルーマンは肩をすくめた。「それでも行くと決意しているのなら……」

「ええ」レイチェルは言った。「決意してる」

居間のドアがさっと開いて、トルーマン夫人が駆けこんできた。「レヴィ・シューメイカーが来ています。ご都合をうかがってくると伝えて、階下《した》で待ってもらっていますが」

「また何をしに？」夫が尋ねた。

「辞めさせてくれと言いに来たのよ」レイチェルは言った。「パードウの死で、もうできないと思ったのね」

「会うんですか？」

「別にいいでしょう？」

トルーマン夫妻はそれ以上何も言わずに出ていった。ほどなく夫人の案内で、白髪交じりの髪が薄くなった中背の男が入ってきた。顔色が悪く、小さな眼は落ち窪んで、不幸な人生を見すぎたというふうにどことなく憂鬱な雰囲気を漂わせている。五十歳から六十五歳までのどの年齢にも見え、外見のどこからも人種の見当がつかなかった。ただひとつはっきりした特徴は、まわりに絶え間なく注意を払っていることだけだ。

「思いがけない訪問、うれしいわ、ミスター・シューメイカー。アフタヌーン・ティーでもいかが？」

「いや、けっこう。さほどかからないと思うので」

レイチェルは握手する彼の手が震えているのを感じた。相手の緊張が不思議と刺激的だった。レヴィ・シューメイカーはたいていの男より厳めしい。キーウ警察で働いていたが、ユダヤ人の追放で解雇され、妻と弟は大虐殺時に焼き殺された。彼自身も拷問を受けたが、イギリスに逃れ、ロンドンで私立探偵を開業した。その脇目もふらぬ熱意によって、すぐに彼の評判は調査料とともに跳ね上がった。とはいえ、本人の生活は質素で、法外な調査料を請求するのは、数多ある依頼のなかから好きなものを選ぶためだった。

「ニュースを読んだのね」レイチェルは言った。

「昨夜のサウス・オードリー・ストリートの事件について？」シューメイカーは上着のポケットを探り、クラリオン紙を取り出した。「亡くなったローレンス・パードウのことを、あなたの代わりに調査していましたから、突然の彼の死に興味を惹かれました。現場に最初に着いた記者の名前も見て、考えざるをえなかった。若いフリントのこの記事で決意したのです」

「契約を解消したいのね？」

「あなたはすぐれた探偵です、ミス・サヴァナク。つねに一歩先を行っている」彼の話しぶりは慎重で、ほとんど訛りがなかった。弁護士よろしく発することばを吟味していた。「ええ、ここに来たのはわれわれの関係を解消するためです。というより、この仕事そのものを辞めようと思っている。来週のいまごろは海外にいます。もっと暖かい気候のほうが、あらゆる意味で自分の健康にいいので」

レイチェルは眉を上げた。「銀行家が自分の頭を吹き飛ばしたからといって、そこまで？」

探偵は首を振った。「何度も尾行されました。少し煩わしいという程度ですが、それでも監視されるよりは監視するほうでいたい」

「誰に尾行されたかわかった?」

「少なくとも三人いますが、誰かはわかりません。とりあえず彼らの活動は、あなたに雇われているいまの仕事と関係していると思っています」

「なぜ?」レイチェルはすぐに切り返した。

シューメイカーはまるで殴りかかられたかのように片腕を上げてよけようとした。「お願いです、ミス・サヴァナク。率直に話したからといって、腹を立てないでください。あなたの仕事は本当に骨が折れる。ほかの依頼人はすべて断わらなければならない。そのなかには公爵夫人や教会の主教もいました、正直なところ。私の活動が突然、何人かの尾行チームを雇えるほど裕福な誰かの注意を惹くことになった理由は、ほかに考えられません。契約時にあなたは、この調査は複雑で慎重な配慮が必要になるかもしれないと言った。あれは命が脅かされるということの婉曲表現だったのですか?」

レイチェルの黒い眼が光った。「あなたが臆病者だとは思わなかった」

「ウクライナで体験した恐怖のせいで心が頑なになったんです、ミス・サヴァナク。別の言い方をすれば、割り当てられた寿命を全うするまで創造主には会いたくない。それを臆病というなら甘んじて受け入れますが、トマス・ベッツはすでに知りすぎたことの対価を払った。彼の若い部下、フリントにもおそらく似たような運命が待ち受けている」シューメイカーは新聞の一面に人差し指を突き当てた。「昨夜彼をサウス・オードリー・ストリートに送りこんだのは、あなたですか？　だとしたら、なぜ？」

レイチェルはその質問を無視した。「誰かに脅されたの？」

「誰からも、何も言われていません。それがむしろ不気味だ。サメが群がる海で泳ぐには、私は歳をとりすぎた。このところ、身のほど知らずなことをしているという気持ちが大きくなっていたのです」彼はインク臭い紙面をレイチェルの顔のまえで振った。「若いフリントの記事がそれを裏づけている」

「だとしたら、これ以上あなたの時間を無駄にするのはやめましょう」

シューメイカーは彼女を見つめた。「あなたは折に触れて、私のほかにも調査を依頼している相手がいると言っていた。今後はまちがいなく彼らが働いてくれるでしょう」

「そうね」レイチェルは素っ気なくうなずいた。「最後にもう一度、お礼を言います。どうか体に気をつけて。わたしからなんとしても距離を置いてくださいね。時すでに遅しかもしれないけれど」

て、リディア・ベッツは小柄で精彩を欠く女性だった。二十年間、痩せた夫の陰で生きてきて、ヨークシャー訛りすらはっきりしなかった。人格のその部分も隠すすべを学んだのだ。ジェイコブが事前の連絡もせず、ファーリンドン・ロードにほど近い小さな区画の一階のアパートメントを訪ねると、彼女は丁重に挨拶し、どうしてもと言って薄い紅茶とダイジェスティブ・ビスケットを出した。しかし心は別のところ——ミドルセックス病院の夫のベッドの傍ら——にあるのがわかった。

「ミスター・ゴマーソルがとても親切にしてくださるの」彼女はジェイコブを迎え入れながら言った。「トムの治療費は全額クラリオンが出してますし、ほかにもいくらかいただきました。そのお金がなかったら、いまごろどうなっていたことか」

彼女は居間にジェイコブを案内した。部屋はきちんと片づけられていたが、逃れられない絶望の気配のせいか暗く薄汚れていた。サイドボードには結婚式のトムとリディアの額入りの写真が飾ってあった。ふたりとも潑剌として、にこやかで、ジェイコブには別人のように見えた。部屋の片隅ではシュロが葉を垂れ、その隣には本棚があって、本がいくらか並んでいた。家族伝来の古い聖書、シェイクスピア全作品集、『デイヴィッド・コパフィールド』と『大いなる遺産』、ポーの『怪奇と幻想の物語』、そして使いこまれたビートン夫人の『家政読本』。

　ジェイコブは、緊張した相手をくつろがせるトム・ベッツの助言を思い出して、ありきたりの慰めのことばを口にした。両人とも、トムを殺そうとした犯人の手がかりを妻の彼女からジェイコブが聞き出そうとする日が来ようなどとは、夢にも思わなかった。

「そのかたに連絡をとりたかったんです」ジェイコブがヨーワース・シアーの名前を出すと、彼女は言った。「トムの命を救うために、とても他人とは思えないような対応をしてくださったから。街路清掃人、そんな気の毒な仕事をしてる人だから、すぐわかりそうなものでしょう？　でも警察がまちがった住所を控えていて、彼の家がなかった。通りすら。何か手ちがいがあったにちがいありません。まちがいなんて簡単に起きるから。似たような名前の場所を調べてみたけれど、わからずじまいでした。本当に残念」

「その若いシアーが最初の目撃者ということでしたか？」

「ええ、そう。通りの事件が起こった側を掃除していたと聞きました。人通りの多い場所で、あの時間、霧が出ていてもけっこう人が歩いていたそうです」

　これでジェイコブの頭を悩ませていた問題がひとつ片づいた。シアーがベッツを怪我させたい誰かから金をもらっていたのだとしたら、なぜ彼は車の運転者が始めた仕事を最後までやりとげなかったのか？　標的が怪我をして地面に倒れていたら、狙いすまして何度か蹴りつければ目的は果たせる。おそらくシアーが受けていた指示は、救助が到着したときにそれらしい作り話をすることだけだったのではないか。そうして事故を、停止し損ねた運転者ではなく、完全にベッツと悪い脚のせいにしてしまうのだ。ひとつ確かなことがあった。シアーが嘘をついたのだとしたら、轢き逃げをした車はぜったいにフォードではない。

「あの夜、トムがどこへ行こうとしてたかご存じですか？」

リディア・ベッツは首を振った。「記事を書くための仕事でした。特ダネだと言って。それしかわかりません」

「レイチェル・サヴァナクに関する記事でしょうか？　彼女についてあなたと話し合ったことは？」

リディアは首を振った。「トムは自分の考えを言わない人でしたから。とりわけ仕事のことでは。わたし、ときどき思っていました……もっといろいろ話してくれたらよかったのにと。いつも興味は示すようにしてたんですよ」

すでに夫のことを過去形で話していた。これから起きることに対する無意識の自己防衛だろう、とジェイコブは思った。

彼はビスケットを食べた。「その記事をぼくが書くことになったのです」

「そのサヴァナクという人について？」

「ええ。せめてトムに何かしてあげられればと」嘘をつく自分に虫唾が走った。「もちろん、社ではみな彼が復帰する日を待ちわびています。でも、とりあえず……」

「トムは復帰できません」妻は言った。「お医者さんたちも、もうあきらめかけてます。そのくらい重篤なので。むしろ……逝かせてあげるほうがいいのかも」

ジェイコブはリディア・ベッツの華奢な腕に手を添えた。「いけません。そんなことは言わないで」

彼女の苦悩の顔は敗北そのものを表わしていた。体から生気が吸い出され、答えるエネルギーすら残っていないように見えた。

ジェイコブはふと思いついた。「トムは取材に関するメモのようなものを自宅に置いていませんか？」

「ありません。どのくらい整理整頓ができない人だったかご存じでしょう。もしこの家を仕事場にしたら、ふたりとも紙の山に埋もれてしまう」

整理整頓ができないどころではない。クラリオン社でトムの散らかし放題は伝説の域に達していた。「すると、あなたは記事のことは何も知らなかったのですね」

「彼はよく、ロンドンの犯罪者はもっと上流階級でないと、と冗談を言っていました。事故の直前は気落ちしてたんです。面識のあった悪人が当人の仲間に殺されてしまったと。

その男はトムに記事になりそうな話を売ろうとしていたようですが、要求する謝礼があまりにも高額だったようで。トムはもっと知るチャンスを失ったと悔しがっていました。わたしが知っているのはそれだけです」

「その男というのはハロルド・コールマンでは？」

コールマンは、ロンドンの競馬場を脅かすギャング〈ロザーハイズ・レイザーズ〉とつながりのある悪人だった。六年前、みかじめ料を払おうとしなかった賭け屋を故殺した科《とが》で収監され、昨年の暮れにワームウッド・スクラブズ刑務所から脱走したのだが、とうとう運命の鉄槌が下った。生垣の下にあった彼の死体の一部を、デート中のカップルが発見したのだ。トム・ベッツはクラリオン紙で彼の殺害を取り上げ、記事を連載した。その種の犯罪はロンドンのギャングのあいだでは珍しくないが、これほど残忍なものは少なかった。ジェイコブは、悪者同士が互いに消し合うのはそう悪いことでもないと思っていて、トムがこの事件に執着した理由がよくわからなかった。

「すみません。名前は言わなかったと思います」彼女は言った。「事故のまえは何か取り憑かれたようになっていて、そのせいで轢かれた気がします。歩きながら、まえも見てなかったんじゃないかしら」

夫人の言うとおり、たしかにトムは何かに気を取られることがあったが、今回の原因はいったい何だったのか。犯罪報道記者は毎日のように人生の裏側を見ている。いかに事件が陰惨でも、それ自体はたいしたことではない。いちいち悩んでいたら、どうして生きていける？

「本当にほかには何も言っていませんでしたか？」

「ひとつ言えるとすれば」声がささやくように小さくなった。「ある夜――たしか事故の前日か前々日――トムは悪夢を見たんです。わたしが目覚めると、彼は寝ながらわたしに話しかけました」

ジェイコブは背筋に興奮を覚えた。「レイチェル・サヴァナクについて話したとか？」

「いいえ」リディア・ベッツの眼が苦悩で潤んだ。「ある場所の名前を言っただけです。聞いたこともない場所でしたが、それをくり返し、何度も」

「それはどこです？　なんという名前？」

「処刑台広場《ギャロウズ・コート》」

ミドルセックス病院のエントランスホールには、ケイリー・ロビンソンの巨大な油絵が四点飾られ、圧倒的な存在感を示していた。裕福な後援者が寄付した『慈悲の行為』という作品群で、病んで助けが必要な人々や、弱った孤児の少女たち、戦場で負傷した帰還兵たちへのいたわりを描いている。逆境においても人間の精神が勝利することの象徴だろうが、最後にこの病院を訪問して以来、ジェイコブの頭からこれらの絵が離れなくなった。孤児たちは、ひだのついた白い帽子をかぶり、栄養価の高い牛乳をついだボウルを受け取る列にきちんと並んでいて、憂いを帯びながらもどこか清らかなたたずまいだ。とはいえ、なかのひとりはキャンバスから彼のほうをじっと見つめ、不可能なことをしてくれと訴えているかのようだった――不治の病を治してくれと。彼女の眼の懇願は、誰にも助けてもらうことができない恐怖を表わしていた。

ジェイコブは病院が大嫌いだった。エーテルと消毒用アルコールのにおいが漂ってくると、気分が悪くなる。事故後に一度しかトム・ベッツの見舞いに来ていなかったことで良心が咎めた。壁のいわくありげな絵のせいで足が遠のいていたわけではない。同僚の土気色の顔、乱れた髪、痩せ衰えた体を見るのがあまりにもつらかったのだ。ベッドで縮こまったトムはただ終わりを待っているように見えた。

「回復の兆しはありますか？」ジェイコブは小太りの年配看護師に訊いた。イングランド北部出身の彼女の笑みは、毛布のように温かかった。

「ああ、なんとお答えすればいいんでしょう。そう、一度か二度、意識を取り戻しました。短いあいだですけど。いくつかことばもつぶやきましたが、何を言っているのかはまったくわからなくて。あとは……」

「なるほど」生きているかぎり希望はあるが、妻のリディア・ベッツでさえ、避けられないものはしかたがないとあきらめていた。

「先ほどミセス・ベッツに会ってきたのです」

「そうでしたか。お気の毒に。とても……つらい思いをされているでしょうね」

看護師はベッド脇に椅子を運んだ。ベッツは大きな音を立てて呼吸しており、また意識が戻るかもしれないと彼女はつぶやいた。しかし、その耳障りな音はジェイコブに溺れる男を連想させた。波間に浮かんだり沈んだりするうちに、ついに海に呑みこまれ……。

消毒液の嫌なにおいと、ベッドから聞こえる喘鳴《ぜんめい》で、ジェイコブの体に悪寒が走った。またしても彼は自己嫌悪に陥った。あくまで誠実に実際面でいろいろ助けてくれた人が死にかけているのに、自分は眼をそらし、鼻を押さえて、こらえようのない胸のむかつきをこらえようとしている。どうかベッド脇に坐っているあいだにベッツが死にませんように、とわがままな祈りを静かにつぶやいた。最悪の事態になったら、どうやって夫人を慰めろというのだ。まるでこちらの落ち度のように見えるではないか。

看護師は担当しているほかの患者を世話しに行った。ジェイコブは寝具のかかった人物に近づいた。「トム、わかるか？　聞こえるか？　ジェイコブだ。ジェイコブ、フリント。

レイチェル・サヴァナクと話したよ」

気のせいだろうか。それとも患者のまぶたが動いた？　ヒューヒューいう大きな音が耐えがたかった。

「彼女は別の殺人にもかかわっている」

ジェイコブはさらに近づき、ベッドの鉄の枠の縁をつかんだ。ベッツのまぶたがほんのわずか開いたのだ。まぶたの下の白眼は血走っていた。焦点は定まっていないが、ジェイコブはベッツが話をするために超人的な努力をしているのだと思った。ジェイコブ自身の喉もからからになった。ベッツがどのくらいの苦痛に苛まれているのか、この問題にどれほど悩まされているのか、想像したくもなかった。謎の扉を開けるひとつの鍵がここで見つかるのだろうか。

「トム、教えてほしい。ギャロウズ・コートというのはどこだ？」

ベッツの唇が動きはじめたが、声は出なかった。ジェイコブは先輩の頬に触れそうになるくらい顔を寄せた。やっとことばが聞こえた。ほとんど聞き取れないほど小さな声だった。

「コールマンが言った。彼女の秘密を知っていると」

「誰の秘密だって、トム？　誰のことを言ってる？」

ベッツのまぶたが震えた。長い間《ま》があり、年上の男は絞り出すように名前を口にした。

「レ、イ、チェル・サ、ヴァ、ナ、ク」

レイチェルがタイムズ紙のクロスワードの最後のカギを解いていると、電話がうるさく鳴った。ほどなくトルーマン夫人がドアの向こうから顔をのぞかせた。

「フリントが話したいそうです」

「彼はしつこいとシューメイカーが言ってたわ」

「ミドルセックス病院からかけているようです。まだ生きているベッツの見舞いに行ったとか。何か見つけたみたいに声が興奮してますよ」

「ベッツが意識を取り戻すことはないと聞いていたけれど。彼の体力に関する医師の見立てがまちがっていたということね」

「手が空かないと言いましょうか？」

レイチェルは窓から広場を見た。こんなに晴れたすがすがしい午後でも人影はなかった。背の高い木々と常緑低木に挟まれた場所に、鉄細工のベンチがひとつあるが、そこに坐る人は見たことがない。ゴーント館から狭い路地を隔てた向かいの建物のひとつは、由緒はあるが不活発な文学哲学会が所有している。隣に住む年配夫婦はアンティーブ岬で冬をすごしている。大英帝国首都の中心にある広場は静かなオアシスだった。

「いいえ。話すわ」

家政婦は顔をしかめた。「調子に乗せないほうがいいのでは」

「ベッツと話すのを拒んでも、向こうは引き下がらなかったでしょ」レイチェルは新聞をたたんだ。「チェス盤を片づけてもらえる？　タヴァナーのプロブレムはもう充分堪能したから」

彼女は階段から広々とした部屋におり立った。天井近くまである窓の下の机に電話が置かれている。部屋からは家の裏に続く大きな庭が見えた。常緑の植物が青々と茂り、まわりの塀には命知らずの侵入者もくじけさせるような鋭い忍び返しがついている。

レイチェルは受話器を取った。「はい、ミスター・フリント？」

「ミス・サヴァナク？」記者は短距離を全力疾走したような声だった。

「ゆうべはっきり言わなかった？　報道機関には何も話しません」

「お礼を言いたかったんです」彼は言った。「あの手紙について。ぼくがこの仕事について以来、最高のスクープをもらいました」

「手紙？」

「知らせてくれたでしょう、サウス・オードリー・ストリートのローレンス・パードウの家に行けと。スクープが欲しいとあなたに話して二時間もたっていなかった。なぜかあなたがそれを認めたくないとしても、ぼくはものすごく感謝しています」

彼女の特大のため息は、あまりにも愚かな生徒の発言に授業を中断させられた教師のようだった。「ミスター・フリント……」

「あなたはぼくのことを何から何まで調べ上げていた。今日のクラリオンを読んでないんですか。信じられない」

「もうすぐ用事があるので」彼女は言った。「ではこれで――」

「待って！　ひとつ訊かなきゃいけないことがある。ギャロウズ・コートを知っていますか？」

レイチェルは静かに言った。「あなたの助けにはなれません、ミスター・フリント」

「トム・ベッツが調べてた、でしょう？　コールマンという男の殺害と、ギャロウズ・コートで起きたことに興味を惹かれて」声の興奮が高まった。「だからトムは誰かに轢き逃げされたんですか？　あの事故なるものについて、あなたは何を知ってるんですか？」

レイチェルは掌が痛くなるまで受話器を握りしめた。

「昨夜、わたしを脅さないようにと言ったはずよ、ミスター・フリント。その助言を忘れないほうがいい。トマス・ベッツに降りかかった運命がいちばん過酷というわけでもないのだから」

# 5

「一件落着だな」

傾きかけた太陽の光が総監補室の狭い窓から入ってきて、書き物机にうずたかく積み上がった新聞に縞模様を作っていた。スコットランド・ヤードは、閉所恐怖症になりそうな事務室と御影石の階段が蜂の巣さながら詰めこまれた場所だが、総務部はサー・ゴドフリー・マルハーンが誇りに思うような仕事をしていた。坐り心地のいい布張りの肘掛け椅子とトルコ絨毯がどことなく贅沢な雰囲気をかもし、政府の各主要部門に回線が直接つながる小さな交換台まで備わっていた。

サー・ゴドフリーは、反論するならしてみろと言わんばかりに腕を組んだが、そんな心配をする必要はなかった。アーサー・チャドウィック警視が犯罪捜査部《CID》の階級をここまでのぼってきたのは、上司に盾突かず、自分の手柄にできることはかならずそうしてきたからだ。

「まったくです、総監補」

サー・ゴドフリーはいつもの癖で口ひげをなでた。元兵士で、いかにも当代の総監補という風貌だった。上背があり、日焼けした肌に角張った顎、鉄灰色の髪。「パードゥは高潔の見本のような人物だった。家産の半分を慈善活動に投じた。当然ながら前科もない。経済面で何か違法行為の疑いがあるかね？」

チャドウィックは弾丸のように見える禿げ頭を悲しげに振った。「銀行家は積もった雪のように純白ではありません。しかしパードゥは、父親や祖父と同じ守旧派で、顧客はみな名士録から抜粋したような人たちです。悪党にまんまとカモにされる愚か者はひとりもいません」

サー・ゴドフリーはまず咳払いをし、何を聞いても驚かないぞという態度で尋ねた。

「私生活の……乱れも何もない？」

「オークス警部が調べた範囲では何も、総監補。パードゥは妻に先立たれ、大きな出費をしている様子もありません——価値ある慈善活動を除いてですが。競馬もカード賭博もしない。無数の慈善団体に惜しみなく寄付をすること以外に、脚光は浴びたくなかったようです。二番目の妻を亡くしてまだ一年もたっておらず、それからはごく静かに暮らしていました」

「奥さんの死亡に不審な点は？」

「出産時に死亡したのです、総監補」

その答えが合図になったかのように、総監補はまたひげをなでた。「あれほど衝撃的なコヴェント・ガーデンの事件を起こしたにしては珍しい……やけに唐突だな。きみは本当に彼がヘイズ女史を殺したと思うのか？　そして自殺したと？　第三者に殺された可能性はないのかね？」

少し息をあえがせて、チャドウィックは手帳を取り出した。この大男は若いころ、アマチュアのボクシング大会で何度か優勝したこともあったが、最近は妻の手料理のおかげで腰まわりに肉がつき、かつてリングで敏捷に動いていたとはとても信じられなかった。内勤になって長いものの、オールド・ベイリーで何度となく、事実は法廷で記録されるまで事実ではないことを示してきた。

「まったくありません、総監補。それは最高権威が確認しています。ただちに呼ばれたミスター・ルーファス・ポールが、誰も手をつけていなかった遺体を徹底的に検分したのですから」

サー・ゴドフリーはうなずいた。「それはじつに賢明だった。彼ほどの権威はいない」

「さようです。ドアは書斎の内側から施錠され、鍵は挿さったままでした。窓はなく、天井や床から入る方法もありません。銃にはパードゥの指紋がついていて、自白の手紙も本人の筆跡でした。あの筆跡はまねるのがむずかしく、お抱えの秘書がパードゥが書いたものと断言しています。銃は知らぬ者がいないほど有名なモデルですが、どこから入手したのかはまだわかっていません。遺産に含まれていたのだろうというのが、われわれの仮説です。家の地下からは、彼が被害者の首を切るのに使った鋸も見つかりました。洗っていましたが、彼女の血を完全に洗い落としてはいませんでした」

「手際が悪いことだ」

こうしたくだらない発言が多いせいで、フリート街はもちろん官庁街でも多くの人がサー・ゴドフリーを馬鹿だと思っていた。もっと寛大な少数派は、低く見られることは彼自身の狙いであって、無骨な軍隊ふうの態度はある種の偽装だと論じていた。

「まったくです、総監補」

「自殺のいいところは」サー・ゴドフリーはペンでデスクマットをとんとん叩いた。「関係者全員の手間暇を大いに省いてくれることだな。彼の健康状態はどうだった？」

「ハーレー街のサー・ユースタス・ライヴァースの診断によれば、悪性腫瘍がありました。そのことはほかの誰にも言っていなかったようです。サー・ユースタスに確認したところ、余命はあと数カ月だったとか。最期がつらくなることをパードゥに告げるのは医師の義務だと感じたそうです。自白の手紙にも、時間がほとんど残されていないと書かれていて、それでいっそう本人だという真実味が増したのです」

「ベニヤ板の箱の件は？」

「箱を彼に売った店を見つけました。パードウは身元を隠そうと、よれよれの古いアルスター外套を着て、ベレー帽を目深にかぶり、イートン校ふうのアイルランド訛りで話したそうです」

「それがパードウだというのは確かなのか？」

「店主は写真を見せられて、本人と特定できませんでした。箱を何か奇妙なことに使うのだろうとは思ったけれど、なぜ欲しがるのかは見当もつかなかったそうです」

「昨夜、パードウは家の者たちをみな外出させたんだろうな。平和で静かに事を運べるように」

「そのとおりです、総監補」チャドウィックはパイプを吸った。「秘書は昨日、パードウが動揺しているように見えたと。執事も同じ意見でした」

「だが、精神的に不安定な症状はなかった？」

「調べたかぎりでは何も。ですが、サー・ユースタスによると、パードウは腫瘍のことでそうとうまいっていたようです。書類もかなり処分していたようで。次々と燃やしていたとか。不都合なものを廃棄したのかどうかは永遠にわからずじまいです。あの最後の告白は、罪悪感と恥辱に押しつぶされた男が書いたものでした」

サー・ゴドフリーは舌打ちした。「遅きに失したが、後悔しないよりはましだったということか。彼の私生活についてほかにわかったことは？」

チャドウィックは手帳を見た。「最初の妻は肺病で亡くなりました。問題になる点はありません。三年前に再婚。二番目の妻は彼の年齢の半分もいかない若さでしたが、料理人に言わせると気まぐれで、秘書に言わせれば、わりにふつうだったそうです。舞台俳優でした。その妻と赤ん坊を失って、パードウは気がふれたようになりました」

「自殺とつながるな」サー・ゴドフリーは言った。「ほかに声望の高い銀行家が獰猛きわまりない獣のようにふるまう理由がないだろう？」

「まさに、総監補」

「例の若い記者について聞かせてくれ。死体が見つかって数分のうちにパードウの家の外に到着したというのはあまりに不自然だろう」

サー・ゴドフリーの声に、しぶしぶながら称賛する響きがわずかに混じった。彼自身の職歴が、クリケットの国際試合の打者よろしく絶妙のタイミングを読む才能の表われだったのだ。大戦中には傷より勲章を多くもらい、停戦条約のインクも乾かぬうちに退役して、似たような立場の人たちが疲れすぎるかインフルエンザにやられて、平時のことなど考えられなかった隙に総監補の地位を手にした。一年前に犯罪捜査部を率いていた総監補が引退した際、年功序列でサー・ゴドフリーがその後釜に入ることは当然のなりゆきだったが、犯罪捜査部の公の顔になることは、交通取り締まりと紛失物管理の責任者でいるより、いろいろな点でむずかしい。

「名前はフリント」チャドウィックが、上司の机に積まれた資料のいちばん上にある新聞に人差し指を突きつけた。「リーズから出てきてクラリオンに入った若者です」

「〝三文新聞〟のなかでも最低クラスだな、私に言わせれば」サー・ゴドフリーは嫌悪もあらわに鼻にしわを寄せた。クラリオンの社説は、コーラスガール殺害事件に関する犯罪捜査部の不手際を糾弾し、その責任を総監補に負わせていた。

クラリオンの競馬欄のヒントで何度も儲けさせてもらい、まじめくさった競争紙をつまらないと思っている警視は口を閉じていた。「主任犯罪報道記者のベッツが最近轢き逃げに遭ったことはご存じで？」

「今度ばかりは不運なときに溝に足を踏み入れたんだろうな」

「医師団が奮闘しているものの、命は救えそうにありません。フリントは青二才ですが、野心家と言われています」

「パードウの件をこっそり知らせたのは誰だ？」

「オークスが昨夜フリントと話しています、総監補。ここに呼びましょう」

チャドウィックは内線のボタンを押し、パイプの煙草を詰め替えた。すぐに彼らより二十歳は若い、痩身で顎の鋭い男が加わった。フィリップ・オークス警部は、ケンブリッジのレプトン・アンド・カイアス校を卒業しながらも警察に入ることを選び、その知性を捜査に振り向けることにした類まれな人物だ。金のかかる教育のせいで、仲間の警官たちにたちまち人気を博したとは言いがたかった。チャドウィックも、豊富な語彙と洗練されたテーブルマナーを身につけたこの若い大卒を疑ってかかるひとりである。すべりやすい階級の竿をオークスがうまくのぼってきたのは、頭脳とまじめな働きぶりのせいなのか、それとも運とコネによるものなのかということが、警察官連盟で熱く議論されていた。

「フリントは、パードウの家に行けと助言したのが誰なのか知らないと言っています」オークスが言った。

サー・ゴドフリーは分厚い唇をすぼめた。「そのことばを信じるのかね？」

「新聞記者が言うことはいっさい信じません、総監補」オークスは答えた。「フリントの住まいに届いたという手紙を見せられました。指紋の採取を求めたところ、フリントはさほど抵抗もしませんでした」

「おそらくその手紙には自分の指紋しかついていないと思っていた？」チャドウィックが言った。

「おっしゃるとおりです。実際にそうでした」

「その手紙を彼自身が書いたとは思わないのだな？」

「彼の家主によると、手紙は昨晩、フリントが彼女の娘と話していたときに届けられたそうです。もちろん、フリント自身がそのように手配したのかもしれませんが」

「それも妙な話だ」総監補は言った。

「本当に妙なのは、サー・ゴドフリー、便箋の出どころです。住所は刷られていなかったものの、パードウが使っていた便箋とまったく同じものだったのです。彼が自分を撃った部屋に買い置きがありました」

「それはまた！」

「その便箋を扱っているボンド・ストリートの高級文具店に確認しました。問題のブランドは一年半売っておらず、最後のあたりで買った客のひとりがローレンス・パードウでした。だからパードウのものだったとは言えませんが、もしほかの人物の便箋だったとしたら、恐るべき偶然です」

「パードウがフリントに手紙を送ったと思うのかね？」

「そうする理由は想像もつきませんが、三つの可能性のうちのひとつではあります、総監補。もうひとつは、フリント自身が書いた可能性、あとは、第三者が彼に送ったか」

「第三者？　パードウが犯行を打ち明けた人物ということか？」

「あるいは、彼がまもなく自殺することを知っていた誰かです」

チャドウィックが顔をしかめた。「使用人とか？　秘書かね？」

「外部者の可能性もあります」

「誰を想定してるんだね、オークス？」サー・ゴドフリーが問い質した。「さあ、言いたまえ」

「ジェイコブ・フリントにある名前をぶつけてみましたが」オークスは言った。「図星だとは認めませんでした。ただ、顔が赤くなっていましたから、私としては結論を出しています」

「その結論とは？」

「フリントは問題の手紙がミス・レイチェル・サヴァナクから来たと考えているようです」

サー・ゴドフリーは椅子をまわして警視のほうを向いた。「きみはどう思う、チャドウィック？　彼女がかかわっているのか？」

「判断のしようがありません、総監補」チャドウィックが出世したもうひとつの理由は、論議を呼ぶ意見について断言を避ける能力があることだった。「正直なところ、結びつけるのはむずかしいように思います。彼女がどうやってその便箋を手に入れたのかも説明できません」

「どうしてフリントは、彼女がパードウのメアリ＝ジェイン・ヘイズ殺しを知っていたと考えているのだろう。パードウがすぐに自殺することは言うに及ばず」

「記者の勘でしょう」オークスが言った。「フリントは彼女がドリー・ベンソン事件を解決したことを知った。コヴェント・ガーデンの殺人はあらゆるところで報道されています。世間を騒がせる凶悪犯罪の調査に彼女が味をしめたとフリントが考えているなら……」

「きみはまだ確信していないのだな、チャドウィック？」

弾丸のような頭が持ち上がった。「なぜレイチェル・サヴァナクは、ドリー・ベンソンを無惨に殺した犯人を卑劣漢のリナカーだと名指ししたのか。考えてみてください、総監補。彼女は個人的な恨みを晴らしたのだと思います」

「そして、たまたま読みが当たった？」オークスが静かに訊いた。

「ほかに考えようがありますか？　並はずれた素人探偵は物語のなかだけです。探偵は女性にできる仕事ではない。女性の直感が緻密な犯罪捜査の代わりを務めることはまずありません。リナカーの事件は、せいぜいその原則のまれな例外といったところでしょう。ただのまぐれ当たりです」

「きみはどう思う、オークス？」

「この四十八時間、新聞はメアリ＝ジェイン・ヘイズの殺害と、彼女の頭部が切断されていたという報道一色でした。ミス・サヴァナクが犯罪に魅了されるのは明らかですから、もう一度探偵を演じる気にならないなら、そちらのほうが驚きです。目端のきく誰かがパードウの事件を追うとしたら、それが彼女であることは賭けてもいいくらいです」

チャドウィックはパイプクリーナーをひねって三角形にした。「とはいえ、彼女はどうやってパードウに目をつけたんだね？」

「そこはわかりません」オークスは快活に答えた。「ですが、彼女が事件を追っていることをわざとパードウに知らせたとしましょう。パードウもリナカー同様、正式な法の裁きを受けるより自殺を選ぶとミス・サヴァナクは予見していたのかもしれない。そこでフリント宛の手紙が書かれる」

「なぜわれわれではなくパードウに直接連絡したのだ？」サー・ゴドフリーが訊いた。

「前回のわれわれの対応に失望したのではないでしょうか」

チャドウィックがうなった。「憶測にすぎん」

「おっしゃるとおりです、警視。しかし僭越ながら、ミス・サヴァナクの手口《モドゥス・オペランディ》には符合します。彼女の行動は謎めいている」

サー・ゴドフリーもうなずいた。「リナカーが自殺したあと、彼女がわれわれの邪魔をしたり、スポットライトを独占したりといった動きはなかった。私はそれに満足している。女性が思慮深いのはいいものだ」

「彼女はなぜリナカーに近づいたのですか？」チャドウィックが訊いた。「率直に言って、あの女性はまったく信用ならない。あれほど生まれと見た目がよくなかったら、われわれも彼女の行動はきわめて疑わしいと見なすことでしょう」

総監補は眉根を寄せた。チャドウィックがここまであけすけに話すのは珍しい。階級意識をにおわせるような発言も初めてだ。父親がショーディッチで荷馬車を曳いていたことを、いまだに恨みに思っているわけでもなかろうに。

「かりに私の推測が当たっていても」オークスが言った。「第二の謎があります。パードウが殺人犯で、自殺を計画しているとレイチェル・サヴァナクが睨んでいたとしても、なぜそれをフリントに知らせたのでしょう。名だたる犯罪報道記者がほかにいくらでもいるのに」

「それはおそらく」サー・ゴドフリーは考えた。「野心的な若い記者なら、情報の出どころをあまり詮索せず、特ダネに喜んで飛びつくと考えたからではないかな」

「別の可能性もあります」オークスは言った。「私はいつも新聞記事に注目して、レイチェル・サヴァナクの名前を探しています。彼女は若く魅力的な独身女性で、莫大な富を使うこともためらわない。要するに、ニュースになりやすいのです。ところが不思議なことに、大衆紙にはまったく取り上げられない。しかし最近、クラリオン紙にゴシップめいた短い記事が載りました。まったく取るに足りない内容でしたが、彼女を謎めいた人物として描き、クロスワードやアクロスティック、チェス・プロブレムなどの難解至極なパズルを解くのを愉しむと書いてありました。その行間を読めば、リナカーの事件で彼女が果たした役割を仄めかしているようでもあります。その記事を書いたのはフリントではないでしょうか。彼はミス・サヴァナクに、外からは見えない何かがあると考えているとか？」

サー・ゴドフリーは、ペーパーカッターを取って、デスクマットに突き刺した。「品位に欠ける何かかね？」

「そこは正直なところ、なんとも言えません、総監補。そもそもどうして裕福な若い女性が殺人にあれほどの関心を示すのでしょう」

「まあいい。われわれにはほとんど関係のないことだ。パードウは死んで、コヴェント・ガーデン事件は解決した」総監補は微笑んだ。「終わりよければすべてよし。おめでとう」

「ありがとうございます」

「おや、チャドウィック？　得意満面でいるべきときに苦虫を嚙みつぶしたような顔をしているな」

「お赦しください、サー・ゴドフリー」警視は立ち上がった。「もちろん、困難な事件が解決したことを心から喜んでおります。では、私はこのあたりで……」

「ひとつ小さな点が未解決です」オークスが言った。

「なんだね？」サー・ゴドフリーが訊いた。

「パードウのインク壺の横にチェスの駒がありました。黒のポーンが」

「それがどうした？」

「奇妙なことに、総監補、あの家を探したところ、チェスのセットはなかったのです」

# 6

「甘美な死体」レイチェル・サヴァナクはグラスのワインをひと口飲んだ。年代物の赤は血の色だった。

横にいる相手は、よく練習した笑みを浮かべて答えるまえにためらった。背が高く、肌の色の濃いカタロニア人で、体にぴったり合った特別仕立てのスーツは立ち居ふるまいと同じくらいエレガントだ。彼はレイチェル・サヴァナクが王女であるかのように迎え入れた。レイチェルはここの〝パトロン〟であり――彼は〝顧客〟ということばが嫌いだ――市場の大崩壊で裕福な美術愛好家の大半が砲弾ショックを受けているこの時期でも、〈ガレリア・ガルシア〉は、レイチェルが買ってくれるおかげですこぶる繁盛していた。画廊は人いきれと葉巻の煙でむせかえっていたが、ほかの客たちは現代アートに散財するより、ハビエル・ガルシアのワインセラーの貯蔵物を味わいたいにちがいないとレイチェルは思った。

「ああ、まさに」ガルシアは言った。「甘美な死体《キャダヴル・エクスキ》。隣の部屋に、似たような主題でバルセロナから届いたものがあります。もしご覧になりたければ……」

「死体《カダヴァー》?」ふたりのうしろで誰かがつぶやいた。まわりの騒音でほとんど聞こえないほど小さい声だった。「私の専門だ。私見を述べれば、ひと晩くらいは、なしですませたかったがね」

ガルシアはくるりと振り返った。「なんとこれは、先生、あいかわらず鋭いユーモアのセンスですな。失礼いたしました、ミス・レイチェル・サヴァナクとはお知り合いで? ディア・レディ、こちらはミスター・ルーファス・ポール。法医……」

「法医学者の」レイチェルは純真な少女のやさしい笑みを浮かべた。「もちろん、お名前は存じ上げています」

小太りで頬が赤いルーファス・ポールは、ある法廷で証言して妻殺しの男を絞首台に送った際、クラリオンのトマス・ベッツの記事で村の肉屋のようだと形容されたことがある。だとしたら、彼は最上クラスの肉屋だ。死刑裁判で人体の微細な残留物から検察に有利な証拠を導き出す才能は超人的だし、専門家としての証言で金持ちの被告を絞首台から救ってやったことも一度や二度ではない。

レイチェルは彼の肉厚の手を握り、その手が大包丁を振るっているところを想像した。

相手の視線はゆっくり下におりていった。この日の彼女の装いは、画家ソニア・ドローネーがデザインした絹のドレスだった。たいていの男はレイチェルの体を眺めることに喜びを見いだすが、ポールの態度を見ると、彼女の骨にどのくらいの肉がついているのかということに専門家の好奇心を寄せているようだった。

「お目にかかれて光栄です、ミス・サヴァナク」彼は言った。ガルシアはほかの客たちの相手をするために離れていった。「まだ若い研究員だったころ、亡き父上が裁判長を務められたオールド・ベイリーで証言したことがありますよ。あの経験は忘れられません」

「不安になられたでしょうね、まちがいなく。わたしが死体に情熱を傾けていることにもでしょうが。さっきはハビエルと、シュルレアリストについて話していたんです。甘美な死体という概念があることを」

「なんと」ポールは言った。「絵画なら私はせいぜいヘイ・ウェイン止まりですな。現実の世界がすでに厳しすぎるので。これまでに見た死体は、どれひとつとして甘美ではなかった」

「甘美な死体?」上流階級ふうの年配男性がふたりに加わった。「室内ゲームにありますね。ほら、みなでメモをまわして、ひとりずつ適当に一語か二語ずつ足していき、組み合わせでどんな奇妙な文ができるかということを愉しむのです。一説によると、こんな文ができたそうで――〝甘美な死体が若いワインを飲むだろう〟。これに触発されたシュルレアリストたちが、ありとあらゆる視覚的な実験を試みた。こぞって珍奇なパーツからなる死体を描いたのです。正直言って、彼らの作品は私の趣味には合いませんが、趣味は人そ《シャカン・ア・》れぞれ《ソン・グー》ですからな。失礼、熱心にしゃべりすぎたようです。もしかして、喜ばしいことに、こちらはミス・レイチェル・サヴァナク？」

「サー・ユースタス・ライヴァースとはお知り合いですか？」ポールがレイチェルに言った。「紹介させていただきます、親愛なるミス・サヴァナク、こちらはハーレー街を代表する名医です。ここだけの話、彼と私は生者も死者も好きでしてね。もちろん、私の仕事より彼の仕事のほうがずっと大事です。万一国王が病気になられたら、王室はかならずこのライヴァースを呼びにやるでしょうから。しかし彼はロンドンの傑出した医師であることにとどまらず、古今東西のあらゆる事物に通じた生き字引きなのです」

サー・ユースタスは優雅に一礼して、お世辞を当然のごとく受け止めた。レイチェルは、著名人の輪に入れていただいてこれほどうれしいことはありませんと述べ、マルセル・デュシャンの絵に関するふたりの意見を訊いた。ライヴァースとポールがもったいぶって話しはじめ、レイチェルは視線を画廊のほかの場所に走らせた。女性客は数えるほどで、みな高価な服を着て四十歳は超えている。ドリー・ベンソンの殺害犯の兄、アルフレッド・

リナカーの地味な姿もあった。新聞を一度でも読んだことがあればすぐ認識できるふたりの男と、真剣に話し合っている。ひとりはアイルランドの俳優のウィリアム・キアリー、もうひとりはヘスロップという、がっしりした体格の労働組合長だ。ゼネストを開始後わずか九日で放棄したことで広く知られる。レイチェルが見ていると、リナカーがこのふたりに何かささやき、三人はそろって彼女のほうを盗み見た。レイチェルは修道女のように慎ましく眼をそらした。

画廊の遠い端のドアがさっと開き、背の高い男が入ってきた。自信にあふれ、ピンストライプのスーツを完璧に着こなしていた。部屋のなかを見渡しながらも、近づいてきた給仕からグラスをそつなく受け取り、レイチェルの姿を認めると、狩猟者が獲物のライチョウを見つけたときのように満足げに会釈した。

男は彼女のほうに歩いてきた。「ミス・レイチェル・サヴァナクですね？　ヴィンセント・ハナウェイと申します。お会いしたいと思いはじめて、どれだけたったことか」

「昨夜きみが答えなかった質問をくり返しても、時間の無駄かもしれないが」オークス警部は穏やかに言った。「いったいどうやって、われわれとほぼ同時にローレンス・パードウの家の外に到着したんだね？」

「おっしゃるとおり、時間の無駄です」ジェイコブは応じた。「知っていることはすべて話しました」

それは嘘だった。レイチェル・サヴァナクにとって、ギャロウズ・コートがなんらかの意味を持つことはわかっていた。あの電話の短い会話のなかで、いつも冷たく自信満々のレイチェルの態度が崩れて、受話器を叩きつけるところまで行ったのだから。

ジェイコブとオークスは、スコットランド・ヤード最深部の窓のない部屋で濃い紅茶を飲んでいた。ジェイコブはいまだに自分の幸運が信じられなかった。警察の上級職が若い記者に時間を割くことはまずない。個人的にオフレコで話したいと呼び出すことなど、奇蹟に等しい。オークスは新世代の警官のひとりで、高等教育も受け、洗練されていて、新聞記者を悪魔の腹子と見なす疑り深い叩き上げの警官とはまったくちがう。警視庁のトップにのぼりつめるとも目されていて、あの時代遅れの老兵サー・ゴドフリー・マルハーンよりはるかにいい仕事をすることは明らかだ。オークスはこの先何年もかけがえのない連絡先になるだろう。重要なのは、出だしからプロ同士の正しい関係を築くことだ。友好的だが友だち面はせず、控えめながらしっかりと現実を踏まえているような。

警部は椅子の背にもたれ、両手を頭のうしろで組んだ。「この事件をどう思う？」

「警官はあなたです」ジェイコブは言った。「こっちが教えてもらいたいな」

その軽々しい発言に、警部は冷めた笑みを返した。「警官だからこそ質問している」

「結果だけ見れば、パードウは警察の手間をずいぶん省いてくれましたね」ジェイコブはティーカップを置いた。「遺書を見せていただくことは可能ですか？」

「あいにくそこまでは、ミスター・フリント」オークスはジェイコブの図々しさをおもしろがっているようだった。「たいした内容でなかったことは確かだ。たまたまメアリ＝ジェイン・ヘイズと出会い——どこでどう出会ったのかはわからない——好きになった。彼女が同じ気持ちになってくれなかったので腹を立てた。首を絞めて頭部を切断したことには軽く触れているだけ。その記述は証拠と完全に一致している。自白が本物であることに疑問の余地はない」

「この世はふられた恋人たちでいっぱいだ。でも、求愛をはねつけられたからといって、首を切断するのは異常ですよね」

オークスは肩をすくめた。「絶望した男はおかしなことをするものだ。少なくとも巷《ちまた》ではそう言われている」

オークスは自分を疑ったことがなく、まして絶望とは無縁なのだろう、とジェイコブは思った。新聞の切り抜きによると、なんの憂いもなく定められた人生を歩んできたようだ。准男爵の五男で、家族はロンドン周辺の諸州に広大な土地を所有している。驚いたことに、兄たちはみな戦争を生き延び、オークス自身は准男爵位を受け継がなかったものの、学校では人気の代表生徒、競艇選手にもなって優勝し、いまはヤードで最年少の警部である。自信と権威がにじみ出るのも無理はない。

「メアリ＝ジェイン・ヘイズの胴体は、早朝、コヴェント・ガーデンの路地で見つかりました。発見者は市場《いちば》に働きに行くところだった」ジェイコブは言った。「パードゥはその近所で彼女を殺し、頭部を切断したにちがいない。どこでやったか説明していましたか？」

「市場からほど近い厩舎街《ミューズ》に、無人だが家具類はきちんとそろった空き家がある。権利証書を確認すると、パードゥが個人所有する会社の名前が入っていた。われわれは、彼が何かの口実で被害者をそこに誘いこみ、殺したのではないかと考えている」

「そこはもしかして、マカリンデン・ミューズでは？」ジェイコブは訊いた。厚かましくも同僚の名前を借りてでっちあげた地名だった。

オークスはそんな罠にはまるような未熟者ではなかった。「申しわけないが、ミスター・フリント、住所は明かせない。殺人の聖地のような場所になっては困るのでね。パードゥは犯行後にそこを掃除したが、充分ではなかったとだけ言っておこう。血痕と体組織が残っていた。知ってのとおり、彼は死体を袋に入れ、彼女の服とハンドバッグは別の袋に入れて、両方を近所に捨てていた。そして頭部は保管していた。まるで悪夢だが、ある種の戦利品と見なしていたのかもしれない」

「パードゥは謎ですよ、警部。これまで金融業者を殺人狂と結びつけた人はいなかったでしょう。彼は不正な株でも発行していたんですか？」

「彼の顧問弁護士だったハナウェイという男によれば、パードゥの金融取引はまったく非の打ちどころがなかった。ハナウェイはパードゥの銀行の取締役でもあったから、当然ながら投機を控えさせることに関心があったわけだが、いずれにしても、パードゥが不正をしていたとか、大きな損失を出していたという痕跡はない」

ジェイコブは紅茶を飲み干した。「あるいは、誰にも見つかっていない罪を犯していたとか？」

「だとしても、自白には含まれていなかった」オークスは言った。「一瞬、頭がおかしくなってやってしまったと書いてあった」

「あれほどの凶行がいきなり出てくるなんてことはありませんよね？」

オークスは肩をすくめた。「私はジグムント・フロイトではないよ、ミスター・フリント。ことによると、パードゥは動物虐待をしていたかもしれない。誰にわかる？　彼の重大な欠陥に気づいた人はいなかった。奥さんとお腹の子を亡くしたあとは寂しい生活を送っていたにちがいない。自身も重病を患っていた。犯行の原因としてわれわれが考えつくのはせいぜいそのくらいだ。弁護士が公開した情報によると、遺書にもとづき、パードゥの莫大な資産は、いくつかの少額の贈与を除いてさまざまな分野の慈善活動に譲渡される。そのことは、博愛主義者だという彼の評判に文句なく合致する。この犯罪で助けられる人がいることを神に感謝しようじゃないか」

「つまり、スコットランド・ヤードはこれで満足しているのですね？」

「完全に」オークスはかすかな笑みを浮かべることを自分に許した。「もちろん死因審問は開かれるが、あっと驚く発見は期待しないほうがいい。このところフリート街はわれわれに手厳しかったから、うちの上司たちもひと息つけそうだ」

「オークス警部」ジェイコブは食い下がった。「あなた自身も満足なのですか？」

オークスはまた肩をすくめた。「たしかに奇妙な点はある」

「たとえば？」

「きみと同様、われわれもパードゥの死を知らされたのだ。誰かがスコットランド・ヤードに通報してきた。かすれたささやき声で、サウス・オードリー・ストリートの密室に死体があるとね。通報者は名乗らなかった」警部は間を置いた。「男か女かもわからない」

ジェイコブは考えた。「ぼくに手紙をよこした人物と同じかもしれない」

「誰に助けられたか、まだ見当もつかないのかな？」

「警部と同じくらい、ぼくにもさっぱりわかりません」

「妙なこともあるものだ」

ジェイコブはうなずいた。「ご自身の好奇心をどうやって満足させるつもりですか？」

オークスは苦笑いをもらした。「捜査案件は山ほどあって、どれも急を要する。チャドウィック警視はこの道のベテランだが、パードゥの自白で一件落着と考えている。この件にまとまった時間をかけることは私としても正当化できない。警察にとって、ある犯罪が解決してどこにもほころびが見えないというのは、きわめて異例なのだよ。贈られたものに文句を言うのは失礼だろう？」

ジェイコブはにやりとした。「一方、うちの編集長はぼくにかなり自由にやらせてくれます」

ふたりの眼が合った。「それはありがたいな、ミスター・フリント。もし私が興味を持ちそうな情報が得られたら、ぜひ連絡してくれ」

「もちろんです」ジェイコブは立ち上がった。ふたりは握手した。

「帰るまえに、ひとつ助言しても？」

ジェイコブはドアのまえで立ち止まった。「なんなりと」

「車が多い道を渡るときには、しっかり左右を見ることだ」

「お父様は、あなたが現代アートの愛好家だとはおっしゃっていませんでした」レイチェルは言った。

「父は実利主義者ですから」ヴィンセント・ハナウェイが応じた。『峡谷の王』（スコットランドの峡谷にたたずむ牡鹿を描いた、エドウィン・ヘンリー・ランドシーアの代表作）以降、価値のある絵を描いた画家はひとりもいないと確信しています。私も現代の画家にはまったくくわしくありませんが、心の広さが自慢なので」

「でしょうとも」レイチェルは言った。

ハナウェイは彼女をライヴァースとポールから引き離し、部屋の隅に連れていった。父親より十五センチほど背が高く、ブロンドの髪と青い眼はおそらく母親譲りだろう。エセル・ハナウェイはこの息子を産んだあと精神を病み、一年後に精神病院で亡くなった。人生の目的は果たしたのだ。

給仕が飲み物を持って近づいてきた。ハナウェイは盆からまた赤ワインのグラスを取って、レイチェルに差し出し、空《から》のグラスを引き取った。

「上品な年代物のワインです」彼は請け合った。「たとえ落書きみたいなこういう絵を買いたいと思わなくても、ガルシアの貯蔵室にはそれを補って余りあるものがそろっている。あなたとごいっしょできることは言うまでもなく。少し酒がまわってきたようです。どうしてもあなたに小さな秘密を打ち明けたくなった」

ハナウェイは見下すような猫なで声になった。女性に言い寄るときには父も息子もこうなるのだろうか、とレイチェルは思った。それとも、弁護士はみなこうならざるをえないのか？ 自分の助言が高値で買われ、福音のように扱われるとき、人はみずからの優越性を信じずにはいられなくなるのだろうか。

「聞きたくてたまりません」彼女は言った。

ハナウェイは歯をたっぷり見せて笑った。小さく鋭い墓石が並んでいるように見えた。

「私が今晩ここに来たのは、あなたがいるからなんです」

「ありがたいおことばね、ミスター・ハナウェイ」

「どうかヴィンセントと呼んでください。お目にかかるのは初めてですが、私は生まれたときからあなたを知っているような気がするんです。おわかりのように、レイチェル――こうお呼びしてもよろしければ――サヴァナク家の利益を守ることは父にとって至上命令でした。私の父とあなたの父上は互いに心から尊敬し合っていた。私もあなたに同じような気持ちを抱かずにはいられません」

「本当に、ヴィンセント、なんとお答えしていいのやら。黙っているほうがいいのかもしれませんね。口を開けばご期待を裏切ってしまいそうで」

ハナウェイは自分のワインを飲み干した。「あなたのユーモアのセンスは皮肉で彩られているようだ。すばらしい。私好みだ……」

「気骨のある女性が好みですか？」レイチェルは口元をすぼめた。「初夜《ドロワ・ド・セニュール》権の女性版に憧れるような？」

ハナウェイは落ち着かない笑いに逃げ場を求めた。「私をからかっておられますね。父のことも。おわかりでしょうが、父は五十歳に満たない女性を理解していません。あなたがたに選挙権を与えるのも嘆かわしいまちがいだと思っている。もっとも、アルフレッド・リナカーを例外として、いま政府にいる有象無象を見ていると、有権者全員がペチコートを着用しても状況が悪化するとは思えませんけどね。父と私の共通点がひとつあります。私も父と同じくらいあなたに仕えたいと思っています」

「ご親切にありがとうございます。ですが、とくに別の家を買いたくもありませんし、遺言書を作るにはまだ若すぎます」

「それは賛同しかねますよ」彼はやんわりと言った。「あなたのような立場の女性は遺言書を作るべきでしょう。先のことはわからないものです。健康そのものの人にも不幸は降りかかる」

「おっしゃるとおりです」レイチェルは相手の眼を見すえた。「このまえこの画廊に来たときには、クロード・リナカーと話しました。彼が天に見放されるなんて誰に予測できたでしょう。ストリキニーネ――彼が自殺に選んだ方法はそれでした?」

ハナウェイの顔が凍りついた。「刺激剤が必要だとかかりつけ医を説得したようです。兄のアルフレッドには大打撃でしたが、ありがたいことにいまは回復しています。こういう不確かな時代には彼のような男が必要なのです」

「今日ここに来られているようですね」

「ここにいる数人は昔ながらの友人で、ときどき会って愉しんでいます」強張っていた顔に人懐こい笑みが浮かんだ。「みなでよくあなたの父上のことを考えます。よき友人であり、男たちのリーダーでした」

「判事はとても控えめな人でした」レイチェルは言った。「ひとり娘に対しても。でも晩年は……わりと自由にロンドンでの生活について話していました。友人の皆さんが彼の生き甲斐だったことは疑いありません」

ハナウェイは上等のワインの香りを嗅いだ鑑定家のように満足げにうなずいた。「判事は、ご存じのように、チェスの名手でした。われわれはいまもたまに指しますよ」

「和気藹々《あいあい》ですね」レイチェルはワイングラスの縁を指でくるりとなでた。それが思考の助けになるかのように。「あなたもお友だちも、いまだにチェスを……フェアにプレイなさるんでしょう？」

ハナウェイはびくっとしたが、答えなかった。傍目にもすばやく考えているのがわかった。

レイチェルはやさしい笑みを浮かべて言った。「もしかして、平凡な娘をチェスの仲間に入れてくださる可能性もあります？」

彼はゆっくりと言った。「どんな決まりごとも永遠ではありません」

「まさしく」

ハナウェイは心を決めたようだった。「判事の娘さんがわれわれの仲間に加わるのは、むしろ当然に思えます」

「うれしいわ！」レイチェルは小さく喜びの声をあげた。「断わられるかと思ったんです、なんというか……大胆な初手《ギャンビット》だから」

「そうやってじらすんですね」ハナウェイの眼が輝いた。「もともとこの親しい関係は、私たちの父親同士が築いたものだ。これからいっしょにするゲームがどれほど愉しいか、もうわかりはじめているようですね」

レイチェルは首をちょっと傾げて微笑んだ。「仲間に入れてくださるまえに、ひとつだけ忠告したいことがあるのですが」

「約束します」ハナウェイは言った。「あなたをさえぎったりはいたしません」

「わたしがプレイするときには」——笑みが消えた——「勝つためにします」

# 7

ジェイコブは足を早めた。ガス灯が闇を照らすフリート街に、見まちがえようのない陸標であるクラリオン・ハウスが浮かび上がっていた。クラリオン紙の堂々たる社屋には煤で黒ずんだ煙突が林立し、展望塔も備わっている。ゴマーソルはそこから競争相手を睥睨《へいげい》するのが好きだった。建築家のレニー・マッキントッシュは、この建物のデザインを発案したときに幻覚でも起こしていたのだろうか。奔放なまでに派手なこの造形のまえでは、同じ彼が生み出したグラスゴー・ヘラルド紙の社屋が質素な建築の見本のように思える。

ジェイコブはニュース編集室に入り、ギョロ眼のポイザーに、ギャロウズ・コートという名前に聞き憶えはないかと尋ねた。

「あるとも。ここから五分もかからない」

「え？　どこですか、それは？」

「リンカーン法曹院の裏の人通りの少ない一画だよ。出入りする道は一本しかない。中庭というのも憚《はばか》られるような寂しく狭い場所だったと記憶している」ポイザーは眼鏡をさっとはずし、近視の眼で精査するようにジェイコブを見た。「なぜそんなことを訊く？　おれの博識な友人たちと問題を起こしたわけじゃないな？　頼むから、有名な金持ちの名誉を毀損したなんて言わないでくれよ」

「知るかぎり、それはありません」ジェイコブは言った。

「意図がなくても名誉毀損は成立する」ポイザーは暗い声で言った。「ウォルター・ゴマーソルの眼の下に隈がある理由は、名誉毀損で訴えられることを怖れているからだ。この恥知らずの通りで働く編集長は、ひとり残らずそれで不眠症になる。ゴマーソルに告白することがあるなら、いまここで吐き出してしまえ」

ジェイコブは首を振った。「ちょっとした手がかりをつかんだだけです。情報をどうも」

ギョロ眼は激しくまばたきした。「このまえトムについて訊いたろう。彼の事故と関係があるのか？」

「それは言えません」

五分後、ジェイコブは眼を皿のようにして、法曹院の周辺で働いている弁護士の名簿を当たっていた。するとあるページで、ギャロウズ・コートに住所登録された名前が、血で書かれているかのように鮮明に飛び出して見えた。

〝ハナウェイ&ハナウェイ、事務弁護士〟。

ちょうどその日、オークス警部が同じ名前を口にしたばかりだった。ローレンス・パードウの顧問弁護士がハナウェイだと。つまり、死んだ男とギャロウズ・コートはつながっている。とはいえ、トム・ベッツにその場所がどんな意味を持っているのか?

「ここでいちばん美しい女性をひと晩じゅうひとり占めしちゃいけないな、ハナウェイ!」

音楽のようなアイルランド訛りの声の主は、ウィリアム・キアリーだった。弁護士の背中をパンと叩き、じっとレイチェルを見つめた。ハナウェイは紹介をしはじめたが、ガルシアとヘスロップによってそこから引き離された。

「ようやくお会いできて光栄の至りです、ミス・サヴァナク」キアリーを絶賛するある批評家は、彼の甘い声を聞くのは蜂蜜に浸っている心地だとたとえた。「お父上は偉大なかたでした」

凡庸な男の毛穴から出る汗のように、キアリーは魅力を発散していた。豊かに波打つ黒髪をなでつける男らしい仕種は人の眼を惹くが、訓練で身につけた意図的な演出だとレイチェルは確信していた。ウィリアム・キアリーは誠意のかたまりのように見えて、同世代でもっとも実力のある舞台俳優でもある。

「彼のような人には会ったことがありません」レイチェルは言った。

キアリーはしばらく彼女を見たあと、にっこりと笑った。これが無数の女性の心をときめかせる、かの有名な〝抗しがたい笑み〟だ。

「含蓄のある言い方ですね、ミス・サヴァナク。想像はつきます。彼は親としては、なんというか……現場の親方のような人だったかもしれない。私から見ると、粘り強く頑固な顧問弁護士であり、友情のためならどんな犠牲も厭わない友人でしたが」

キアリーは若いころ、役になりきる才能に恵まれた歌手兼ダンサーとして名をなした。〝百の声を持つ男〟と呼ばれ、ニュー・ムアリッシュ劇場と専属俳優の契約を結んでいた。そこにイナニティ劇場の経営陣が三倍の報酬を提示し、キアリーはそちらに逃げて、もとの雇い主から眼の玉が飛び出るほどの損害賠償を請求された。彼がライオネル・サヴァナク勅選弁護士に弁護を依頼すると、告訴はたちまち和解に転じ、キアリーは晴れて望みどおりに新しい仕事につけることになった。そして数週間のうちにイナニティ劇場の観客から喝采を浴び、顧問弁護士のほうは司法の階段をのぼったのだ。判事は亡くなったが、キアリーはイナニティと、舞台役者を抱える国内有数の芸能事務所のひとつを所有している。

「その後も交流はあったのですか?」

「彼がゴーントに帰るまでは。その後は……むずかしくなりました。私生活を大事にする人でしたから、自分のことはほとんど話しませんでしたが、あなたが自慢の娘であることは明らかでした」キアリーはそこでことばを切った。「あなたがまだ小さかったころには、とても癇《かん》が強い子だと言っていた。今日のあなたを見ることができたら、さぞ満足されることでしょう。柳のように細くしなやかで、こんなに落ち着いていて」

「そのうえお世辞に鈍感で」

レイチェルがにこりとしても、ことばの棘は消えなかったが、キアリーのセクシーな厚い唇にまたあの有名な笑みが躍った。

「ロンドンでくつろいでおられるようですね。ガルシアの話では、お得意さんのなかでもあなたがいちばんだとか」

「たんにわたしが買うせいで、ひもじい思いをせずにすむからでしょう」

「あなたは抜かりなく投資しているはずです、レイチェル。名前のほうでお呼びしてもかまいませんね? 堅苦しい慣習にはこだわらないほうなので」キアリーは声を落とした。

「俗っぽいと言ってハナウェイは嫌うんですが。彼は、私があなたをふたりきりのランチに誘ったと知ったら激怒するでしょうね」

「そうするつもりですか？」

「当然です。明日はいかがですか？　私がいちばん好きなのは〈レストラン・ラグーザ〉です。あそこはお薦めできる」

「なんてご親切な。〈ラグーザ〉のランチは一般労働者のひと月分の給料ほどするのでは？」

「ありがたいことに、私はいわゆる一般労働者ではないので」キアリーは微笑んだ。「私にとって演技は純粋な喜びです。報酬ゼロでも舞台でいろいろ愉しくやってみせますよ。イナニティ劇場の株主には内緒にしておいてください」

「あなたの後援者は錚々たる人々だと聞いています」レイチェルは言った。「さまざまな人が混じっているとも。労働組合長のヘスロップとか、ハムステッドの主教とか、ルーファス・ポールは言うまでもなく。何人かは今晩ここにいらっしゃいますね」

「本当によくご存じで、レイチェル」キアリーは間を置いた。「みな善良な人たちです。ヘスロップはどんな政治的信条の持ち主から見ても健全です。労働者の利益がどこにあるかを知っている。彼なしでは、ストライキで政府が瓦解していたかもしれません」

「なんてこと」彼女は言った。「それは困りますね」

「おや」キアリーは言った。「何を考えているのですか？」

レイチェルはワインの残りを飲み干した。「ああ、ウィリアム。女性はささやかな秘密を持つものです。あなたがた男性もそこは認めてくださらないと」

「この調子で続ければ、あなたも有名人の仲間入りね」ダウド夫人が宣言し、ジェイコブの大好きな手製の特別料理の一品を差し出した——マッシュポテトをのせて焼いた熱々のシェパーズパイだ。

ジェイコブは飢えた男のようにかぶりついた。有頂天は疲労に代わり、みずからのスクープを喜ぶどころか、思いがけずむなしさを覚えていた。

クラリオン紙の一面を飾った彼の名前に、家主とその娘はうっとりしていた。少しきつめの黒いカーディガンに豊かな赤毛が映えるエレインは、あだっぽい雰囲気でころころと笑った。

「彼はいま、わたしたちとつき合いたくありませんよ、お母さん。一般大衆と交わるのは偉大な記者の沽券《こけん》にかかわるから。わたしたちはせいぜいラジオのまわりに集まって、彼が国民に告げ知らせることを拝聴するしかないの。BBCでもなかなか聞けないような、モンシニョール・ノックス（カトリックの司教ロナルド・ノックス。推理作家でもあり、推理小説を書く際のルールを示した「ノックスの十戒」で有名）より上流の発音！　ええ、そうですとも、彼が暗い暗いヨークシャーの出身だなんて思いも寄らない。

わたしは彼が有名人とつき合いはじめても驚かないわ。たとえば、ヌビアの女王ネフェルティティとか。あの夜、彼女が軽やかに舞台に現われたとき、この人の眼は驚きで飛び出してたもの。いまのうちにサインをもらっておこうかしら、サインひとつで一シリング取られるようになるまえに」

「ちょっとしたジョークもいいけれど、エレイン」ダウド夫人は顔を曇らせた。「いずれにしろ、ひどい事件ですよ。あの無力で気の毒な人。彼女自身が招いた災いだ、いかがわしいことをしていたからだという意見もあるけど、賛成できないわ。女性が不運にみまわれたからといって、そのことを責めるのはひどすぎる。たぶん生活に困って通りで働くようになったんでしょう?」

「新聞には看護師だったって書いてあったけど」エレインが言った。「そうよね、ジェイク?」

「そうだよ」ジェイコブはパイを頰張った口でもごもごと言った。

「どうしてあんなことが起きたの? パードウって人、奥さんが亡くなったひとり身で、立派な紳士だったんでしょう? 慈善事業にたくさん寄付したり」

「立派な紳士と言われる人の多くは、実際にはそうじゃないのよ」母親が暗い声で言った。「そんなことはニュース・オブ・ザ・ワールド(日曜発行のタブロイド紙)を読むだけでわかる」

「でもどうして罪もない看護師を選んだの？」エレインはこの話題にこだわった。「ジェイク、あなたはきっと外に出してる情報よりもっといろんなことを知ってるわよね。スコットランド・ヤードはなんと言ってるの？　あなたはどう推理してる？　その最後のパイを食べながら、どうぞ遠慮なく打ち明けて」

ジェイコブは肉を皿につぎ足した。「警察の人たちも事件の全貌はわかってないんだ。かといって不眠にはならない。犯人は見つかったし、われわれももう、街の女性を守っていないじゃないかと警察を責め立てることができなくなった。パードウが彼らの代わりに仕事をしたようなものさ。事件は解決し、犯人は死んだ。スコットランド・ヤードの上層部が気にするのはそこだけだ。心理学はフロイト派にまかせておけばいい。報道機関も気が向けばパードウと哀れな被害者の断片情報を拾い集めることができる。われらがすばらしき警察は、まっとうで敬虔なロンドン市民が安心して街を出歩けるように、今後も誠意を尽くして働くというわけだ」

「警察が嫌いなんですか？」ダウド夫人がジェイコブのボリシェヴィキ思想の片鱗に啞然として訊いた。「あなた宛の手紙のことを尋ねに来たお巡りさんは、とても礼儀正しかったけど」

「彼らも人間ですよ、ぼくたちと同じく」

「あの手紙は誰から来たんです？　ご存じなの？」

「ご覧になったでしょう、匿名でした」

「とても謎めいてるわね」ダウド夫人は言った。

「これからどうするの？」エレインが訊いた。「まわりの情報を集める？　事件の全貌がわかるまで」

「どうだろうね」ジェイコブはナイフとフォークを置いた。「きみは正しいよ。この犯罪には外に出ていない情報がもっとある。ぼくは真実を突き止めたいな」

若い女性の眼が輝いた。「ぜひそうして！」

ダウド夫人は、ルバーブのクランブルについて何かつぶやきながら台所に向かった。ドアが閉まると、エレインは手をジェイコブの腿に置いた。ほっそりした温かい指の感触は心地よかったが、それらが大胆に動きはじめると、ジェイコブはそっと体を遠ざけた。

「今日は早く寝ないと。クランブルは残念だけど、昨日ほとんど眠れなかったからね。今日はへとへとなんだ」

エレインは口を尖らせた。「わたしに飽きちゃったのね」

「いやいや」ジェイコブはあわてて言った。「そんなことはない」

「嘘つき！」

彼女のどことなく切羽詰まった調子が気になった。このせいで妻帯者との恋愛が終わってしまったのか？　怒らせたかと思うとぞっとした。

「明日は朝早く出発しなきゃならないんだ。それだけだよ。サウスエンドにメアリ＝ジェインのお姉さんが夫と住んでてね。何か手がかりが得られるかもしれない」

「なんてうらやましい——海辺にお出かけなんて！」

「凍える寒さのなかね。いちばん温かいマフラーを巻いていかないと」

「冗談よ」彼女の口調が和らいだ。怒ったことを後悔しているかのように。「あなたの仕事はたいへんに決まってる。人生でいちばん暗い時期にいる人たちを質問攻めにしなきゃいけないんだから。オリー・マカリンデンがここに住んでたときには、どうしてそんなことに耐えられるのと訊いたものよ」

ジェイコブは言いたかったことばを呑みこんだ。クラリオンのあの野心的な同僚が良心の呵責を覚えることなど想像もつかなかった。それに、なぜ気が咎めなければならない？　記者の仕事はあくまで真実を究明することだ。

「夜も寝られないんでしょうね、相手を傷つけるんじゃないかと心配で」

ジェイコブはエレインの頬にキスし、寝られなかったことなど一秒もなかったと思った。

ところが、ベッドに入って一時間たっても眼が冴えて、次々と押し寄せる考えで頭が痛くなった。このところヌビアの魔法と神秘の女王ネフェルティティを思い出し、彼女を頭のなかに漂わせながらうとうとしたことも一、二度あった。けれどもこの夜は、別の女性の姿が心を占めていた。彼女の冷たい眼が霧の向こうからこちらを見ている。トム・ベッツの弱々しいかすれ声が聞こえた。
い、い、い、い、い、い、
レイチェル・サヴァナク。

運転手の帽子をかぶり、厚手のロングコートを着たトルーマンが、画廊からそっと出たレイチェルを待っていた。ファントムは歩いて五分の脇道に駐めてあった。傘を持っているが、霧雨のなかでまだ開いていなかった。レイチェルは彼と並んで歩きながら、『雨に唄えば』を口ずさんでいた。月は雲のうしろに隠れている。ふたりで最後の角を曲がったとき、レイチェルは急に止まるくらいまで歩調をゆるめ、闇の奥に眼を凝らした。

通りは狭く、光もほとんど届いていなかった。片側は鎧戸を閉じた小さな店の列、反対側は廃業した箱製造工場。見たかぎり人影はなく、みすぼらしい野良猫が一匹、残飯を探してうろついているだけだった。ファントムは五十メートル先だ。

ふたりのまえのほとんど何も見えない暗闇に、ずんぐりした形が現われた。帽子とマフラーの小太りの男が手に何か持っている。武器かもしれない。トルーマンは大きく足を踏に見えた。

み出したが、男が一瞬の動きで突進してきたので、攻撃を避けようとバランスを崩したか

レイチェルの背後で誰かが倉庫の入口から出てきて、彼女の肩のうしろから腕をつかんだ。背はレイチェルより高く、握力も強かった。レイチェルは、ビールと玉葱の饐《す》えたにおいがする生温かい息を感じた。男は膝を彼女の背骨に押しつけ、もう一方の手で首にナイフを当てた。刃がちくりと肌に触れた。

「這いつくばれ！」トルーマンと向かい合った男が言った。石畳の上、ふたりは身を屈めて、互いに飛びかかる間合いを探っていた。男のほうは、途中でギザギザに折れた鉄パイプを振り上げていた。「でないと、そいつが女の喉をかき切るぞ」

レイチェルはうわずった声で言った。「助けて！　か弱い哀れな女《プア》なのに！」ナイフがひらりと躍って、レイチェルの真珠のネックレスを切った。トルーマンが低い苦悩の声を発した。

「そう貧乏《プア》でもないだろ？」襲撃者がささやいた。「その真珠は本物だと思うぜ」

その声とともにトルーマンが傘を突き出し、長い鋼鉄の切先が小太りの男の腹に刺さった。レイチェルは襲撃者の手首をつかみ、流れるような動きで激しく引いた。骨が折れる音がして、ナイフが手から落ちた。

相手の男は苦痛に叫び、雨に濡れた石畳で足をすべらせて両膝をついた。レイチェルは脚を振り上げ、ヒールの尖った先で男の顔を横に引っかいた。男はぎゃっと叫んで、傷ついた眼を両手で押さえた。トルーマンは腕で相手の喉を締めつけ、その頭を石畳にぶつけはじめた。一回、二回、三回。

レイチェルはコートのポケットから銃を取り出し、襲撃者に銃口を向けた。男の顔の深い傷から血が流れていた。彼はうがいのような自己憐憫と苦痛の音をもらした。

「それほどか弱くもなかったわね」レイチェルは言った。

# ジュリエット・ブレンターノの日記

一九一九年一月三十一日

わたしはずっとドアの鍵をかけている。自由にどこでも往き来できることになっているものの、実際には閉じこめられている。天気の良し悪しに関係なく、永遠に。この島と本土との連絡はもう何日も途絶えている。門と鎖で監禁されていなくても、わたしは囚人。この古くてだだっ広い家のてっぺんに、たったひとりでこもっている。塔に囚われた王女みたいに。

でもわたしは王女じゃない。

どうして鍵までかけて外に出ないのか？　自分でもよくわからない。判事はわたしの部屋までの八十五段の急な螺旋階段をとうていのぼってこられないだろう。そんな無茶をしたら死んでしまう。

レイチェルも決してここへは来ない。わたしの病気が移るのを怖れて、近づこうとしない。母はずっと昔、咳ひとつであの憎しみに満ちた子を遠ざけておけるのよと教えてくれた。母とゴーントに来てから、レイチェルはわたしへの敵意を隠そうともしなかった。それでも、彼女の本当の残酷さがわかるまでには時間がかかった。

使用人に嫌な思いをさせられるたびに、レイチェルは判事の心に彼らへの悪意を吹きこんで復讐した。彼らはかならず、ほかの職場への推薦状なしに解雇された。判事がこのまえまで雇っていた住みこみの家庭教師は、ミス・ドナチーという未婚の太ったおばさんだったが、彼女と同じくらい丸々と太った愚かなペキニーズをとてもかわいがっていた。半年前、その犬がいなくなった。前日、ミス・ドナチーはレイチェルの傲慢な態度にとうとう我慢できなくなって、わたしにも声が聞こえるところで彼女を叱りつけたのだ。ペットの犬がいなくなると、ミス・ドナチーはあわてふためいた。

レイチェルは露骨にうれしそうだった。そしてついに、北の海岸の岩を登ったときにその犬の首輪を見つけたと言った。ご丁寧に、首輪には血がついていたとまで。結局かわいそうな犬は戻ってこなかった。

誰の眼にも犯人は明らかだった。レイチェルが機嫌を損ねると、誰かか、何かがひどい目に遭う。それはみな知っていた。ミス・ドナチーは次の引き潮のときに去った。あとを追うようにメイド三人と料理人が土手道を渡って、いなくなった。

レイチェルは大喜びだった。「わかる？」とうわずった声でわたしに言った。「一石二鳥ってこういうことよね」

もちろん判事は彼女を罰さなかった。使用人たちを責め、愛する娘に嫉妬した彼らが悪いと言った。理不尽な怒りを爆発させて、残っていた使用人もみな解雇した。その後、ヘンリエッタがここに来て働くようになった。彼女は三十歳で、きれいな人なのに未婚だ。牧羊業者と婚約していたのだけれど、その彼がイープルの戦いで爆死したので、老いた両親の面倒を見ながらほそぼそと暮らしていた。親ふたりにかかる医療費は莫大で、彼女は困窮していたし、判事のほうも大金を払ってでも誰かを雇わなければならなかった。とはいえ、わたしと母がいなければ雇用の申し出は断わっていたとヘンリエッタは言う。

クリフという人がサヴァナク荘の力仕事を引き受けることになった。砲弾ショックの傷病兵として帰還したが、父親が亡くなっているので、自分と妹と残された母親の生活のために稼がなければならないのだ。そして最後に、ハロルド・ブラウンが現われた。さる大屋敷の執事として働いていたという。もっともらしい話だ。ヘンリエッタは、彼が判事の金の燭台をじっと見ているのに気づいた。

母はヘンリエッタが気に入った。それまで打ち明け話をする相手がいなかったから。わたしを除いて、という意味だけど、母はわたしからもたくさん隠している。それはまちがいない。判事や彼の娘について話すことは注意深く避けていたが、ある日、母がヘンリエッタにこんなふうに話しているのが聞こえた。

「わたしに言わせれば、レイチェル・サヴァナクは、あの老いた獣みたいな父親と同じくらい頭がおかしいわ」

# 8

「ただひとつ残念なのは、邪悪な犯人が怖じ気づいて自分で幕を引いたことね」アグネス・ダイソンの眼はきらりと輝き、ジェイコブからそれて、散歩道の向こうで砕ける波に落ち着いた。眼が潤んでいるのは悪天候のせいか、それとも涙をこらえているのか。「わたしのかわいそうな妹にあんなことをして。この手で縛り首にしてやりたい。地獄で腐ってしまうがいい！」

彼女はウールの手袋を素手でぎゅっとひねった。あの犯罪にふさわしい刑罰を予行演習しているかのように。ジェイコブは、本音では彼女をちっとも責める気になれなかったが、死刑制度にはかねがね疑問を抱いていた。イディス・トンプソンの事件などには、心がざわついた。若い愛人が彼女の夫を殺したからといって、彼女まで首を折られて当然だと言えるだろうか（一九二二年十月に起きた殺人事件で、トンプソンと愛人は翌年一月に絞首刑に処された）。

「おつらいことと思います」ジェイコブは、苦悩する信者をなだめる神父になった気分だった。「妹さんとはとても仲がよかったんですね」

「姉妹ですからね」アグネスの口調が和らいだ。「十一歳離れてるの。あいだに弟がいたんだけど、かわいそうに幼いころ亡くなってしまって。妹とは進む道がちがったけど、連絡が途絶えることはありませんでした。心やさしい子だったわ、メアリ＝ジェインは。誰の悪口も言ったことがなかった。見た目もよくて、とくに若いころはきれいだった。いつも礼儀正しかったし、本当に。あの子に悪事を持ちかける人なんて誰もいなかった。心が下水みたいな連中から、あなたもいろいろくだらない噂を聞いたかもしれないけどね」

ジェイコブは強風に押されるようにして駅から彼女の下宿屋まで行ったあと、雨があがっているあいだに散歩しましょうというアグネスの提案に同意したのだった。オフシーズンのベラ・ヴィスタは静かで、アグネスはおそらく、朝食の後片づけをしている娘に会話を盗み聞きされたくなかったのだろう。

メアリ＝ジェイン・ヘイズの身元は所有物から判明した。首のない遺体から一メートルほどのところに、袋に入れて捨ててあったのだ。財布には現金がたくさん残っていたから、殺害の動機は盗みではない。新聞は、メアリ＝ジェインが娼婦だったというでたらめの噂を取り上げなかったが、被害者を残忍に切断した手口は、ホワイトチャペル殺人事件（一八八八〜九一年にイーストエンドのホワイトチャペル地区で発生した十一件の殺人事件。一部ないし全部は切り裂きジャックの犯行と考えられている）を髣髴《ほうふつ》させた。警察が手がかりをまったくつかめないことも同じだった。偉大なるイギリス国民は、犠牲者にも犯人にも最悪の状況を想定して二足す二を五にすることでは信頼できる。

「そうですね」ジェイコブは困って咳払いをした。「正直に言いますと、ミセス・ダイソン、うちの新聞も潔白ではありません。主任犯罪報道記者が入院中ですので、記事はほかの……者たちが書きました。ぼくがパードゥの自白と自殺の記事を書けたのは、ただもう運がよかったとしか」

「あなたは若いわ」アグネスは言った。「どうして信用できるの？　メアリ＝ジェインがあんなことになったあと、わたしは朝から晩まで記者たちにうるさくつきまとわれてる。みんな真実を書きますなんて言いながら、書いたためしがない。たんに特ダネをものにしたいだけでしょう」

「たまたまですが、ぼくは真実こそが特ダネになると信じています」ことばが勝手に飛び出して、ジェイコブはうれしくなった。「信用できるかどうかは、あなたが決めてください」

ふたりは重い足取りで黙々と歩きつづけた。アグネス・ダイソンはしっかりした体格で、白髪交じりの豊かな灰色の髪が風になびいていた。顔のなかでいちばん魅力的なのは大きな茶色の眼と高い頬骨だ。亡くなった妹の写真から考えても、それが家族の特徴のようだった。メアリ＝ジェインは美人だったが、アグネス・ダイソンも、勇猛な話し方はさておき、海辺に住む不愉快な家主の戯画からはほど遠い。殺人の暴力性が記者だけでなくあらゆる人の最悪の部分を引き出しているのだ。

「桟橋を歩いてみます？」ジェイコブは提案した。「突端まで行く必要はありませんが、この国でいちばん長いと聞いたもので」

「おめでたいこの国どころか、世界一よ」アグネスは請け合った。「去年もっと長くして、ジョージ王子が開通記念行事にやってきた。電車の線路ももうすぐ延びてくる。でもわたしは運動のために歩きますけどね。二十五年間ほかの人のために料理なんかしてると、見てくれは悪くなるわよね」

「いえいえ、ミセス・ダイソン、謙虚になりすぎです！」ジェイコブは陽気に機嫌を取った。

アグネスが笑い、ジェイコブは内心喜んだ。「暖かい恰好だといいけど。いまの時期、海風は身を切るように冷たいから」

「両親にはどんな天気でもブリドリントンに連れていかれましたよ。風が吹くと〝清々しい〟なんて言っていました。〝凍るほど寒い〟の婉曲表現です。イースト・ヨークシャーに比べたら、ここの天候は熱帯です」

アグネスは、なぜサウスエンド＝オン＝シーがイギリスを代表する行楽地なのか、くわしく説明しはじめた。どこまでも長い桟橋はほんの一例で、ほかにも旅行者は、ヒッポドローム劇場、ヴィクトリア商店街、カーザール遊園地の〝死の壁〟（木の樽状の競技場をオートバイで遠心力を利用して走りまわる出し物）のなかから好きなものを選べる。それでも足りないというかのように、海辺にはボート遊び用の湖が作られる予定だし、美術館もできるようだ。

「地下鉄の駅で宣伝ポスターを見ました」ジェイコブは言った。「もっと暖かくなったら戻ってこなければいけませんね。残念ながら、妹さんに起きたことはもう変えられませんが、ぼくたちは紙面でいびつなでたらめではなく、真実を確実に伝えたいのです」

アグネスはふんと鼻を鳴らして、彼から顔を背けた。「本当にそれができるなら、ミスター・フリント、永遠に感謝するけど」

「どうかジェイコブと呼んでください」

「あなたと話してると、息子を思い出すわ。いま海軍の下士官でね。小さいころから船と航海を愛してた。メアリ＝ジェインはかわいそうに、結局母親になる喜びを知らずに終わった。まあ、母親になる苦労もだけど」

「結婚はしなかったのですか？」

「チョークウェルのパン屋で働いてたなかなかいい男がずっと求婚してたけど、フランスで片脚を吹き飛ばされてね。義足をつけても痛みがひどくて、停戦の一週間後に銃で自殺した。戦争が始まったとき、わたしの息子はもう学校に入ってた。メアリ＝ジェインはあの子が大好きだったけど、ずっと自分の子供を欲しがってた。問題は、もう三十くらいになってて、まわりに男があまりいなかったこと。よくジョークを言ってたわ、〝わたしがどういう人間かわかる？　余り物の女よ〟って」

「ひどいことばですね。余り物の人間なんていないのに」

「でも、世の中の要求に応えられないと感じる人はいるでしょ、ジェイコブ。メアリ＝ジェインは美人だったから、いつもデートに誘われてたけど、姉のわたしには、火花が散るような恋はないと言ってた。内気だったのもよくなかったね。家族のなかでおしゃべりは、わたしだけだった。理想の彼氏が死んじゃったあとは、同じレベルの男が見つからなかった。そのうちあの子は仕事に身を捧げるようになった。エセックスであれほど献身的な看護師はいなかったわよ、誓って言うけど」

「彼女は七年前にロンドンに移ったんですか？」

「羽ばたくときがきた、と本人は言ってた。広告でグレート・オーモンド・ストリートの求人を見て、衝動的に申しこんだみたい。来てくださいと言われて飛びついたの」

「そのあとは彼女にあまり会わなくなった？」

「そうね。最初のころは定期的に手紙を書いてたけど、あの子はあまり筆まめじゃなかったから。お互いそれぞれの人生に忙しくて……」

アグネスはうなだれ、ジェイコブは彼女の肩に手を当てた。「将来いくらでも会う時間はあると思っておられたんですね」

アグネス・ダイソンは眼を上げ、「ええ」とくぐもった声で言った。「まあ……覆水盆に返らずよね？」

「どうして彼女はロンドンを離れることになったんですか？」

「オックスフォード郊外の孤児院で仕事が見つかったからよ。施設全体の運営を担当する副院長の職だった。院長はそこで三十年働いて引退したくなったみたい。メアリ＝ジェインにとっては大出世で、給料もよかったけど、責任も重くなった。わたしに送ってきた葉書には、一生に一度のチャンスだと書いてたわ」

「でも、そこに長くはいなかった？」

「ええ。辞めたとひと言送ってきたときには、わたしもショックだった」

「辞めたわけは聞きました？」

「いいえ。本人が言おうとしなかった。不愉快なことがあったとは思えないんだけどね。メアリ＝ジェインは人と喧嘩するような子じゃなかったし。仕事の内容が想像とはちがってたんだと思う。子供とすごす時間より事務作業のほうが多かったとか。わたしみたいな商才はなかったから、やがて院長になるという重圧にも耐えられなかったのかもしれない。だからロンドンに戻ってきて、まえ住んでたメクレンブルク・スクウェアの建物に部屋を借りたの。グレート・オーモンド・ストリートの昔の仕事に戻れないか頼んでみるつもりだったみたい」

「あなたにローレンス・パードウの話をしたことはありましたか？」

「一度もなかった」彼女はどうにか陰気な笑みを浮かべた。「メアリ＝ジェインはわたしに男のことは話さなかったの。歳の差があったからかも……」頭上でカモメが鳴いた。

「なるほど」

アグネス・ダイソンは入江の向こうの遠いケントの岸を見つめた。「メアリ＝ジェインが人生で卑しいふるまいをすることなんて一度もなかったと思う。患者さんを大切にしてたし、子供も大好きだった。あの獣が彼女をあんなに無残に殺したことを思うと、血が沸騰しそう。もうわたしにできることは、彼女がちゃんとした理由でみんなの記憶に残るようにすることだけよ。それを手伝ってくださる、ジェイコブ？」

「ええ」彼は言い、その声の熱意に自分でも驚いた。「まかせてください」

「ふたりとも命の危険があったんですよ」トルーマン夫人が銀のポットからコーヒーを注ぎながら言った。「どうして無茶なことを？」

レイチェルはあくびをした。「ぜんぜん危険はなかったわ。たとえわたしたちの意表を衝いたとしても、悪党どもは後悔することになったでしょうね。トルーマンと何時間もした柔術の訓練が役に立った。女性参政権論者《サフラジェッツ》のボディガード（一九一〇年代、女性政治活動家の身辺警護のために武術訓練を受けた女性ボディガードが組織された）があれほど強力だったのもよくわかる」

「でも、苦労に見合う情報が何か得られたんですか？　それとも男性と格闘できることを証明したかっただけ？」

「たしかに、彼らはほとんど何も知らなかった」レイチェルはコーヒーを飲んだ。「必死で命乞いしているあいだも、わたしたちの興味を惹くことは何ひとつ言わなかった。模造真珠のネックレスを犠牲にする価値はなかったわね。彼らを雇ったのは仲介人で、シャドウェル出身のパブの主人だった。首謀者はその男に、わたしたちを殺すなと言ってたそうよ。ただ脅して遠ざければいいと。あのふたり、わたしが二日以内にカンバーランド行きの列車に乗らないと、また見つけに戻ってきて、次は顔に酸をかけてやると言ってた」

家政婦は震え上がった。「かわいそうなマーサみたいに」

「彼らもほかの人は襲わない」

「連中が出てきたところには、ほかにもいくらでも乱暴者がいますよ」

「ゆうべの出来事のせいで、わたしが的を射たのがわかった。クロード・リナカーが死んでも誰もなんとも思わなかったけれど、パードウの死には意味があったのね。空中にパニックのにおいが漂ってる」

電話が鳴った。この家ではめったにないことなので、女性ふたりは視線を交わした。ほどなくマーサがドアロに現われた。

「スコットランド・ヤードのオークス警部です」彼女は言った。「今日午後、こちらに来たいそうです」

フリート街に戻るが早いか、ジェイコブは〈オックスフォード孤児院〉の院長に電報を打ち、翌日会えないかと尋ねた。虎穴に入らずんば虎子を得ず。次の一手は、クラリオン社のシティ担当編集長の煙が充満した砦に突入することだった。

ウィリアム・プレンダーリースはいつも不機嫌な懐疑派だった。マルクスの教えを信奉しているというより、厳格なカルヴァン主義者であることから、資本主義を激しく批判している。ジェイコブは巨額の金融取引についてはまるで素人だが、ごくたまにプレンダーリースのコラムを読むと、クラリオンの購読層にぴったりだということがわかる。株式市場の機微などまったくどうでもいい読者でさえ、無能と腐敗に対するプレンダーリースの雷のごとき糾弾には胸躍らせるのだ。プレンダーリースは評論家というより舌鋒鋭い説教師だった。

「ローレンス・パードウと比べたら、ミダス王（手に触れるものを黄金に変える力を与えられたフリュギアの王）も貧民に見える」プレンダーリースは音節を舌の上で転がし、苦い味であることを顔の表情ではっきりと示した。「大きな遺産を相続したあと、同じように恵まれた息子たちの大半とちがって浪費に走らず、自分の富を増やすことに専念したんだ」

煙草の煙でジェイコブの鼻孔はヒリヒリした。「どのくらいの財産ですか？」

プレンダーリースは〈ウッドバイン〉をもみ消し、次の一本にすぐ火をつけた。長身の四十歳で、痛々しいくらい痩せて骸骨のようだ。毎日消費するカロリーより多くの煙草を吸うと噂されている。

「それはさっぱりわからんね、きみ。推定しろと言われれば、控えめに見ても三百万ポンドというところだろうが、推定の仕事は、選挙で選ばれてわれわれのみじめな運命を決める政治家たちにまかせている」

ジェイコブは口笛を吹いた。「だとすると、まったく働いてなかったんですかね」

「金は金を呼ぶ。そして呼ぶこと自体が中毒になるんだよ、きみ」

煙草のように、とジェイコブは思わず言いそうになり、際どくこらえた。

「だが、聖書に書いてあることがすべてだ――〝汝ら己がために財宝を地に積むな。ここは蟲と銹とが損ない、盗人うがちて盗むなり〟（マタイ伝福音書第六章第十九節）。過酷な所得税と相続税の心配をする悪夢から逃れられて感謝するんだな」

「次に家賃を払うときには、そうやって自分を慰めることにします。パードウに会ったことはありますか？」

「一度か二度は。多少ことばを交わした程度だ。彼は私の評判を知っていて、私から距離を置いていた。もちろん、そうする人はほかにもいるが」

「誠実な人でした？」

「いや、ありえんよ、きみ。あれだけの金を扱えば完全にきれいではいられない。他人への施しでみずからの良心をなだめたとしてもね。だから彼は無防備の女性を惨殺したのかと問われれば、ノーと答えるが、それは私がたんに寛大すぎるからだ。裕福な金融業者については、つねに最悪のことを想定しておくべきだ。いまのところ彼のショッキングな不正行為は見つかっていないが、その金融取引のもつれた下草のどこかには、かならず何かがひそんでいる。まちがいない」

「パードウは富を見せつけるような人ではなかった。金のかかる趣味を持っていた様子もない。何か妙な噂でもありませんでしたか？」

「人づき合いを避けるタイプだった。あまり敵はいなかったようだ、金持ちのひどい基準からすればだが」

「つまり、金融業界で抜きん出た存在だったにもかかわらず、パードゥに関する情報はあまりないということですか？」

プレンダーリースは身を引いて不機嫌な顔をした。ジェイコブは内心大いに満足した。攻撃が命中したのだ。「ほとんどないね、きみ。知ってのとおり、私は確実な事実の裏づけがないかぎり記事は書かない。立証できない伝聞に頼ったりはしないのだ」

「つまり、何か聞いたことはあるんですね？」

「ちょっとした噂がなくはないが、それだけだ」

「もし教えていただけるのなら、本当に……」

「私から聞いたとは言うなよ」年上の男はジェイコブを睨みつけた。「それと、この手がかりから何か出てきたら、感謝の印に私に知らせること。約束だぞ」

「もちろんです」ジェイコブは従順に答えた。「神かけて誓います」

プレンダーリースは痩せた体を机の上に乗り出し、大げさな用心でジェイコブの耳にささやいた。「少しまえ、誰かがパードゥのことを訊いてまわっているという噂があった。

私立探偵がひそかに彼の活動を精査しているというんだ。なぜパードゥにそこまで関心を抱く人間がいるのかわからなかった。投資家に損をさせて恨みを買ったとか？　だが、パードゥは常識はずれの金を巻き上げて顧客を貧民にするような派手な計画にはかかわっていなかった。いずれにせよ、調査を指示した誰かさんは真剣だったにちがいない。その探偵を雇うには大金が必要だ。ロンドン一優秀で、費用はほかよりはるかに高いと言われているから」

「その探偵の名前は？」

プレンダーリースが作り笑いを浮かべると、ニコチンで黄ばんだ歯がちらりとのぞいた。

「レヴィティカス・シューメイカー」

# 9

「会っていただき、助かりました」オークス警部が言った。トルーマン夫人がダージリン・ティーとスコーンを出してきた。「訪問者が大勢いるでしょうに」

「いいえ、まさか。ごく平凡な毎日を送っています」レイチェルは、去っていく家政婦にうなずいて感謝した。「スコットランド・ヤードの優秀な警部とお茶の時間をすごすのは、とても珍しい経験です」

「小さな島で育たれたとか？」

「ええ、ゴーントは自然が荒々しいところです。大昔、とっくに忘れ去られたサヴァナク家の祖先に慈悲深い君主がくださった土地なのです。この国の支配層は、忠誠と思慮分別に報いることをためらいませんから」レイチェルは微笑んだ。「荒涼たる岩の島はとびきりの褒賞とは言えませんけど。子供のころには、土手道の向こうに見える村の漁師小屋が文明の最後の印のように思えました。家族が仲睦まじく語らい、笑い、泣く場所として」

「ひとりっ子であれば、なおさら寂しかったでしょう。お母さんが亡くなられて、お父さんも……あまり具合がよくなくて」

レイチェルは肩をすくめた。「しばらく遠い親戚の子がいっしょに住んでいました。歳は同じくらいでしたけど……彼女も死にました。正直に申し上げれば、彼女がいなくなって寂しいとは思わなかった。海で泳いだり、岩を登ったり、本を読んで学んだりしてましたから。外界とのつながりが何日も断たれる冬のあいだでさえ、いつも逃げこむ愉しみはありました……自分の想像のなかへ」

オークスは椅子の上でもぞもぞした。レイチェルの口調の何かが彼を落ち着かない気分にさせた。「ロンドンは別世界のように感じられたでしょうね」

「ロンドンは帝国のあらゆる怠け者が否が応でも流れこんでくる大きな汚水溜めだ、と誰かが描写していませんでした？」（コナン・ドイル『緋色の研究』から）

オークスの眼の輝きから、彼も引用元を知っていることがうかがわれた。「その点、わたしも怠け者であることは認めます。静かな遊びを趣味にしていまして。単語ゲームとか、チェス・プロブレムとか」

オークスがレイチェルの視線を追うと、チェス盤がはめこまれた机を見ていた。「この家には以前訪ねたときにも感心しましたが、いっそう魅力的になっていますね……あなたの特徴が表われていて」

レイチェルは微笑んだ。「まえの所有者のときにお仕事で訪ねてこられたのでした？」

「よくご存じで。そうです、クロッサンを逮捕しました。プールと地下のジムを自慢していましたよ。本人は泳げないし、とんでもなく太っていたのに。警視庁の警部も含むふつうの人間が手に入れられないものを所有するのが好きだったんですな」オークスはスコーンにバターを塗った。「クロッサンは傲慢だったせいで身を滅ぼしました」

「教訓になる話です。お茶のお代わりは？」

「いや、けっこうです。クロッサンが使用人を大勢雇っていたのを思い出します。みなつきっきりで彼の世話をしていました。檻のなかの新しい生活はどれほどちがうことでしょう。一方、あなたのまわりの人は、どうやら……最小限のようだ」

「そもそも要望が少ないので、警部、付き人はあまり必要ないのです」

「慎み深さは美徳です」

「運よく、うちの働き手は並はずれて有能なんです」

警部は好奇の眼を向けた。「あなたは彼らを友だちのように扱っておられるようだ」

「そこはわたしの至らぬところで」レイチェルは微笑んだ。「ときどき、どちらが家の主人かわからなくなります。わたしなのか――彼らなのか」

オークスは咳払いをした。「立ち入ったことかもしれませんが、私をここに案内してくれたメイドは……」

「顔のただれた跡が気になります？」

「顔立ちがとても整っているので」オークスは言った。「あれがなければ、さぞかし……」

「美人だった？」レイチェルは言った。「わたしの意見では、いまも美人です。けれど、それが不運のもとで、邪悪な男を引き寄せてしまった。男は無理やり言い寄り、彼女が断わると怒り狂いました」

「酸ですか？」レイチェルがうなずくと、警部は言った。「イーストエンドの気の毒な女性たちが、ああいう傷をよく受けるのです。〝硫酸攻撃《ヴィトリオラージュ》〟というやつです。彼女の顔にあんなことをしたやつが捕まっていればいいが。切にそう願います」

「安心してください」レイチェルは言った。「その男は当然の報いを受けました」

オークスは別の質問をしかけたが、レイチェルの表情を見て気が変わった。「もうひとつ、前回の訪問から変わったところとして、窓にすべて鉄の鎧戸がつきましたね。二階の窓にまで」彼は広場を見おろす窓を指差した。「玄関のドアの錠前にも感銘を受けました。アメリカ製の新型で。〈リライ・ア・ベル〉社の最新の警報装置にも投資しておられる。

これほど防犯が行き届いた個人の家は初めて見ました。イングランド銀行ほどの安心感が得られるにちがいない」

「さすがの観察眼ですね、警部」レイチェルは笑みを返した。「だったら、わたしの現代アートの趣味にも気づかれたでしょうね。どれも決して安価ではありませんから、安全に飾っておきたいのです。泥棒にはよそを当たってもらうということで」

警部の明確なうなずきは、サーブルの突きをかわした対戦相手に礼をするフェンシング選手のようだった。「じつに賢明だ」

「さあ、教えていただけますか。お忙しいなか、わざわざ当家においでになった理由は？」

警部はスコーンを食べ終えた。「ローレンス・パードウの死亡記事は読まれましたか？」

「いま、あの事件の報道から逃れることは不可能です」

「不思議なことに、一見、彼の事件はクロード・リナカーの事件と似ているのです」

「そうですか？　リナカーはドリーを窒息させ、パードウはマフラーでメアリ＝ジェインの首を絞めて頭部を切断しました。殺害方法はまったくちがいますけど」彼女はまつげを伏せた。「ごめんなさい。わたしの悪趣味な言い方が気になりました？」

「殺害方法の話ではありません」警部は言い返した。「リナカーとパードゥは同じ集団に属していました。リナカーはパードゥの銀行に預金していたし、ふたりとも、ドリー・ベンソンが合唱団で歌っていた劇場に投資していた。そして、どちらの犯罪にも倒錯した欲情がからんでいそうだ。犠牲者はどちらも魅力的な女性で……」

「しかし、メアリ＝ジェイン・ヘイズの年齢はベンソンの二倍だし、パードゥはクロード・リナカーより二十歳上でした」レイチェルは割りこんだ。「殺人者同士の社会的なつながりについては、裕福なロンドン市民同士が知り合いでないほうがむしろ不思議じゃありませんか？」

「あなたが偶然を信じるかただとは思いませんでした、ミス・サヴァナク」

「あなたも殺人者ふたりと同じ偉大な大学にかよわれたのでは？　あなたのご家族がこの半世紀、パードゥの銀行に預金していたとしても、わたしは驚きません。特権と権力の世界は小さくて排他的です、警部」

警部の頰が薄桃色に染まった。「ハイド・パーク・コーナーで社会主義を説く演説者のようですね」

「政治的な主張をしているのではなく、ふたつの犯罪を結びつけるには、そうとう説得力のある立論が必要ではないかと思うだけです」

「あなたはコーラスガール殺害事件に興味を持たれた。メアリ＝ジェイン・ヘイズの死についてはどうです？　今回も好奇心を刺激されますか？」

「なぜ訊くのですか？　パードゥが死んで、彼の自白が新聞という新聞の一面を飾っているこのときに？」彼女は腕を組んだ。「以前、ドリー・ベンソンの殺害犯をわたしが指摘した際、スコットランド・ヤードはなんの注意も払いませんでしたよね？」

「たしかに、ミス・サヴァナク。弁解になりますが、グロテスクな犯罪について若いご婦人が閣僚の弟を犯人だと名指しすることは……異例です。疑念が湧くのは致し方ありません。新聞記事には書かれていませんが、今回はパードゥの死について匿名の通報があったのです。もしかして、あなたがなさったのでは？」

レイチェルは警部の眼をまっすぐに見た。「いいえ」

オークスは持っていたカップを置いた。「まちがいありませんか、ミス・サヴァナク？」

「信じていただけないのは心外です、警部」彼女は立ち上がり、壁のベルを押した。「スコットランド・ヤードに手を貸そうとして、はねつけられただけでも充分傷ついたのに。ほかにご用件がなければ……」

警部も立った。「気分を害されたのなら謝ります。そういうつもりでは……」

ドアがさっと開き、頬のただれたメイドが入ってきた。「オークス警部がお帰りよ、マーサ」レイチェルは言った。「帽子とコートを忘れずお渡しして」

オークスはきまり悪そうに手を差し出した。「お時間をいただき、ありがとうございました、ミス・サヴァナク。また何かの機会にお会いできればと」

レイチェルの表情からは何も読めなかった。「世の中にはもっと不思議なことが起きていますよ、警部。では、ごきげんよう」

＊

シティ担当編集長の部屋から出るなり、ジェイコブは自分の机に戻った。オックスフォード孤児院の院長、エルヴィラ・マンディ夫人から電報が届いていた。翌朝十時半に会いたいという。コーンマーケット・ストリートの〈フラーズ〉でお茶でも、と提案していた。

ジェイコブは大喜びで、そうしましょうと返信した。その喜びも冷めやらぬうちに、ペギーから電話がかかってきた。永遠に退屈しながら、クラリオンの社員をありがたくない訪問者から守っている若い受付係である。

「あなたに会いたいという女性が来てますよ」ペギーはため息をついた。雑誌を読む愉しみを中断させられたことに苛立っていた。「デラメアって人」

「聞いたことのない名前だな。どんな用事で?」

「とにかくすぐに話したいことがあるって」

「何をそんなに急いでる? 明日じゃだめなのかな」

「さあ」ペギーはあくびをした。「今日はもう帰宅したって言いましょうか」

「ぼくに会いたい理由を説明したはずだろう?」

「どうかしら。ただ、レイチェル・サヴァナクという人について話したいって」


「どうでした?」スコットランド・ヤードの警部がゴーント館を辞去して十分後に、トルーマンが訊いた。

「レヴィ・シューメイカーは正しかった」レイチェルは言った。「オークスは優秀ね。鎧戸にも気づいてた。この家の改装のすべてを把握しているわけではないけれど。わたしのことを何か怪しいと思っていても、何なのかはわかっていない」

トルーマンは椅子に腰をおろした。革張りの肘掛け椅子は、彼の巨大な体軀には不釣り合いだった。「すごすごと帰っていったとマーサから聞きました」

「育ちがよくてマナーも完璧なのは、残念ながら刑事としては不利な条件ね。パードウの死をヤードに通報したのかと訊いてきたから、していないと答えると、しつこく念を押した。当然わたしはしっかり怒ってみせた。彼はあわてて、わたしがほかの誰かに通報させた可能性について訊こうと思わなかったみたい。本当に礼儀正しくて有能な人。彼が赤面するのを見るのが大好き」

トルーマンは笑った。調子っぱずれで耳障りな声だった。「シューメイカーは別のことも言った。憶えてますか？　オークスの最大の欠点はフリントと同じだと。ふたりとも富と社会的地位を尊重する教育を受けているが、彼らを本当の意味で腰抜けにするのは、美しい顔です」

「結論を出すのは早すぎる。あの素敵な警部はまだ満足してないわ。チャドウィック警視はずる賢い古狐だから、わたしに近づこうとしないけれど、オークスはぜったいまた戻ってくる」

「それでも、あなたにかかったら子犬同然だ」

「あなたはわたしの力を過大評価している」

「むしろ逆です」トルーマンはにやりと歯を見せた。「かわいそうに、あの男は自分がなんの捜査をしているのかもわかっちゃいない。ですが、お忘れなく。キアリーはもっとタフだ。このランチはあまりいい考えじゃありません。気が変わったらキャンセルしてもいいのでは」

「そして〈レストラン・ラグーザ〉の極上の料理を味わうチャンスをふいにする?」レイチェルは首を振った。「わたしは金の檻に閉じこめられた囚人にはならない。店の正面でおろしてね。同じ場所で、ウィリアム・キアリーに別れの挨拶をしたときに拾って。このランチを楽しみにしてるの。生涯一度のチャンスだから」


「わたしがわかります?」

その女性は、ペギーに聞かれたくないかのように静かな声で話した。

ジェイコブは当惑したまま手を差し出した。女性の年齢を言い当てる能力はまったくなく、礼儀正しさから、そうしようとも思わなかったが、おそらく自分より一、二歳上だろうと推測した。すらりとした体型に茶鼠のショートヘア、薄青の眼で人好きのする顔は、緊張のためか強張っていた。指輪はつけておらず、顔に記憶に残るような染みやそばかすもない。人混みのなかにいたら、気づかず通りすぎてしまいそうだ。会った憶えはなかった。

「申しわけありませんが……」

「正直に言うと」相手は彼の手を握りながら言った。「見破られたら、ちょっとがっかりしたでしょうね」

その笑みには、やさしくからかっているような雰囲気もあった。ジェイコブはますます困って彼女を見つめた。

「サラ・デラメアと申します」彼女は言った。「ヌビアの魔法と神秘の女王、ネフェルティティと言ったほうがわかりやすいでしょう」

# 10

「ネ、フ、エ、ル、テ、ィ、テ、ィ？」ジェイコブは頭の混乱を悟られまいと音節を引き延ばして時間を稼いだが、無駄だった。

「信じられないかもしれませんが」

ジェイコブは頭のうしろに手を当てた。ペギーが机の向こうで興味を示し、読んでいた『映画ファン』を打ち捨てて、美味しいゴシップがもれ聞こえてこないかと首を伸ばしていた。

ジェイコブの脳裡に、いつぞやイナニティ劇場でエレインと愉しんだショーの最終幕が甦った。冥界の神アヌビスを火葬するネフェルティティ。あの夜、自分をすっかり魅了したのはこの女性だったのか？　入念な化粧とエジプトの異国情緒の衣装があれば、どんなことでも可能だ。ネフェルティティのしなやかな肢体は、サラ・デラメアの少年めいた姿よりはるかに刺激的に思えた。この華奢な女性が奇術の女王として舞台を支配できるなどとはとても信じられない。まして手の届かない蠱惑的な美女として、自分の頭から離れなくなるとは。

「楽屋口でお話ししましたよね――二週間前でした？」母音を注意深く発音しているが、ロンドンの下町訛りは隠しきれなかった。「お連れのかたに、わたしのサインを差し上げました」

なんということだ、ぼくを憶えているとは！　エレインがどうしてもと言うので、待ち行列に並び、ネフェルティティの勢いのある走り書きをエレインのスター・サイン・コレクションに加えたのだった。

「エレインです、ぼくの下宿先の娘さんで」言ったあと、ジェイコブはつけ加えなければならないと感じた。「ただの友人です」

サラ・デラメアは微笑んだ。「あのかたがあなたの腕に手を置いたときには、あなたを所有しているような眼つきでしたけどね。彼女のほうは、ただの友人とは思っていないはずです。とても素敵な若い女性に見えました。それにほら、あのゴージャスな赤毛。あなたは幸せ者ね、ミスター・フリント」

「彼女は……いや、そんなことはどうでもいい」無力感に包まれて彼は訊いた。「あなたは本当にネフェルティティ女王なのですか？」

「本当は、申し上げたように、サラ・デラメアです。でも、ええ、わたしは奇術師で、芸名はネフェルティティ」

「まいった。まったく想像もつきませんでした」

「現実の世界では、誰もわたしのことをヌビアの美女だとは思いません」彼女はため息をついた。「役を演じるのは愉しいけれど、本物の自分とは別と考えるようにしています。自分を完全に失いたくないので」

「そんな心配はありませんよ」ジェイコブは言った。「本当に驚きました、あのサインのことを憶えておられるとは。いつも大勢のファンに取り囲まれているでしょう」

またじらすような微笑み。「驚くより喜ぶべきじゃないかしら?」

頭の混乱をなんとかしようと、ジェイコブはことばに詰まりながら言った。「でもその……どうしてぼくの名前がわかったんです? それに職場まで」

「お相手のご友人が紹介してくださったでしょう。まさかお忘れになった? 彼女はあなたが記者として働いているって、とても誇らしげでしたよ。だからなんとなく……心に残ったんです」

「すばらしい記憶力ですね、ミス・デラメア。それで、今日はまたどんなご用件ですか? できることなら、もちろんお手伝いしたいのですが」

「さすがに質問がお得意ね、ミスター・フリント。答えるのに少し時間がかかりそう」彼女はペギーをちらっと見た。ペギーはもう遠慮なく話を聞いて、口をぽかんと開いていた。

「どこかふたりだけで話ができるところがあります？　さほど時間はかかりません。わたしは今夜もいつもどおりイナニティでショーがあるので、遅れるわけにはいかないんです。本当のことを言うと、ここに来るべきでもなかった」

彼女の声が震えた。何を怖れているのか？

「通りの向かいに〈ウィグ〉というクラブがありますから、そこで――」

「いいえ、いけません」彼女は見るからに落ち着こうと努力しながら、小声で言った。

「悪く思わないでください。でも、まわりに人がたくさんいるところで見られるわけにはいかないの」

「ですが、会員制クラブなら……」

「だめ」信じられないことに、懇願する口調だった。「そこも……安全ではないので」

ジェイコブはすばやく考えた。「このビルの奥に、誰も使っていない事務室があります。そこなら邪魔は入らない」

「ありがとう、ミスター・フリント……ジェイコブとお呼びしても？」

「もちろん」

「わたしのことはサラと。ああ、本当によかった、ジェイコブ。どうしても誰かに話さなきゃいけなくて、ほかに思いつく人がいなかったんです。今朝のあなたの記事を読んで、そうだと思った。あなたなら助けてくださると」

サラが動揺していたとしても、彼女の先に立って狭い廊下を進むジェイコブが威張りたい気分にならずにいるのはむずかしかった。廊下の突き当たりはトム・ベッツの部屋だった。なかはトムがいなくなったときのままで、書類や本が積み上がり、嚙み跡のついた鉛筆が何本も転がっていた。トムにとって、この混沌とした事務室が、ファーリンドン・ロードのはずれの慎ましく片づいたアパートメントからの避難場所だったのだ。散らかった机のタイプライターの下に、埃をかぶった一枚の写真が入りこんで、ほとんど見えなくなっていた。ジェイコブがそれを引き出すと、十五歳ほど若いリディア・ベッツがカメラに向かってはにかみながら微笑んでいた。

サラ・デラメアが脱いだコートを、ジェイコブはドアにかけた。サラは金の繊維でできた派手なロングドレスを着ていた。首まわりと両手首には、キツネのふわふわの長い毛があしらわれていた。ネフェルティティ女王の舞台衣装ほど大胆ではないが、ジェイコブが想像する女優らしい恰好に近かった。彼はサラのために椅子を引き、自分は机のうしろの椅子に坐った。生死のあいだをさまよう同僚の部屋を借りるのは無礼ではないかと気が咎めたが、かつてベッツ自身が、記者がセンチメンタルになるのは許されない贅沢だと言っていた。

「さて、どんな話でしょう、ミス・デラメア」ジェイコブは落ち着きを取り戻し、励ますような笑みを送った。「どうかお好きなやり方で、好きなだけ時間をかけて話してください」

サラはひとつ咳払いをした。「不思議ですよね。舞台では演技にすっかり没頭できるのに、こうやってあなたに話すことは、なんというか、別なのです」

ジェイコブはまた顔に血がのぼるのを感じた。「ぼくは咬みついたりしませんよ」

サラは上目遣いでちらっと彼を見た。「わたしは苦労して育ちましたが、いつか舞台に立つと心を決めていました。子供のころ、魔女や魔法使いの物語とか、彼らがかける魔法に夢中になったんです。奇術の世界に心を奪われ、ジョン・ネヴィル・マスケリンがわたしのヒーローでした。最終的に、そこそこの奇術師になったわたしの噂を、ウィリアム・キアリーが聞きつけました。彼のことはご存じでしょう」

ジェイコブはうなずいた。「ウェストエンドでいちばん万能の俳優だと言われていますね。いちばん裕福だとも。イナニティ劇場のオーナーでしたっけ？　ほかのあらゆるパイにも指を突っこんでいる」

「ミスター・キアリー——ウィリアム——がチャンスを与えてくれました。わたしはだんだん売れっ子になって、ついにネフェルティティ女王を思いつきました。そのころには、自信過剰になってはいけないと自分に言い聞かせてはいましたけど、かなり腕のいい奇術師になっていて、大仕掛けの奇術に憧れていました。空中浮遊とか、自動人形に命を吹きこむこととか……」

「エレインもぼくも、あなたがフィナーレでやった火葬の儀式にびっくりしました」ジェイコブは言った。「どうしてあんなことができるのか、ぼくには永遠にわからないでしょうね」

彼女はくすっと笑った。「申しわけありませんが、それはわたしの小さな秘密にさせてもらいます、ミスター・フリント。でも、お褒めのことばをありがとう。ウィリアムはわたしを信頼してくれて、それにはつねづね感謝してるんですけど……」

「けど？」

「わたし、彼がつき合ってる人たちのことは好きじゃないんです」彼女の喉がぴくりと動いた。「とくにあの劇場の運営にかかわっている人がふたりいました。ひとりはクロード・リナカー」

ジェイコブは思わず背筋を伸ばした。「ドリー・ベンソンの殺害犯？」

「そうです」サラは身を震わせた。「わたしはあの人が大嫌いでした。あれだけ裕福で教養もあるのに、ふるまいが本当に下品で。自分のことを芸術家と称していて、あるときわたしに、ぼくの詩神《ミューズ》になってくれないかなんて——図々しい！　冗談じゃない、絵筆をどこそこに突っこんでなさいと言ってやりました。そしたら今度はドリーのことが気に入って。でももちろん、ふられたからってドリーを殺すとは思ってもみませんでしたけど。憶えておられるかもしれませんが、彼女の婚約者だったジョージ・バーンズは、いまも劇場の舞台係として働いています。気が短い人なので、警察は彼が婚約を解消されたときにカッとなってドリーを絞め殺したと考えました。わたしがもっと早くこのことを説明していれば、彼があんなにみじめな思いをすることもなかったのに……」

「自分を責めてはいけません。いまこうして説明しているじゃないですか」

彼女の笑みが感謝で輝いた。「もうひとりは銀行家のミスター・パードゥ。わたしは彼のことも好きになれなくて。彼はショーに出演する女の子の誰と話すときにも、遠慮なく手をいろいろなところに当ててるんです」

「そのパードゥが何か？」

「あの気の毒な女性がコヴェント・ガーデンで無惨に殺される前日、パードゥがウィリアムに話しているのを聞いたんです。それが今日あなたに会いに来た理由です。クラリオンの記事を読みました。パードゥの遺体が見つかったとき、現場にいらしたんですよね。そして記事には、サヴァナク判事の名前があった」

「ええ」

「パードゥはウィリアムに、レイチェル・サヴァナクという女性のことを話していました。すごく興奮して大声だったので、わたしにも聞こえたんです。ちょうどショーが始まる直前で、わたしは楽屋にいました。ウィリアムの部屋の隣なんです。彼の役柄はご存じ？」

ジェイコブは首を振った。「プログラムには載っていませんでした。彼が出ないと言ってエレインががっかりしていましたよ」

「ウィリアムは秘密にして愉しんでいますが、ショーのクライマックスで、ネフェルティティの引き立て役をしてるんですよ。アヌビスを憶えてます？」

「なんと、あのジャッカルの頭を持つ死の神ですか」ジェイコブは言った。「ネフェルティティが滅ぼし、また復活させる」

「そのとおり。パードゥは、レイチェル・サヴァナクの企みを知ってるかとウィリアムに訊いていました。ウィリアムは知らないと答えたんでしょう。そのあとパードゥが叫びはじめたので。あの女は他人の仕事をこそこそ調べるべきじゃない、やめないなら目に物見せてやる、と叫んでいました。自分がやらないなら、ほかの人がやるって。ウィリアムはなんとかなだめようとしましたが、パードゥは気がふれたように怒鳴っていて怖かった。ついにウィリアムも、出ていってくれと言いました。すぐにショーが始まるところでしたけど、ウィリアムが苦しんでいるのは見ればわかりました。ふたりきりになったときに、どうしたのと訊いたら、払いのけるように手を振って、最高の気分だよ、と」

「声が聞こえたことは言わなかったんですね？」

「言うわけないでしょ！」彼女は恐怖に顔を引きつらせた。「盗み聞きをしたなんて、ぜったいに思われたくないので。気持ちが悪くなるくらい心配して、どうしようと考えました。そこであなたの記事を読んで、パードゥが殺人犯だったって知ったんです。コヴェント・ガーデンであのかわいそうな女性を殺した獣だったと」

「ウィリアム・キアリーはパードゥと親しかったのですか？」

「ウィリアムはどんなパーティもパッと明るくする人ですから。初対面でも五分たてば、生涯の友だちのように感じられるんです。パードゥのほうはくたびれた野良犬で、内心何を考えているのかわからないところがあって。ふたりにはなんの共通点もありません」

「金銭を除いて」

彼女はふんと鼻を鳴らした。「まあ、そうですね」

「ここまでうかがっても、なぜぼくに会いに来られたのかよくわからないのですが」

「その女性、レイチェル・サヴァナクのことが心配なんです。聞いた話の内容は理解できませんでしたが、パードウは人殺しで、リナカーもそうでした。彼女の命が危ないと思います。たとえパードウが死んでも。パードウは悪党とつるんでましたから」

「警察に行くことは考えました？」

彼女は口に手を当てた。「論外です！」

「雇い主に迷惑をかけるから？」

華奢な体が震えていた。「あなたにはわからないわ、ジェイコブ。つまりわたしが言いたいのは、イナニティでウィリアム・キアリーにチャンスをもらって、わたしの……人としての尊厳が保たれたってことです。彼には一生かかっても返せない恩があるんです」

「たしかに。失礼なことを言ったのでしたら……」

サラは眼を伏せた。「これは永遠の恥ですけど、わたしは若かったころ、あることを……とにかく、警察に連絡するなんてとうてい考えられません。通りでお巡りさんとすれちがうたびに胃が痛くなるんですから」

ジェイコブは返すことばを失った。「申しわけありませんでした……」

「いいえ、申しわけないのはこちらです。ここへ来たのはまちがいでした。ほとんど知らないかたにこんな協力をお願いするなんて」彼女はさっと立ち上がった。「ありがとうございました、ミスター・フリント。お邪魔したことをお詫びします。どうかここでの会話はなかったことにしてください」

ドアを開けた彼女に、ジェイコブはうしろから呼びかけた。「ちょっと待って！」

サラは振り向いて彼を見た。眼に涙がたまっていた。

「お手伝いしたいと思ってるんです。ただ、何をしてほしいのかわからないだけで」

「自分でもよくわかっていません。ここに来るなんて馬鹿でした。危険すぎる。ほかの人のことに首を突っこむべきじゃありませんね。さようなら、ミスター・フリント」

彼女は小走りで廊下に出たが、ジェイコブがあわててあとを追い、入口ロビーの手前で彼女を捕まえた。「お願いです」彼は息をあえがせて言った。「教えてください——ぼくに何をお望みですか？」

彼女の顔がくしゃくしゃになり、ジェイコブは胃がむかついた。この弱々しく怯えた女性が、本当にあの魔法と神秘のエジプト女王なのだろうか。めくるめく奇術の腕とショーマン精神を兼ね備え、堂々と舞台の上を闊歩して観客を手玉に取るあの女王なのか？

「わたし、すっかり混乱しています、ミスター・フリント。偶然耳にしたことが大事か大事でないかなんて、どうしてわかります？　パードウの死で、こんな浅ましいことにはすべて決着がついたのかもしれません。きっとわたしは意味もなく自分を苦しめてるんでしょう」

「でも、本当はそう思っていない」

「ええ」彼女は眼を閉じた。「そうでしょうね」

「だったら――どうします？」

サラの声が震えた。「ドリー・ベンソンとメアリ＝ジェイン・ヘイズに何が起きたか、おわかりでしょう。きっと次はレイチェル・サヴァナクよ」

## ジュリエット・ブレンターノの日記

一九一九年二月一日

ヘンリエッタだけがわたしの部屋を訪ねてくる。彼女は歩く親切のような人で、部屋を掃除しなさいとか、整理しなさいとか、うるさいことを言わないのがいい。ただ、彼女にも心配事はある。村で判事は毛嫌いされている。その下で働いているというだけで、誰でもものけ者扱いされかねないのだ。だから判事も、執事を雇おうというときにブラウンで妥協するしかなかった。これまであんなに品のない人には会ったことがない。ブラウンはまったく執事なんかじゃないと思う。わたしの母を見るあの男の眼といったら。ヘンリエッタの手伝いに、雑用係のクリフの妹が連れてこられたときだって、いつもいやらしい視線を送っている。

父が久しぶりにわたしたちのところに帰ってきて、まだ一週間もたっていないのが信じられない。戦争はクリスマスまでに終わると豪語し、フン族にひとつふたつものを教えてやるあいだ、おまえたちを街から逃がしておくと約束した勇ましい兵士のときより、倍くらい歳をとって見えた。

わたしは一九一四年にこの島に来るまで、判事と会ったことはなかった。母も同じ。わたしたちは上流社会に属していなかった。レイチェルに言われるまで、そのことには気づかなかったのだけれど。

わたしは両親が姿を消すまえの夜、ワインのボトルをあけて分け合いながら話すふたりの会話をもれ聞いた。父はわたしたちをゴーントに送りこんだことを心から悔いていると言った。レイチェルの本性を垣間見た直後だったのだ。

「あの生意気な娘が、心臓の脇が焼けるように痛いと言って……診察してくれとせがんできたんだ。おれが断わって、医者を呼ぶべきだと応じると、ひどい癇癪を起こしてな。そういう態度をとるなら判事に報告するぞと言っておいた」

「時間の無駄よ」母は疲れた声で言った。「あのご老人は頭がすっかり弱っていて、なんでも娘の言いなりなの。あれほどまわりの人間を人形劇の操り人形みたいに支配したがる子は見たことがないわ。あなたを誘惑して無分別なことをさせ、それを脅しに使って命令にしたがわせたかったのよ。まさにそうやってあの卑劣な獣のハロルド・ブラウンを手なずけたんだから」

「きみたちふたりをこの島から連れ出さないと」

「お願い、明日の引き潮のときにそうして。ぼやぼやしてる暇はないわ。レイチェルの要求を拒んだのなら、あの子はおとなしく引き下がったりしない」

父は鼻で笑った。「子供に何ができる？」

父が蔑むのも無理はなかった。戦争を生き延びた人だ。十四歳の女の子がどんな脅威になるというのだろう。

けれども翌朝、ヘンリエッタから、わたしの両親がいなくなったと言われた。

# 11

ウィリアム・キアリーはレイチェルの手を握った。他人同士で通常礼儀正しいと見なされるより五秒ほど長かった。頬にキスもするつもりだったが、考え直したのだろう、とレイチェルは思った。そんなふうに遠慮するのは彼の性分ではないが、さすがのキアリーもサヴァナク家の人間になれなれしくすることは控えたのだ。

いいにおいのする若い給仕がレイチェルを招待者のテーブルへと案内した。〈レストラン・ラグーザ〉の奥の隅にある目立たない席だった。反対の隅にはクラシックの三重奏の演奏者たちがいる。天井からさがった絹地のバルーンライト、あざやかな朱色の絨毯、黄色の紋織物《ブロケード》のカーテンは、あからさまな退廃というより贅沢な自己陶酔の雰囲気をかもし出していた。一方で、飾られた一八六〇年物のリキュールブランデーの大きなボトルは、稀少な高級酒も〈レストラン・ラグーザ〉の栄光の一部であること、この店がロンドンでいちばん豪華で高額の代金を取ることを強調していた。

「このまえの画廊訪問は愉しまれましたか?」キアリーが訊いた。

「ええ……記憶に残りました」

「いつかあなたの……芸術作品を拝見する栄誉にも浴したいものです」

レイチェルは微笑んだ。「わたしも同じくらい、イナニティであなたのショーを拝見したいと思っています」

「劇場一の席をご用意しますよ! いますばらしいショーをやっていましてね。私の役柄は、なんというか……独特です。いつもの寸劇やミュージカルから離れる小休止になって、ありがたいんですがね」

「女性の奇術師との共演と聞いた気がしますが」

「ネフェルティティ、そうです。あの娘さんは驚くべき才能の持ち主です。彼女を見れば、誰もが魔法を信じられる。得意技は自動人形を生きて呼吸する人間のように動かすことでしてね。彼女と私の共演はさらに絢爛《けんらん》たる出し物ですよ」彼はテーブルに身を乗り出し、声を暗いささやきにまで落とした。「私は死と冥界の神アヌビスを演じます。ネフェルティティが私を火葬し……また命の贈り物をするのです」

「なんてすばらしい」レイチェルもささやいた。「生と死にそこまでの力を持つなんて」

彼女の視線を受け止めながら、キアリーはメニューを取り上げた。「ダルメシアン・カレーはいかがです？　玉葱、トマト、フルーツの異色の取り合わせで、最後に卵を加えるんですが、じつに美味です。いずれにせよ、最後はもうこれしかないという罪深い黒いデザートとして、栗入りのチョコレート・ラグーザをお薦めします」

　彼が美しく手入れされた指をパチンと鳴らすと、壜のなかから呼び出された魔神のように、給仕がすっと現われた。その若者の肌から麝香《ムスク》がかすかににおった。頬骨の高さは明らかにスラヴ系で、ほかの給仕たちも同じ鋳型からとったのかというほど似ていることにレイチェルは気づいた。みなすらりとした美形で、二十一歳を超えているようには見えない。ふたりの注文を聞いた若者が厨房に消えると、キアリーは、バルカン半島から亡命してきた店主の深遠な趣味は料理や飲み物にとうていとどまらないと打ち明けた。

「ルコは生まれながらの芸術家です。それは装飾品の選び方からもうかがい知ることができる、たとえ探偵を演じたがる性格でなくてもね」彼はちらっとレイチェルを見た。「そういえば、風の噂では、イナニティ劇場を巻きこんだ恐ろしい悲劇について関心を持っておられるとか」

「物心ついたときから犯罪には興味があります。おそらく遺伝でしょうね」

「判事はイギリスでも指折りの蔵書家でしたね？　収集した犯罪や犯罪者に関する書物は、判事の誇りであり喜びだった」キアリーはくすっと笑った。「例の孤独な島ですごした長い冬の夜、そういう書物を何時間も読んでおられたんでしょうね」

「そのとおりです」レイチェルは言った。「わたしが知っていることはほぼすべて、あの蔵書から来ています。法学者のウィリアム・ブラックストンから冒険家のサー・リチャード・バートンまで、ダニエル・デフォーからアレクサンドル・デュマまで、目についた本を片っ端から貪るように読みました。ミスター・オースティン・フリーマンとミス・ドロシー・セイヤーズを好んで読むようになったのはごく最近です」

音楽家たちが演奏を始め、キアリーは指でテーブルをトントンと叩いて拍子をとった。

「シューベルトはお好きですか？」

レイチェルは微笑んだ。「ルディ・ヴァリーのほうが好きです」

給仕が料理を運んできて、キアリーのグラスにティスティングのワインをつぎながら、長いまつげをしばたたいた。アイルランドの俳優は思案顔で香りを確かめ、竈《かまど》のように温かい笑みを浮かべてうなずいた。カレーは甘辛で、レイチェルはひと口ひと口をじっくりと味わった。やがてキアリーは自分の皿を脇によけて言った。

「気の毒なドリーが殺害されたことにショックを受けて、犯人を突き止めようと思ったのですか？」

「彼女に会ったことはありません」レイチェルは言った。「でも、あんな残忍な行為が罰せられずにすんではいけません。ドリーとは親しかったのですか？」

「合唱団のひとりという程度しか知りませんでした。想像できると思いますが、合唱団は出入りが激しいのです。ドリーがいなくなったときには、ファンの誰かと逃げたのだろうと思った。美人でしたが、わがままで少々頭も弱いという評判だったので」

「女の子がこの世で生きていくには、かわいくてお馬鹿さんなのがいちばんだ、と誰かが言いませんでした？」（フィッツジェラルド『グレート・ギャツビー』からの引用）

キアリーはもぞもぞと体を動かした。「不吉なことだとは誰も思わなかったのです」

「とはいえ、彼女は突然婚約を破棄しました」

「ジョージ・バーンズもかわいそうに」キアリーは大きなため息をついた。「まっとうな男だし、職人としての腕もいいんです。ドリーより年上で、婚約破棄がそうとうこたえたようでした。ドリーはどこかの金満家と会って連れ去られたように見えた。ほかの団員たちが言うには、秘密を抱えるようになって、バーンズより愉しい相手といちゃついているようだったと。唯一の疑問は、永遠にいなくなってしまったのか、それとも新しいボーイフレンドがまた征服すべき別の相手を見つけたあとで、こそこそ戻ってくるのかでした。だから遺体が発見されたときには、みな本当に驚いて。さらにバーンズが逮捕されたりしたもので」

「彼はスケープゴートでした」

「警察を責める気にはなれませんね。バーンズの容疑は、ドリーに嫉妬をあおり立てられて暴力に訴えたというものでした。激しやすい性格で、ドリーに不適切に言い寄った同僚の腕を折ったこともありましたから。そのときのごたごたは私がなんとか解決しましたが、ドリーが死んだあと、それがすぐ警察の耳に入ったのです」

「あなたはバーンズが犯人だと思わなかった？」

「彼を支援するのが自分の義務だと感じました。イナニティに忠実に尽くしてくれた男です。もちろん金を出して弁護士をつけてやりました」

「そんな話をわたしもちらっと聞きました。あなたはその寛大な行為を伏せておきたかったようですけど」レイチェルは言った。「親切なかたですね」

キアリーはいやいやと手を振った。「わが劇場で働いている人間が処刑されるかもしれないという考えが受け入れられなかったのです。とはいえ、とるべき法的措置はとらなければならない」

「彼の無実を疑っていたのですか？」

キアリーは眼を閉じた。「あらゆる証拠は彼を指し示していました」

「すべて状況証拠でしたけど」

「しかし説得力があった」キアリーが椅子の背にもたれると、デザートが出てきた。「ほかでもないルーファス・ポールが遺体を検《あらた》めたところ、かわいそうなドリーの髪のなかに衣類の糸がまぎれていた。それがバーンズのセーターと一致したのです」

「バーンズはドリー・ベンソンの恋人でしたからね。ルーファス・ポールの発見にも、完全に無実だという反論ができます。ミスター・ポールも反対尋問されたら、あの糸はなんでもなかったと認めざるをえなかったでしょう」

「たとえそうでも、気の毒なバーンズはあらゆる点で黒に見えた」キアリーは首を振った。

「あなたは探偵を雇って事件のことを調べたんでしょうね？」

「ええ、充分な情報を得るように手を尽くしました。クロード・リナカーには、初めて〈ガレリア・ガルシア〉に行ったときに偶然会ったのです」

「そして彼が殺人犯だと推理した？　それとも直感ですか？」

レイチェルは不満げに口をすぼめた。「リナカーはイナニティ劇場の常連でした。彼の眼を惹いた若い女性は何人もいて、みな異様な趣味に嫌悪を覚えたそうです。リナカーは少なくともふたりの女性に大金を払って痛々しい傷を負わせる喜びに浸りました。そういう噂を聞きませんでした？」

「たしかに彼は女性好きで知られていました。それも……庶民的な階級の。だが、人に危害を加えるようには見えなかった。利己的な放蕩者が全員人殺しをするようになったら、人口は激減します」キアリーはまだ気安い笑みを浮かべていたが、眉間が強張っているのにレイチェルは気づいた。「秘密を教えてください。あなたはどういった根拠であの若いクロード・リナカーを殺人と結びつけて非難したのですか？　そしてどういう証拠を突きつけたんです？　彼が観念して毒をのまざるをえなくなるほど強力だったわけでしょう？」

若い給仕がコーヒーを持ってきた。不機嫌そうなのは、キアリーがレイチェルしか見ていなかったせいかもしれない。

「ひとつだけ言えるのは、リナカーの死はその人生の反映だったということです。彼は臆病者だった」

キアリーは筋張った手を彼女の手に重ねた。「あなたほど思慮深い女性にはめったに会えない」とつぶやいた。「いまは何に憤慨しているのですか？　思いきってうかがいます。あなたはなんらかの役割を果たしたのですか……ローレンス・パードウの犠牲者の無念を晴らすために？」

レイチェルは手を引き抜いた。「わたしの理解では、彼は密室でくわしい自白書を書いたあと自殺しました」

「犯罪学を熱心に学んだあなたなら、自白書が往々にして信用できないことはご存じでしょう」

レイチェルは眼を大きく見開いた。「そうだ！　パードゥもイナニティとつながりがありませんでした？　もしかして、あなたはわたしが知らないことを知っているとか？」

キアリーは信頼するペットに咬まれたかのように身をすくめた。「いいえ、残念ながら。パードゥは変人でした。ここだけの話、私は彼もリナカーもあまり好きではありませんでした。どちらも殺人までできるとは思いませんでしたが、ふたりの態度は、なんというか……下劣でした」

「とても鋭い鑑識眼ですね」

「ときどき本能的に人を見きわめることができるのです。あなたについてもそうだった。もう藪をつついて探りを入れるようなことはしません。あなたの魅力の虜になりました」

「ありがたいお褒めのことばです」レイチェルはそろそろ立ち去ろうとしているかのように椅子をうしろに押した。「本当に、イナニティであなたの公演を観るのが待ちきれません」

彼は身を乗り出した。「いますぐ来てください。つきっきりで舞台裏を案内させてもらいます」

「寡婦《ウィドー》のビアンキが認めてくださるかしら」レイチェルは冗談めかして言った。

キアリーはまばたきした。「キアラと私は結婚していませんよ。私たちはたんに……理解し合っている間柄です」

「もちろん彼女は理解があるかたでしょうね」レイチェルは微笑んだ。「失礼いたします。運転手が待っていますので」

「残念だ。では、ショーのあとにでも？」

「そうですね」レイチェルは立ち上がり、手を差し出した。「もしあなたのご都合がつくのなら」

彼女の冷静な表情を見て、一瞬キアリーの自信が揺らいだ。ごくりと唾を飲んで言った。

「よく言われるでしょう、レイチェル、あなたを見ていると本当にお父上を思い出す」

「わたしは判事とはまったくちがいます」彼女は言った。「ですが、正義は信じています」

# 12

「急な話だったのにお会いいただき、ありがとうございます」ジェイコブは言った。マンディ夫人は〝フラーズ〟と赤い文字で印刷された白いカップを、薄い唇に持っていった。

ジェイコブは紅茶にレモンを搾り、取り入るような笑みを浮かべたが、夫人から笑みは返ってこなかった。頭痛がして、アールグレイを飲んでも治まりそうになかった。朝寝すごしてしまい、オックスフォード行きの列車にぎりぎりで飛び乗ったのだ。

ジェイコブとエレインは前夜、ノエル・カワードの『ほろにが人生』を観に行き、夜更かしした。そのオペレッタは、殺人とミステリと奇術師の過剰摂取に対する完璧な解毒剤になった。劇がはねたあとは、ロング・エーカーの活気あふれるいかがわしいバーでカクテルを何杯か飲み、ふたりでずっと『アイル・シー・ユー・アゲイン』を歌いながら、アムウェル・ストリートの家まで戻った。帰宅すると、エレインが母親のジンをグラスふたつにたっぷり注ぎ、ふたりはソファでぎこちなく互いの体に触れていたが、やがて彼女がもう寝ると言って立ち上がった。ジェイコブは、いっしょにベッドに行こうかと提案するほど酔ってはいなかった。

二日酔いで目覚め、いつものボリュームたっぷりの朝食をとらなかったので、胃が鳴っていた。ジェイコブは隣のテーブルをうらやましげに一瞥した。年配の夫婦が砂糖衣のかかった大きな胡桃のケーキを美味しそうに食べている。あいにく彼が到着するまえに、マンディ夫人がふたり分の注文をすませていた。他人に代わってあれこれ決めることに慣れているのだろう。

彼女は窓にいちばん近いテーブルで外を眺めながらジェイコブを待っていた。コーンマーケット・ストリートを、学生たちが通りどころか全世界を所有しているかのように歩いている。夫人は明るい緑の毛糸で子供のマフラーを編んでいた。銀髪を短くそろえて切り、小柄で細い体を、足首まであるグレーの狐の毛皮のコートでこぢんまりと包んでいて、口数は少ない。たまにしゃべるときにはスコットランド訛りが目立ち、話し方もきまじめで素っ気なく、過去三十年間それが生活で役立ってきたにちがいなかった。

ジェイコブはもう一度会話を試みた。「孤児院でのお仕事はそうとう忙しいんでしょうね」

「銀行に行く用事があったので、ここでお会いするのが都合よかったのです。新聞記者をあまり施設に迎え入れたくないのはご理解いただけますね」

「報道機関に迷惑をかけられたことがあるのですか？」ジェイコブはなんとか同情と心配の表情を作ろうとした。

「それはもう大迷惑でした、ミスター・フリント」編針をテーブルに打ちつけて強調した。

「わたしたちのような組織がうまく機能するには、決まりきった日常を維持する必要があるんです。今回のことすべては、あまりにもショッキングで破滅的でした。かわいそうなミス・ヘイズは、うちの孤児院で半年も働いていませんでしたが、フリート街のあなたのお仲間ときたら、わたしたちが彼女を雇っていたと知るや禿鷲のように襲いかかってきました」

「それは動揺なさったでしょう。この種の犯罪からは、さまざまな問題が計り知れないほど広がります。ぼくは昨日、サウスエンドにいる彼女のお姉さんを訪ねました。当然ながら、メアリ＝ジェインがきちんとした女性だったことをわれわれの読者が信じるかどうか、とても心配しておられました」

「本当にきちんとしてましたよ。わたしはこの事件ですっかり心がふさいでしまって、記事を読むのも耐えられません。彼女の親類や知人がどう感じているか、想像もつかないわ」

「おっしゃるとおりです、ミセス・マンディ」

「ほんとにね。わたしから何を聞きたいんです？　もうすぐタクシーが迎えに来て、仕事に戻ることになってます。五分もあれば充分でしょう。すでに誰もが知っていることしか話せないと思いますけど」

「どうしてメアリ＝ジェインは孤児院を辞めたのですか？　おかしい気がするんです。ほかの仕事の当てもないのにオックスフォードを去って、ロンドンに戻ったりして」

マンディ夫人はため息をついた。「彼女にはとても期待していました。履歴書は申し分ないし、わたしとまえの理事長が面接した際にも感銘を受けたくらいですから。彼女の職位は新しく設けたんです。わたしはもうすぐ引退するつもりだったので、副院長という役割が足がかりになると考えました。メアリ＝ジェインは資格充分で理想的な後継者になりそうでした。しかしあいにく、以前の仕事と当院副院長の多岐にわたる職務のちがいを少なく見積もっていたようで、こちらに慣れることができませんでした」

「本人がそう言ったのですか？」

「ええ、あの人は根っからの正直者でしたから。わたしも精いっぱい励ましたんですよ。昇進に対処するのは見た目ほど簡単じゃありません。彼女は劣等感のかたまりでした。とても院長の役割は果たせないと言うので、そのたびにわたしは、まちがった思いこみよとしっかり言い聞かせました。わたしだってずっと昔、施設の管理をまかされたときには同じくらい不安でした」

小粒ながら力強いこの女性が何かで不安になることなどあるのだろうか、とジェイコブは思った。「でもメアリ＝ジェインは納得しなかった？」

「三十年前は施設も小さかったし、将来展望もいまほど広がっていなかったと言われました。一看護師として働きたかったんでしょうね。慈善団体の複雑な財務をこなし、理事たちをまとめ、全職員を監督する、そうしたすべてが彼女にはなじまなかったのでしょう」

「だから出ていったのですか？」

「雇用契約上は退職一カ月前に通知が必要でしたが、かなり落ちこんで辞めたがっていたので、通知義務は免除してあげました。理事たちも、しぶしぶでしたが同意しました」マンディ夫人はアールグレイの香りを嗅いで充分満足すると、ひと口飲んだ。「というわけで、わたしは振り出しに戻って後継者を探しています。信頼できる人に孤児院が管理されていることをありがたく思いながら、セント・アンドルーズで平和な引退生活が送れるように」

「メアリ＝ジェインがローレンス・パードウの名前を出したことはありましたか？」

「あの残虐行為の犯人？」マンディ夫人の眉が飛び上がった。「ふたりは事件前から知り合いだったとおっしゃりたいの？」
「どうやらパードゥは彼女を知っていたようなのです、ええ」
　夫人の小さな両眼が彼を厳しく精査した。「正直に申し上げますが、メアリ＝ジェイン
がわたしのまえで彼の話をしたことはありません」
「それは確かですか、ミセス・マンディ？」
「もちろんです、ミスター・フリント！」嫌悪感が鞭のようにジェイコブを打ちつけた。
「あなたはうちの施設を包囲攻撃した記者たちとは別種類の人であってほしい。そう願っ
ていました。何もないところからスキャンダルを作り出そうとするあの人たち、きわめて
不幸な条件で生まれた女の子の世話という、わたしたちにとって何よりも重要な仕事の邪
魔をする人たちとはちがうだろうと。でも、わたしの勘ちがいでした。がっかりです」
「申しわけありません」ジェイコブはたちまち恥じ入った。「そんなつもりでは――」
「わたしは約束を果たして、あなたに五分間差し上げました。これで失礼させていただき
ます」
　彼女は編み物袋を取り、さっと立ち上がった。ジェイコブも腰を上げて手を差し出した
が、彼女はそれを無視して逃げるようにコーンマーケットの喧騒のなかへ歩いていった。
ジェイコブはあとを追わなかった。会話の進め方をまちがえてしまったのだ。食欲をそそ

る胡桃ケーキの厚切りで自分を慰めるしかなかった。

黒い制服に白いエプロンをつけた、きれいで元気のいい若いウェイトレスと他愛もない雑談をしながら、ジェイコブは思ったより多くの情報が得られたのかもしれないと気づいた。メアリ＝ジェインがパードゥの話をしたことはないというマンディ夫人の断言は信用できそうだが、夫人は慎重にことばを選んでいた。いま思うと、あの答え方は弁護士のはぐらかしに近かった。

ジェイコブは砕いた胡桃を味わいながら、院長は真実をすべて話さず、わざとらしく怒って話題をそらそうとしていたと結論づけた。メアリ＝ジェインがパードゥを知っていたのはもちろん、マンディ夫人もそのことをよく知っていたのだ。直感がそう告げていた。

列車がパディントンに向かって田舎をガタゴトと走っているあいだに、別の考えが次々と湧いてきた。マンディ夫人が隠しごとをしたのだとしても、記者相手にごまかすのは当然の権利だと思ったのではないか。ジェイコブは彼女を問い質したが、オックスフォード孤児院の三十年間の院長生活でそんな体験はめったになかったにちがいない。敵意が生じてもしかたがなかった。

マンディ夫人もアグネス・ダイソンと同じように、メアリ＝ジェインがオックスフォードから去ったのは新しい職務に対応できなかったからだと考えていた。その可能性もなくはないが、ジェイコブは、メアリ＝ジェインが人生のどこかでパードゥと恋愛関係になったのではないかと睨んだ。ふたりはロンドンで出会ったが、メアリ＝ジェインが野心ゆえにその関係を解消し、オックスフォードに移り住んだのかもしれない。その後パードゥが彼女を追いかけ、オックスフォードの新しい仕事を捨てて首都に戻るよう説得したとか。パードゥの莫大な財産があれば、彼女はすぐに仕事を探す必要もなく、ゆっくり時間をかけてふたりの将来を考えればいい。そこで最終的にパードゥに身をまかせるのはやめたと彼女が決断したのなら、パードゥは怒って……。

おそらく。ひょっとして。かもしれない。ことによると。

ジェイコブは窓の外を見た。彼の苛立った眼つきに羊の群れが怯えた。何を都合よく考えているんだ？　メアリ＝ジェインの殺害については、あいかわらず何もわかっていないのに。レイチェル・サヴァナクにまつわる真実にも一向に近づいていない。

ジェイコブはサラ・デラメアと話した直後にレイチェルに電報を送り、また会ってほしいと頼んでいた。クラリオン・ハウスに入るとすぐに、自分宛のメッセージは来ていないかと確認した。ペギーがハロルド・ロイドの初めてのトーキー映画に関する記事から眼を上げ、知らない人が彼の名前の書かれた安物の封筒を届けに来たと言った。ジェイコブが封を切ると、署名のない手紙が入っていて、〝エセックス・ヘッドで一時に〟とだけ書かれていた。

丁寧だが垢抜けない筆跡に見憶えがあった。パードウの家の外で会ったスタンリー・サーロウ刑事が情報を提供したいにちがいない。いつも使う会合場所は、エセックス・ストリートとストランドの角にあるパブだった。サーロウは酒好きで、ときどき競馬にも小金を賭けるが、若い妻が先日ふたりの最初の子を産んだので、いまは金銭的な余裕がない。いくばくかの警察のゴシップと引き換えに、ジェイコブは喜んでこの友人に何杯かおごり、〝赤ん坊に何か買ってやる〟現金を手渡していた。何も害はなかった。この世は持ちつ持たれつだ。

「新しいタオルを持ってきました」トルーマン夫人が言った。

彼女は屋上につながる階段をのぼりきったところに立っていた。眼のまえには腎臓型のプールがある。屋上の四分の三はガラスの壁に囲まれた大きなサンルームで、残りは椅子や植物のプランターが並ぶ屋上庭園だった。庭園を縁取る膝丈の塀からは、小屋や庭のある敷地の裏手を見晴らすことができる。サンルームのなかには、坐ってくつろぐ広いスペースもあり、部屋の隅には蓄音機が置かれ、星空の下で踊れる場所もあった。暖房装置も備わっていて、冷えこむロンドンの朝でも室温はカンヌやモンテカルロに近かった。

レイチェルは水が大好きだった。ゴーント島では水泳が心の逃げ場になった。ロンドンの大邸宅の屋上プールは贅沢ではあるが、サヴァナク家の財産の一部の適切な使い途だった。レイチェルは水から体を引き上げた。赤と黄緑のストライプの水着がぴたりと張りついていた。ゴムの水泳帽を脱ぎ、頭を振って黒髪を垂らした。

「あなたも泳いだら？」

トルーマン夫人はレイチェルの水着の深いネックラインに顔をしかめた。「家の誰かが仕事をしなければならないので」

レイチェルはバスタオルを一枚取り、体をふきはじめた。「その手、荒れて赤くなってる。必要ならもうひとり手伝ってもらえる人を雇ってもいいわよ」

年上の夫人は首を振った。「例の孤児院が推薦する人を雇うつもりじゃないでしょうね？」

レイチェルはにやりとした。「そんなにおかしな考え？」

「なんてことを！　あなたのユーモアのセンスは独特すぎて、冗談なのかそうじゃないのか、わたしにはわかりません」

「こんなことをしてくれなくてもいいのよ」レイチェルは言った。「この家にいてくれる必要はない。あなたたちふたりの貯金があれば……」

「誤解しないでくださいよ。あなたはいつでもわたしたちに頼れる。わかってるでしょう」

「ええ」レイチェルは言った。「わかってる」

ジェイコブが気を利かせて、泡立つビールのパイントグラスをふたつきちんとバーカウンターに並べて待っていたところに、サーロウが大股で入ってきた。この日の刑事は眼をしょぼしょぼさせ、ビールを飲みながら寝てしまったら赦してくれと言った。赤ん坊の歯が生えてきて、両親はひと晩じゅう眠れなかったらしい。

「家庭の喜びに」ジェイコブはグラスをカチンと合わせて言った。

「乾杯だ、フリンティ」サーロウはにんまりした。「近いうちに別のことで飲んでるかもしれないな」

「奥さんがまたおめでたとか?」

「まさか、とんでもない。たとえそうだとしても、あいつはあえて宣言してない」笑みが広がった。「ここだけの話、もうすぐおれに敬意を払わなきゃいけなくなるぞ。クリスマスまでに部長刑事に昇進すると耳打ちされた」

ジェイコブは刑事の背中をぱしんと叩いた。「おめでとう、スタン」

「獲らぬ狸の皮算用で、お祝いに一週間のブライトン旅行を予約した。天気は最悪だろうが、誰が気にする？　自慢できることがあるのは、おれだけじゃないだろう。サウス・オードリー・ストリートの例の事件の記事を読んだぞ」サーロウは肉厚の手をジェイコブの腕にのせた。「おまえが現場に現われたときには自分の眼が信じられなかった。教えてくれたのが誰か、わかったか？」

店内の紫煙は街の濃霧のように不快だった。ジェイコブは話をはぐらかすためにわざと咳きこんだ。「さあね。それは重要じゃないだろう。スコットランド・ヤードはもう解決ずみと考えてるはずだ」

「ああ、まあな。チャドウィック警視はお人好しだから、静かな生活を何より望んでる。マルハーンじいさんも褒美をもらった犬みたいに大喜びだ。けどおかしなことに、オークスがひどくピリピリしててな。パードウがたんに自宅で人払いして自分の頭を吹き飛ばしたとは思ってないらしい」

「なぜ？」

「彼によると、きれいすぎるらしい。だが、人生がいつもめちゃくちゃである必要はないだろ？　おれたちもたまには運に恵まれたっていいはずだ」

「オークスみたいな利口者は、何かやることが必要なのさ」

サーロウはグラスを空けた。ジェイコブはバーテンダーにお代わりの合図を出した。

「乾杯、フリンティ。たぶんおまえの言うとおりだろうよ」

「そのことを話したかったのか？」

「いや、まだひとつある」サーロウはビールをごくごくと飲んだ。「おれはなんとも思わないが、オークスは気にしてる」

「へえ、聞かせてくれ」ジェイコブは上着から紙幣を一枚取り出し、警官の大きな手にすべりこませた。「ベビーシッターを見つけて、奥さんを豪華な食事にでも連れていくといい。よろしく伝えてくれ」

「おまえさんは友だちだ、フリンティ」

サーロウの息からビールがにおった。「それで、オークスは何を気にしてる？」

「パードウがメアリ＝ジェイン・ヘイズの頭を隠してた木箱の隣に、チェスの駒が置かれてたんだ。黒のポーンが」

「それにどういう意味がある？」

「パードウはチェスをしなかった、腹心の秘書のことばを信じるとすればだが。その秘書はチェス愛好家で、トーナメントにも出場し、〈キルバーン・チェスクラブ〉の会長だが、パードゥはチェスにはまったく関心がなかったと言ってる」

「そのどこが異常なんだ？」

「パードゥはあるチェスクラブの会員だったんだ」

「もちろん秘書はそれを知ってたんだろう？」

「いや、そこがおかしなところで、われわれが秘書に話したら、びっくり仰天してた」

「たんにパードゥが彼とチェスを指したくなかっただけでは？　部下に負けるのが嫌で」

「あの家を屋根裏から地下室まで捜索したが、チェスのセットも盤も見つからなかった。もちろん、ポーンがひとつ欠けたセットもだ」

サーロウは残りのビールを一気に飲み干した。ジェイコブは空いたグラスにうなずいた。

「どうやら三パイント分はある問題のようだ」

「そうか？」サーロウは金の懐中時計で時間を確かめた。「悪いな、友よ、そろそろ帰ったほうがよさそうだ」

「パードゥがチェスクラブの会員だったのがどうしてわかった？」

サーロウは声を落とした。「遺言書に書いてたからだよ」

「遺言書に？」店にいるほかの客たちが騒いだので、ジェイコブは首を伸ばして訊かなければならなかった。「意味がわからない」

「ちょっとした財産を遺したんだよ……」サーロウは咳払いをして、黴臭い老弁護士の大仰な口調をまねた。「〝遺言執行者会議の判断にもとづき、〈ギャンビット・クラブ〉のわが同朋チェス・プレイヤーたちのために用いるものとする〟」

# 13

ジェイコブが次に立ち寄ったのは、ホワイトチャペル地区だった。レヴィ・シューメイカーと話したかったのだ。私立探偵に取材した経験はあまりなく、どれも気の滅入る思い出だった。リーズでは、依頼人を助けるために離婚訴訟の証拠を集めたり――または捏造したり――支払い能力のない人たちの借金を取り立てたりする浅ましい連中に出会った。しかし、シューメイカーについてなんとか調べたかぎりでは、そういう連中とはまったくちがう探偵のようだった。

シューメイカーの名前がクラリオン紙に載ったことはない。それを言えば、どんな新聞にも。彼は仕事の宣伝広告を出さないのだ。満足した依頼人からの内々の推薦だけで忙しくなるほど仕事が入ってくる。一私立探偵にこれほど親切な情報網があるのは意外だった。オックスフォードでマンディ夫人に会った記憶が、蚤に咬まれたようなかゆみを残していた。孤児の世話を生涯してきた老婦人すら怒らせてしまうのなら、秘密厳守のプロから情報を引き出すことは克服不能の難事になりそうだった。シューメイカーはスタンリー・サーロウではない。ジェイコブにはシューメイカーの口を軽くするために提供できるものが何もなかった。レイチェル・サヴァナクより高い謝礼を払えるわけもない。

猛烈な雨を突っ切って自転車をこぎながら、どうすればシューメイカーに信用されるだろうと考えた。もし彼を見つけられればだが。予約を入れようとして拒絶されたくなかったので、あらかじめ連絡しなかったのだ。雨のせいで大通りは閑散としていた。ジェイコブはスピードを落とし、薄闇に眼を凝らして目的地を探した。

鎧戸の閉まったパイ店（〝ほかほかの茹でウナギとマッシュポテトをいつでもどうぞ〟）が角にある通りだった。使い古しのフェルト帽がずぶ濡れで頭に張りついている老人が、くたびれた重い足取りで家に向かっていた。ひどく古びたコンサーティーナを抱えているからシューメイカーではないだろう。左右対称の建物で中央に入口のあるコーヒー店兼レストラン（〝タラ、ニシン、魚の燻製と塩漬けの自慢料理――品質、サービス、清潔を保証いたします〟）の外で停まり、自転車から飛びおりた。五十メートルほど先で、外套を着て杖を持った猫背の男がひとり、鍵束をいじっていた。ジェイコブは走り出した。濡れた石畳を蹴ったりすべったりするその靴音が男をちらっと振り向かせた。

男の顔は腫れ、左眼の上に絆創膏が貼ってあった。両頬には赤く醜い傷がある。彼がことばを発するまえから、ジェイコブを認識して驚き怯えたのがわかった。

「フリント！」

「ミスター・シューメイカーですか？」

探偵は痛みに顔をしかめた。「ここでいったい何を？」

「折り入って話したいことがあるのです」

老斑の浮いた手が鍵を持ったまま震えていた。「どこかへ行ってくれ。こっちは話したくない」

「ひどい事故に遭われたんですね」ジェイコブは相手の骨張った肩をつかんだ。「何かお手伝いしましょうか」

シューメイカーは鼻息も荒く、体をひねってジェイコブの手から逃れた。「いちばん手伝ってもらいたくない相手がきみだ」

「会ったこともないのに、あなたはすぐにぼくだとわかった。ぼくは有名人じゃないから喜ぶべきなんでしょうけど、むしろ非常に興味が湧きます」

シューメイカーがあわててドアに鍵を差しこもうとしているあいだ、ジェイコブの心のなかで、レイチェル・サヴァナクの絹のようになめらかな蔑みの声がこだました。

〝あなたはアムウェル・ストリートに下宿していて、家主の娘から体と引き換えに結婚を迫られるんじゃないかと心配している。野心家なので、ちゃんとした新聞ではなく、クラリオンの醜聞あさりの連中に加わった。編集長はあなたのしつこさには感心しているけれど、無分別には頭を悩ませている〟

「あなたはレイチェル・サヴァナクがぼくを射るための矢を用意したんですね？　彼女はぼくの記事を青二才の詩だと思っていた」

シューメイカーは息をあえがせ、地面についた杖にもたれかかった。「去ってくれ」彼はささやいた。「頼む。きみ自身のために」

「本当に具合が悪そうだ。病院に行くべきです」

「いや……病院はだめだ」杖の先がすべり、シューメイカーはぐらついた。ジェイコブは彼の腕を取って、地面にばたんと倒れるのを防いでやり、またまっすぐ立たせた。

「休んでください、あなたのために。事務所に戻りましょうか？」

シューメイカーは話すこともできず、ただうなずいた。

シューメイカーの事務所は、労働者が集まるカフェテリアの二階だった。この日、カフェテリアは閉まっていた。ジェイコブが支えて階段をのぼらせるあいだ、年嵩の男はずっしりと重かった。

階段をのぼりきると、探偵は事務所のドアの鍵を示し、ふたりは机ひとつに椅子三つが置かれた埃っぽいL字型の事務室に入った。さらに先のドアを開けると、奥のがらんとした空間に大きな戸棚ふたつと折りたたみ式のベッドがあった。小さなバスルームの割れたタイルに血がついているのは、シューメイカーがここで頭の傷の手当てをしたからだろう。床に救急箱の中身が蓋の開いたまま散らばり、かすかにヨード液の磯のようなにおいがした。

「呼吸を整えてください」ジェイコブは言った。「それから話しましょう」

待っているあいだになかを見まわすと、シューメイカーが依頼料を何に使っているにせよ、そこに室内装飾は含まれていないのがわかった。どの部屋も、リーズの乱暴な借金取り立て人の住まいのように狭くてむさ苦しい。

「少しはよくなりました？」シューメイカーがうなずいた。「よかった。隣の部屋に行きましょう」

ジェイコブは探偵の肩を抱きかかえるようにして事務室に引き返し、相手を椅子に坐らせた。

シューメイカーはぜいぜいいう音が混じったか細い声で言った。「いい場所ですね」「しゃれた場所に金は使わない。少しでも知性のある依頼人なら、その金を自分が払っていることに気づくからな」

「いったい何があったんですか？」

「道で転んで頭を打った」

ジェイコブは、ふんと笑った。「成功している探偵に偶発事故は起きません。あなたは注意深い人でしょう、ミスター・シューメイカー。ぼくが聞いたかぎりでは、ぜったいにそうだ。あなたは誰かに殴られたんです」

「私のことを調べたのか？」

「お互いさまです」ジェイコブはにやりとした。「レイチェル・サヴァナクがぼくの背景を調べるためにあなたを雇った。あなたの依頼料を払うだけの価値を彼女に認めてもらったのは光栄ですけどね。当然、ぼくは彼女が何をそんなに気にしているのか知りたい」

「私は仕事の話はしない」

ジェイコブは口を尖らした。「一瞬、協力してくださるのかと思ったのに。ところで、戸棚のどこかにぼくのファイルがあるんですか？　見せてもらうわけにはいきませんか？」

「もう戸棚は空っぽにした。さあ、もう帰ってくれ、ミスター・フリント。きみ自身の安全のために」

「何があったんです？　誰かに殺されかけたとか？」

シューメイカーは下唇を噛んだ。「オルドゲイト・イースト駅でふたりの男に襲われた。建具屋とその弟子のような労働者に見えたが、プラットフォームにはほかに誰もいなかった。私も歳のせいで不注意になっているにちがいない。あれほどの危険にみずからをさらすとは」

「彼らはあなたを電気の流れる線路に落とそうとしたんですか？　それとも走ってくる車両のまえに突き出そうとした？」

「いや、それはちがう。もし私を殺したかったのなら、まちがいなくそうしてる」シューメイカーは傷ついた顔をそっとなでた。明日には派手な青あざになっているだろう。「ファシストのチンピラふたりがたまたま見つけた年寄りのユダヤ人に暴力をふるったように見せかけているが、あの攻撃はメッセージだ」

「どんな？」

「私がいまきみに与えてるのと同じ警告さ。まだチャンスがあるうちに、この件は忘れることだ、ミスター・フリント。もうスクープは手にしただろう。自分のつきが信じられなかったはずだ。ちがうか？　もうクラリオンに戻って別のことを書きなさい」

ジェイコブは手を伸ばし、人差し指の先で相手の顔の絆創膏に触れた。ここに来る途中、この探偵がぼろ布のようになっているとは夢にも思わなかった。力が湧いてきて、体のなかを電流のように駆けめぐった。彼には若さと自信があった。それをここでめいっぱい活用するつもりだった。

「レイチェル・サヴァナクがごろつきを雇ってあなたを襲わせたんですか？　あなたはもう役に立たないのに長生きしているということで？　彼女は自分の足跡を消してしまおうとしてるんでしょうか。そもそもなぜあなたにローレンス・パードウのことを調査させたのですか？」

「質問が多すぎる」

「これが仕事なので」

「きみは愚か者ではない」シューメイカーはつぶやいた。「だが、愚かな強がりで行動したり話したりすることが多すぎる。私の助言にしたがいなさい、ミスター・フリント。立派な年寄りになるまで生きたければ、このゲームは割に合わない。私は悪漢から与えられたメッセージを受け入れるつもりだ。来週のいまごろには遠い場所にいる」

体はこれほど弱っていても、シューメイカーは堂々としていた。ふつう、私立探偵から連想するのは冷静さや威厳ではない。シューメイカーは思いちがいをしているかもしれないが、自分の言ったことを信じている。ジェイコブは一年分の給料を賭けてもいいと思った。

「あなたを助けたいんです、ミスター・シューメイカー。その代わり、ぼくのほうも助けてください。手を引けとおっしゃるのには、あなたなりの理由があるんでしょうが、この件から離れるわけにはいきません。あなたは離れられても。せめて何かの取っかかりをもらえませんか。ヒントでも、手がかりでも。レイチェル・サヴァナクは……」

「レイチェル・サヴァナクはイギリスでもっとも危険な女性だ」

ジェイコブは笑った。「本当に？」

「きみは自分が何にかかわってるのか、わかっちゃいない。リナカーは苦痛にのたうちまわって死んだ。パードウの顔は吹き飛ばされ、書斎じゅうに脳が飛び散った」

「ふたりの死が彼女の仕業だと言っているのではありませんね？」

「すでにしゃべりすぎている」シューメイカーは苦労して立ち上がった。「さあ、これで失礼する。家に帰らなければ。私は明日ロンドンを離れて、二度と戻ってこない」

ジェイコブも立った。「話してくれることはこれ以上ないんですね？」

シューメイカーはためらった。「きみは若いころの私のようだよ。ノーという答えを受けつけない。きみの経歴を調べながら、不思議と近しいものを感じるようになった。歳をとって柔《やわ》になった最後の証拠だな。ちょっと待ってくれ」

シューメイカーは机の抽斗を開け、ペンとメモ帳と封筒を取り出した。用紙を一枚はぎ取ると、すばやくそこに何か書き、封筒に入れて封をした。

「約束してくれ」彼は言った。「これを渡したら、私の身に何か起きるまで開けないでおくと誓えるかな？」

ジェイコブは興を覚えた。「もしあなたが立派な年寄りになるまで長生きしたら？」

「そのときには、これは無意味になる」

「わかりました」

「誓えるね？」

「誓います」

己の衝動を後悔したのか、シューメイカーは疑うような視線をジェイコブに向けたが、結局封筒を渡した。

「駅までごいっしょしましょうか？」ジェイコブは訊いた。

「ありがたいが、けっこうだ。いっしょにいるところを見られてはいけない。だから、最初に声をかけられたときに追い払おうとしたのだ。もう取り返しがつかない。とにかく別々に出なければ」

「ぼくたちは監視されてるんですか？」

「お願いだ、ミスター・フリント。きみは正面玄関ではなく避難梯子を使ってくれるか？」

ジェイコブは封筒をポケットに突っこんだ。「そうまでおっしゃるなら」

「こっちだ」

シューメイカーは足を引きずりながら階段のまえまで行った。鍵のかかったドアをなんとか開けると、外に鉄梯子があった。雨はだいぶ弱まっていたが、明かりはなく、足元はすべりやすい。火事の際、この脱出路は建物に残って炎と闘うのと同じくらい危険だろうとジェイコブは思った。

ガス灯に不気味に照らされた舗道ははるか下に見えた。すぐまた眼をそらしたが、年上の男に臆病者だと思われたくなかった。別れ際にどうしても会釈したくなった。

「またお会いしましょう、ミスター・シューメイカー」

探偵はうなったが、何も言わなかった。危なっかしい梯子に取りついておりようとしたジェイコブがちらっと見ると、年上の男の眼に底なしの絶望の表情が浮かんでいた。それは外の冷たい夜気より彼の背筋をぞくっとさせた。

二分後、シューメイカーは電話口でまくしたてていた。

「彼の名前はジェイコブ・フリント、クラリオン社で働いている」

回線の向こうの女性が言った。「新聞記者？」

「そうだ。しかし――」階下の玄関前が騒がしくなり、話が中断した。「失礼、行かなければ」

シューメイカーは受話器を架台に戻した。誰かが玄関のドアを激しく叩いている。ほどなくそれは蹴りに代わった。板が割れて木端が飛び散る嫌な音がした。

シューメイカーは二階のドアから外に出た。ドアの把手につかまって、そろそろと足を鉄梯子の最上段に置いた。靴がすべり、危うく把手を放して忘却の底まで落ちそうになった。めまいがする。世界がまわり、吐き気がした。

梯子は逃げ道にならず、確実に頭蓋骨と背骨を折るだけだ。唯一の希望は、相手を口でごまかして難を逃れることだった。長年のあいだに数えきれないほどそうしてきたが、この夜はちがう気がした。恐怖で息が詰まりそうだった。

ついに玄関のドアが壊れる音がした。事務所に戻って閉じこもっても、なんの役に立つ？　ごろつきどもはドアをひとつ破壊した。もうひとつ壊すのも時間の問題だろう。胃がよじれたが、弱みを見せてはいけない。明日にはイギリスを離れると説明するのだ。取引を持ちかけてもいい。二十四時間後にまだこの国にいたら、好きにしてくれていいと。

事務所に引き返すと、重いブーツが階段を上がってくる音が聞こえた。連中が若くて強く、残忍なのはすでにわかっている。道理を説けば受け入れてくれるだろうか。彼は静かに祈った。

男たちが事務所に突入してきたとき、シューメイカーは机について坐っていた。肩幅が広く、ひげを剃っていない男がキャンバス地の大きな旅行鞄を持っていた。その眼は死んだ魚を思わせた。もうひとりの男は鼻が折れ、頬にあばたがあって斜視だった。

「友だちはどこだ、アイキー？」

「避難梯子から逃がした。関係のないことに巻きこむよりましだ」

「もう巻きこまれてんだよ。あいつに何を言った？」

「何も。私にかまうなと言ったんだが、ここまでいっしょに上がってきた」

男はシューメイカーの腕をつかんで、ひねり上げた。「誰かにひと言でももらしたらどうなるか、警告したぞ」

「彼は私を捜しに来たんだ。帰れと言ったが、聞かなかった」

男はシューメイカーの腕を放すと、物言わぬ相棒に親指を振った。「こいつはジョーだ。大工をしてた。あまりしゃべらないぜ、このジョーは。ことばより行動のほうがずっとよく伝わると思ってる」

「われわれのあいだに、もうもめごとはない」血の気の引いたシューメイカーの頰を汗が流れ落ちた。「私はイギリスから永遠に出ていく。明日には海峡のはるか向こうにいる」

「危険から逃れようってのか、え？」

「誰も私を怖れる必要はない。ぜったいに」

「おれがどう思ってるか言おうか？　おまえは嘘つきのユダヤじじいだ」

男はシューメイカーのネクタイを引っつかみ、気管を締め上げた。探偵はあえいだ。

「やめてくれ！　彼には何も言わなかった。本当に知らない――」

「もういい！」男は旅行鞄に顎をしゃくった。「いいぞ、ジョー。道具を出せ」

## ジュリエット・ブレンターノの日記

一九一九年二月一日（続き）

ヘンリエッタは食べ物と飲み物を盆にのせて持ってきたあとも長居しない。わたしを助けたい気持ちはあっても、無力だから。できるだけ自分で悲しみと向き合うことができるので、わたしはむしろ感謝している。ヘンリエッタは表向き判事とレイチェルを敬っているが、わたしの味方だ。それはわかっている。少なくともわたしには、まだ生きていて信頼できる人がひとりいる。

両親の死について、ヘンリエッタから無理にくわしいことを聞き出そうとはしていない。どちらにしろ、彼女も知らないのだ。葬儀はあるのか？　わからないし、どうでもいい。ふたりのことは、わたしなりの方法でずっと憶えているだろう。

ふたりの殺害の裏でレイチェルが糸を引いているという推測は当たっているだろうか。

ふたりともいなくなったとヘンリエッタが言った瞬間から、すごく嫌な予感がしていた。島のどこにもハロルド・ブラウンがいないと聞いたときにも。わたしは居ても立ってもいられなくなって、判事の書斎のまえまで行った。禁じられた場所だったが、ノックもせずに思いきってなかに入った。

判事はお気に入りの椅子で革表紙の本を膝に置き、うとうとしていた。休んでいるときでさえ、その鋭い顔つきは、何も気づいていない獲物に飛びかかる猛禽類を思わせた。わたしが大きく咳払いをすると、彼は眼を開けた。

「どうして許可なくここに入ってきた？」

判事の口調はいつものように厳しかったが、珍しく顔は怒りで赤黒くならなかった。唇には薄笑いが浮かんでいた。何か愉しんでいる様子で、そちらのほうが最悪の激怒の爆発より怖かった。

「彼らはどこ？」

「きみの父親と母親のことかね？」彼は不満げにうなった。「ロンドンに急な用事ができて、呼ばれていった。ブラウンが同行している」

「ありえない！　お母さんはあの人が大嫌いだったもの！」

判事の声が冷たくなり、笑みが消えた。「私が昔言ったことを思い出しなさい。子供は面倒を見られるのであって、話を聞かれるのではない。二度とわたしの仕事の邪魔をしないように。さあ行け、私が革紐に手を伸ばさないうちに」

涙ながらに書斎から逃げ出したとき、レイチェルの姿に気づいた。階段からわたしを見ていた。眼が合うと、彼女は冷たい笑いを浮かべた。

レイチェルがわたしの父に関するおぞましい作り話を判事に吹きこんだのだ。そして判事を説得して、仕返しのためにわたしの両親を殺させた。ゴーントの外で。この島でやるのは、あまりにもあからさまだから。ブラウンがふたりを連れ去り――おそらくワインに薬を入れて、抵抗されないようにした――ロンドンで対処させたのだ。

レイチェルがわたしも処分するまでに、あとどのくらいあるだろう。彼女にとって、わたしは家庭教師のペキニーズほどの値打ちもない。

# 14

「シューメイカーが死にました」翌朝、トルーマンがジムに入りながら告げた。

レイチェルはローイング・マシンの運動に没頭していて、彼のほうを見ようともしなかった。まる一分間、トルーマンはレイチェルの運動が終わるのを待っていた。ようやく彼女はマシンを止め、額の汗をふいた。

「彼はここに来たときにも、とても健康そうには見えなかった」

トルーマンはため息をついた。「遺体はテムズ川から引き上げられました。残っていた部分、という意味ですが。死ぬまえにむごたらしい外科手術を受けていました。無理やり話させようとしたにちがいありません」

レイチェルは口のまわりを強張らせた。「苦痛を引き延ばしても意味はなかったのに。彼は注意を怠ったけれど、彼らがすでに知っていること以外、何も話せなかったはずよ」

「少なくとも、あなたに質問しないだけの頭はありましたね」

レイチェルはほっそりした筋肉質の腕を組んだ。「彼が死んでも何も変わらない」

「どうした、フリント？　まるで自分の死亡記事を読んだような顔をして」

ウォルター・ゴマーソルは、朝いちばんで職場をひとまわりしたあと、上級記者たちとその日に注力する記事について話し合うことを日課にしていた。おどけた口調だったが、表情から疑っているのがわかった。

ジェイコブは読んでいたクラリオン紙を置いた。

「ぼくの死亡記事じゃありません」と重い声で言った。

「なら誰のだ？」

ジェイコブは二面の最下段の一段落を指差した。〝テムズから死体〟。パードウの自殺のように一面を派手に飾ったり、長い解説がつくような記事ではなかった。川から上がる死体など長靴と同じくらい珍しくない。この記事も、死体の素性がなければ一行も書かれなかっただろう。

「レヴィティカス・シューメイカーです」

名前を言うだけで声が詰まった。昨日いっしょにいたというのに、今日は彼の遺体がどこかの安置所でつつきまわされているのだ。考えるだけで胸が悪くなった。

「シューメイカーを知っていたのか？」

「昨日話したんです」

ゴマーソルは眼をしばたたいた。「で、その数時間後にテムズ川で死んでいた？　なんとね、フリント、ネタもとを嗅ぎつけるきみの嗅覚は異様だな。まずパードウ、次にこれだ」

ジェイコブの喉元まで吐き気がこみ上げた。編集長のまえで恥をかきたくなかったので、ジェイコブは懸命に深呼吸した。「じつは同じネタもとなんです」

ゴマーソルは顔をしかめた。「読者に謎を提供するのは大いにけっこうだが、私は受けつけない。考えをまとめて五分後に私の部屋に来てくれ。説明してもらおう。簡単なことばでな。私は単純な男だ」

ジェイコブは何か話すと吐いてしまいそうだったので、たんにうなずき、すぐさまトイレに駆けこんだ。編集長室に入るころには、一応落ち着きらしきものを取り戻していたが、心のなかには痛いほどの喪失感があった。

ゴマーソルの机には最新版のクラリオン紙が広げてあった。その横に湯気の立つ紅茶のカップがふたつ。編集長はジェイコブにひとつ取るよううながした。「ショックのあとで自分を取り戻すには、これがいちばんだ。さあ、話してもらおうか。いったい何が起きてる？　最初から始めてくれ」

「ありがとうございます」ジェイコブは紅茶をひと口飲んだ。「きっかけはミスター・プレンダーリースでした。シューメイカーがローレンス・パードウについて訊いてまわっていたという噂があるということでした」

「だからシューメイカーに取材しようと思ったのか？　口が堅いことで有名な男だったのに？」ジェイコブはうなずいた。「若者の楽観はじつにすばらしいな」

「彼に会ってみると、怪我をしていました。顔が傷だらけで、足をまえに出すのも覚束ないくらいでした。地下鉄駅で悪漢ふたりに襲われたと言っていました」

「彼はユダヤ人だ」ゴマーソルは言った。「そういうことが増えている、とくにイーストエンドで。経済がぐらつくと、人々は責める相手を見つけようとする。自分たちとちがう誰かをな。嫌な話だが、それが世の流れだ」

「そいつらに警告されたと言ってました。つまり、調査をやめろと」

「パードウは死んだ。もう調査することなんてないじゃないか」

「どうでしょう」ジェイコブはまた元気になってきた。「シューメイカーは深刻に考えていました。国を離れるつもりだとまで言って」

ゴマーソルは肩をすくめた。「長年、探偵として成功してたんだろう？　ひと財産築いたにちがいない。そろそろ引退して、暖かいところでのんびり暮らすつもりだったのかもしれんぞ」

「すごく怯えていました。ぼくが帰るときにも、建物の玄関から出るなと言ったくらいで。だから避難梯子を使っておりたんです。落ちて首の骨を折るかと思いました。地面に着くころには、心配性にもほどがあると彼を恨んでましたよ」

「きみこそ心配性じゃないか」ゴマーソルは言った。「怪しい連中が近くをうろついているのに気づいたとか？」

「いいえ。暗かったし、一刻も早く家に帰りたかったので。シューメイカーに自分たちは危険だと言われたときには大げさだと思いましたが、いま振り返ると……」

「彼はきみも危険だと言ったのか？　どういう理由で？」

「パードゥの事件が関係しているはずです。でないと筋が通りません。あの件について真実が明るみに出るのを望んでいない人間がいるんです」

「われわれは真実を知ってるじゃないか。パードゥは余命わずかと知って、野蛮な殺人の妄想にふけったんだ。彼はメアリ＝ジェイン・ヘイズを殺してない、なんて言うつもりじゃないだろうな？」

「ただわからないのです」

ゴマーソルは耳に挟んでいた鉛筆を取って、シューメイカーの事件を報じた記事を丸で囲んだ。「これはオリヴァー・マカリンデンの記事だ。マカリンデンは副編集長が削った背景情報を持ってるんじゃないか？　シューメイカーはたんに酔っ払って、たまたま川に落ちたのかもしれない」

「偶然が重なりすぎています」

編集長は不満げに咳払いした。「適切な情報にもとづく記事が書けそうだったら、また聞かせてくれ。それまでは来なくていい。あともうひとつ」

ジェイコブは歯噛みした。「なんでしょう、ミスター・ゴマーソル？」

「その辛気臭い顔をなんとかしろ」

ジェイコブより三歳上のオリヴァー・マカリンデンは、ホワイトホールの高級官僚並みに洗練されていた。遺伝でもある。父親は内務省の事務次官だ。上司がいるときのマカリンデンの態度は、そのてかてかした《オイリー》髪や顔と同じようになめらかで如才ないが、同僚の陰口を叩く癖があり、ゴマーソルの北部ふうの母音の発音をまねるのも、長く聞くとおもしろいを通り越して鼻についた。

知り合ってすぐのころ、マカリンデンは下宿先のエドガー館から引っ越すとジェイコブに言い、家主のダウド夫人は家賃をまけてくれるし料理もうまいと勧めたのだった。ジェイコブは親切にされて友だちになれると思ったが、仕事帰りのある夜、オイリー・マカリンデンは彼をウォーダー・ストリートの薄暗いカジノクラブに誘った。そこでは男たちが、ルーレットで勝ったという口実がなくても手を握り合い、ときどき互いにキスをしていた。灰色の髪でビロードのスモーキングジャケットを着たある男は、ジェイコブに投げキッスまでして、マカリンデンをたいそう喜ばせた。

「ついてるぞ、きみ。この厳しいご時世で、あの彼は百万ポンドを超える資産家だ」

「ぼくは帰ったほうがよさそうだ」

「そうとも。今夜は彼と愉しめばいい」マカリンデンは人差し指を唇に当てた。「秘密にしとくよ、な?」

「いや」ジェイコブは戸惑う子供になった気分だった。「まっすぐエドガー館に帰る」

「暗黒のデューズベリーにこんなところはないだろう、え?」マカリンデンはそこそこうまいヨークシャー訛りで訊いた。「いや、あるかな。探す場所を知っているかどうかという問題だ」

その夜以来、ジェイコブはマカリンデンに用心するようになった。〝自分は自分、他人《ひと》は他人《ひと》〟が彼の信条だった。ほかの人がそれぞれの人生で何をしようとかまわないが、マカリンデンの動機はどうも怪しかった。書く文章はありきたりでも、あの男は野心に満ちている。公平な見方ではないかもしれないが、ジェイコブはだんだん不安になっていた。マカリンデンは彼をよからぬ道に引き入れて、そのことを有利に使おうとしているのではないか、と。

「悪いね」マカリンデンがいつもの不誠実な調子で言った。トム・ベッツの部屋から出てきたところに、ジェイコブがぶつかりそうになったのだ。シューメイカーの死についてほかに何を知っているとジェイコブが尋ねると、こう答えた。「記事に書いた以上のことは話せない。ユダヤ人の私立探偵、そのあとに何が続く？　ひと皮むけば、ただの借金取り立て人だと思うがね。唯一の驚きは、あんな歳まで長生きしたことだ。マッチ一本の燃えかすに対して葉巻ひと箱賭けてもいいが、恨みを抱いた誰かにやられたんだろう。これまで本当に人気者のユダヤ人に会ったことがあるかい？　ないよな、そもそも形容矛盾だ。だったら、なんできみはそんなにシャ、シャ、シャイロック・ホームズに関心がある？」

ジェイコブは気分が悪くなり、話したくなくなって、「いろいろあってね」とつぶやいた。

マカリンデンはあくびをした。「それは別の記事のために取っておきたまえ。いい子だから。ぼくはオズワルド・モズリー（のちのイギリス・ファシスト同盟の指導者）が講演する集会について書かなきゃならない。変なやつだが、軽々には扱えないぞ。もしアルフレッド・リナカーに何か不幸なことがあったら、彼が次の首相になるんじゃないかと踏んでるんだ」

マカリンデンがいなくなるとすぐに、ジェイコブはベッツの部屋に忍びこんだ。ベッツがいないあいだ、書類の山やゴミを片づけろという命令は誰も下さなかったので、レイチェル・サヴァナクに関するトムの調査結果がわずかでも残っていないかと期待したのだ。薄茶色の文書ファイルを何冊か隅から隅まで読んで、彼女の名前かギャロウズ・コートが出てこないかと探した。探索の結果得られたのは、カラカラに乾いたオレンジの皮の欠片数枚と、気持ち悪くつぶれたバナナの皮だった。

レイチェルに触れたものがひとつだけあった。脱獄囚ハロルド・コールマンの殺害についてトムが書いた記事のカーボンコピーに、彼女の名前とゴーント館の電話番号が走り書きされていたのだ。十分後、ジェイコブは探索をあきらめ、自分の机に戻った。レイチェルからの連絡はまだひと言もない。マカリンデンと会ってから苛立ちが募っていて、レイチェル宛の電報の下書きを新たに作りはじめた。

何通りか作って捨てたあと、ごく簡潔な文面に落ち着いた。〝シューメイカーが殺される直前に彼と話した〟。これなら謎めいていて、とても無視できないのでは? レイチェルはかならず、お抱えの調査員が彼女の計画をもらしたと考えるはずだ。それがどんな計画であるにせよ。

電報を送ったあと、ジェイコブは大急ぎでヴィンセント・ハナウェイに面会の予約を入れようとしたが、オイリー・マカリンデンと同じくらい偉そうな事務員から、ミスター・ハナウェイは依頼人との打ち合わせで外出中ですと言われた。書類に署名して郵送にまわすため、午後遅くに事務所に戻ってまいります。数日後まで予定は埋まっておりますが、よろしければご質問を書面でお送りいただき、できればそこに紹介状を添えて……。

ジェイコブは電話を切り、スコットランド・ヤードで運を試してみることにした。オークス警部の部下たちも彼を追い払おうと全力を尽くしたが、それもジェイコブが殺人の件で話があると言うまでだった。最終的に電話はオークス本人につながった。

「このまえ連絡してほしいと言ったときには」オークスのことばには、わずかながら皮肉なユーモアが感じられ、刺々しさが和らいでいた。「毎日の状況報告は想定していなかったんだが」

「レヴィ・シューメイカーが死んだのはご存じですね」

「もちろん」

「彼は殺されたんだと思います」

長い間ができた。「これから昼食休憩に入るので、〈チャタム伯爵〉で一時に会おう」

シューメイカーのメモが燃えてポケットに穴があくような気がした。なかを見るべきかどうかというジェイコブの道義的なジレンマは、ふたりが想像していたよりずっと早く、おぞましいかたちで解決した。これを渡したら、私の身に何か起きるまで開けないでおくと誓えるかな？　その条件は数時間のうちに満たされたのだ。

いや、改めて振り返ると、シューメイカーは想像していたのだ。近い将来に死ぬと思っていたからこそ、会ったばかりの若い記者に秘密の情報を託すようなことをしたのだ。そうとしか考えられない。

シューメイカーを殺したのは、ジェイコブが到着する直前に彼を襲ったふたりの男だ。これはほぼまちがいない。シューメイカーがオルドゲイト・イースト駅を出たときから見張っていて、彼が記者に連れられて事務所に入ったのを確認したあと、黙らせるために殺したのだ。その男たちは誰かの指示で動いていたのだろう。シューメイカーを殺す命令を出したのは誰だ？

シューメイカーはレイチェル・サヴァナクのために働いていた。彼女にとって便利な存在でなくなったうえ、知りすぎたことで脅威になったのか？　長年働くあいだにシューメイカーは数々の危険にさらされてきたはずだが、ジェイコブを避難梯子に導いたときの彼の眼には恐怖の色があった。彼女にそういう力があることを知っていたのだ。レイチェル・サヴァナクはイギリスでもっとも危険な女性だ。

ジェイコブはぶるっと震えた。次の標的はぼくか？ 彼をあえて殺そうとする者はいないはずだった。ベッツの事故は疑われなかったとはいえ、レイチェル・サヴァナクに興味を持ったクラリオンのふたりめの記者に何か起きたら、ゴマーソルが放っておかないだろう。もちろん、オークス警部もだ。

部屋に煙草の煙が立ちこめていたので、ジェイコブは肺に新鮮な空気を入れたくなった。階下に急ぎ、建物の外に出た。こそ泥よろしくあたりをうかがいながら、狭い路地に入った。見たかぎりでは、誰にも監視されていないが、危険を冒したい気分ではなかった。通りがかりの人にすら見られる心配がないことを確認すると、封筒を取り出して、破り開けた。

老いた探偵の走り書きは読みづらく、しかも簡素な暗号のようだった。

CGCGCG91192PIRVYBC

まるでちんぷんかんぷんだった。ジェイコブは紙をまたポケットに突っこみ、職場に引き返した。レヴィ・シューメイカーの最後のメッセージが、もっとわかりやすくて報道価値があればよかったのに。

「シューメイカーがきみに話したことは、ないに等しい」オークスがチーズトーストの最後のひと切れを食べながら言った。

〈チャタム伯爵〉は、まじめなスーツ姿の公務員と、声も体も大きい若者たちで混んでいた。後者はおそらくスコットランド・ヤードの警官たちだろうとジェイコブは思った。木は森に隠せの原則どおり、内密の会話はまわりがうるさすぎて誰も盗み聞きができないような場所でするのがいいのだろう。ことによると、最寄りのテーブルについた政府の役人たちは、国家機密を売り買いするスパイかもしれない。とはいえ、オークスは安全策をとって、すりガラスのスノッブ・スクリーンで仕切られた隅の席を選んだ。そもそも裕福な客を下層階級の詮索めいた視線から守るために設けられた仕切りなのだろうが、殺人について内緒話をするのにぴったりだった。

「ええ、期待したほど話してくれませんでした」

ジェイコブはちょっぴり失望を感じていた。レヴィ・シューメイカーがごろつきに殺されたということを知らせれば驚くかと思ったのに、警部は平然としていた。

オークスはナプキンで口をふき、煙草に火をつけた。テーブル越しに一本差し出したが、ジェイコブは首を振って断わった。「事件の捜査を担当している同僚のバッティ警部と話した。彼はきみより先を行っている。シューメイカーが、雇われていたか調査していた誰かによってテムズ川に投げこまれたという仮説を立ててね。どうやら……体の一部は死ぬまえに切断されたらしい」

ジェイコブの喉仏が動いた。「ひどい」

「じつに」オークスの表情はまわりの羽目板のように暗かった。

「どうしても避難梯子でおりろと言われたときには、大げさすぎると思ったんです」ジェイコブはあざやかな幻想を抑えながら言った。いちばん思い描きたくないのは、探偵が死ぬときの苦悶の顔だった。「でも実際には、彼とぼくに死の危険が及ぶことを知っていたわけです。レヴィ・シューメイカーはぼくの命を救ってくれた」

「彼を英雄視するのはまだ早い」オークスは言った。「容疑者は――単独犯か複数犯かわからないが――金か情報が目的だったのかもしれない。きみに関心があったとは考えにくい」

「だといいのですが、確信はありません」

「シューメイカーはあちこちで調査をする探偵だった。どんなにきれいでいたいと思っても、汚くなる商売だよ。敵も当然いただろう」

ジェイコブはビターをぐいと飲んだ。店に来る途中、どこまで警部に明かそうかと頭を悩ませていた。オークスとは話しやすいが、上司はそれぞれちがう。オークスも自分の目的にかなうなら、良心の呵責なしに情報を伏せるだろう。同じようにジェイコブも、知っていることや考えていることをすべて話すつもりはなかった。シューメイカーの手書きの不思議なメッセージについては、解読してから警察に知らせるかどうかを決める必要があった。

「シューメイカーに会ったことはないが、彼は口が堅いことで有名だった」とオークス。「だから金持ちの有名人は、警察に助けを求められないとき、こぞって彼のドアを叩いたわけだ。それでも、襲撃者の特定につながる情報をきみが引き出せなかったのは残念だったな。襲撃者を雇った人間の情報もだ」

「それについてはひと言ももらしませんでした」手書きのメモを除いて、とジェイコブは胸につぶやいた。「ぼくは何もわからず去ったんです」

「まあ、そうだな。で、これからどうする？」

「亡きローレンス・パードウの弁護士だったヴィンセント・ハナウェイを訪ねてみます」

オークスは眉を上げた。「訪ねて何を探り出したい？」

「パードウに関する記事を書く予定なんです。うちの読者も、裁判があれば愉しみが続きましたが、その機会を奪われた。だからぼくはこの件をあきらめませんよ。ハナウェイについて教えていただけることはありませんか？」

「彼の事務所は老舗で、一流のなかの一流だ。創業したのは彼の祖父ではないかな。父親がそれを継いで発展させ、いまは二番手に退いている。弁護と信託を請け負っていて、そこからパードゥとのつながりができた。警察とは没交渉だ。彼らの事務所は刑事事件を扱わないから、依頼人に窃盗犯やごろつきはいない」

「そこに銀行家は含まれませんか？　上流階級の殺人犯も？」

オークスは笑った。「ハナウェイがなんでもぺらぺらしゃべるとは思っていないだろう？　どこの事務所弁護士が昼間からわざわざ時間をとって、クラリオンの一面で依頼人の自殺のニュースをでかでかと報道した若造と会いたがるんだね？」

「虎穴に入らずんば虎子を得ずです」

「その楽観主義は見上げたものだ、ミスター・フリント。今日ハナウェイを訪ねるつもりなのか？」

「ええ、彼の事務所はフリート街から目と鼻の先なので」

「ああ、ギャロウズ・コートだったな」オークスはわずかに笑みをもらした。「ずっと昔、あそこは処刑場だったんだ。ハナウェイが手綱をゆるめたときには気をつけることだな。その綱できみを縛り首にするかもしれない」

# 15

「ジェイコブ・フリントがしびれを切らしてる」電報を受け取って読んだレイチェルの顔に、うっすらと笑みが浮かんだ。「死ぬまえのシューメイカーと話したって知らせてきた。それでわたしが大あわてすると思ってるんでしょうね」

「あなたをあわてさせるには百年早い」トルーマン夫人が言った。「ときどき、あなたの体には生まれつき神経がないんじゃないかと思いますよ。これからどうします？」

「フリントはうるさいテリアに似てるわね。つねに注意を払ってもらいたがる」レイチェルは言った。「そろそろ次の骨を投げてやりましょう」

レイチェルが書斎で書き物をしていると、トルーマンがドアを叩き、返事を待たずにずかずかと入ってきた。レイチェルは便箋に吸い取り紙を当てて、封筒に入れた。

「イナニティ劇場にいるわたしたちの友だちに話をした？」

「ええ」トルーマンは言った。「バタシーのパブで会いました」

「考えを変えた様子はあった？」

トルーマンは筋骨隆々の肩をすくめた。「この世に確実なことなどないのは、お互いわかってるでしょう。しかし彼は最後まできちんと見届けると誓っています。あの男が毒をあおる寸前まで行ったのはそう昔のことじゃない。いまは生きる目的ができたわけで」

「すばらしい。ためになることをしてあげた気がするわ」レイチェルは封筒を取り上げた。「これをジェイコブ・フリントに届けてくれる？　今晩、彼を誘いたいの」

「来るという自信があるんですか？」

「わたしが何をしてるのか知りたくてたまらないはずよ。断わる理由がある？」

「人は気まぐれだ」

「わたしたちはちがう」レイチェルはトルーマンに封筒を渡した。「フリントに選ばせればいいわ。来なければ、一生に一度の特ダネを逃すことになる」

CGCGCG91192PIRVYBC

シューメイカーの謎めいたメッセージを一度憶えたが最後、ジェイコブはこの文字と数字の列を頭から振り払うことができなくなった。ストランドを歩いていると、字が頭のなかを跳ねまわり、カンカンの踊り手のように彼をじらし、挑発した。もともと謎が好きなので、符号や暗号に心惹かれる。大戦中にイギリス海軍のルーム40で働いていた暗号解読者たちの物語も読んで、魅了されていた。ただ、みずからその種の仕事にはつけなかっただろう。ずっと昔に教師から言われた、ひとつのことに集中できない性格というのが、あいにく真実に近いようだった。ひとまとまりの意味不明の殴り書きを何日も、何週間も見て考えつづけることはとてもできない。ツィンマーマン電報（第一次世界大戦中にドイツのツィンマーマン外相がメキシコ政府に送った暗号電報で、ドイツはメキシコと同盟を結びたいという内容だった。ルーム40が傍受、解読した）がジェイコブにまかされていたら、解読はできず、アメリカはドイツに宣戦布告しなかったかもしれない。

　クラリオン・ハウスに着くと、受付のペギーが恩着せがましく封筒を差し出した。「ほんの五分ほどまえに、男の人がこれを」彼女は言った。「あなたが帰ってきたらすぐに渡すようにって」

　ジェイコブは封を切った。メッセージはただ〝フィンズベリー・タウンホールに今夜七時〟とあるだけだった。署名はなかったが、手蹟はパードウが死んだ夜、サウス・オードリー・ストリートに呼び出されたときの手紙とそっくりだった。

「その男はどんな風体だった？」

「とても大きくて人相の悪い人でした」彼女はせせら笑った。「あなたの友だちなんでしょう？」

ジェイコブのリストの次の項目は、ギャロウズ・コートにいるローレンス・パードウの顧問弁護士を電撃訪問することだった。時間的にはぎりぎりで詰めこむことができるだろう。そのあと急いでエドガー館に戻り、今日のデートはキャンセルさせてほしいとエレインに謝って、フィンズベリー・タウンホールに向かう。おそらくそこでレイチェル・サヴァナクが待っている。

ギャロウズ・コートは、リンカーン法曹院の裏のひっそりした一隅だった。ニュー・スクウェア・パッセージとケアリー・ストリートに窮屈そうに挟まれた、小さな長方形の袋小路である。石畳の中庭の四方を背の高い煉瓦の建物が囲んでいて、幅が腕一本分ほどしかないじめじめした路地から入っていく。そこにはかつて絞首台があったが、最後の公開処刑は二百年前で、罪人は店からものを盗んだ女性だった。正義の名のもと、彼女が吊るし首にされた場所にジェイコブは立ち、ギャロウズ・コートは苦痛に満ちた死を観客がゆっくり観覧するにはあまりにも狭苦しかったせいで、娯楽場として不人気になったのだろうと考えた。林立する煙突のあいだから太陽の光が探るように射しこむ夏の日でさえ、大気は重苦しいほどむっとして、精神が強靭きわまりない人にも閉所恐怖症を引き起こしそうだった。黄昏が迫るなか、ガス灯の薄暗い黄色の光が石畳を照らして、ギャロウズ・コートは不吉などというよりもっとひどい場所に思えた。気味が悪くて背筋が冷え冷えした。

ジェイコブは中庭をぐるりとまわり、三方の建物が法廷弁護士の事務所で占められていることを確認した。四番目の建物の外の柵に地味な真鍮の表札がついていて、〝ハナウェイ&ハナウェイ〟と書かれていた。ジェイコブは玄関前の短い階段を駆け上がって、呼び鈴を押した。計画としては、退勤前の弁護士を捕まえるつもりだった。待合室に依頼人が残っていなければ、忙しくて会えないという口実は使えなくなる。その計画の穴は、弁護士の口実の井戸が涸れることは決してないという事実だった。

重いオークのドアが軋んで開き、痛々しいほど痩せた六十がらみの男が出てきた。埃まみれのスーツを着て、鼻眼鏡の奥からジェイコブをじっと見た。棺から起き上がった死体のようだった。しかもジェイコブを見て嫌気が差し、また棺に戻りたがっているような。

「今日はもう終わりですよ。予約をご希望でしたら、明日九時に戻ってきてください」

ジェイコブは足をドアの隙間に入れた。死体が先に閉めてしまわないように。「ミスター・ハナウェイですか?」

「ちがいます。私は彼の主任事務員です」法律事務所の主が予想外の訪問者のためにみずからドアを開けにくるという考えの馬鹿らしさを、軽蔑の鋭い眼差しが強調していた。

「さらにつけ加えますと、ミスター・ハナウェイは紹介状のない依頼人とはお会いしません」

「依頼人として来たのではないんです」ジェイコブは遠まわしに持ちかけても得るものはないと悟った。相手が法律の専門家で、そのゲームに勝てる見込みはない。「亡くなったローレンス・パードウのことでミスター・ハナウェイと話したいのです」

死体はジェイコブを睨みつけた。「論外です。ミスター・ハナウェイは依頼人のことを第三者とは話しません」

「ぼくは詮索好きな一般人ではありません」ジェイコブは、見よとばかりに名刺を差し出した。「もうことばのやりとりではなく、これをミスター・ハナウェイに渡していただけると、ありがたいのですが」

死体のうしろの廊下のドアが開いて、きびきびした声が訊いた。「どうした、ブローディス？」

「ミスター・ハナウェイですか？」ジェイコブは呼びかけた。「ほんの少しお時間をいただけないでしょうか」

死体が薄っぺらな肩越しにうしろをちらっと見た。彼の主人が、そこをどけと手を振り、きびきびと歩いてきてジェイコブの手から名刺を引ったくった。ヴィンセント・ハナウェィは、ジェイコブが想像していたような生気のない年寄りではなかった。波打つ黒髪に、色気のある口元で、顔立ちはハンサムと言ってもいいほどだ。彼は名刺の名前を見て口をすぼめた。

「ク、ク、クラリオン、かね？」

「ある記事を書いて――」

「ああ、そちらの新聞を読む習慣はないんだが、ミスター・パードゥが亡くなったあと、きみの記事には注意を惹かれた。どうしてここへ？」

「関連記事の取材をしています。ローレンス・パードゥは仕事で成功していましたし、暴力の前歴もありませんでした。例の事件は恐ろしいだけでなく、心理学的にも非常に興味深い。読者はぜひとも背景を知りたいはずです……起きたことの」

「娯楽を求めているのなら、サーカスに行けばいい」

「彼らは知って、理解したいのです」わざともったいぶった言い方をするのは愉しかった。

「本物の世界の出来事を」

「依頼人に関する事柄には守秘義務がある」

「あなたの依頼人は亡くなりました、ミスター・ハナウェイ」

「それでも職業上の義務は消えない。私は彼の遺産管理人だ」

「あなたとローレンス・パードウはビジネス上のパートナーでもあった」

ハナウェイはじっとジェイコブを見た。「私の依頼料が一時間いくらか知っているのかな、ミスター・フリント?」

「うちの読者の多くが一ヵ月で稼ぐ金額より多いでしょうね。幸い、ぼくは有料の助言をもらいたくて来たわけではありません。入ってもよろしいですか?」

ブローディスがまえに進み出た。ジェイコブの眼のまえでドアを閉めたくてうずうずしているかのように。だが、ハナウェイが手の動きで彼を止めた。「五分間だけだ。そこから一秒の延長も認めない。今夜は劇場に予約を入れていて、遅れたくない。こちらへ」

ジェイコブは早足で彼についていった。廊下を進むと、ドアが開いた待合室があり、ブローディスと秘書の机が置かれた小さな部屋があって、最後がハナウェイの事務室だった。壁のほとんどは分厚い判例集が並ぶ本棚が占めていて、弁護士の資格認定証と、かつらをつけた法律家たちが〝訴訟〟の雌牛から乳搾りをしている漫画が額入りで飾られていた。時を刻む金の時計がのったオークの戸棚のなかには、おそらく依頼人の資料が入っているのだろう。ハナウェイは大きな机のうしろに坐り、ジェイコブに手を振って、ふかふかのクッションの椅子を勧めた。時間で金を取る事務弁護士には、依頼人が心地よくなって長居することを望む理由が大いにある。

「いいだろう、ミスター・フリント。きみは警察が呼ばれた直後に私の依頼人の家に到着した。何がそうさせたんだね？」

「あなたのほうから質問をされるのなら、五分以上もらわなければいけません」ジェイコブは言った。「あなたと同様、ぼくも守秘義務に縛られています。ところで、警察から聞いたのですが、ローレンス・パードウは遺産の多くを意義深い慈善活動に譲り渡すそうですね。そういう寛大な行動は醜悪なサディストには似合わない気がするのですが」

ハナウェイはジェイコブの顔を凝視した。染みやそばかすをひとつ残らず憶えこもうとしているかのようだった。「ローレンス・パードウとの長年のやりとりで、彼が信頼できる高潔な人物であることがわかった。きみに言えるのはそれだけだ」

「彼にあんなことができるとは夢にも思わなかったと……」

「悪いが、私は読心術師でも精神科医でもなく、たんに慎ましい事務弁護士なのでね」これほど慎ましくない人はめったに見ないとジェイコブは思ったが、口には出さなかった。

「どの依頼人についても、何ができるかといったことはわからない。それは私の仕事ではない」

「あなたはパードウの弁護士にとどまりませんでした、ミスター・ハナウェイ。ビジネスパートナーにもとどまらない。彼の友人でした」

ハナウェイは表情ひとつ変えなかった。「事務弁護士は多くの人と仕事をするのだ、ミスター・フリント。記事で私のことばを引用したいんだろうね？　いいだろう、こう言おうか――〝ローレンス・パードウのニュースにはショックを受けている。青天の霹靂《へきれき》だった〟」

「あの自白書は偽造だったと思いますか？」

「すでに述べたこと以外はノーコメント」

「パードウとメアリ＝ジェイン・ヘイズは、殺害のまえから知り合いでした」

「そうなのか？」

「まずまちがいなく。パードウは彼女のことをあなたに話しませんでしたか？」

弁護士は手を上げて制した。「ここまでだ、ミスター・フリント」

「パードウの遺言について訊かなければなりません」

ハナウェイは戸棚の上の時計を見た。「申しわけないが、ミスター・フリント、ほぼ時間切れだ」

「ローレンス・パードウの寛大さから利益を得る慈善団体の名前だけでも教えていただけませんか？」

弁護士はドアのほうに手を振った。農奴に下がれと命じる荘園領主の態度だった。「ブローディスが見送りに出る」

ジェイコブはいったん帰ると見せかけて振り返り、大事な質問をした。「どうして彼はチェスクラブに大金を遺したのですか？　チェスをする人でもなかったのに」

ジェイコブは、ハナウェイの表情が揺らぎ、軽蔑がむき出しになって――ほんの一瞬だったが、ジェイコブの観察眼は鋭かった――冷たい怒りに変わるのを見て、心のなかで快哉を叫んだ。

＊

「これが嫉妬しないでいられる？」外套に手を伸ばしたジェイコブにエレインが訊いた。「どう見てもあなた、このレイチェル・サヴァナクって人にぞっこんよね。エクスマス市《いち》場《ば》の花屋で働いてるありふれた娘が、莫大な財産を持つ絶世の美女にどうやって対抗できるの？」

「ぼくにとってレイチェル・サヴァナクは、ただの記事ネタだよ」ほぼ真実だ、と彼は自分に言い聞かせた。「絶世の美女っていうけど、彼女はむしろ雪の女王に近い。ずっとまえから取材のチャンスを狙っていて、いまようやくあっちが同意したんだ。だから彼女が心変わりしないうちに、このチャンスを生かさないと」

「わかるけど」エレインの額のしわは、わからないと言っていた。「劇に行けなくなったのが本当に残念なの。すごく楽しみにしてたのに」

エレインをフランク・ヴォスパーの『三階の殺人』に連れていく約束だったのだ。お詫びの印にベルギーのチョコレートの箱詰めを買ってきたが、それで足りないことはわかっていた。

「ごめん、エレイン。また別のときに行こう。きみがミス・サヴァナクに嫉妬してるように、ぼくはフランク・ヴォスパーに嫉妬してるけどね」

エレインはくすっと笑った。「彼、本当に素敵なのよ。頭も抜群にいいし。レイチェル・サヴァナクが戯曲を書いたことがある？ それを演じたことも、舞台監督を務めたことも、もちろんないわよね」

「そろそろ行かないと。彼女に会えなくなってしまう」

大きなため息。「帰りが遅くなっても、起きて待ってますから」

ジェイコブは彼女の頰に軽くキスをした。ふたりのデートが中止になったと聞いてダウド夫人があわてて料理したレバーと玉葱のにおいがした。

「がっかりさせて申しわけない」ジェイコブは言った。「この償いはするからね」

「そうして」エレインは無理に笑みを浮かべた。「お行儀よくね」

行儀悪くふるまうチャンスはないだろう、とジェイコブは通りに出ながら思った。フィンズベリー・タウンホールまでは歩いてわずか五分だった。赤煉瓦の構造にアール・ヌーヴォーの装飾がほどこされた、思いのほか堂々たる建築物だ。着いたときには雨が降りだしていたので、ジェイコブは正面玄関前のガラスと鉄細工からなる張り出し屋根の下に入った。道々レイチェル・サヴァナクとの最初の出会い以降に集めた断片的な情報をまとめようとしたが、全体像らしきものは何も見えてこなかった。レイチェルは自分で書いた脚本にしたがう。フランク・ヴォスパーとちがい、あえて影のなかに隠れている。今度こそ秘密を打ち明けてくれることを祈るしかなかった。

遅刻していないことを確かめようと時計を見たとき、みぞおちを殴られたように、ひとつの記憶が甦った。〈エセックス・ヘッド〉で、スタンリー・サーロウは金の懐中時計を取り出して、仕事に遅れていないことを確かめた。ジェイコブはその時計を見たことがなかったが、そのままサーロウが、死んだ父親のものだったという軍支給の使い古しの時計を取り出していたことを思い出した。その時計が壊れたのなら、別のものを買って不思議はないが、働いていない妻と小さい子供が家にいる若い刑事がどうしてあれほど高価な時計を買えたのだろう。しょっちゅう金がないとこぼしているのに。

説明がいくつも頭に浮かんだ。サーロウ家に古来伝わる品なのかもしれない。あるいは、ただの金メッキとか。ジェイコブより資金豊富な誰かがサーロウの収入に貢献している可能性もあった。休暇のブライトン旅行もそうした資金でまかなわれているとか？

ジェイコブはその考えに身震いした。だが、まるで偽善者ではないか？　つまるところ、自分だって情報を得るためにスタンに喜んで小遣いを渡している。ただ金額は少ないし、それで法と秩序の力が弱まるわけではない。その種の心づけが世の中をまわしているのだ。車輪に油を差すことと賄賂は大きく異なる。

ふいにジェイコブは、すぐまえに近づいてくる車に気づいた。臙脂色のロールス・ロイス・ファントム、パードウが自殺した夜、ゴーント館からレイチェル・サヴァナクを乗せていった車だった。ジェイコブは車内をのぞきこんだ。

レイチェルはいなかった。

# ジュリエット・ブレンターノの日記

一九一九年二月二日

ことによると、わたしの部屋は監獄ではなく、安全な避難場所なのかもしれない。ヘンリエッタがひどく落ちこんで、雑用係のクリフがインフルエンザに罹ったと言った。

悪いのはレイチェルだ。本土の村に住んでいる裁縫師から青いガウンを引き取りたいので、車で連れていってとクリフに言い張ったのだ。クリフは反対したが、拒むなら判事に言いつけて馘にしてもらうとレイチェルが脅した。わたしの母は正しかった。あの子は頭がおかしい。今年になってから村でも五、六人が死んでいる。そのひとりが裁縫師の夫で、息子たちも罹って寝たまままもう助からないだろうと言われている。レイチェルは、クリフだけでなく自分の命も危険にさらしたのだ。

クリフはとても具合が悪いとヘンリエッタが言う。咳がひどくて、おなかが裂けそうに思えるほどだと。ヘンリエッタにもうつるのではないか。わたしはそれが怖い。クリフじゃなくて判事が罷れればよかったのに。年寄りで頭も弱っているし。でも、あのまま永遠に生きそうな気がして、ぞっとすることがある。

# 16

「レイチェル！　またお会いできてこんなにうれしいことはありません！　イナニティ劇場へようこそ！」

レイチェルがバーに足を踏み入れると、ウィリアム・キアリーが、練習を積んで慣れた者の自然な動きで、まわりに集まったファンから離れてきた。彼は手をひと振りして、周囲の金箔とガラスの豪華な内装を示した。かつてはパラディウムやコロシアム、ヒッポドロームといった劇場の貧相な親戚のようだったイナニティは、いまや力強い好敵手になっていた。ここ最上階には贅を尽くしたバロック調のプライベート・ラウンジがあり、電動式のエレベーターで上がってくる。庶民は階下の洞窟のようなパブに閉じこめられる。給仕があちこちをいそいそとまわって、眼につくかぎりの客にカクテルグラスとカナッペを押しつけていた。

キアリーは屈んでレイチェルの手にキスをした。「いやはや、〈ラグーザ〉で会ったときよりさらにお美しい」

それは本当だった。この日はすっきりした晩餐用のドレスに満足せず、裾が足元まで広がる黒いイブニングドレスを着て、体の線を強調していたのだ。「過分なおことばです、ウィリアム。わたしは人づき合いがいいほうではないと言ったでしょう。ひとりふたりのとても近しい人たちとすごしているときに、いちばんくつろげるんです」

「あなたが招待したかたは、まだ到着していない？」

「まだです」レイチェルは言った。

キアリーはチュニジア産の煙草を一本差し出したが、レイチェルは断わった。キアリーは振り返って、カクテルグラスがたくさんのった銀の盆を持っている給仕を手招きした。

「記憶に残る夜に」レイチェルはグラスを掲げた。「今夜もまた演じられる予定ですか？」

「ええ、もちろん。ですが、ずっとあとのほうです。それが自分の劇場を持つ喜びでしてね。いつも確実に主役を演じられる！　毎回開演前に〝特別に重要なゲスト〟に挨拶してまわるのが大好きなんです」と白い歯を輝かせた。「とりわけ光栄にもあなたがいらっしゃったこういう夜には。どうぞご心配なく、この劇場で最上の席を用意しています。行政府のトップと、著名な小説家と、海軍少将を舞台がやや見えにくい席に追いやりました」

「そんなことまでしていただくのは、わたしにはもったいなくて」

「とんでもありません、親愛なるレイチェル。偉大な人物の娘さんを手厚くもてなすのは、この上ない栄誉です」キアリーは催眠術でもかけようとしているかのように、彼女の眼をじっと見つめた。「それで思い出した。公演のあとでお話ししたいことがあるのです……あなたの父上の遺産について」

「興味を惹かれます」レイチェルは言った。「でも、どうかわたしにあなたを独占させないでください。ほかの皆さんのお世話ができなくなっては困ります」

「どんなに立派なホストにも誰かを贔屓《ひいき》にする権利はあるのですよ」キアリーは笑った。「今晩あとでお話しできることを心から願っています。あなたがお連れのかたと別れたあと、いっしょに食事をしてもいいかもしれませんね」

「本当におやさしいかた」

「そう思っていただけるとうれしい。とりあえず、われわれのささやかなショーを愉しんでください」

「わくわくしています」レイチェルはカクテルを飲み干した。「ずっとまえからこのときを待っていたので」

「どこへ行くんです？」車がシャフツベリー・アベニューに入ると、ジェイコブは訊いた。

「質問は息の無駄遣いだ」運転手が言った。「どうせすぐにわかる」

ぶっきらぼうな口調に北部訛りが聞き取れた。ヨークシャー人ではなさそうなので、おそらくペナイン山脈の反対側だろう。ファントムのなかはかなり広いが、体が大きすぎて運転席に収まらないほどだった。人相の悪い人というペギーの描写は不親切だ。彼の黒い眼はただの乱暴者というには思慮深すぎる。とはいえ、体の大きさと同じく態度にも威圧感があった。ジェイコブは、こういう送迎の経験がほとんどないなかで、運転手は乗客に敬意を払わないまでも礼儀は守るものだと思っていたので、この男のぶしつけな態度に当惑した。

どこへ連れていかれるのだろう。暖かい車のなかは、それまでに移動したどんな乗り物より快適だったが、背筋に突如寒気が走った。レイチェル・サヴァナクは手紙を餌にぼくを静かな場所へ誘い出し、運転手に拷問させ、殺させようとしているのではないか？　誰かがレヴィ・シューメイカーにそうしたように。ジェイコブは若くて体力もあったが、この運転手にかかったらひとたまりもないことは胸の内でわかっていた。

彼が不安で吐き気を催すまえに、シャフツベリー・アベニューを走っていた車は、短く太い円柱が入口を守るイナニティ劇場のまえに停まった。ありえない！　ジェイコブは目的地がこの人気の娯楽の殿堂だとは想像だにしなかった。サラ・デラメアがエジプトの女王に扮して奇術を見せる、壮大なエドワーディアン建築の劇場、かつてかわいそうなドリー・ベンソンが合唱団で張りきっていた場所だとは。

運転手が外に出て、ジェイコブのためにドアを開けた。表情は読めなかった。

「さあ、なかへ」

安心のあまりジェイコブは生意気な口を利いた。「申しわけないけど、小銭の持ち合わせがない。あったらあなたにチップを払ったのに」

運転手に睨みつけられて、彼の口元の笑みは消えた。

「あの――レイチェルはなかに?」

「ミス・サヴァナクがお待ちだ」運転手は制服を着た入口の係を大きな親指で示した。「あの若いのに彼女の名前を伝えれば案内してくれる」

ジェイコブは言われたとおりにして、エレベーターであっという間に上の階に連れていかれた。ラウンジ・バーの入口に立って、集まった人々を見渡すうちに、室内でもっとも野暮ったい服装をしていることが気になってきた。そこでは記者として面の皮が厚くなっていることが幸いした。

ようやくレイチェルを見つけて、急いでそばに行った。「こんばんは、ミス・サヴァナク」

「ああ、来たのね！　トルーマンがぴったりの時刻に送り届けてくれた。あと五分で開幕よ」

「まさかこんなかたちで――」

「劇場で愉しくすごすとは思わなかった？　ああ、ミスター・フリント、わたしは驚きに満ちた人間なの」

ジェイコブは彼女を見つめた。「これまで聞いたあなたのことばのなかでいちばんの真実だ」

「ボックス席に入る」レイチェルは言った。「わたしたちふたりだけの。ウィリアム・キアリーが親切に用意してくれたの」

「光栄です」ジェイコブは言った。「キアリーと親しいんですか？」

「彼が親しかったのはわたしの亡父だけど、正確には」レイチェルは冷ややかに言った。

「さあ、行きましょう」

＊

ふたりは弓形に張り出したボックス席の前方に坐った。フラシ天の内張りと、取付金具が金のランプシェードは、熟れゆくプラムの色だった。なかの空間は贅沢と見せかけて、どことなく退廃《デカダンス》の雰囲気だった。舞台前の大理石のプロセニアム・アーチを、智天使《ケルビム》と精霊《ニンフ》たちが飾っている。オペラグラスを通して見たジェイコブは、彫刻に彼らの眼のいたずら好きな表情が刻まれている気がした。照明が暗くなると、彼はここぞとばかりにレイチェルの耳にささやいた。

「内密の話ができますか？」

「いまはだめ。それと、この公演に途中休憩はないの。ゆっくり坐って愉しみましょう。今夜は申し分のない記事のネタになるはずだから」

レイチェルはゲームをしているが、ジェイコブにはそのルールがまったくわからなかった。彼は思わず言い返した。「演劇の批評家でないのが残念です」

暗いなか、レイチェルの微笑みを横目で見ていると、怒りの波が押し寄せた。知りたいことが多すぎる。話したくないのなら、なぜこの女性は自分をイナニティに呼んだのだろう。

麝香めいたフランスの香水にじらされるようだった。レイチェル・サヴァナクが彼に魔法をかけようとしているというエレインの冗談が現実になったかのように、頭がくらくらしてきた。

劇場内の向かい側のボックス席を見渡すと、観客にはサイン蒐集家を卒倒させるほど著名な顔ぶれがそろっていた。エレインがいないのが悔やまれた。ジェイコブにわかるだけでも、名高いオペラ歌手、クリケットのイングランド・チームの先頭打者、スコットランド・ヤードのサー・ゴドフリー・マルハーンまでいた。

ドラムロールが始まり、血のように赤い幕が開いた。すぐにオーケストラが最高潮に鳴り響いた。磨いた鏡のような靴をはいたタップダンサーたちが舞台をきらめかせたが、ジェイコブの頭はサラ・デラメアと交わした会話に戻って、さまよいつづけた。パードゥがなぜか脅し文句を口にしていたことをレイチェルが知っていたとしても、そのパードゥが死んだいま、イナニティで夜をすごしたがる理由は想像がつかなかった。

ただし、サラから引き出せる話があるのをレイチェルが知っていて、ショーのあとでサラを問いつめたいと思っているのなら別だ。その可能性もありそうだった。レイチェルの言うとおり、たんにこの公演を愉しめばいいのかもしれない。彼女は気が向いたときに手札を見せるだろう。

イナニティが成功した秘訣のひとつは、出し物が毎週変わることだった。ジェイコブがエレインと観たときと同じ演目もいくつかあったが、定番が変わって、知らないアーティストが出るものもあった。小人の曲芸師の一団が転がって大きな三角形の塔を作り、それがカードでできているかのようにバラバラに崩れた。ファーマナ州から来た空飛ぶフィネガン一家《フライング・フィネガンズ・フロム・ファーマナ》が、銀の梯子のついたギシギシ音を立てる空中ブランコで、重力を感じさせない演技をしたあと、今度はヨークシャー州パジー出身の太ったコメディアンが、風刺の利いたギャグを銃の連射さながら次々とくり出して、赤い絨毯の観客席を大いに沸かせた。

ジェイコブがいるボックス席の下でも、見渡すかぎりの人が笑いすぎて涙を流していた。彼の横でレイチェル・サヴァナクは行儀よく手を叩き、オチでかならずにこりとしていたが、考えはよそにあるようだった。幕が一度おり、この日の最後の演目に向けてまた上がったときに、初めて彼女は身を乗り出し、心を奪われたように舞台を見すえた。場面は古代の神殿に変わり、背景は砂漠の砂で、一定して鳴りつづけるドラムの音とともに、ヌビアの魔法と神秘の女王ネフェルティティが登場した。

「奇術は大好き」レイチェルがつぶやいた。

「ぼくもです」ジェイコブもささやいた。ほんのいっときであれ、共通点が見つかったことがうれしかった。

茶色の肌で白鳥のようにすっと首を伸ばし、体に張りつく純白の絹のドレスに真っ赤な帯を締めた美女のなかに、柔和で不安そうなサラ・デラメアの姿はなかった。あざやかな青のアイシャドウが、高さのある王冠によく似合っている。観客には話しかけず、手品をひとつ披露するたびに女王らしい華麗な動きで舞台を踊ってまわった。空《から》の小箱から鳩が飛び出し、古《いにしえ》の学術書から破り取られた十数枚ものパピルス紙が魔法のごとく一枚の横断幕になって、そこに書かれていた象形文字がいきなり〝ネフェルティティ〟という綴りに変わった。彼女は舞台上からロープをのぼって姿を消し、数秒後に巨大な大道具のスフィンクスのうしろから再度現われるという、もっとも古い奇術さえ愉しそうにやってみせた。

拍手が鳴りやむと、オーケストラが緊張をはらんだ重々しいテーマを演奏しはじめ、舞台袖から死の神アヌビスが出てきた。黒いジャッカルの頭に、長く尖った耳と先細の鼻口部、赤銅色の体は人間で、すらっとしている。黄色の腰布と、左手人差し指にはめた翡翠のスカラベの指輪のほかには何も身につけていない。ネフェルティティが彼の登場に驚いたふりをし、スフィンクスが遠ざかっていくと、ピラミッドのまえに、四本の短い柱で床から浮いた大きな装飾石棺《サルコファガス》が現われた。

女王と死の神は異国の求婚の儀式をとりおこなって踊った。ネフェルティティは彼を怖れて身を引いた次の瞬間には、恥ずかしそうにしなを作ったりした。音楽が耳を聾するほど大きくなり、アヌビスが彼女を捕まえようとしたが、そのたびにネフェルティティがするりと逃げるので果たせない。ついに彼女は立ち止まり、大きな笑みを浮かべてアヌビスを屈服させた。勝ち誇って一礼し、短いことばを口にすると、ジャッカルの頭がうなずいた。賭けがおこなわれたことがパントマイムで示された。

ふいにネフェルティティは、どこからともなく鉄の鎖を取り出し、手錠をはめるようにしっかりとアヌビスの両手首を縛りつけた。音楽が消え、彼女は観客によく見えるようにサルコファガスの上部についた輪に手をかけた。それを強く引っ張ると、重そうな棺の蓋と、棺の側面の上半分が持ち上がった。アヌビスは自由になろうともがいたが、無駄な努力だ。ネフェルティティは棺の側面の下部についた小さな穴に観客の注意をうながした。

そこで指を鳴らすと、エジプトの衣装に身を包んだ少年がふたり走り出てきた。ひとりはネフェルティティに薪を四本、もうひとりは燃えている松明を渡した。ネフェルティティはサルコファガスに薪を放りこみ、アヌビスを松明で追い立てて石棺のなかにもぐりこませた。アヌビスの体全体が入ると蓋を閉め、音楽の高まりに合わせて、火のついた松明を掲げながら恍惚の表情で踊った。

以前、ジェイコブとエレインはこの火葬の奇術に息を呑んだ。ジェイコブは、次の展開がわかっていても、また最初から感心して観ていた。ネフェルティティは棺の横の穴から松明を入れ、なかに火をつける。観客が息を詰めて見守るなか、彼女は蓋を開けて、仕事の出来映えに満足する。燃えつづけるジャッカルの頭と、左手人差し指にあった翡翠のスカラベの指輪とともに、骸骨が出てくる。そこでアヌビスが舞台後方の影のなかから出てきて、鎖を引きちぎり、征服した女性を砂漠に連れ去るのだ。展開を知っているからといって、軽んじる気持ちにはならなかった。ネフェルティティが燃える松明を振り、石棺の側面からなかに入れるところを、ジェイコブは緊張して見つめた。

彼の隣でレイチェルが息を吐き、無言の祈りを唱えるように眼を閉じた。

劇場のどの観客からも、石棺の下とまわりのすべてが見えた。炎は燃え盛り、蓋の縁から外にはみ出すほどだった。観客は恐怖にあえいだ。棺のなかに誰が入っていようと、燃え尽きて灰になったにちがいない。どうしてアヌビスがあそこから逃げられる？　ジェイコブにはこの奇術の仕掛けがわからなかった。サラ・デラメアは謙遜するが、類いまれな奇術の才能の持ち主だった。

「すばらしい」彼はレイチェルの耳にささやいた。

「ずっと記憶に残る」彼女は小声で言った。

シンバルが大きな音で鳴り、ネフェルティティがサルコファガスの石の蓋を持ち上げた。前回は骸骨が一瞬起き上がり、骨になった指の一本で翡翠のスカラベの指輪がきらめいたのをジェイコブは思い出した。ショック状態の観客に恐怖が波のように広がっていた。

だが、この夜は何かがちがった。消えゆく炎の熱があるのにネフェルティティは凍りつき、石棺のなかをじっと見おろしている。今回、骸骨は起き上がらなかった。音楽が乱れ、やがてオーケストラが静かになった。

次はどうなるのかと、誰もが座席で身を乗り出していた。何人かの女性が苦しそうな声をあげ、プロセニアム・アーチの智天使たちは禍々しい歓びの表情で舞台に笑みを送っていた。レイチェル・サヴァナクだけが冷静だった。

レイチェルは知っている、とジェイコブは思った。こうなるのがわかっていたのだ、予言の実現を待つ魔女のように。

想像力が働きすぎているのだろうか。黒焦げになった肉のにおいが漂ってくるのは気のせいか？

ネフェルティティが悲鳴をあげ、ジェイコブは疑問の答えを知った。

# 17

「きみはウィリアム・キアリーが意図的に殺されたと確信しているのかね？」サー・ゴドフリー・マルハーンは口ひげを引っ張った。まるで上唇からひげをはがし取れば、なんとか謎が解決すると思っているかのように。まわりには五十歳で通ることが自慢だったが、惨劇の夜のせいでこの日はやつれ果て、六十二年間の毎日をとてつもない重労働に費やしてきたように見えた。

「一毫《いちごう》の疑いもありません、総監補」チャドウィック警視は細心の注意を払って、机の反対側の椅子に腰をおろした。その重々しい動作がいまは頼もしく感じられた。「こうして話しているあいだに、オークスと部下たちが現場を片づけています。まだ詳細は検討しなければなりませんが、根本のところは明白です。キアリーは考えうるなかでもっとも残忍に殺され、犯人は彼が雇っていた舞台係のひとりです」

「例のバーンズという男かね？　不運で気の毒なドリー・ベンソンと結婚したがってい

た？」

「はい。そしてリナカーが自殺するまで、われわれによって勾留されていた人物です」チャドウィックは態度と同様、文法にも几帳面だった。「私はずっと、あれは悪人だと思っておりました」

「彼とキアリーが不仲だという話はあったのかね？」

「まったくありませんでした。そこが本件のいちばん不審な点です。バーンズに対するキアリーの態度は模範的でした。バーンズが若い恋人を殺したという嫌疑をかけられたときにも、馘にするどころか、弁護料まで支払ってやったのです。それも決して特例ではなくて、キアリーは一級の雇い主という評判でした」

サー・ゴドフリーはさらにしばらく口ひげの拷問にふけった。「バーンズは気がふれたにちがいない。愛する女性を失ったうえに、短期間ではあれ、彼女を殺した疑いをかけられて苦悩した。どんな男の精神もおかしくなってしまうだろう」

「かもしれません、総監補」チャドウィックは納得していないようだった。

「いや、とにかくだ」サー・ゴドフリーは机に拳を打ちつけた。「殺害の方法を考えてみろ。キアリーが手を鎖で縛られ、舞台で石の墓のなかに閉じこめられているときに焼き殺すなんて。野蛮きわまりない。正気のイギリス人がそんな犯罪を企てるわけがないだろう」

「ごもっともです、総監補」チャドウィックは年季の入った外交家だった。「しかしながら、本件には奇妙な点がいくつかあります。バーンズは明らかに行動の細部まで計画を練っていました。犯行だけでなく逃亡の手段まで。狂人にしては例外的にきちんとしている」

「頭のおかしい人間も、ずる賢さを発揮することがあるものだ」サー・ゴドフリーは不満げに言った。「具体的にどうやって殺しを実行したのか、わかっているのか?」

「あの奇術のやり方はご存じですね、総監補?」

「ネフェルティティ役の娘には、じつのところ奇蹟を起こす力がないのだろうな」怒ったように答えた。「だが認める。偽の火葬の秘密は知らない」

「ご説明しましょう」チャドウィックは小さな孫におとぎ話を聞かせる祖父のように、椅子にゆったりと坐り直した。「火葬の奇術には、どうやらいくつかの形態があるようです。今回のこれはエジプトがテーマで、サルコファガスの裏に内側から横にずらせるパネルがついています」

「ほう!」サー・ゴドフリーは眼を細めた。

「死の神アヌビス役のキアリーは、そのなかに入ったあと」――ここでチャドウィックは咳払いをして、古代の神々を弄ぶ軽率な出し物を批判した——「パネルをずらします。つまり、そこが秘密の出入口というわけです。ネフェルティティ女王に扮した協力者の女性が松明を持って踊り、観客の注意をそらして、彼に必要な時間を稼ぎます。女性のうしろで起きていることは観客には見えません。大きな棺がすべてを隠しているからです。舞台奥の大道具のピラミッドの裏に舞台係がひとり隠れているのですが、そこから彼が梯子を出して、棺の開口部に差し渡します。棺は床から浮いているので、人々はその下からピラミッドのほうまで見通すことができるのですが、死角があります。キアリーが棺のうしろの開口部から抜け出すと、舞台係が梯子を引き戻して、キアリーを安全なピラミッドのなかに運び入れます。そして、ここが重要なのですが、奇術師が舞台の前面にずっといて観客の注意を惹きつけます。彼女は美人ですから、観客は眼をそらすことができません」

「まさに。彼女の衣装は……最小限だった。宮内長官を怒らせるほど下品ではないにしても（宮内長官はロンドンの劇場を監督し、公序良俗違反と判断した演劇は禁止することができた）、まあ、思わせぶりだったな」サー・ゴドフリーは咳をした。「彼女は相方の安全をどうやって確かめるのだ？」

「さすがのご質問です、総監補。キアリーがピラミッドまで到達した瞬間に、舞台係がボタンを押すと、空中に煙が出ます。観客にはなんの意味もありませんが、ネフェルティティはその合図を待っているのです」

「それで、昨夜バーンズはその合図を出した？」

チャドウィックはうなずいた。「そう供述したのはネフェルティティだけではありません。舞台袖に待機していた別の係ふたりも煙を確認しています。あいにく彼らがいた位置からは、キアリーが脱出し損ねたところは見えませんでした。燃える松明を棺に入れても大丈夫だと彼女が信じる理由は充分あったのです」

「かわいそうに」

「本人はすっかり正気を失って、うわ言を叫び、自分を責めています。ですが私は、彼女は無実のだまされやすい人だと考えます」

「そうなのか？」

「はい、総監補。彼女の話を継ぎ合わせると、完璧に筋が通っています。サルコファガスのなかで炎に包まれた骸骨に人々が怖れおののくあいだに、キアリーが観客席のうしろにまわって、いつもどおりドラマチックに舞台に再登場すると信じていたのです」

「その骸骨の話をしてくれ」サー・ゴドフリーは要求した。

「骸骨は小道具です。棺の蓋に隠された区画があり、そのなかにボロボロになったアヌビスの衣装をまとった骸骨が入っていて、ジャッカルの頭と、まったく同じ翡翠の黄金虫の指輪がついています。ピラミッドに隠されたレバーを舞台係が押すと、その区画の扉が開き、骸骨が動きはじめる。骸骨には、起き上がって観客を怖がらせる仕掛けが備わっているのです」

サー・ゴドフリーは眼をぱちくりさせた。「じつに巧妙だな」

「バーンズの計画は単純でした。サルコファガスのパネルを固定して、キアリーがまったく動かせないようにする。本来はちょっと触れただけで動くはずでした。蓋は重く、ぴたりと閉まります。女性がそこそこの力で開けられるように蝶番がついていますが、なかから開ける方法はありません。キアリーは手を鎖で縛られていて、それもあれこれ動かせばはずれるんですが、キアリーの経験をもってしても三十秒はかかる。どのみち火がまわって恐怖と苦痛に苛まれている人間には不可能な仕事でしょう」

「彼は苦しんで叫んだにちがいない」

「もちろん叫んだはずです、総監補。ですが、音楽がかなり大きくなっていました」

サー・ゴドフリーは顔をしかめた。「つまり、われわれが観ているときに、彼の叫び声は音楽に呑みこまれてしまったのか」

「そのようです。バーンズはキアリーが黒焦げになるのを確かめたあと、静かに立ち去りました。舞台にいた娘――名はデラメアです――が蓋を開け、キアリーがなかにいることがわかったときには、地獄の釜の蓋があいたような騒ぎになったのでしょうね」

サー・ゴドフリーはため息をついた。「私が舞台までおりていったときには、言語に絶するにおいがしていた。みな真っ青になって怖れ、何がどうなったのか、誰も理解していなかった」

「ご承知のとおり、数分後にバーンズはいなくなりました。劇場の裏にまわり、楽屋口から出たのです。大騒ぎになっていたので、誰も彼には注意を払いませんでした」

「劇場の近くに車を置いていたそうだが、本人の車だったのか？」

「調べたところ、四十八時間前に彼が買ったものでした。インヴィクタ、しゃれたスポーツカーです。売った販売員は自分の幸運が信じられませんでした。バーンズを見て上客だと思ったそうですが、即金で車を買えることがはっきりすると、食いついて放さなかった」

「思うのだが」サー・ゴドフリーは言った。「バーンズは自分の計画について何かもらさなかったのか？」

「想像しうるもっともおぞましい方法で雇い主を殺す計画を練っていると言わなかったのは確かです、総監補」サー・ゴドフリーは睨みつけたが、警視の険しい顔から皮肉は読み取れなかった。「実際には、長旅に出ると言ったようです。目撃情報によると、インヴィクタはイナニティから百メートルほど離れたところに駐めてあって、バーンズはすさまじいスピードで発進してクロイドンのほうへ走り去ったということです」

「飛行機に乗るには時間が遅すぎないか？」

「フランスのボーヴェ行きの特別機がチャーターされていました。誰がその手配をしたのか、いま調べています。バーンズ本人だったのか、共犯者がいたのか」

「バーンズがほかの誰かとあの計画を立てたと考えているのかね？　そうなると、彼が怒り狂ってキアリーを殺したという推論に大きな穴があいてしまうが？」

「バーンズが入念に行動計画を立てていたのは明らかです。第三者の手助けがあったのかどうか。一見、その可能性はきわめて低そうなのですが、彼にインヴィクタを買う資金がなかったのはまちがいありません。キアリーは気前のいい雇用主でしたが、イナニティの舞台係の給料はたかが知れているので」

「まったくおかしな話だな。劇場の金を盗んだ可能性は？」

「大いにあります。同時に、彼がキアリーを説得して現金を前借りしたかどうかも確認中です」

「それもひどい話だな」サー・ゴドフリーはつぶやいた。「どうして昨晩、そんなに早く彼の犯行だと気づいた？　私はキアリーが死んだことを知ると、家内のためにタクシーを呼んだあと、内相に報告した。現場を去るときには、劇場全体がてんやわんやだった」

「サルコファガスに邪悪な仕掛けがあり、バーンズがいなくなっているのがわかると、誰を捜すべきかはおのずと明らかになりました。インヴィクタがひどく乱暴な運転で空港の八キロほど手前を走っているという報告も入ってきました。部下のひとりがオートバイで追いましたが、結果はご存じのとおりです」

サー・ゴドフリーは自分の指の爪をじっと見つめた。バーンズはアクセルを床まで踏みこんで追跡者をまいたが、車も制御できなくなった。曲がり角でスピードを出しすぎ、インヴィクタを楡の木にぶつけて、首の骨を折ったのだ。

「死刑執行人の手間を省いたのです」チャドウィックはむっつりとして言った。「唯一残念なのは、キアリーを殺した動機がわからなくなったことです。劇場の働き手に職務質問しましたが、ふたりが言い争っているところを見た者はひとりもいません。みなショックを受けています。バーンズは不器用なところはありましたが、仕事はきちんとできました。どうやら最近は落ちこんでいたようですが、あんな乱暴な方法で殺すほどキアリーを憎んでいたとはとても思えない、とみな口をそろえて言います」

「キアリーに火をつけた女性については何がわかっている？」

「ネフェルティティ女王ですか？　本名はサラ・デラメア、少なくともその名前で通っています。踊り手のひとりは——意地悪そうな小娘ですが——過去にキアリーがデラメアを身勝手に利用していたと言っていました」

「そうなのか？」サー・ゴドフリーは驚いた。「彼の愛人だったとか？」

「だとしたら、キアリーは忙しい男でした。夫に先立たれたイタリア人女性と同棲していましたから。正式に結婚はしていなかったようですが、総監補も演劇人というものはおわかりでしょう。社会の慣例などおかまいなしです」

「キアリーがデラメアとつき合っていて捨てたのなら、彼女は復讐に燃えるかもしれない。バーンズを引き入れて、車を買う金を出してやったということは考えられないか？」

「どんな可能性も排除しませんが、総監補、おそらくそれはないでしょう。あらゆる状況から判断して、彼女とキアリーはまさに昨日の夜までずっと好意を抱き合っていました」

「たとえそうだとしても」サー・ゴドフリーは考えながら言った。「裏切られた女は地獄より怖いと言うではないか」

「こういう常軌を逸した事態ですから、私自身が直接話をしました。現実の彼女は舞台上の姿とはまったくちがいますが、ひとつだけ言えるのは、あの嘆き悲しむさまが演技だとしたら、メアリ・ピックフォード（サイレント映画時代の大女優）も畏れ入るということです。当世最高の女優と言って差し支えない」

「じつにむごたらしい犯罪だ、チャドウィック」

警視は口をすぼめた。「総監補ご自身もショックを受けられたでしょう。レディ・マルハーンとゆったりくつろいだ夜をすごされるはずが、丸焼きにされた人を見ることになってしまったのですから」

「私も戦時中はひどい光景を山のように見たものだが、チャドウィック、兵士にはそういうものを見る覚悟がある」サー・ゴドフリーの声はうつろだった。「ゆうべの事件は本当に類を見ない邪悪さだった」

「総監補のほかにも著名な目撃者はいました」チャドウィックは言った。「今朝のクラリオン紙は読まれましたか？」

「正直言って、まっとうな新聞をざっと読む時間しかなかったのだ。ほかの新聞はジャムの壺を見つけたスズメバチのようにこの事件に群がっているのだろうな」

「ジェイコブ・フリントが、イナニティの出来事の目撃談を書いています」

「パードウが死んだ夜にサウス・オードリー・ストリートに現われた若い記者かね？」

「そうです。総監補と同じく、彼も昨夜のショーを観ていたのです」

「信じられん。驚くべき偶然だ！」

チャドウィックの顔は、その偶然に対する彼の意見を如実に表わしていた。「彼はミス・レイチェル・サヴァナクのボックス席に招かれていたのです」

「おめでとう、新進記者」ウォルター・ゴマーソルは、机にのったクラリオン紙の一面を手で示した。「なかなかの記事だ」

ジェイコブはうなずいて感謝した。いずれは睡眠不足が祟るだろうが、いまはアドレナリンが体じゅうを駆けめぐっている。前夜に匹敵するような体験は一度もしたことがなかった。美女の横にあれほど長く坐っていれば、それだけで充分記憶に残るが、耳をつんざくようなネフェルティティの悲鳴のあとのドラマは、生涯忘れることができない。

最初、いくらかの観客はあの悲鳴と恐怖をすべて演出の一部と考えた。なかには笑いだす人さえいたが、ジェイコブはたちどころに、何かひどくまずいことが起きたのだと気づいた。エジプトの衣装を着た少年たちが走ってきて、残った火を消そうと水をかけ、サルコファガスからウィリアム・キアリーの黒焦げの残骸を引きずり出すに至って、観客の愉しみは驚きと信じられない思いに変わった。

それでもレイチェルは落ち着き払っていた。ネフェルティティ女王を演じた女優からの警告を伝えるつもりだった、とジェイコブがつかえながら説明しはじめると、レイチェルは途中でさえぎり、階下におりて何が起きたか確かめるべきでしょうと言った。ジェイコブはためらったが、結局急いで舞台のほうへおりていった。そこは大混乱で、数分のうちに彼は特ダネを手にしていた。

「運がよかったんです」ジェイコブは認めた。

「非常にな」ゴマーソルは両手を頭のうしろに当てた。考えこむときによくやる仕種だった。「ほんの数日で二回も派手な死亡記事を書く現場に居合わせたわけだ。どんな記者も喉から手が出るほど欲しがる幸運だな」

レイチェルに誘われてイナニティに行ったと告白する気にはまだなれなかった。そのまえに、彼女が何をしているのか理解する必要があった。ジェイコブは注意深くうなずきながら言った。「かなりの偶然ですね」

「ひとつ訊くが」ゴマーソルは部下の若手記者の内面を見ようとしているかのように、眼を細めた。「何かファウスト的な契約をしたのではなかろうね？　二回の大見出しと引き換えに悪魔に魂を売り渡していないな？」

ジェイコブは笑った。「自分の魂にはもっと高い値段をつけますよ」

「ならよかった」ゴマーソルはつられて笑わなかった。「とにかく、よくやった。これほど衝撃的な事件の記事で的をはずすやつはいないが、うまく書けている。感心したが、心配でもある」

「心配、ですか？」

「そうだ」編集長は困ったように首を振った。「運というものはかならず尽きる。幸運が悪運に転じないように気をつけたまえ」

「バーンズはインヴィクタを買う金をどこで見つけた？」チャドウィックが訊いた。

「彼は現金で支払いました。銀行口座から引き出してはいませんでした」オークス警部はあくびを噛み殺した。眼もふだんより生気がなく、いつもきれいに整えているひげも剃っていない。「われわれが把握していない犯罪の上がりでまかなったのか？　誰にもわかりません。ほとんど友人もいないし、誰にも打ち明けていませんでした」

「強請《ゆすり》屋だった可能性は？」チャドウィックは疑っているような口ぶりだった。想像力に欠ける男が〝たぶん〟だらけのあいまいな世界に踏みこもうとしていた。「それなら秘密の貯金があった理由の説明がつく。キアリーの何かを握って強請っていたが、逆にキアリーからそのことを公にすると脅されたとか？」

「考えられます、警視。あとひとつだけありそうなのは、バーンズがキアリーを例のコーラスガールの殺害犯と見なした可能性ですが、これは馬鹿げているかもしれません。リナカーが犯人だったことは明々白々ですから。キアリーはバーンズにひたすら親切に接したのに、バーンズは恩人にもっとも苦しい死を与えることで報いたのです」

「完全に気がふれたのだ」チャドウィックは言った。

「おそらく」

「少なくとも、バーンズは死んだ」チャドウィックは下唇を突き出した。「せめてささやかな慈悲に感謝しようじゃないか」

「彼が正義の裁きを免れたことに？」

「何を正義ととらえるかによる」チャドウィックは重々しく言った。「サー・ゴドフリーが現場にいて、いち早く通報してきたことは幸いだった。たとえバーンズが生きてクロイドンまで行ったとしても、フランスに飛ぶことは阻止できただろう。不可解な点については、心配すべきではないのだろう。結果はこれでよかったのだから」

「パードウのときのように？」

チャドウィックは部下を睨みつけた。「議論をややこしくしてはいけない」

「パードウが死んだ直後、うちの若いサーロウがジェイコブ・フリントを見かけています。フリントがサーロウに説明したとおり、ちょうどそこに到着したのではなく、パードウが自殺した時間にすでに現場にいたのだとしたら？」

「何が言いたいんだね？」

「何も。ただ考えを口にしているだけです。昨夜、フリントはミス・レイチェル・サヴァナクと豪華なボックス席でくつろぎながら、キアリーの死を目撃しました。どうして裕福な若い女性がイナニティに新米記者を誘ったのだろうと思わずにはいられません」

「ある種の逢引きだったとか？」

オークスはため息をついた。「だとしたら、ふつうではない逢引きですね。キアリーの死後すぐに警察が現場に駆けつけ、そこにいた全員の名前と住所を控えたのです。そこにはフリントの名前もありましたが、レイチェル・サヴァナクがいたという印は何ひとつ残されていません」


ジェイコブは濃く甘い紅茶を淹れ、頭のなかのもやもやを解消すべく、トム・ベッツが使っていた部屋に閉じこもった。前夜、階下に駆けおりて舞台上の大混雑に加わったときには、何が起きたか確かめて記事にしたいという本能に圧倒されていた。あのにおいで胃がよじれ、人々の大声で耳が痛くなった。女性は観客だろうと役者だろうとワーワー泣き、警官たちがみなに落ち着いてくださいと叫んでいた。

ネフェルティティの衣装のままで当人とわからないサラ・デラメアは、泣きながら警察に連れていかれた。ジェイコブは取材を申しこもうとしたが、当然ながら断固拒否された。ボックス席を見上げると、レイチェルの姿はなかった。無駄と知りつつ彼女を捜したが、すぐにあきらめ、センセーショナルな記事を書いて提出することに専念したのだった。

紅茶の効果で元気が湧いてきたので、イナニティ劇場に電話をかけて、サラ・デラメアを呼んでもらおうとした。

「ここにはいません」鼻が詰まったような声の主が言った。

「伝言をお願いできますか？」

「そちらはどなた？」

「記者で――」

回線が切れた。運よく話せればとレイチェルの家にもかけてみた。家政婦が出てきて、ミス・サヴァナクは外出中ですと応じた。本当だろうかと思ったが、家政婦を嘘つきと呼ぶ材料はなかった。

「ミス・サヴァナクに、ぼくから電話があったと伝えていただけないでしょうか。緊急に話したいことがありまして」

「お伝えします。では」

家政婦が電話を切り、ジェイコブはしかめ面で無音の受話器を眺めた。レイチェル・サヴァナクから情報を引き出すのは、花崗岩からジュースを搾るようなものだ。若い記者が利用する嫌なにおいの狭苦しい台所にカップを戻しにいくと、オイリー・マカリンデンに出くわした。

エドガー館を勧めてくれたオイリーの親切心は、隠しきれない職業上の嫉妬心に取って代わっていた。ジェイコブの一面記事に対する短い褒めことばに、不誠実な気持ちがよく表われていた。

「すっかり花形記者になってきたな」オイリーは嘲笑った。「トム・ベッツの後釜を狙ってるとしても不思議じゃない。もう聞いたか？」

ジェイコブの心が沈んだ。「聞くって何を？」

マカリンデンは、にやりとした。つねづね悪い知らせを真っ先に届けることに喜びを見いだしているようなのだ。「三十分後にゴマーソルおやじがみんなを集めて正式発表する。病院から連絡があったんだ。ベッツが今朝あの世へ行ったとさ」

# 18

「バーンズは即死でした」トルーマンが居間に入りながら言った。「時速百キロ近くで木に激突して」

レイチェルはスタインウェイのピアノで所在なげに『チューリップ畑をそっと歩いて』を弾いていた。マーサがコーヒーを運んできて、トルーマンは上着をソファの背に放った。午前中の半分をジョージ・バーンズの死亡状況の情報収集に費やしていたのだ。

「わたしに言わせれば、天の恵みですよ」トルーマン夫人が、反論するならしてみなさいと言わんばかりに腕を組んだ。「バーンズは、ドリー・ベンソンが死んだときに自分の人生も終わったとあなたに言ったんでしょう？　フランスに行ったところで安心して暮らせなかったはずよ。いつも背後をうかがって、危険は迫っていないと自分に言い聞かせなきゃいけない人生なんて、みじめすぎます」

「わたしたちの人生も似たようなものよ」レイチェルは皮肉な笑みを浮かべた。「でも、わたしはぜんぜんみじめじゃない。要は気の持ちようなの」

「バーンズは誰からも見放されていた」トルーマンは肩をすくめた。「楡の大木にわざと車で突っこんだとは言わないまでも、どうでもいいと捨て鉢になってたんでしょう」

「気の毒に」彼の妻が言った。「でもこれで、彼があなたのことをばらす心配はなくなったわ」

「別に心配してなかった」

「警察が彼を尋問したら……」

「ひと言もしゃべらなかったはずだ」トルーマンは言った。「信じていい。おれはたいていの人間より人の性格を見きわめるのが得意だから。あいつはたとえ監獄に入れられて、手荒い仕打ちを受けても、口を閉じていただろう」

トルーマン夫人はレイチェルのほうを向いた。「あなたなら、誰も信用しちゃいけないと言いますよね」

「ふたりとも正しい」レイチェルはピアノの椅子から離れて、暖炉のまえで手を温めた。「たしかにバーンズを信用するのは賭けだったけど、賭ける価値はあった。このとおり、すべて完璧に運んだじゃない」

「バーンズ自身を除いて」トルーマン夫人が言った。

ウォルター・ゴマーソルは部内で話をする二分前にジェイコブを傍に呼んだ。「もう聞いたか？」

「トムについて？　ええ、ひどいことになりました」

「かわいそうに、ひとりになった奥さんはどうなることやら」これほど暗い表情のゴマーソルを見たのは初めてだった。「リディアにとってベッツは世界のすべてだった。できるだけのことはしたいが、クラリオン全社をもってしても、誰かに生きる理由を与えることはできない」

ジェイコブは、ついもらした。「じつは先日、彼女を訪ねたのです」

「そうなのか？」太く黒い眉毛が跳ね上がった。「見舞いに？　それとも情報を探ろうとして？」

「両方を少しずつです」ジェイコブは赤面した。「知りたかったので、その……トムに起きたことについて、奥さんが何か解明の手がかりになることを話してくれるのではないかと」

「ビーツのように真っ赤になる必要はない。きみはひとりの人間であると同時に、記者にもなれる。憶えておくことだ。これから私よりもっと悪い人間にこき使われるだろうから」

ジェイコブの笑みは中途半端だった。何を言えばいいかわからなかった。

「あらかじめ本人に知らせておきたくてね。まもなく私は新しい主任犯罪報道記者の名前を発表する。おめでとう、きみはそれに値する働きをした」

ゴマーソルはジェイコブの手を取って上下に振った。ジェイコブは口ごもった。「つまり、ぼくが……」

「そう、トムの後継者だ。彼もそれを望んでいた。十年早すぎたがね。まあ、きみはうまくやるさ。三十分後に私の部屋に来てくれ。給与について話そう。ただ、ガールフレンドにお祝いのミンクコートなど買わないように。われわれは大金持ちではない」

「ありがとうございます」そんなことばでは足りない気がした。

「私ではなく、トムに感謝してくれ。私が最後に見舞いに行ったとき、トムが口にした唯一意味のあることばは、自分の仕事をきみに与えてくれということだったのだから」

「ジェイコブ・フリントが電話してきましたよ」トルーマン夫人がレイチェルに言った。夫が居間から出ていったあとだった。「あなたと話したいそうです。理解できないことがあると言って」

レイチェルは笑った。「当惑が彼の自然状態なの。そこがある種の愛らしい魅力ね。あの髪をなでて、六ペンス銀貨を渡して、外で遊んでおいでと言いたくなる衝動の大きいこと」

「そんな悩みはお忘れなさい。ゆうべ彼はなんと言ってました？」

「サラ・デラメアと話したそうよ。それだけ。彼女はパードゥとキアリーが話しているのを聞いたらしい。そのときのパードゥのことばで、わたしの命が危ういと思ったみたい」

「だったらどうしてあなたに直接話さなかったんです？」

「彼女には怪しい過去があるから」

家政婦はふんと鼻を鳴らした。「フリントと話すんですか？」

「そのときが来たらね」

「彼はいま危険にさらされているでしょう？　自分自身を標的にしてしまった」

「自業自得よ。わたしたちのあらゆる行動には結果がともなう。あなたもわたしも、それはわかってる」

「でも、あなたは彼のことが好きなんですよね」家政婦は眼鏡越しにレイチェルを見つめた。不誠実な証人に反対尋問をする検察官のようだった。

「あの無邪気さが愉快なの。でも、本人が招いた事態から彼を救うことはできない」

トム・ベッツの死去とクラリオン社内での突然の昇進という二重の驚きで、ジェイコブがまだ動揺しているさなか、電話がけたたましく鳴って、感情の葛藤から彼を引き戻した。

「オークス警部からですよ」ペギーが告げた。

氷のように冷たい声がつぶやいた。「〝現場のジョニー〟と改名すべきだな、ミスター・フリント」

ジェイコブはあいまいに答えかけたが、警部が途中でさえぎった。「またふたりで少々話す時間はないかな？」

「そちらの担当にすべて話しましたよ。そのあとイナニティから出て記事を書いたんです」

「記事は読んだよ。当然ながら、きみが話した警官は背景を完全に知っていたわけではない。会えるかな？」

「もちろんです」ジェイコブはことばを切った。「トム・ベッツが亡くなりました」

「残念だ」

「ぼくは編集長から昇進を伝えられました。悪いなかにもいいことはある、とおっしゃるでしょうが、ベッツは事故に遭ったのではありません。殺されたんです」

「なぜそう思う?」

「彼はレイチェル・サヴァナクについて訊いてまわっていた」

「彼女がベッツの轢き逃げを手配したというのかね?」

「いや……その、電話でこの話はやめましょう」

「ストランドの〈ライオンズ・コーナー・ハウス〉で会おう」オークスはぶっきらぼうに言った。いつもの皮肉混じりのユーモアはまったく感じられなかった。「三十分後に、鏡の間で」

「わかりました」

「それと、フリント?」

「はい?」

「これは私ときみだけの会合だ。わかるね? ほかの誰にも話さないように」

ジェイコブは階段を走りおりて、鏡の間に入り、エレガントな鏡の横に押しこめられたテーブルで待っているオークスを見つけた。ディキシーランド・エンターテイナーズと呼ばれるバンドがスコット・ジョップリンの『イージー・ウィナーズ』を演奏し、店内にはペイストリーと焼きたてのパンのにおいが漂っていた。この労働者階級のヴェルサイユ宮殿は、首都でも指折りの名所であり、空席はなかなか見つからない。ジェイコブは迷路のように入り組んだテーブルのあいだを縫っていった。途中できびきびと働く腰の太いウェイトレスの盆にぶつかり、謝らなければならなかった。ラム・カツレツを食べようとしていた若くて見目のいい男性客ふたりの上に、彼女の盆からティーポットや皿が飛んでいきそうになったが、男たちは会話に夢中で、熱湯に近い紅茶を頭から浴びる寸前だったことにも気づかなかった。ウェイトレスからかわいらしいウインクを送られて、ジェイコブは思わず顔を赤らめた。

ロンドンに来て以来、ここやピカデリー・サーカスのコーナー・ハウスがオリヴァー・マカリンデンのような男たちのたまり場になっているという噂を耳にしていた。ウェイトレスは彼らを憐れんで、よく男性客をひとりで坐っているほかの男のテーブルに案内し、ごく自然なかたちで会話を始められるようにしてやる。ジェイコブはあたりを見まわした。自分とオークスもそのような仲間だと思われていないだろうか。もしかして、警部はクラリオンの新しい主任犯罪報道記者と意見交換することより、男友だちを求めているのではは？　断じてそれはない。その種の非日常の行動が疑われる男たちが監房でむごいことをされるという、スタン・サーロウの生々しい話を聞けばわかる。

オークスは煙草をもみ消し、見ているふりをしていたメニューを置いたが、握手の手は最初から差し出さなかった。「トマトスープとロールパンをふたり分頼んだ」と素っ気なく言った。「時間を無駄にしたくない」

「どうしてここまで秘密にするんです？　記者と会うのは別に恥ずかしいことじゃないのに。警察の人はよく報道関係者と話すでしょう」

「きみはふつうの報道関係者ではない、ミスター・フリント。私の知り合いに、これほどニュースを嗅ぎつける摩訶不思議な才能を持った記者はいないよ」オークスの笑みに陽気さはなかった。「一週間に三回、人が死ぬ現場にいたのだから」

「容疑者だと疑われていなければいいのですが、警部」ジェイコブの穏やかな口調は不安の裏返しだった。この日のオークスの態度は明らかにいつもより冷たかった。「ぼくがサウス・オードリー・ストリートに着いたとき、パードウの遺体は安置所に運ばれるところでしたし、シューメイカーは事務所からぼくを追い出したあとで襲撃された。キアリーについては、あの恐ろしい死を目撃した大観客のひとりだったんですから」

「きみは劇場でもっとも贅沢な席に坐り、すぐ隣にはレイチェル・サヴァナクがいた」

「だから？　彼女はキアリーの招待客で、ぼくは彼女に誘われたんです」

「なぜだね？」

「正直なところ、理由はわかりません。ショーのあとで彼女に尋ねたかったんですが、キアリーの死のせいでそれは叶いませんでした。死んだ三人ですが、ぼくとはなんのかかわりもなかったことはよくご存じでしょう。パードゥは密室で拳銃自殺、シューメイカーは暴漢の攻撃だったし、キアリーの殺害犯は警察から逃げる途中で死んだんですから。バーンズで思い出しましたが、彼の動機はいったい何でした？」

オークスはナプキンを弄んだ。「もう本人から聞くことはできない。彼自身も説明できなかったかもしれない。ましてミス・サヴァナクとキアリーのつながりを明らかにしてくれることもなかっただろうな。きみがそこを埋めてくれることを期待しているのだ」

「とにかく突然レイチェル・サヴァナクからメッセージが来て、会う時間と場所を指定されたんです。それまでずっと彼女と話がしたかったんですが」

「何について？」

オークスの背後には大きな鏡があり、ジェイコブはそれを見て、不誠実な気持ちが外に表われていないことを確かめた。サラ・デラメアに会ったことは黙っていようと決めていた。彼女はいきなりウィリアム・キアリー殺害の共犯者にされて恐怖に震えるまえから、警察と話すことを怖れていたのだから。

「レイチェル・サヴァナクの記事を書きたいのです」完全な真実からはほど遠いにせよ、そう思っているのは確かだった。「うちの読者は名家の令嬢が探偵ごっこをしている記事に大喜びするでしょう。驚いたことに、ぼくは彼女の運転手に拾われてイナニティまで行ったんです」

「最後の奇術が明らかに悲劇に終わったことがわかったとき、レイチェル・サヴァナクはどうふるまった？」

「その……ほとんど何も言いませんでした」

「当然ショックは受けていただろう？　動揺していた？」

ジェイコブは本能的に嫌な予感がして、ことばを慎重に選んだ。「ほかに警部にお伝えできることはありません」

オークスは顔をしかめた。生姜色の髪のウェイトレスがふたりのスープを運んできた。黒いアルパカのドレスに白いエプロン、糊のきいた帽子という華麗な装いだった。コーナー・ハウスの成功のおもな要因は、手頃な価格で健康的な料理が食べられることだが、ふたりとも、スープの皿が空《から》になり、バンドが『メイプル・リーフ・ラグ』を演奏しはじめるまで、何もしゃべらなかった。

「ひとつあるかもしれません」ジェイコブが紙ナプキンで口をふきながら言った。「例の奇術が……失敗したとき、ほかのみなはパニックに陥ったのに、ミス・サヴァナクだけは異様なほど落ち着いていました。馬鹿げた考えかもしれませんが、彼女は恐ろしいことが起きるのを予期していたようにも見えました」

「きみの言うとおり」オークスはつぶやいた。「馬鹿げた考えだろうな」

「フリンティ？」

クラリオン・ハウスに戻ったジェイコブは、まさかまたスコットランド・ヤードから電話がかかってくるとは思っていなかったが、しわがれたささやき声であっても、その主はまぎれもなくスタンリー・サーロウだった。

「おまえさんに話がある」

「どうした？」

サーロウは、これからハイド・パーク・コーナーで演説でもするかのように大きな咳払いをしたが、話しはじめた声は低かった。

「こういうことだ、フリンティ。おれは……ちょっとまずいことになったかもしれない」

ジェイコブは息を呑んだ。やはり彼の読みは正しかったのだ。

「それは心配だな、スタン。どんなことだい？」

「つまり……けっこう困ってる、フリンティ。じつを言うと、くそひどい。おまえにとってもだ。すでにおまえは知りすぎてる。これ以上電話で話せない。いまおれはヤードにいるが、誰か入ってきそうだ」

「どこかで会おうか」

「ああ」サーロウは咳こんだ。「そうしてくれ、頼む」

「いつもの場所で？」

「いや、フリンティ。ほかの場所にする必要がある。街の外がいい。もし尾けられたら、まかなきゃならないから。それに連中は〈エセックス・ヘッド〉のことを知ってる」

「連中とは？」ジェイコブは訊いた。「大げさじゃないか、スタン。何を気にしてる？」

長い間ができた。「認めるよ、フリンティ、おれは神経過敏になってる、ひどくな。完全にお手上げだ。わかってたら、おまえをこんなことには引きずりこまなかったんだが」

ジェイコブは掌に指の爪を食いこませた。「何をしてほしい？」

「今晩空いてるか？　リリーの兄さんがベンフリートにバンガローを所有してる。ロンドンから一時間だ。静かな場所で、その兄貴はいまいない。それぞれ別ルートで行かなきゃならない。おまえはフェンチャーチ・ストリート駅から汽車に乗ってくれ。おれは車で行く」

「車を持ってるとは知らなかったよ、スタン」

「フォードのロードスターだ。いい車だぞ、フリンティ、ランブル・シートやら何やらあって。少々金がかかったが、かけるだけの価値はある」サーロウの声が明るくなり、あっという間にまた翳った。「興奮しすぎたな」

「そのバンガローはどこにある？」

「クリーク・レーンだ。駅のすぐそばだから、見ればわかる。八時半でいいか？」

「わかった」

「ありがとう、フリンティ、おまえは友だちだ」サーロウはそこでためらった。「もうひとつ」

「なんだ？」

「頼むから、誰にも尾けられないように気をつけてくれ」

# 19

受話器を置いたとたんに、またジェイコブの電話が鳴った。女性の声が、ミス・レイチェル・サヴァナクの代理でかけていると言った。

「本人に代わってください」

トルーマン夫人は丁寧なやりとりで時間を無駄にしない人だった。「ミス・サヴァナクが今晩会えるそうです。九時ちょうどに。彼女は――」

「申しわけない」ジェイコブは割りこんだ。「お誘いはありがたいけれど、残念ながら今晩は無理です。はずせない別の用事があるので」

続く沈黙のあいだ、ジェイコブは喜んでいた。青二才の新米記者はいまやクラリオンの主任犯罪報道記者だ。スコットランド・ヤードの警部から相談を持ちかけられ、へまをした刑事も支援を求めてくる。レイチェル・サヴァナクも待ち行列に並ばなければならないのだ。

「ではキャンセルで」

強気すぎたか？　ジェイコブは、レイチェルが何をしているのか知りたくてたまらなかった。イナニティ劇場での彼女のふるまいはきわめて怪しかった――何を怪しめばいいのかはわからないにせよ。とはいえ、サーロウを放っておくことは考えられない。レイチェルが話したければ、また連絡してくるだろう。自分は彼女のプードルではない。

「すみませんが、不可能なんです。時間を約束してしまいまして。ミス・サヴァナクは明日あいていますか？」

電話が切れた。

〝すでにおまえは知りすぎてる〟。

もしサーロウが正しかったとしたら――ジェイコブはフックから上着を取りながら思った。本来ならこの夜は、トム・ベッツのかつての地位についたことを祝っているはずだったが、やらなければならないことが多すぎた。新たに昇進した（つまり定義上、成功した）記者ではあるが、無知の度合いはいくら強調してもしすぎることはない。レイチェル・サヴァナクの行動は日ごとに謎が深まっている。明日も彼女が話す気になることを祈るしかない。

廊下を歩いていると、同僚たちに何度も止められ、新任祝いのことばをかけられた。ジェイコブはみなの思いやりに恐縮した。ふと、オイリー・マカリンデンが姿を消していることに気づいた。嫉妬に耐えられなくなったのか？　どうでもよかった。大事なのは、わかっていることから筋の通った結論を導くことだけだ。

ジェイコブは衝動的に、アムウェル・ストリートにまっすぐ向かわず、遠まわりして帰ることにした。クラリオン・ハウスから出ると、リンカーン法曹院のほうに曲がり、ギャロウズ・コートをめざした。夕闇がおりていて、冷たい夜気が肌を刺した。湿っぽい路地が終わったところで立ち止まり、ハナウェイかあの死人のような部下はいないかと暗がりに眼を凝らした。静かな中庭に、いくつかのランプが陰鬱な黄色い光を投げかけている。人影はまったくない。人々はほかに選択の余地がなくなったときにだけここを訪れ、仕事の話が終わると逃げるようにいなくなるのだ。

ジェイコブは石畳の中庭を小走りで横切り、ハナウェイの事務所の入口まで行った。不安で首のうしろがチクチクした。泥棒はこれほどまでに自分が目立つと感じるのだろうか。警官の笛を怖れ、手を万力のようにつかまれることを怖れて。

入口の横に地味な表札があり、〝ゴーント会館《チェンバーズ》〟と書いてあった。サヴァナク判事が法曹界にいるあいだ、ここに事務所を構えていたにちがいない。法曹院のほかの場所で法廷弁護士の名前を書き連ねるのに使われるのと同種の白い縦長の看板に、こぎれいな黒いイタリック体の文字で、この建物に入居している組織の名前があげられていた。ジェイコブはリストをざっと見て、いつしか喜んでいた。前回訪れたときのぼんやりした記憶と、どこか本能めいた衝動にしたがってギャロウズ・コートに戻ってきたのだが、そこに現実的な理由があったことがわかったのだ。いくつかの名前が眼に飛びこんできた。

イナニティ劇場株式会社、ウィリアム・キアリー芸能事務所、パードウ不動産、オックスフォード孤児院信託、リナカー投資。

初めて見る名前もあった――ハーレー街ホールディングス、合同労働組合福祉基金、ソーホー土地取得会社、ギャンビット・クラブ。

頭のなかで歯車が嚙み合った。パ、パ、パ、パードウ不動産――メアリ＝ジェイン・ヘイズはパードウの会社が所有する家で命を落としたとオークスが言っていなかったか？

カチ、カチ、カチ。

ギャンビット・クラブ、ゴーント会館《チェンバーズ》、ギャロウズ・コート。

GC、GC、GC。

逆に読めば、CGCGCG。レヴィ・シューメイカーはあの暗号で自分をここに導きたかったのだろうか。

ジェイコブは小走りでギャロウズ・コートから出た。理屈で考えれば、例の暗号は単純なはずだった。シューメイカーはほとんどためらわずに書いた。その場の勢いで作ったにちがいない。だから単純な暗号でないとおかしい。

CGCGCG91192PIRVYBC

新聞売りがジェイコブにイブニング・ニュース紙を売りつけようとして失敗した。いつもの習慣から、ジェイコブはその一面を見た。眼を惹いたのは、イナニティ劇場の悲劇を伝える見出しではなく、その上の日付だった。ある考えが閃いた。

シューメイカーが暗号を逆方向に読ませようとしたのなら、数字は一九一九年一月二十九日ではないか？　なぜシューメイカーが十年以上さかのぼった日の出来事を気にしたのかはわからないが、解読はどこかから始めなければならない。文字は依然として謎ではあるけれど、RIPは〝安らかに眠れ《レクイエスカト・イン・パーチェ》〟ではないだろうか。シューメイカーはCBYVというイニシャルの人物の死を伝えようとしたのか？

クラリオン・ハウスに戻ったジェイコブは、この推理を試してみようと思い、トリテミウスを捜した。ケーキかパンを持っていないところを見つけるほうがむずかしい超肥満体の男だ。本名はトーズランドといい、クラリオン紙のパズルの専門家で、失業手当の列に並ばされるといった日々の不安から読者の心をそらすために、クロスワード、折句、その他さまざまなパズルの難問を編集している。トリテミウスの渾名は、暗号学にくわしい十五世紀のドイツの修道院長にちなんでいた。

「ちょっとむずかしい問題があるんですよ」ジェイコブはシューメイカーが暗号を殴り書きした紙切れをトーズランドに渡しながら言った。「一応の考えはあるんですが、あなたの感想が聞きたくて」

トーズランドはチョコレートのエクレアの残りを飲みこむと、暗号をちらっと見た。

「ヒントは?」

「複雑な暗号じゃありません。書き手が一瞬で思いついたものなので」ジェイコブはどこまで明かそうかと考えた。「鍵はギャロウズ・コート」

「リンカーン法曹院のあの薄汚い穴みたいなところか?」トーズランドもポイザーと同じくらい物知りだった。

「まさに」

「しばらく預かる」トーズランドは服の袖で顎のチョコレートをふいた。「いまはわが社が発行する次のどでかいパズル本で手いっぱいでね。明日には峠を越える」

ジェイコブは礼を言い、帰宅の途についた。前夜はキアリー死去の記事を提出したあと、夜中すぎにエドガー館に戻り、ダウド夫人とエレインを起こさないように忍び足で階段をのぼって、床板が鳴るたびに縮み上がった。今朝、なんとかベッドから出て朝食にありつこうとしたときには、エレインはすでに仕事に出ていた。ダウド夫人はいつになく、ことば少なだった。ジンの強いにおいがしたので、前夜正体をなくすまで飲んだのだろう。寝室までシンバルを叩きながら階段をのぼっても目覚めなかったかもしれない。

エドガー館に着いてすぐ台所をのぞいてみると、どうしたわけか、ダウド夫人がひどく落ちこんでいた。赤らんだ顔に涙の跡や染みが目立ち、薄くなってきた髪も乱れている。台所はいつもどおりきれいに片づいていたが、ジンのグラスを隠すことも忘れ、半分空いた〈ゴードン〉の壜がテーブルに無造作に置かれていた。

「どうしたんですか？」

「エレインと喧嘩したの。あの子、本気で怒って飛び出していった」

「それはいけない」

「あなた、もしかして……」ダウド夫人は下唇を噛んだ。「こんなこと訊きたくないけど、エレインと言い合いになったとか？」

「いっしょに外出できなかったことで？　それはないと思います。精いっぱい説明して謝りましたし。どうしてですか？」

「別に」夫人は気だるそうに言った。「お茶でもいかが？」

「いったいエレインはなんと言ったんです？　あなたがたに迷惑はかけたくない」

「ああ、いいのよ。気になるとそのことばかり考えてしまって。美味しいオムレツでも作りましょうか？」

「ありがとうございます」ジェイコブはためらった。「でもエレインは何を……？」

「お願い、ジェイコブ。いまのわたしは反対尋問を受けられる状態じゃないの。あなたにまちがった印象を与えてしまったわね。エレインは大丈夫。すべて問題ありません」

ダウド夫人はジェイコブの眼を避け、視線をリノリウムの床に落としていた。ジンに浸かった不幸な女性に、つんとくる安物の香水さながら失望がまとわりついていた。

ジェイコブは、フェンチャーチ・ストリートに向かう途中も、駅の窓口で切符を買うときでさえ、監視されているというどうにも不快な感覚を抱いた。しかし、いつうしろを振り返っても、興味を示している不審者の姿はなかった。オークスとサーロウのおかげで用心が度を越しているのだと思うことにした。彼らに警告されて被害妄想気味になっていた。

ようやくベンフリートで列車からおり、心配することはないと胸につぶやきながら、まばゆいほどの駅構内から思いきって闇のなかに足を踏み出した。まわりは平坦で、線路から少し離れたところに大きな川が流れていた。おそらくテムズ川の河口に合流するのだろう。月とぽつぽつ光る星が、うつろで荒涼とした沼地を柔らかく照らしていたが、念のため懐中電灯を持ってきてよかったと思った。その光線の先に、コインを入れて作動する給水ポンプや、渡し守小屋と新しい橋の構造部につながる石炭殻の道が見えた。こんなに寂しい場所もほどなく進歩の力には抗えなくなる。いまのところ舗装路はなく、石炭殻の道から分かれて川沿いをくねくねと進む雑草だらけの狭い道があるだけだった。

梟《ふくろう》が鳴いた。空想をたくましくしたジェイコブは、これも警告と受け止めた。小さな動物、たぶん狐が、姿は見えないものの水際を走っていった。道はぬかるんで柔らかく、湿った土のにおいがした。アムウェル・ストリートで靴を頑丈なブーツにはき替えておいてよかった。懐中電灯の光が海辺のシャレーふうに設計された小さな木造家屋に当たった。家の正面はベランダで、数メートル横に大きな雨水タンクがある。草の道はバンガローの門のまえで消え、みすぼらしい生垣のすぐそばに、つややかなフォード・ロードスターが駐まっていた。サーロウが言ったとおり美しい車だが、値段はどのくらいしたのだろう。

窓にカーテンは引かれていなかった。明かりはともっておらず、蠟燭のちらつく光さえ見えない。これほど辺鄙な土地には電気もガスもなく、燃料にはパラフィン油を使っているだろうとジェイコブは思った。歩幅を広げてバンガローに近づいたが、人がいる気配はなかった。サーロウはパニックに襲われて家の裏に隠れているのか？

ジェイコブは正面のドアのまえまで行き、三度叩いた。返事がないので郵便受けの蓋を持ち上げ、なかに呼ばわった。「そこにいるのか？」

ドアにもたれかかると、自然に開いた。ジェイコブは狭い玄関ホールを懐中電灯で照らした。両側のドアは閉まり、おそらく台所につながる三番目のドアだけが開いていた。

「スタン？　来たぞ」ジェイコブは時計を見た。「時間ぴったりだ」

何も動きはなかった。

左側のドアを押し開けて、懐中電灯の光を向けた。質素な部屋で、家具は小さなソファと、肘掛け椅子と、低い戸棚だけだった。そのソファに男が寝そべっていた。体が大きいので、長い両脚がソファの端から垂れ下がり、床の敷物に触れている。腹のむごたらしい傷から血が飛び散っていた。首にも醜い切り傷があった。

スタンリー・サーロウが怖がるのも無理はなかったのだ。

ジェイコブはショックのあまり動けなくなった。死体に懐中電灯の光を当てるまでもなく、何もできることはないのがわかった。若い警官の何も映さない眼はまっすぐ天井を見つめていた。

空中に嫌なにおいが漂っていた。どこかで嗅いだ憶えがあるが、なぜか場ちがいに思えた。感覚が麻痺しているので、何のにおいかわからない。

手が震えて懐中電灯の光が揺れ、女性の尖った赤い靴をとらえた。靴はソファのうしろからのぞいていた。ジェイコブはごくりと唾を飲み、持ち主を確かめようと心に鞭打って何歩か前進した。

すり切れた絨毯に手足を広げて倒れた体は、あざやかな赤毛の若い女性のものだった。緑の絹のブラウスが破れて血にまみれ、白い喉がかき切られていた。

しかしジェイコブが吐き気を催した理由は、たんにその惨殺死体を見たことではなかった。それが誰かわかったときの恐怖と嫌悪感のほうが大きかった。

彼はエレイン・ダウドの現世《うつしよ》の最後の姿を見ていた。

# ジュリエット・ブレンターノの日記

一九一九年二月三日

また恐ろしい一日だった。ヘンリエッタは取り乱している。ハロルド・ブラウンがロンドンから帰ってきた。到着したときから酔って興奮していた。銀貨三十枚を首都の悪の巣窟で使ってきたことは疑いなかった。クリフが病気だと聞くと、彼は笑った。下劣としか言いようがない。なぜクリフのことで喜んだのか、あとでわかった。

ヘンリエッタによると、ブラウンはまた土手道を急いで渡って本土の村に入ったそうだ。村にはクリフの妹が母親と住んでいる。あの男は彼女に何かひどいことをしたにちがいない。

「いったいこれはいつ終わるんでしょう」ヘンリエッタは言って、わっと泣き崩れた。

かわいそうなヘンリエッタ。勇気がある人なのに、あれほど打ちひしがれているのは見たことがない。わたしもこれがどう終わるのか、考えると本当に怖い。

# 20

エレインの息のない体を見て、ジェイコブは警棒で殴られたような衝撃を受けた。思わずよろめき、床に昏倒しないようにソファをつかんだ。ショックと信じられない思いで意識が朦朧としてきた。喉がこれほど干上がるのは初めてだった。叫ぼうとしても、引きつった苦痛の声をあげるのが精いっぱいだ。ひとつだけ筋の通った考えが湧いた。音を立てるな。犯人がまだここにいるかもしれない。

何かを踏んだ。足元を照らすと、大きな肉切りナイフがあった。凶暴な刃にサーロウとエレインの血が黒くついていた。ひどく欠けた黒い柄の部分が、ダウド夫人の台所で見たナイフと同じであることに気づき、いっそう激しく動揺した。偶然のはずがない。よく考えずにそのナイフを拾おうとしたが、混乱はしていても自己防衛の本能が働いて、屈んで伸ばしていた手を止めた。拾う代わりに足を遠ざけ、懐中電灯を消した。

もうたくさんだった。

いまのは何？　ジェイコブは耳をそばだてた。部屋の外で誰かが動いている。柔らかな、用心深い足音が聞こえた。殺人者は革靴ではなくゴム底の靴をはいているのだ。玄関ホールにいて、三番目の殺人に備えている。

ジェイコブのこめかみが脈打った。いま彼は暗闇のなかで、どちらも友だちづき合いをしていた男女の死体とともにしゃがんでいる。死の恐怖はとりあえず脇に置いておかなければならない。大事なのは生きることだ。とにかく生き延びるのだ。

武器はなく、身を守るのは素手だけだったが、喧嘩はうまかったためしがない。殺人者はまだ武装しているだろうか。それともナイフだけ持ってきたのだろうか。ジェイコブは音を立てまいと息を殺し、爪先立ってまえに進んだ。

ドアが軋んだ。

催眠術にかかったように見つめるうちに、ドアがごくゆっくりと開きはじめた。ジェイコブはもう一センチも動かなかった。唯一の光である月明かりが窓からわずかに射し入っている。部屋に入るときに気づいた、あの奇妙になじみのある油っぽいにおいがまた漂ってきた。

ゴム底の靴がふたたび動く音がして、ドアがさらに開き、いきなり殺人者が入口に現われた。月光で彼の怯えた眼が照らし出された。

オリヴァー・マカリンデンが、あたりにヘアオイルのあの嫌なにおいを放ちながら、ジェイコブの腹に小さな黒いリボルバーの銃口を向けていた。

ヴィンセント・ハナウェイは〈ギャンビット・クラブ〉のオークパネルの会員室で、革張りの肘掛け椅子にゆったりと坐っていた。事務所でその日の最後の手紙に署名したあと、クラブまで会員専用の階段を駆け上がってきたのだ。小さなプライベート・レストランで、見事に柔らかくて血の滴るステーキを堪能したあと、バニラカスタードクリームにメレンゲが浮かんだデザートを最上級のインペリアル・トカイ・ワインで流しこみ、キューバ葉巻でくつろぎながら、少々ビジネスのやりとりをしていた。彼は召使いが紫檀の脇机に持ってきた電話の受話器を取って、チェスの対局で時間をつぶしている高名な会員ふたりの邪魔にならないように、静かに話した。このあと彼らは会員ならではの秘密の特権を享受するのだ。

「まだ知らせがない。もう少し待ってくれ」

「私はあのマカリンデンをつねづね疑問に思っていた。信用できない。彼の仲間の多くがそうだがね」

「ことばには気をつけたほうがいい。いまあなたが言った〝彼の仲間〟には、クラブの著名会員が何人も含まれるのだから。それにもちろん彼の父親は——」

「立派な人物だ、言うまでもなく。たんにあの息子が信用できるかどうかという問題だよ」

「これは最終審査だ。今晩が終わるころには彼の資質が明らかになる」

「結果がわかったら知らせてくれるね？」

ハナウェイの向かい側の本棚が横にスライドし、ウィリアム・モリスの薔薇色とピンクの壁紙が貼られた明るい廊下があらわになった。〈ギャンビット・クラブ〉の部屋にあるいくつかの秘密の出口のひとつだ。そこから遠まわりの通路をたどると、最終的にギャロウズ・コートではなく、ケアリー・ストリートとチャンスリー・レーンの角に出られる。その通路の入口に、若い中国人女性が立っていた。白い繻子《しゅす》のドレスが、腰まである長い黒髪と好対照をなし、繊細な赤い唇は礼儀正しく問いかけるような笑みを浮かべている。

ハナウェイは首を一方に傾けた。

「あとでまたかける」彼は受話器に顔をしかめた。「ちなみに、ここへはもう電話をかけないでもらいたい。怖じ気づいたのではないね、そこは頼むよ」

「もちろん大丈夫だ。まかせてくれ。ただ——」

「よかった。このところの犯罪の横行で、スコットランド・ヤードはきわめて用心深い人間になることを求めている」

＊

銃を構えたマカリンデンの手は震えていた。ジェイコブは思った——この男はぼくと同じくらい怖がっている。

「床に伏せて、眼を閉じろ」

さんざん練習した台詞を発表会でまちがえないかと怯えきっている小学生のようだった。

「オリヴァー、きみは何をしたんだ？」マカリンデンの声が裏返った。「腕前を証明した。それがぼくのしたことさ。完璧な殺人をやってのけた、三度も」

ジェイコブは顔の筋肉が引きつるのを感じた。「わけがわからない」

「きみは下宿先から盗んだナイフでサーロウと淫らな女エレインを刺し殺し、遅まきながら後悔の念に駆られて銃をくわえ、引き金を引いた」マカリンデンはくすっと笑った。

「この銃からは、きみの指紋しか検出されない。どうだ、完璧だろう？」

昔、ジェイコブは学校でちょっとした不品行を見咎められ、むき出しの尻に教師の鞭を受けたことがあった。あの鞭打ち以来、いまのマカリンデンの刺すような嘲笑ほど痛いものはなかった。マカリンデンにとっては、ジェイコブが死ぬだけでは不充分なのだ。法の制裁から逃れようと自殺する意気地なしの殺人者に仕立てないかぎり、満足できない。ローレンス・パードウの貧乏人版というわけだ。

「オリヴァー、頼む」

「頼む？」マカリンデンの手の震えは止まっていた。ジェイコブは時間を稼いで奇蹟を期待する以外、どうすればいいかわからなかった。「きみはぼくに何をしてくれた？」

マカリンデンに飛びかかって、引き金を引かれるまえに銃を叩き落とすことは可能だろうか。どんなことでも、おとなしく降参して口のなかに弾を撃ちこむよりはいい。チャンスをつかむには、少しずつ相手に近づかなければならない。

「動くな！」マカリンデンが金切り声で叫んだ。

「いったいこれはどういうことなんだ？」ジェイコブは訊いた。「教えてくれよ、少なくとも何かするまえに……」

月に照らされたマカリンデンの顔に笑みがじんわりとにじんだ。

「〈劫罰協会《ごうばつ》〉さ、決まってるだろ。しらばっくれるな」

ジェイコブは相手を見つめた。なんの話をしているのか、さっぱりわからなかった。

マカリンデンは銃口を上げた。「さあ、床に伏せろ。おとなしくしたがえば、すぐに片をつけてやる。抵抗したら……本当にめちゃくちゃにするぞ」

ジェイコブは緊張した。心のなかで敵に飛びかかる準備をした。

突然何かが起きた。大きな爆発音が空気を切り裂いた。マカリンデンがぐらりとまえに傾いて、倒れながらリボルバーを発砲した。ジェイコブはぎょっとして眼をつぶり、横に飛びのいた。肩が床にぶち当たったが、ほかには何も感じなかった。体に飛びこむ銃弾の痛みがなかったのは確かだった。弾ははずれたのだ。

安心が高潮のように体内に広がったが、こわごわ眼を開けるよりまえに、力強い手で首をつかまれた。太い指で気管を圧迫され、何か硬いものが頭に振りおろされた。

あとは暗い虚無だった。

「ほかに何か持ってきましょうか?」トルーマン夫人が訊いた。

「この一時間で訊くのは三回目よ」レイチェルは読んでいた『美しく呪われし者』から眼を上げた。暖炉の明るい炎が居間を暖め、ラジオからビング・クロスビーのやさしい歌が聞こえている。「心配するのはおやめなさい。刺繍の手を五分ごとに止めずにもっと集中すれば、すばらしい作品ができるのに」

「今夜は神経過敏なんです」

「わかってる」レイチェルは物憂げに言った。

「ベッドに入っても一睡もできないでしょう」

「ウイスキーを一杯つげば、世界はもっといい場所になる」

年上の女性は鼻を鳴らした。「自信は大いにけっこうですけど、自己満足にならないようにしないと」

「いい？」レイチェルは読んでいたところに房つきの栞を挟むと、家政婦を見すえた。

「やらなきゃならないことについては合意したでしょう。わたしたちのどちらも、これ以上できることはない。待つしかないの」

「どうしてそこまで落ち着いていられるんです」家政婦は訊いた。

「ヒステリーを起こして泣き言を言うほうがいい？　わたしは長年このときを待ってたの。忘れないで。追加の数時間なんてなんでもないわ」

「たんに追加の数時間じゃないでしょう？」トルーマン夫人の表情は冬のように寒々としていた。「これはいったいいつ終わるんです？」

「水曜に終わる」レイチェルは言った。「ここは辛抱が大切よ。もうすぐ終わるから。取りかかったことに、けりをつけられる」

どのくらい気を失っていたのか、ジェイコブにはわからなかった。徐々に意識が戻り、たいへんな努力をして無理やり眼を開けた。全身が痛むだけでなく、何かおかしなことになっていた。何度かまばたきすると、冷たい夜気のなかにいるのがわかった。月は隠れ、まわりには誰もいないようだが、どうしようもなかった。バンガローに近づくときに目にした大きな鉄のタンクの外壁に、頭は内側、脚は外側という恰好でのせられていたのだ。あまりにも頭が痛いので苦痛の叫びをあげたかったが、口にテープを貼られて声が出なかった。手首と足首に食いこむものがあると思ったら、太い紐で縛られていた。縛《いまし》めから逃れようともがいても無駄だろう。むしろ動くと危ない。たまった雨水のなかに落ちたらどうする?

タンクの高さは三メートルほどで、下三分の一に悪臭のする水がたまっていた。体はやじろべえのようにバランスが保たれていた。すべって壁の内側に落ちれば溺れてしまう。

ジェイコブはそっと首を起こしてタンクの縁のあたりを見た。煉瓦でできた小さな台がついている。襲撃者はそこに立って彼をいまの場所に置いたにちがいない。振り返ると、バンガローの裏口のドアが開いて夜風に揺れていた。

満足感からか、鼻が炎症を起こしたように鳴った。死ぬ運命から救われたことを喜ぶべきか、今後のことを怖れるべきかわからなかった。バンガローに誰がいたのだろう。見当もつかなかった。ややあって、エレインとサーロウが死んだことを思い出した。

人もあろうに、オイリー・マカリンデンが殺人犯だったとは。

それとも、すべて夢だったのか？　身の毛もよだつあの血まみれのふたりの死体は、たんに倒錯した悪夢だったのだろうか。これほど現実離れした夜に、自信を持って言えることなど何もなかった。

家のなかの大きな音で静寂が破られた。一発の銃声だった。

ジェイコブは息を呑み、裏口に立つ影を盗み見た。誰かがそこから出てくるところだった。

ジェイコブの何もできない体は恐怖に打たれて、すくみ上がった。

# 21

「少し気分がよくなった?」レイチェルが訊いた。

トルーマン夫人は〈グレンリベット〉をぐいとあおり、節模様のある胡桃材の小さなテーブルにタンブラーを置いた。「あなたと判事には共通点がありますね」

レイチェルも自分のウイスキーを味わった。「そう?」

「味をみれば上等のモルトかどうかわかるところが」

レイチェルは皮肉をこめて一礼した。「身構えたわ。あの卑劣な年寄りの暴君と同じ精神的欠陥があると言われるんじゃないかって」

「あなたはわたしやトルーマンと同じくらいまっとうな精神の持ち主です」

「それなら安心と考えるべき?」

年上の女性の顔に苦笑いのしわが現われた。「安心はできないでしょうね」

「人の本性はどのくらい遺伝で決まって、どのくらい人生経験で形作られるのか」レイチェルは眼を閉じた。「そんなふうに考えることがある」

「迷うのはあなたらしくありませんね」

「弱さを認めれば、わたしも人間であることを思い出してもらえるかしら」

「あら、もちろんあなたは人間ですよ。あの悪どい男が、ジュリエット・ブレンターノのことを黙っている代わりに金をよこせと言ってきた夜のあなたの顔を憶えています」

レイチェルは眼を開けたが、何も言わなかった。

「それはもうシーツのように顔が真っ白になって。彼がどこまで知っているのか、どのくらい推測しているのか、見きわめようとしてました」

レイチェルは小声で言った。「あの男は当然の報いを受けた」

家政婦はうなずいた。「あなたは断固としている。それは認めます。でも、いまだって確信はできないでしょう？ 決して安心はできない。決して」

「最悪の事態を怖れても不毛よ」レイチェルは声を高めた。「もう一度言うわ。水曜には終わる。わたしたちがすでになしとげたことを見て。パードウとキアリーは死んだ。クロード・リナカーについては……」

「ベッツはどうなんです？ レヴィ・シューメイカーは？」

「戦争の犠牲者よ」

「彼は——死にたがってた。あなたの夫がそう言ったでしょう。忘れた？」

「バーンズは？」

「たとえそうでも……」

レイチェルの声が鋭くなった。「わたしたちは昔から人生の真実を知っている。無辜《むこ》の人々も苦しむの。たいていいちばん苦しむのは彼らよ」

トルーマン夫人は悲しげに首を振った。「耐えるのは容易なことじゃありません」

「ええ」レイチェルは家政婦の手を取り、ぎゅっと握った。「正義を貫くのは容易ではない」

「まるで判事のことばですね」

「彼が死刑を宣告した人の一部は、実際に罪を犯していた」

「ジェイコブ・フリントはどうなんです？」

「彼が何？」

「乱暴な場面では非力です」

レイチェルは肩をすくめた。「それはわたしにはどうしようもない」

「今晩死んでしまったら？」

レイチェルは答えなかった。

バンガローから出てきた男は肩幅が広く、百九十センチを超える長身だった。上から下まで黒ずくめの恰好で、両眼と口の部分に穴があいたストッキングマスクをかぶり、大きな手に銃をしっくり収めていた。男はタンクに大股で近づきながらマスクをはぎ取った。

ジェイコブは思わずあえいだ。レイチェル・サヴァナクの運転手が彼を睨みつけた。

「しゃべるな」トルーマンは言った。「そこからおろしてやる。気をつけろよ。ちょっとでも面倒を起こす気配があったら水のなかに突き落とす。頭からな」

ジェイコブは息を止めた。大男は彼をぬいぐるみの人形のように軽々と持ち上げ、地面におろした。

「行動に気をつけろ」トルーマンは銃口をジェイコブの脇腹に突きつけた。「今晩これを一度使った。二発目を撃ってなんのちがいがある？　おれにとっては何も変わらないが、あんたにとっちゃ大ちがいだ」

ふたりはバンガローから四百メートルほど離れて、石炭殻の道に立った。トルーマンがジェイコブをイナニティ劇場まで運んだファントムはどこにも見えなかったが、錆の浮いた四人乗りのブルノーズ・モーリスが生垣の横に駐めてあった。トルーマンの服はみすぼらしかった。今夜は運転手の服ではない。

マカリンデンはどうなった？　どこにもいない。ジェイコブは口を開かずにはいられなかった。

「どうして——」

「聞いてなかったのか？」銃がジェイコブの腹に食いこんだ。「しゃべるな」

頭はずきずきするし、紐もまだ手首を締めつけている。生きているのを喜ぶべきだが、この夜の出来事に当惑しているだけでなく、気分も悪くなっていた。

「その手の紐をほどいて車の後部座席に押しこむ。壊れた自転車のパーツが積まれているが、押しのけてなかに入れ。少し眠るといい。睡眠が必要そうな顔だ。大きな道は通らないし、誰かに停められることもないと思うが、もし運悪くそういうことになったら、口を閉じてろ。おれが作り話をする。あんたは酔っ払って使いものにならないとかなんとか。どんな話をしても調子を合わせろ。どう転んだっておれには同じだ。わかったな？」

ジェイコブはうなずいた。使いものにならない。そう、彼もまさにそう感じていた。「小賢しいことをするなよ」トルーマンはバンガローのほうに親指を振った。「おれはあんたの命を救ったが、憶えておけ。与えられるものは、いつでも奪い返される」

闇のなかを延々と車で走るのは悪夢のようだった。永遠に終わらないのではないかとジェイコブは思った。トルーマンはハンドルのまえにいても敵意を発散していた。どこか別の荒れ果てた場所に行って、乗客をこっそり始末する気かもしれない。疲労とみじめさで脳が押しつぶされそうだったが、トルーマンとこれまですごした経験から、挑発したら命にかかわる相手だということはわかっていた。車がでこぼこの田舎道や脇道を果てしなく走るあいだ、ジェイコブは口を閉じろという命令にしたがっていたが、やがてうとうとしはじめた。心はいっしょに酒を飲んだ警官と、キスをした娘のおぞましい血だらけの像で満たされていた。

トルーマンは途中で停められることを想定していたが、誰からも邪魔は入らず、結局彼らの旅はロンドン中心部で終わった。トルーマンは広場のレイチェルの家の外に車を停め、ジェイコブを追い立てるようにして階段をのぼった。

玄関のドアを開けたのは、ふっくらした体型の女性だった。安心が顔に表われていたが、驚いた様子はなかった。電話で話した家政婦にちがいない。ふたりの到着を待っていたのだ。

「ブランデーを少し飲んだほうがよさそうなお顔ですね、ミスター・フリント。どうぞなかへ。トルーマンが車に必要なことをしたあと、ミス・サヴァナクがすぐごいっしょします」

「あ……ありがとうございます」歳をとったようなしわがれた声だった。〝必要なこと〟が何を指すのか、まるでわからなかった。

女性はジェイコブを応接間に案内し、タンブラーにブランデーを注いで出ていった。壁には額入りの絵が飾られていた――裸像、狭苦しい室内、大衆演芸場の場面。そのくすんだ色合いがジェイコブの気分に合っていた。彼はきつい香りも気にせずブランデーを一気にあおり、テーブルに気を利かせて置いてあったデカンタからもう一杯ついだ。

それを今度はゆっくりと味わいながら、まわりのものを解釈しようとした。持ち主に関して何かわからないだろうか。彼女が裕福で、趣味はアール・デコの家具やおどろおどろしい現代アートに及んでいることぐらいしかわからなかった。

なぜトルーマンがベンフリートにいたのだろう。彼は殺人にまったく動揺していなかった。マカリンデンはレイチェルのために働いていたのだろうか。それともレイチェルは、マカリンデンが錯乱した狂人であることを知っていたのか？　だとしても、それが彼女にどう関係する？　ジェイコブにはとても想像できなかった。

十分ほどしてドアがまた開き、トルーマンが入ってきた。家政婦とメイドもついてきた。誰も話さなかったが、若いほうの女性が、傷跡のある顔に視線を送るジェイコブを注意深く観察していた。その跡はジェイコブに、リーズの貧民街で顔に酸をかけられたある女性を思い出させた。当時、襲撃者の男をナイフで刺した彼女の公判に関する記事を書いたのだ。

ジェイコブは緊張して唾を飲んだ。ある種の試験を受けている感じがしたのだ。ここで感情をあらわにしてはいけない。憐れみも、嫌悪感も、若い女性の美しさをここまで損なう非道な人物がいることに対する怒りさえ。ベッツから聞いた話では、レイチェルの使用人は三人だけだった。彼らは抜きん出て忠実な雇用者というより、殺人の共謀者なのでは?

レイチェル・サヴァナクがドアから入ってきて、ジェイコブに皮肉たっぷりの笑みを送った。

「こんばんは、ミスター・フリント。ちゃんと生きているようね。おめでとう。あなたは見事、完全犯罪を達成したわ」

「どうして……」ジェイコブは話しはじめた。

「あなたの一世一代の記事になりそうでしょう?」レイチェルが割りこんだ。「自分ではそう思っていないかもしれないけど、ミスター・フリント、今日は運がいい日だったの。トルーマンのおかげで、本当に際どく死なずにすんだのだから」

ジェイコブは、ずきずきする後頭部をそっとなでた。

「そのうえ、わたしはあなたに秘密を打ち明けることにした。冷静に考えれば、そうしないほうがいいんだけど」

ジェイコブは咳払いをした。「ぼくは喜ぶべきなんでしょうね」

「でも、もちろん条件がある」

「条件？」

レイチェルは椅子から身を乗り出した。「わたしがこれから話すことは記事にしないように。同意できる？」

ジェイコブは体を動かした。「ぼくは――」

「はっきりさせておくわ」レイチェルは言った。「これは交渉じゃないの」

「最後通告、ですか？」

彼女は肩をすくめた。「好きなように呼べばいい。約束できる？」

横長のソファに妻とメイドと坐っていたトルーマンが、見下すような音を発した。ジェイコブは苦もなくそれを解釈することができた――記者の約束などなんの意味もない。

「できると思います」

「こう言って慰めになるなら、それはたいした譲歩じゃないの。いずれにせよ、記事として発表はできないから」

「そうおっしゃるなら」ジェイコブは意固地になってきた。自分は生きているが、エレインは死んだ。いままでの人生でこれほど疲れて気落ちしたことはなかった。

「事実よ」とレイチェル。「公平を期して指摘すれば、あなた自身の状況はいくらか……危うい」

ジェイコブはトルーマンをちらっと見た。大男は両手の拳を固く握っていた。気を引き締めているのが手に取るようにわかる。闘いに備えているようだった。

「それは脅しですか？」

「ずいぶん無遠慮な物言いね」レイチェルの口調が鋭くなった。「あなたはトルーマンに命を助けられた。それを忘れないで。彼にとって、オリヴァー・マカリンデンにあなたを殺させることはいとも簡単だったのだから」

「マカリンデンはどこに？　死んだんですか？」

「もう彼があなたを煩わすことはない」

ジェイコブは胃の中身がせり上がってくるのを感じた。トルーマンのほうを向いて言った。「あなたが彼を殺した」

「マカリンデンは、あなたのために用意した運命の犠牲になった」レイチェルは言った。

「皮肉よね」

「彼はぼくがあそこに行くことをどうやって知ったんです？」

「サーロウがあなたと話してベンフリートに来てもらうことになったのを、誰かがマカリンデンに伝えた」

「共謀だったということですか？」ジェイコブは眼を見開いた。「サーロウとマカリンデンがこの件で組んでいたと？」

「ふたりとも首までどっぷり浸かってた。でも、どちらも糸を引いてたわけじゃない。とくにサーロウは、にっちもさっちもいかなくなって、あなたに洗いざらい打ち明けようとした。記事のネタは提供するけれど、代わりに自分の悪いおこないには目をつぶってもらおうとしたの。そしてエレインがいれば、あなたの説得も楽になると思った。優秀な記者はつねに情報源を守る。それがあなたのモットーじゃない？」

「エレインがどうして……」

「サーロウの致命的な欠点は、己の不幸を他人に話してしまうことだった。生きていても利用価値がなくなった。エレインもそう。あなたもよ」

ジェイコブは眼を閉じた。「少なくとも昔は利用価値があったようで、よかった」

「それも長くはなかった。あなたがクラリオンに入ったときには、ベッツよりずっと扱いやすいだろうとマカリンデンは考えた。だから庇護下に置いたけれど、すぐにあなたがあくまで自立心旺盛であることに気づいた」

「そこでぼくを見限った？」

「気にしないで。この物語はハッピーエンドだから。警察は彼の死体をほかのふたりの死体といっしょに発見する。彼らは自明の結論を導き出す天才よ」

「マカリンデンがふたりを殺したあと自殺した、と考える？」

「まさに。予言しておくと、その評定は、名高い病理学者のミスター・ルーファス・ポールが専門的な検死で見つける証拠によって裏づけられる。スタンリー・サーロウはエレイン・ダウドと不義の仲だった。あなたも彼女が既婚者とつき合っていることを知ってたでしょう？」

ジェイコブは茫然と彼女を見つめた。「まあ……その、そうですが、相手がスタンリーだとは夢にも思わなかった」

「でしょうね。マカリンデンはあなたがエドガー館に入るまえの下宿人だった？」

「じつは彼からあそこを勧められたんです」

「当然よね。前途有望な若い記者がエレインに監視されることは、マカリンデンの主人たちにとって好都合だから」

「まさかエレインがそんなこと……」

「いずれわかる、ミスター・フリント。さっき言ったように、警察はいかにもありそうな話を考え出す。つまり、マカリンデンはエレイン・ダウドのことが好きだったけど、彼女は警察で足早に出世しそうな若い警官とつき合うほうを選んだ。マカリンデンが引っ越したあと、彼女はマカリンデンに真実を悟られないように、あなたと戯れながら一方で情事は続け、ついにマカリンデンに知られてしまった。マカリンデンはエドガー館の鍵をまだ持っていたので、こっそり戻って台所からナイフを盗み出し、ふたりを尾けてベンフリートの密会場所まで行った。そして嫉妬の怒りでふたりを殺したあと、自分の顔を撃った。これが事件の全貌。ほかの誰かを捜す必要はない」

ジェイコブは大きく息を吸った。「なんてことだ」

「クラリオンにとってはとんだ醜聞ね。記者ふたりが三角関係による殺人事件にかかわったんだから。でも、そちらの読者はたいへん心が広いことで有名でしょう。わからないわよ、もしかすると部数が伸びるかも。マカリンデンはいなくなってかまわない。あなたみたいな記者の才能はなかったし、あなたを恨むようにもなっていた」

レイチェルは、ジェイコブが初めて会った夜と同じく、仮面のように無表情だった。どんなにがんばっても心の内を見通すことはできなかった。

「そうなんですか？」

「とにかく、以上がベンフリートの事件のひとつの説明だけど、当局が別のシナリオを思いつく可能性もある。それも聞きたい？」

ジェイコブは、レイチェルの声の何かから、自分の胸がうつろであることを思い出した。

「ぜひ聞かせてください」

「エレイン・ダウドは性的に奔放な女性だった。彼女は――」

「彼女は愉快でやさしい人だった」ジェイコブは途中でさえぎった。「亡くなった人をけなすべきじゃない。もう自分の名誉を守れないんですから」

レイチェルは彼を射すくめる視線を浴びせた。「彼女はサーロウとマカリンデンを虜にしたように、あなたも魅了した。あなたはふたりの男の知り合いで、どちらとも不安定な関係だった。サーロウは有益な情報の提供者で、あなたはそれに謝礼を払っていた。稼ぎをはるかに上まわる暮らしをしていた腐敗警官と、傲慢な野心を持つ無節操な記者との結びつきについていかがわしい話を想像するのは、さほどむずかしくない」

ジェイコブはごくりと唾を飲んだ。「サーロウにはときどき酒をおごっただけです」

「もう少しあるでしょう、当然だけど？　サーロウの奥さんはあなたの気前のよさを認めるでしょうね」

「奥さんには会ったこともない！」

「彼女は夫に輪をかけて頭が弱い。新しい車とか、ほかにもたくさんのものを買う資金をあなたが提供してくれたとサーロウから聞いている。大蔵大臣は警官の給与を削減したのに、あなたの友だちは裕福だった。サーロウは妻に、報道記者との特別な関係を警察業務のもっとも価値ある役得だと説明していた」

「それは真実じゃない！」

「あなたも長く報道の世界で働いて、真実にはさまざまな形があることを学んでいるはずよ。現実は見る者によって決まる」

「サーロウに誰が金を払っていたにせよ、ぼくじゃない」

「わたしはあなたを信じるけれど、警察が捜査に乗り出したら、わたしほど同情しないでしょうね」

「ひどすぎる！」怒りがジェイコブの喉を締めつけた。「不公平もいいとこだ」

レイチェルは肩をすくめた。「人生は不公平。そのくらいのことはわかる歳でしょう。マカリンデンについて言えば、あなたと彼は野心を競い合っていた。仲が悪かったことは誰もが知っている。ともにエレインを慕っていたことは言うに及ばず」

「マカリンデンは女性に興味がなかった」

は？」

「そうやって彼を貶め、同性愛者だと告発してもかまわないけれど、別の見方をすれば、マカリンデンは禁忌を破るのが大好きな放蕩者だった。あなたにもそうしろと勧めたのでは？」

「馬鹿げてる！」

「どうしてそんなことが言える？」レイチェルは愉しそうに尋ねた。「ウォードー・ストリートの〈ゲイ・ゴードン・ナイトクラブ〉で彼と一夜をすごしたのに。あそこはかなり評判の悪いたまり場でしょう。あなたは若くてロンドンにもくわしくなかったのかもしれない。だとしても、どうしてもうちょっと考えなかったの？」

ジェイコブはうなった。「どうしてあなたがあの夜のことを知っているのかは、訊かないことにします」

「知っているだけで充分。わたしの理解では、あなたは不名誉なことはしなかった。でも、ぜんぜんちがうことを証言する人が出てきても驚かない。いずれにせよ、ほかにもいろいろ言われることはあるでしょうね、もちろん。たとえば、あなたはマカリンデンと同じくらいたやすくナイフを盗み出すことができた」

「でもぼくは……」

「それに、警察があのバンガローに行けば、現場の三つの死体以外の指紋を検出するはず。

当然彼らは興味を持つ」

ジェイコブはトルーマンを指差した。「今晩バンガローに行ったのは、ぼくだけじゃない」

「家のなかで手袋をはめてなかったのは、あなただけよ。ドアマットに泥の足跡を残したのもあなただけ。足のサイズは九でしょう？　意識を失っているあいだにトルーマンが調べた。彼みたいに靴下でなかに入れば心配なかったのに。さらに、もっと注意深い人なら、ベンフリート行きの鉄道切符を駅員から買ったときに観察されることもなかったかもしれない。さっき完全犯罪の達成を祝ってあげたけど、じつはからかってたの」

長い間ができた。ジェイコブは眼をぎゅっと閉じ、必死で考えをまとめようとした。奇術師フーディーニのように、彼女が仕掛けた罠から逃げられるだろうか。マカリンデンは、トルーマンがジェイコブを殴って気絶させる直前に発砲していた。警察があの銃弾を見つけたら？　関係者以外にも捜査を広げるだろうか。いや、とジェイコブは考えた。彼らはジェイコブが銃を撃ち慣れていないことに注目し、マカリンデンを脅そうと当てずっぽうに撃つうちに本当に射殺してしまったと想定するかもしれない。

どこか抜け道はないだろうか。ジェイコブはとにかく落ち着こうと頭のなかでもがいた。

「ぼくはどうやってベンフリートから逃げた？」

「いい質問」レイチェルは微笑んだ。「自転車を盗んだんじゃないかしら。あなたは若くて健康で、熱心なサイクリストでもある。ロンドンに戻ってくると、その自転車を分解して証拠を消そうとした。でも処分が中途半端だったみたい。アムウェル・ストリートのあなたの下宿の近くで、その一部が見つかるかもしれない」

ああ神様。ブルノーズ・モーリスの後部座席で隣に積んであった、あの壊れた自転車のパーツだ！

あれのあちこちに自分の指紋がついている。

「巧妙だ」ジェイコブはつぶやいた。

「基本中の基本よ、わが親愛なるミスター・フリント」彼女の笑みにユーモアは感じ取れなかった。「だとしても、あいにくわれらが警察は単純な答えを好む」

喉が干上がったジェイコブは、しわがれ声で言った。「あなたはひとつ忘れている」

レイチェルは腕を組んで椅子の背にもたれた。「わたしを驚かせて」

「ぼくは何も悪いことはしていない」ジェイコブはトルーマンに親指を振った。「ここにいるぼくたちの友人がマカリンデンを殺したんだ。たしかに、ぼくが殺されるのは防いでくれたけど、ぼくを気絶させて、あとのことは彼がした」

レイチェルは首を振った。「それは言いがかりよ、ミスター・フリント。この部屋の外でそんな告発はしないほうがいい。トルーマンは今晩ずっとここにいたんだから。わたしが保証する。ふたりでトランプのベジークをしていたの」

「だったら誰がブルノーズ・モーリスを運転してた?」

「ブルノーズ・モーリス?」彼女は頭をかくまねをした。「あきれた。わたしは人生で一度もそんな車に乗ったことはないわ。わたしの車はロールス・ロイス・ファントム。あなたも憶えてるでしょう」

ジェイコブは頭を両手にうずめた。そこで脳のギアが入った。

「彼はモーリスを盗んだ?」

「ロンドンで車はしょっちゅう盗まれている。幸運にも、傷ひとつつかずに戻ってくるのも多い。ひと晩盗まれていたことを持ち主が気づかないことさえある」

ジェイコブはふいに大声で泣きだしたい衝動に駆られた。本当に泣きかけたが、自分をのろまな馬鹿だと思っているこの女性と使用人たちに、そうでないところを見せなければならなかった。

彼はくぐもった声で言った。「何から何まで考えているようですね、ミス・サヴァナク」

彼女は肩をすくめた。「お褒めのことばをどうも、ミスター・フリント。けれど、もれはかならずあるものよ。それはクリエイティブな即興の行動では避けられない。そうは言っても、わたしがいま説明したような解釈を警察がしたら悲惨なことになりそう。そう思わない？」

「思います」ジェイコブは食いしばった歯のあいだから言った。

「けっこう。今晩あったことについて、あなたはひと言も口外しないとわたしが楽観している理由がわかったでしょう。わたしを信じなさい。そうすれば、すべてうまくいく」

「あなたを信じる？」

「そう」刺々しい口調だった。「さて、サーロウとのやりとりについて話して。細大もらさず。あの若い愚かな警官は、生きていたときより死んだいまのほうが役に立つかもしれない」


レイチェルがようやく部屋から出ていくと、ジェイコブは昔ブラッドフォードで観たボクシングの試合を思い出した。圧倒的に力の差のある対戦で、すでに頭の傷から血を流している弱いほうが脳に回復不能のダメージを受けるまえに、レフェリーが中止を宣言した。いまジェイコブには、打ち負かされたボクサーの気持ちがはっきりとわかった。

トルーマンとメイドは女主人についていったが、家政婦は残っていて、ジェイコブに何か食べ物でもいかがと訊いた。ジェイコブが断わると、こんな夜のあとは食べたほうがいいとたしなめた。

「力を回復しないと」彼女は言った。「栄養たっぷりのスープを作りましょう」

「ありがとう。でも、けっこうです」無理に食べたとしても、胃に長くとどまっていないだろう。

家政婦は不満げに舌打ちした。「あとでおなかが文句を言いはじめて、食べておけばよかったと思いますよ」

ジェイコブは荒々しい形相であたりを見まわした。「あとで？　このあとどのくらいここにいればいいんです？」

彼女の芝居がかったため息は、鈍感なわが子に詰め寄られた母親を思わせた。「少なくとも今晩はずっと。だって、下宿に戻って、娘を殺された母親を慰める心の準備がまだできていないでしょう？」

彼女は正しかった。言うまでもなく。ひとりきりで肘掛け椅子に背を丸めて坐っていると、破滅的な一夜の出来事がだんだん身に染みてきた。

何もかもこれまでどおりではなくなった。まず私生活。エレインは死に、ダウド夫人は悲嘆のあまり気が変になるだろう。夫を亡くして酒に溺れたのだから、娘まで亡くしたら生きていられないのではないか。何が家主と娘とマカリンデンを結びつけていたのかということは、まだ想像する気にもならなかった。

仕事のほうも永久に変わってしまった。昇進のうれしい驚きも束の間、多重殺人の現場に居合わせることになった。掛け値なしの特ダネだが、これについては永遠の沈黙を余儀なくされた。約束を破れば、彼の女主人は少しもためらわずに代償を支払わせる。彼女にその力があって、準備もできていることを、ジェイコブは毫も疑わなかった。レイチェルは彼を紙吹雪のように引きちぎるだろう。

こうして豪華な住まいに賓客のように坐っていても、ジェイコブは彼女のことをほとんど知らなかった。謎に頭を悩ませていると、家政婦が湯気の立つココアのカップを持って戻ってきた。

「お飲みなさい」彼女は言った。「早く。飲んでも死なないから」

ジェイコブは怯んだ。このやさしい女性が毒を飲ませようとしていると考えるのは、被害妄想が昂じた証だろうか。

「そんなこと……」

やっぱりねというふうに、家政婦の顔が明るくなった。

「砒素が入ってるんじゃないかと心配?」彼女は声を立てて笑った。「今晩あまりにもいろいろあったから、どんなこともありうると思ってしまうんでしょうね。じゃあ、わたしがひと口飲んで安心させてあげましょう」

家政婦はココアを味見してから、カップをジェイコブに渡した。屈辱でジェイコブの頰は燃えるように熱くなった。がぶりと飲んだココアは温かく、風味豊かだった。

「そう悪くないでしょう?」家政婦が訊いた。「彼女が戻ってくるまえに、ひとつ言っておきます。誰もレイチェル・サヴァナクを出し抜くことはできません。負かそうとするだけでも命にかかわる。わたしのことばを信じなさい、お若い人。彼女を滅ぼせる人はただひとり……彼女自身です」

「どうして自分を滅ぼす必要があるんです?」ジェイコブは訊いた。「いったい彼女は何が望みなんです?」

年配女性は首を振って立ち上がった。「しゃべりすぎました。さあ、それを飲んでしまって。カップを片づけますから。本当に食べるものは必要ない?」

＊

五分後、レイチェル・サヴァナクが三人の使用人を連れて戻ってきた。三人とも使用人というより共犯者のようだ、とジェイコブは思った。

「あなたが到着するまえに、マーサが三階の奥の部屋のベッドを用意しました」レイチェルは言った。「とても快適よ。枕には最高級のグースダウンが使われている」

ジェイコブはあくびをした。眠くてほとんど眼を開けていられないほどだったが、レイチェルがこのまま話しつづけることを願っていた。彼女の鎧にひび割れがあるのなら、見つけたい。

「ありがとう」彼は言った。「考えた末、あなたの厚意に甘えることにします。ですが、いまだに多くのことで混乱している。たとえば、明日はどうなるのか」

「職場に戻るのよ。ほかに何がある？」

「クラリオン社内は上を下への大騒ぎでしょう」ジェイコブは言った。「ニュースが発表されたとたん、本物の修羅場になる。マカリンデンが死に、エレイン・ダウドと若い警官もいっしょに死んだ。おそらく編集長はぼくに一面記事を書かせたがる。どうすればいいんです？」

「フリート街のろくでもない基準に照らしても、殺された女性と同じ家に住み、つき合ってもいた記者に執筆を命じるのは無神経でしょう」

「あなたはゴマーソルを知らない」ジェイコブはわびしい笑みをなんとか浮かべた。「今晩のことについて、ぼくは何を言うべきなんですか？　四人でブリッジをするためにここへ来たとでも？」

レイチェルは笑った。「愉しい発想だけど、適切ではないわね。わたしの名前はいっさい出さないように。続きは明日、朝食をとりながら話しましょう」

ジェイコブは抗議しようかと思った。彼女がどんなアリバイを提案するにせよ、完璧からはほど遠いだろう。しかし、レイチェル・サヴァナクに口答えしてもむなしいということをすでに学んでいた。彼女は熟練のチェス・プレイヤーであり、つねに二、三手先を考えている。

ジェイコブは話題を変えた。「どうしてぼくが今晩ベンフリートに行くとわかったんです？」

レイチェルは小声で言った。「あなたはとても熱心にわたしを追いかけていた。今晩の招待を断わるからには、特別な理由があると思ったの。わたしはつねにある程度、不測の事態に備えている。あなたとエレイン・ダウドを見張っていればすむ話だった。ベンフリートにバンガローがあることはすでに知っていた。あなたの友だちのサーロウは、自分の行動を隠すことにかけてはまったく無能だったから。首都警察にとっては残念な宣伝材料ね。彼はしばらく資金提供者の役に立っていたけれど、あの純然たる愚かさのせいで危険な存在になった」

「資金提供者？」ジェイコブは眉を寄せた。「スコットランド・ヤードのほかに？　それとも警察内の誰かから？」

レイチェルは、もうやめましょうというように手を振った。「そろそろ若さを保つために充分な睡眠をとるべきよ、ミスター・フリント。こう言ってよければ、あなたは疲れきっている」

ジェイコブは大きく息を吸った。いま一度、彼女にギャロウズ・コートについて訊くべきだろうか。

「最後にひとつだけ質問させてください。〈劫罰協会〉というのは何ですか？」

レイチェルは唇に人差し指を当てて言った。「しいっ、ミスター・フリント。おやすみなさい」

「お願いです。〈劫罰協会〉って何なんですか？」

レイチェル・サヴァナクの表情が強張った。

「〈劫罰協会〉なんてものはない」

# 22

頭痛と肩の痛みのせいで、ジェイコブはトルーマンから受けた過酷な罰が忘れられなかった。想像しうるなかで最高に快適なベッドではあったが、家政婦が朝食に呼びに来るまでに四時間眠るのが精いっぱいだった。とても気分一新とはいかない。レイチェルの指示を理解するのにさえ、なかなかエンジンがかからないフォード・モデルTのように、脳を叩き起こす必要があった。

レイチェルは朝食のテーブルでジェイコブの向かい側に坐り、メイドのマーサが無言で彼の皿にベーコン、卵、マッシュルーム、揚げパンをたっぷりのせるのを見ていた。淡い青のドレスが細くくびれた腰と小さなヒップを強調する完璧な装いだった。髪ひと筋の乱れもない。忠実で有能な使用人とカード遊びをして静かな夜をすごし、その後ぐっすり気持ちよく眠ったと言っても、誰も疑わないだろう。ありそうもないが、もしトルーマンのアリバイを調べに来る者がいたとしても、彼女は堂々とそれを提供するはずだ。かぎりない感じのよさと明るさで、嘘をつきとおす。

だが、ジェイコブも嘘をつく。誰だってそうだ、必要とあらば。前夜の予定についてダウド夫人にどう説明したのかとレイチェルに訊かれたジェイコブは、昇進祝いで飲みに行くから帰りは深夜になると言ったことを認めた。

「その説明はなかなかね」レイチェルは評価した。「そのまま使いましょう。誰かに訊かれたら、次々と店を飲み歩いて裏通りで酔いつぶれたと言えばいい。だから昨夜はアムウェル・ストリートに戻れなかった」上着やズボンが汚れてしまったのもそのせい」

ジェイコブは揚げパンをかじった。「フェンチャーチ・ストリートの駅員はどうすれば？」

「気にしなくていい。警察が昨日のあなたの動きに興味を持てば別だけど。あなたのために、彼らが別の方向で捜査することを祈りましょう。もうわたしに連絡したり、ここに戻ってきたりしないで。また話す準備ができたら、こちらから連絡します」

「アムウェル・ストリートの下宿は？」レイチェルが次々と指示するので、ジェイコブはまぬけな徒弟になった気がした。「服はすべてあそこに置いてあるのに。持ち物もすべて」

「今日、もう少しあとで行って、嘆き悲しむ母親を慰めてあげなさい」

「ぼくもエレインが好きだったんです、知ってのとおり」ジェイコブはすぐに言い返した。

「ええ、彼女が確実にそう仕向けたから」

「彼女は……ずっとサーロウと会っていたんですか？」

「たまにね。職場を抜け出してバンガローで会えるチャンスは、それほど多くなかった」

「ベンフリートでずっと会っていた？」

「ええ。サーロウはバンガローのことであなたに嘘をついていた。あの家の所有者は——」

「パードウ不動産？」

レイチェルは眉を上げた。「ギャロウズ・コートの表札にあった会社名から思いついたの？」

「ぼくのやり方は知ってるでしょう」ジェイコブは言い返した。

「すばらしい！」レイチェルは拍手するふりをした。「これ以上あなたに説明する必要はないわね。残りのことは知っているようだから」

「これはゲームじゃないんです」エレインの死体の記憶を抑えこみながら、ジェイコブは朝食の残りを横にやった。「三人が死んでる」

レイチェルの笑みが消えた。「わたしが忘れたと思った？」

「エレインは——」

「強欲だった。袖の下をもらってサーロウを誘惑した。そして、あなたにも気を持たせた。彼女の昨夜の服を見た？　花屋で働く女性の給料ではとても買えない高価な服だったでしょう？　涙は流す価値のある人のために取っておきなさい」レイチェルはトーストをかじった。「彼女を愛してたわけでもないでしょう」

ジェイコブはレイチェルの非情な物言いに怯んだ。「愛しては……いなかったけど、好きでした。彼女の母親でさえ……」

「エドガー・ダウドはひと財産を作り出した」レイチェルは途中でさえぎった。「残された妻はその財産を酒で使い果たし、彼女と娘は、あることに協力すれば金をやると言われて、一も二もなく飛びついた」

ジェイコブは両手で頭を抱えた。「ああ、なんてことだ。ぼくはどうすればいいんです？」

「ペイシェンス・ダウドに、引っ越したほうがよさそうだと伝えなさい。彼女は、お願いだからいてほしいと言うでしょう」

「引っ越したほうがいいんですか？」教室の劣等生のような態度になるのが情けなかった。

「そうでしょう？　あなたも死別の悲しみに打たれている。ミセス・ダウドほどではないにしてもね。わが子の死ほどつらいことはない。その結果は想像を絶することがある」

彼女の口調がふと気になって、ジェイコブは顔を上げた。驚いたことに、レイチェルの唇にはうっすらと笑みが浮かんでいた。何かを思い出して愉しんでいるかのように。

*

「マカリンデンはどこだ?」ゴマーソルが訊いた。

訊かれたブレンダーリースと、編集部のほかの上級記者たちは、ぶつぶつと不機嫌な声をもらした。傲慢で野心丸出しのマカリンデンは、もとより人気がなかった。ジェイコブが見たところ、年配の記者たちはマカリンデンの能力を疑っていた。本人が切望してやまない昇進はおろか、平《ひら》記者の地位にも値しないのではないかと。

ジェイコブは、ゴマーソルが毎朝開いている会議に初めて出席していた。三十分で記者たちがその日取り上げる記事を議論し、優先順位を決める。ジェイコブは目立たない部屋の奥に坐っていた。これほど自分に注意を惹きたくない日もなかった。いずれにしろ、議論しても意味はない。ベンフリートの出来事がニュースになったとたん、ほかのあらゆることは吹き飛んでしまう。

「また目覚ましをかけ忘れたんでしょう」ポイザーが言った。

ゴマーソルはうなり、政治の危機について話しはじめた。政治の危機はつねに存在する、とジェイコブは思った。不運なマクドナルド政権が続くかぎり、というより、この先永遠かもしれない。記者たちが大不況について話しているのを適当に聞き流しながら、ジェイコブは、子を失うことについてレイチェルが何を知っているのだろうと考えた。

部屋の横のドアがいきなり開き、いつもゴマーソルの信書をタイプするメイジーが駆けこんできた。編集長のまわりの人の動きと、彼自身の驚いた顔から、ジェイコブはこの割りこみが異例の手順違反であることを察し、メイジーがゴマーソルの耳に何事かささやくのを見つめた。

読唇術師でなくても、バンガローの死体が発見されたのがわかった。ほどなくみなマカリンデンが欠席している理由を知る。

「またしてもきみに同情する」一時間後、ゴマーソルが言った。ベンフリートの悲劇について説明するために、ジェイコブを部屋に呼んだのだ。運の悪い郵便配達人が風に揺れる玄関のドアに気づき、なかは大丈夫かと足を踏み入れたあと、警察が呼ばれたのだった。

「ありがとうございます。エレインとは一、二度いっしょに出かけましたが、ただの友だちで、それを超える関係ではありませんでした」ジェイコブは死から懸命に距離を置こうとした。「数多くいた友だちのひとりです。彼女は活発な若い女性でしたから。人づき合いもよくて」

「そういう言い方もあるな」ゴマーソルからは、弔意より皮肉のほうが自然に出てくる。「きみは彼女と例の警官のサーロウを知っていたんだろう？」

「彼とはちょっとした知り合いでした」ジェイコブはぼやかすことにした。「もちろん、サーロウは結婚していましたし……」

「立ち入った質問はしなかったということか？　この仕事で成功したければ、もう少し無遠慮でないとな。マカリンデンはどうなんだ？　一時期、きみたちは仲よくしていたようだが？」

「そうでもありません、編集長。ただ、彼は以前エレインと彼女の母親の家に下宿していたので、引っ越したときに、ぼくにエドガー館を紹介してくれたんです」

「そうなのか？」ゴマーソルの太い眉が上下に動いた。「マカリンデンはその娘と喧嘩して下宿を出たものの、あきらめきれなかったんだろうな」

「それがいちばんありそうなシナリオです」

「そう、嫉妬だ。私に言わせれば、あらゆる罪のなかで最悪だ。そしてマカリンデンは嫉妬深い男だった。安らかに眠れ。だが、ちょっと信じられんのだ。ほかの状況はさておき、私が見たところ、彼はその……結婚するタイプではなかったから」

「そういう態度をとっていただけかもしれません」

「過去に事件があってな」ゴマーソルは言った。「ハロウ校とケンブリッジ大学で。彼の父親から、息子にフリート街で成功するチャンスを与えてやってくれと頼まれたときに、ぜったいに他言無用ということで聞いたのだ。若気の至りという説明だったが、そういうのはほとんどの場合、希望的観測だ。ここだけの話、あの男を雇ったのは不本意だった。そう聞いても驚かないだろう？」

ジェイコブは、クラリオンの編集長がこれほど考えこむ雰囲気になったのを見たことがなかった。「ええ、驚きません」

「地位の高い友人を持っても損はないが、もし当時に戻れたら、彼の雇用は断わるだろうな。あの父親について言えば、今回のことで国内行政官庁のトップに立つという望みは完全に潰えた。息子が若く美しい娘とその愛人――しかもあろうことか警察官！――を殺し、卑怯にも拳銃自殺したとあっては、法執行機関で父親を支持する人間はひとりもいない」

ジェイコブはうなずいたが、黙っていた。上司にしゃべりたいだけしゃべらせるのが、つねに賢明だ。隠しごとが山のようにあるときにはなおさら。

ゴマーソルは机の書類をいくらか動かした。「知ってのとおり、今回の記事を書く別の人間をポイザーに選んでもらうことにした。きみは昇進したばかりだが、関係者に近すぎるのでね」

「承知しました、編集長。手伝えることがあれば、なんでもします」

「それはありがたい。ではちょっと出かけて、娘のお母さんと話してみたらどうだ」

それよりやりたくないことは、ほとんど思いつかなかった。「嘆き悲しんでいると思います」

「当然だ。しかし読者は彼女の考えを知りたいのではないかな、今回の……悲しい状況について。ポイザーはすでに写真家を送りこんだ」

ジェイコブは険しい顔でうなずいた。駆け出しの記者のころ、ニュースになるような悲劇に対する彼の態度は、自己満足と口先だけの同情に近かった。重要なのは読者の好奇心を満たすことだけだった。死をもっと身近に感じたいま、そこに自信は持てなくなっていたが、めくるめく昇進を告げられた翌日に、そんな心の迷いを編集長に打ち明けるものではない。

「けっこう」ゴマーソルは腕時計を見た。部下を眼のまえから追い払ういつもの前置きだ。「行ってくるといい。今日一日はお互いたいへんだぞ。驚いたことがひとつだけある」

ジェイコブはドアに向かう途中で足を止めた。「驚いたこと？」

「適切なときに適切な場所にいる、きみの異様な実績について話したじゃないか」ゴマーソルのにやにや笑いから、皮肉屋の新聞編集長がすでにいつもの自分を取り戻していることが察せられた。「だから、きみがベンフリートの現場にいなかったことに、がっかりしそうになったよ。いたらどれだけのスクープになったことか。だろう？」

ジェイコブが自室に戻ると、電話が吠えていた。「警察が来てますよ。あなたに質問がしたいんですって」ペギーが喜びを隠しきれない様子で言った。「すぐおりますと伝えました。もうひとつ、いま女性からもかかってます。待つから保留にしてくれと言い張って」

胃の底がむかむかした。ダウド夫人が誰かに泣きすがりたくて、かけてきたのだろうか。

「その人は名前を言った？」

「言おうとしません」ペギーは暗く答えた。

「つないで……もしもし？」

「ミスター・フリント、あなたですか？」

サラの声だった。急いでいるが耳に心地よい。たちどころにわかった。「そうです、ミス・デラメア。大丈夫ですか?」

「ええ」間ができた。「いいえ、そうでもなくて」

「どうしました?」

「電話では話せません」走ったあとのように息を切らしていた。「どこかで会えませんか? まわりに人がいる場所で。そのほうが安全ですから」

「安全?」ジェイコブはためらった。彼女の切羽詰まった声の調子に当惑した。「大英博物館は、まわりに人がいると感じられます?」

「ええ、そこでかまいません。一度も入ったことはありませんけど」

ジェイコブは窓の外を見た。空気がきりっとした一月の朝で、弱いながら太陽も射している。「正面入口前の階段で会いましょう。いま面会者が来ているので、一時でいかがです?」

「ああ、本当にありがとうございます。あなたならわたしの命を救ってくださるかも」

来訪した警官は、五十代で顎の長いドビングという男だった。その外見から、ジェイコブは心のなかで憂鬱な馬を連想した。ドビングは、バンガローで死体になって見つかった三人とジェイコブが知り合いだったことをすでにつかんでいた。スコットランド・ヤードは電光石火の速さで動いたようだ。警官のひとりが犠牲になったのだから驚くにはあたらない。

それぞれ親しさの度合いは異なったが、三人の死について恐怖を装う必要はなかった。ベンフリートでの体験は、耐えがたく生々しい悪夢のあらゆる性質を備えていた。ドビングは情報を伝えるより集めることに集中していて、ときおりジェイコブが質問しても、経験を積んだ手際のよさで軽く跳ね返した。

「エレインの母親は知らせをどう受け止めました？」

「あいにく私にはわかりません。娘さんが亡くなったことを知らせる悲しい役目は務めませんでしたので」

これにジェイコブは苛立ったが、彼自身の返答も役に立ったとは言えなかった。サーロウの飲み友だちだったことは認めたが、マカリンデンは職場の同僚でありながらほとんどつき合いはなかったと答えた（「ぼくがクラリオンに入社したときに、一杯どうだと誘われましたが、共通の話題がほとんどなくて、飲んだのもそれ一回きりでした」）。エレインとサーロウの関係についてはまったく知らなかったし――それはほぼ真実だった――マカリンデンとエレインが恋愛関係にあったのかどうかすらわからない（「ふたりとも、そんな話をしたことがありませんでした。もう関係が終わっていたのなら、そもそも話す必要がありませんよね」)。

エレインは夜いっしょに外出するには愉しい相手だった、と彼は説明した。ただ、母親がたびたび娘に身を固めなさいと言っていたにもかかわらず、彼女との関係は完全にプラトニックで、慎み深いキスから発展することはなかった、と。ドビングはこれに、ふさふさした片方の眉を上げる素振りまでしてみせたが、一応ジェイコブの否認をまめまめしく記録した。

ジェイコブは、ドビングが供述に疑問を投げかけなかったからといって、文句なしに受け入れたわけではないとわかるくらいには、警察の手順につうじていた。これはたんに最初の一歩にすぎなかった。

警官に別れの挨拶をしたときには、胃がよじれた。

「お役に立てたことを祈ります、刑事さん。またお手伝いできることがあったら知らせてください」

ドビングの馬面からは何も読み取れなかった。「ありがとうございます。おそらくあとでまたお願いすることになると思います」

＊

ジェイコブがグレート・ラッセル・ストリートを大英博物館のほうへ歩いていると、前方に毛皮の襟のロングコートを着て流行遅れのつば広の帽子をかぶった、たおやかな女性の姿があった。

「サラ！」

女性が雷に打たれたように振り返った。ジェイコブに気づくと、安心して体の力を抜いたようだった。「来てくださって本当にありがとう」

「どういたしまして」

「少し……ピリピリして見えたらごめんなさい」彼女はつぶやいた。「最後にお会いしてから、何日かとてもつらい思いをしていて」

「わかります」ジェイコブはこほんと咳をした。「ウィリアム・キアリーに起きたことは本当に残念でした」

彼女はうなだれた。「あんなに恐ろしいことが……とてもことばでは言い表わせません」

ジェイコブはためらった。「博物館のなかに入ります？　それとも近くの喫茶店を探しましょうか」

「歩きながら話しませんか？　できれば移動していたいんです。誰が聞いているかわかりませんから」

彼女の声は震え、両手は神経質に動いていた。頬には血の気がまったくない。いまにも倒れそうだとジェイコブは思った。ネフェルティティの火葬の奇術があんなふうにぞっとするフィナーレを迎えたら、誰だって心底震え上がるだろう。

レイチェル・サヴァナクを除いて。

「イナニティに電話をかけたんです」サラが疑うような眼で見たので、ジェイコブはあわててつけ足した。「あなたに……事件について取材したかったからではなく、どうしているかと心配になって」

それは事実だ、と自分に言い聞かせた。少なくともある程度。

「ご親切に」彼女はささやいた。「わたしがあの仕事を辞めたという話は聞きました？」

ジェイコブは息を吞んだ。「本当ですか？」

「エジプトの女王は二度と演じません。奇術もしないつもりです。もう向き合うことができなくて」

「ああなったのは、あなたのせいじゃありません」ジェイコブは言った。「例のバーンズという男が……」

「ええ、わかっています。燃える墓からウィリアムが逃げられないように、ジョージがしっかり細工したんですよね。でも、火をつけたのはわたしです」

「あなたはあの奇術を数えきれないくらい演じてきた。バーンズがあんな残酷な犯罪を企んでいるなんて、わかるはずがないでしょう？」

「もちろん、知ることは不可能でした」彼女は言った。「でもそれは慰めにはなりません」

「わかります」

「本当に？」

彼自身も突然の残酷な死に遭遇してから二十四時間たっていない、と言いたくてたまらなかったが、レイチェル・サヴァナクとの約束を破る勇気はなかった。彼女の腕をしっかり握って通りを渡り、ラッセル・スクウェアの庭園内に入った。ぽつんと離れたところにベンチがひとつあった。ジェイコブはサラがあちこちに盗み見るような視線を送っているのに気づいた。まるで誰かに尾けられていないことを確かめるように。

「話があるということでしたね」彼は小声で言った。

「ええ」サラは眼を閉じて、内なる力を奮い起こそうとしているようだった。「わかっていただけますか。ほかに相談できる人がいないんです」

「劇場に友だちや同僚がいるじゃないですか」ジェイコブは言った。「みな喜んで……」

「信用できます？」彼女の眼が険しくなった。「そのなかの誰が敵でもおかしくないのに。わたしに断固危害を加えようとしている人です」

「確実に言えるのは――」

「わ、わ、わたしが確実に言えるのは、ひとつだけ」彼女は言った。

「それは？」

「誰かがわたしの死を望んでいる」

# 23

淡い太陽が己の弱さを恥じるように雲のうしろに隠れた。ジェイコブは訊いた。「どうして誰かがあなたの死を望んでいると？」

「わたしはウィリアムが殺されてから二度、命を狙われました」声が小さくなったので、ジェイコブは横に近づいて聞かなければならなかった。「三回目は彼らが成功するかもしれないと思うと、怖いの」

「何があったんです？」

サラが身を寄せ、ふっとクチナシの香りがした。「真実をすべて話さなければなりません。このまえ会ったとき、わたしは自分の波乱に富んだ過去を仄めかしました。じつは、いまも心から恥じ入ることをしてしまったのです」

ジェイコブは咳払いをし、世故に長けて何事にも動じない男に見えることを願った。

「あまりにも恥ずかしいのでくわしい部分は省きますが、ウィリアムとわたしが出会ったきっかけは……いわば、体とお金にかかわるやりとりでした。ほかの男たちは痛みを与えることを愉しむけれど、彼はやさしくて、しかもわたしに……ひと目惚れだったのです」

ジェイコブは手を彼女の手に重ねた。

サラは眼を落とした。「ウィリアムにも欠点はありました。どんな人にもあります。でも彼はわたしをひとりの人間として見てくれた。ただの……快楽の手段としてではなく。もっと幸せな人生を送れるように支援してあげようと言ってくれて。多くの男がわたしのような不幸な人間相手にそういう約束をします。でも彼がちがったのは、約束を守ったことです。おかげでわたしはそれまでの卑しい生活から逃れ、再出発することができたのです」

「わかります」

「本当に？」彼女は首を振った。「あなたに軽蔑されるのが怖くてたまらない」

「その心配はありません」

「わたしはウィリアムの愛人になりました。胸を張って言うようなことではありません。ご存じかもしれませんが、彼は貴族院の議員の娘さんと結婚していました」

ジェイコブはうなずいた。キアリーの殺害事件のあとで調査していたのだ。

「その奥さんの精神は何年もまえに崩壊して、そこから彼女は私立の療養所に閉じこめられました。法律上は離婚が可能でも、ウィリアムがそうしないことはわかっていました。離婚をにおわすことすらなかったので、わたしたちの関係は自然に終わったんです。でも、互いに刺々しく当たるどころか、彼はわたしが何不自由なく暮らせるようにしてくれた。わたしはイナニティの看板役者にまでのぼりつめ、リージェンツ・パークの近くにアパートメントを用意してもらいました。かといって、彼はわたしから特別なことは求めず、沈黙を買おうとしたのでもありません。ただただ寛大だった。わたしはありがたくその気持ちを受け取りました」

「なるほど」なんて純朴な人なんだとジェイコブは思った。

「わたしたちの親交は続きました。思いやりのないことばを交わすことも一度もありませんでした——ウィリアムの奥さんが亡くなって、彼がわたしのところに戻ってくる代わりに、美しいイタリア人女性に夢中になったときでさえ。その女性、キアラ・ビアンキは、裕福な実業家の夫に先立たれた人で、上流社会を優雅に渡り歩いていました。わたしにそんなことはできません。ですが、やがてウィリアムが幸せでないことがわかったんです」

「そのビアンキという人のせいで？」

「いえいえ、ちがいます。交流のあった一部の人たち——たとえば、リナカーのような友人たちがあまりにも下劣だったから」

「弁護士のハナウェイも？」

サラは顎をつんと上に向けた。「ええ、ハナウェイ家の父親と息子もその集団に含まれます。ウィリアムは彼らを嫌うようになりました。リナカーのドリー・ベンソン殺害が最後の決め手でした。もう彼らとはいっさいかかわりたくなかったんですが、あっちはそんな勝手な離反を黙って受け入れるような人たちじゃありません。厚かましくも背を向けたウィリアムをなんとか罰する方法を探しはじめました」

「あなたは彼らがレイチェル・サヴァナクを脅していると思ったんですね」

「まちがいありません、ジェイコブ。彼女のお父さんはかつて彼らの仲間でした。その集団の歴史は古くて、起源はずっと昔にさかのぼる。判事が彼らの指導者だったんだと思います」

「明らかに精神に異常を来して、先祖代々の土地である島に引きこもるまで」ジェイコブはつぶやいた。

「でも、レイチェルはなぜか彼らの反感を買った。彼女がロンドンに現われて大混乱が生じました」

「どんなふうに？」

「わかりません。ウィリアムに訊いても、決して話してくれなかった。わたしの安全のためにできるだけ知らせないことにしたようです」

「そしてレイチェルは命の危険にさらされた」

「彼女がロンドンに来てからずっと」サラは暖かいコートを着ているのに、激しく身を震わせた。「ウィリアムにまで危険が及んでいたとは……考えが足りませんでした」

ジェイコブは眼をしばたたいた。「彼らがバーンズに殺人をやらせたと思うんですね？」

「ほかに筋の通った説明があります？」

「バーンズは一時的に頭がおかしくなって、あんなことをしたのかもしれない」

「あの犯罪は巧妙に計画されていました。クロイドンまで運転する車の代金と、フランスまでの航空運賃も誰かが払っていた。バーンズに自分で払うだけの蓄えがあったはずがない」

「たとえ彼らがキアリーを殺害し、レイチェルを殺したいのだとしても、なぜあなたまで排除しようと思うんですか？」

彼女の長く低いため息には、疲労のようなもの、憤慨らしきものが感じられた。「わかりません？ わたしは知りすぎている。少なくとも彼らはそう思っています。放置しておくわけにはいかないと」

ジェイコブは彼女の手をぎゅっと握って、静かに言った。「あなたは常識では考えられないほどつらい体験をした。途方もないことを思いついても――」

「作り話じゃないんです、ジェイコブ」彼女はいまにも泣きだしそうだった。「リージェンツ・パークのアパートメントを引き払って、いまはレイトンストンの寂れた場所に部屋を借りています。そこなら誰にも見つからないだろうと思って。でも、怖がってるのはわたしだけじゃない。ウィリアムの愛人のイタリア女性も逃げました」

「彼女が殺されたとは思わない？」

「わかりません。彼女はケアリー・ストリートのウィリアムの家に住んでいました。わたしも話がしたかったのに……あの事件のあと、誰も姿を見ていないようで。中国人のメイドがひとりいるんです。ウィリアムの家に呼ばれたときに知り合ったんですが、そのメイドが言うには、寡婦《ウィドー》のビアンキはスーツケース一個と宝石類を持って出ていったと。イギリスから離れたんだと思います。本人も裕福で、ウィリアムに頼ってはいませんでしたから。たぶん純粋な恐怖に、われを忘れて逃げ出したんでしょう」

「あなた自身、命を狙われたというのは？」

「昨日リントンストンの地下鉄駅で、人混みのなかにいた男がわたしを線路に突き落とそうとしました」

「知っている男でしたか？」

「顔を見る暇もなくて。若い兵士がどうにか腕をつかんで引き上げてくれなかったら、命を落としていたでしょう。知らない人には事故に見えたはず。わたしもそんなふりを装いましたけど、あれはまちがいなく意図的に殺そうとしていました」

ジェイコブはささやいた。「たいへんな悲劇にみまわれましたね」

サラの声が大きくなった。「もしかすると勘ちがいだったのかも。でも今朝は、心を落ち着けようと思ってホロウ・ポンズに向かっていると、通りを車が走ってきたんです。制御が利かなくなったみたいな、ものすごい速さでした。思わず飛びのきましたが、危ういところでした。あと数秒遅れたら、轢き殺されてた」そこでことばを切った。「見た目も話も、神経がおかしくなった人みたいですよね。でも、当たりまえでしょう？」

「何か手助けができるなら……」

「わたしを助けることができるのは、ただひとり」彼女は言った。「レイチェル・サヴァナクです」

「あなたの話は伝えました」

「それで彼女はなんと？」

「驚いてはいなかったようです。あれほど怖れ知らずの女性は見たことがありません」

サラは彼の眼をじっと見つめた。鍵穴をのぞきこむように。「彼女のことが好きなのね」

「いいえ、ちっとも」ジェイコブは見つめられて、居心地悪そうに体を動かした。「心をつかまれている——そう、それは認めます。彼女はぼくがこれまでに会ったどんな女性ともちがう。正直に言えば、人間より蟷螂《かまきり》に似ている。彼女は父親の無慈悲な性格を受け継いでいるようです」サラがぶるっと震えたので、ジェイコブは訊いた。「どうしました？」

「別に」

ジェイコブは苛立ってうなった。「サラ、ぼくを信頼してくれてるんでしょう。どうしてためらうんです？」

彼女の眼に涙が浮かんだ。ややあって、サラは答えた。

「子供のころ、サヴァナク判事に会ったことがあるの」

＊

「フリントのことをあなたがどう思うか、まだ聞いてないわ」レイチェルが言った。

彼女とトルーマンは、ゴーント館の地下の奥にある、小さな写真現像室内の暗室にいた。トルーマンは調子っぱずれの口笛で古いスーザの行進曲をぶつ切りにして吹きながら、新しく撮った写真を確認していた。

「あれは何をしでかすかわからない男です。信用しちゃいけない」

「記者だから？」

「それだけでなく、若くて気まぐれです」

「わたしより下だけど、一年もちがわない」

「あなたは島ですごした年月で一生分の知識を頭に詰めこんでいる」

レイチェルは肩をすくめた。「本ですべてが学べるわけじゃないわ。あなたもしょっちゅうそう言ってるじゃない。教育は人生の準備をさせてくれるけど、人生の代わりにはならない。わたしが経験してきた世界はフリントのそれより狭い。たしかに彼は無邪気だけど、むしろわたしはそこが気に入ってるの」

トルーマンは小さな木の机に置いてあった一枚の写真を指差した。後方から撮られたジェイコブ・フリントが、床に倒れたスタンリー・サーロウの死体を見おろしている。その角度から、ジェイコブが意識を失っていることはまったくわからない。体がまえに倒れないように注意深く支えられているのだ。写真のなかでは、殺人者が自分の仕事に満足しているように見えた。

「あまり好きにならないほうがいいですよ。彼を犠牲にせざるをえないときが来るかもしれない」

「わたしは自分の両親を憶えていないの」サラが言った。「物心がついたときには孤児院にいました。とても厳しいところでしたけど、食べ物や着る服には不自由しなかった。初歩的な教育もしっかりしてもらった。男の子より女の子のほうがずっと多かったんですが、それはどうでもいいことです。成長するにつれ、どこかおかしいのがわかってきました」

「その孤児院」ジェイコブは言った。「ひょっとしてオックスフォードにあったとか？」

サラは口をあんぐりと開けた。「どうしてわかったの？」

「ローレンス・パードウに殺された女性が一時、オックスフォード孤児院で働いていたんです」

サラは両手で頭を抱えた。「ああ、そんな！」

「すみません、失礼しました、途中で話をさえぎって。どうぞ先を。何がおかしかったのか教えてください」

彼女は小さなレースのハンカチを取り出して、鼻に当てた。「ときどき大きな女の子が突然いなくなるんです。どうして許可も願い出ずにいなくなるのか、いろいろ話は聞かされました。長く音信不通だった親戚が現われて、立派な家に住むことになったとか、良家で仕事が見つかって、いますぐ働きに来てくれと言われたとか。わたしもとくに気にしていませんでしたが、あるとき、いちばん仲よしだった子の身にそれが起きたんです。とても親しかったので、彼女がさよならも言わずにいなくなるわけがなかった。オーストラリアから突然おじさんとおばさんがやってきたと説明されましたけど、とうてい信じられなかった。わたしが抗議すると、院長の部屋に呼ばれて鞭で打たれました」

「ミセス・マンディですか？」サラはわずかにうなずいた。「ぼくは彼女に会いました」

「会った？」彼女はまばたきした。「念入りに調査なさるのね、ミスター・フリント」

「まえにも言いましたけど、ジェイコブと呼んでください」

「ありがとう、ジェイコブ。こんなに安心したことはないくらい――誰かにやっと話せて」サラはまたハンカチを出して鼻をかんだ。「打たれたあとは、もう騒ぐのはやめて、友だちのことは忘れたふりをしました。わたしはその日から役者になったんです。眼と耳はしっかり開けておき、やがていくつか手がかりをつかみました」

「友だちがいなくなったことについて？」

「ほかの子たちも含めて、ええ。いつも女の子がいなくなるのは、理事会が開かれたあとでした。あの孤児院は慈善団体が運営していて、その団体の責任者がサヴァナク判事だったんです」

「なるほど」とジェイコブは言いながら、わかった気がしなかった。視界が乱れ、見慣れた世界が濁ったレンズ越しにぼやけているような感覚だった。「それは戦争の少しまえでした？」

「ええ。一、二度、判事とほかの理事たちが来て、孤児のわたしたちと話したことがありました。ちゃんと世話をされているか確かめるためということで。これは純粋な偏見ですけど、わたしは判事が好きではありませんでした。ある種の聖人と見なされていたけれど、わたしたちを見るあの眼に肌がぞわっとしました。ときどき子供のひとりを上の階に連れていくんです。話し合いだと判事は言っていました。その子たち――女の子とはかぎりません――がその後すぐにいなくなることが、わたしにもわかってきました。最初は、長く連絡がつかなかった親戚が現われて引き取るというようなことを、判事が直接伝えているのだろうと思ってましたけど、だんだん疑わしくなって」

「あなたも話し合いに呼ばれた？」

「いいえ、ありがたいことに」サラの喉元から両頬に赤みが広がった。「判事も、マンディ院長も、ほかのみんなも嘘をついていると思いました。もちろん証明はできません。ある日、また理事が集まったときに、判事はいませんでした。わたしは彼の行方を尋ねませんでした。ただ彼が来なかったことがうれしかった。それきり判事には会っていません」

「その後あなたはどうなったんですか？」

サラはうつむいた。「くわしくは語りたくありません。新しい理事長が〝正しいオックスフォード流の教育〟とうれしそうに呼んでいたものを受けたと言えば充分でしょう」

ジェイコブは唇を嚙んだ。「そうですか」

「ひとつだけつけ加えれば、ある日その理事長がわたしを話し合いに呼びました。あなたも彼の名前を知っています。ミスター・ローレンス・パードウです」

＊

サー・ゴドフリー・マルハーンは自室の窓辺に立ち、ロンドンの家々の屋根を眺めていた。瓦が作り出すジグザグ模様が、魔法さながら完璧に意味をなす形に変わることを期待しているかのように。

チャドウィック警視はメモを見て、ひとつ咳払いをした。

「捜査を担当するのは当然ながら地元警察ですが、総監補……」

「彼らはさぞかし優秀なんだろうな？」

「われわれも適切に支援しています」チャドウィックは大きなため息をついた。「すぐにこちらに捜査を移管するのではないかと思います。エセックスの税金を節約するためにも。とりあえずの聞きこみから推定すると、サーロウがベンフリートで彼女と会う約束をしたことを、マカリンデンが知ったようです。おそらくふたりをこっそり監視して、密会にあのバンガローを使っていることを突き止めていたのでしょう」

「ずいぶんロンドンから離れたものだな」サー・ゴドフリーはつぶやいた。

「列車で一本ですし、自分たちの行動を誰にも知られたくないなら、ロンドンから出るのが賢明でしょう。昨夜はサーロウが車で彼女を拾ってバンガローまで行きました」

「バンガローの所有者は？」

「いま部下に調べさせています、総監補」

「起きたことに疑いはないんだろうな？」

チャドウィックの規律正しさは、総監補のまえで肩をすくめることをよしとしなかった。しかし、目鼻立ちのくっきりした顔にしわが刻まれ、軍隊上がりで高い地位についた相手への嫌悪が垣間見えた。

「合理的な疑いにまで至らなくても、疑いの要素が完全に消えることはありません、総監補。現在の仮説は、マカリンデンがサーロウと娘を殺し、拳銃自殺したというものです」

「法医学的な証拠もその結論を裏づけている？」

「幸いミスター・ルーファス・ポールがあいていて、現地に行ってくれました。いまの段階では明白な事件と考えているようです」

「それはよかった」ルーファス・ポールは結論を決然と打ち出すことで有名だ。「しかしながら、警察の評判は……」

「サーロウは非番でした」チャドウィックは言った。「また、問題の女性との不倫行為が公務に悪影響を与えたことを示唆するものも、何ひとつ見つかっていません」

「じつにありがたいことだ」サー・ゴドフリーは考えこんだ。「むろん道徳的堕落にはいろいろな段階があるわけだが」

チャドウィックはこの地雷を避けた。若いころ、ボクシングのリングで敵のパンチをよけたように。「どんな悪いことにもいい面はあると言ってもいいかもしれません、総監補。今回ばかりは、クラリオンの編集長もいつもの偉そうな態度で警察の無能を書き立てるわけにいきません。自社の記者が人をふたりも殺したとあっては。フリート街のほかの新聞社も、スコットランド・ヤードの不祥事に文句を垂れるより、マカリンデンの悪行をしゃぶり尽くすほうに愉しみを見いだすでしょう。これだけ醜悪で不幸な事件ですが、総監補、すっきりきれいに片づいたと言えるでしょう」

サー・ゴドフリーは、ぷっと頬をふくらませた。「そろそろ神の恵みを数えなければならんな」

「まことにおっしゃるとおりです、総監補」チャドウィック警視は言った。

強い風で小径に落葉が舞うなか、彼らは庭園から出てきた。空は暗くなり、黒雲がジェイコブの気分に合っていた。サラは自分の過去を罪深いと感じているが、そんな考えは馬鹿げているとジェイコブは思った。彼女は犠牲者だ。孤児院の魔の手から逃れられてよかった。ウィリアム・キアリーは彼女に新しい人生を送るチャンスを与えたが、彼の仲間にはパードウやリナカーや判事がいた。昔の友人たちがキアリーの行為に失望し、頭がおかしくなった舞台係をけしかけることで復讐を果たしたのだろうか。

ジェイコブは、メアリ＝ジェイン・ヘイズ殺害の裏にある真実がわずかながら見えた気がした。パードウがロンドンで彼女と出会い、気に入ったとする。オックスフォード孤児院の理事長だった彼の第一の関心事は、友人や同好の士が特別な趣味の欲求を満たせるようにしてやることだった。そこで、おとなしくて従順そうなメアリ＝ジェインがマンディ院長の後継者として確実に雇われるように手をまわした。彼女は喜んで仕事についたが、孤児院が想像していたような場所でないことがわかって辞職したのではないか。パードウは彼女に拒まれたから、腹を立てて殺したのだろうか。それとも彼女が知りすぎたから？ 動機はどうでもいい。いずれにしろ、メアリ＝ジェインをコヴェント・ガーデンの家に誘いこみ、絞殺して、頭のおかしい人間の犯罪に見せかけたのだ。

マンディ夫人の正義の怒りは、自分の行状を隠すための見え透いた演技だった。〈フラーズ〉で会ったときに着ていたあの毛皮のコートも、おそらくフェイクではなく、高価な本物だったのかもしれない。オックスフォード孤児院は、金と権力の持ち主たちに少女や少年を安定的に供給していた。この上なく下等な欲望を満足させるために。院長は長く忠実な奉仕に対して、そして何より沈黙を守っていることに対して、多額の謝礼をもらっているにちがいない。

「レイトンストンに戻らなければなりません」サラが言った。

「レイチェル・サヴァナクは、孤児院であったことを知ったために狙われていると思いますか？」

「正直なところ、ジェイコブ、どう思えばいいのかもうわかりません」

ゴーント館で一夜をすごしたことは、まだサラに言っていなかった。人を信用するのはいいことだが、限度はある。前夜ベンフリートにいたことを他人に知られたらと考えるだけで、冷や汗がにじんだ。

ふたりはラッセル・スクウェアの地下鉄駅の入口まで来た。ジェイコブが握手の手を伸ばしかけると、サラは彼の頰にほんのちょっと触れるキスをした。

「また会えます？」

「喜んで」ジェイコブは言った。

「わたしを見つけようとしないでくださいね。住む場所をときどき変えるつもりだから。でも、すぐまた連絡します。それと、ありがとう。いちばん大切な贈り物をくれて」

ジェイコブは混乱して、困ったようにあいまいな声を発した。

「あなたはわたしに希望をくれました」

サラは切符を買う列に加わった。ジェイコブは心のなかを読まれなくてよかったと思った。ふと閃いた突拍子もない考えを外には仄めかしもしていなかった。

サヴァナク判事が〈劫罰協会〉と自称する退廃的な集団の指導者だったとしたら？　彼らはオックスフォード孤児院の子供たちを餌食にしている。レイチェル・サヴァナクはそんな判事の秘密を守ろうと決意していて、邪魔立てする者を――パードウであれ、キアリーや、ほかの誰であれ――排除しているのかもしれない。

## 24

「マカリンデンはまずいと言ったではないか」

ゲイブリエル・ハナウェイの声はかすれすぎて、ことばがほとんど聞き取れないほどだった。マカリンデンが死んだことを伝えられたあと、彼は足をひきずりながら事務所に入ってきた。ヴィンセント・ハナウェイは、弱った父親を冷静に見つめながら、老父が事務所に足を踏み入れるのもあと何回だろうと思った。サー・ユースタス・ライヴァースが、このまえ〈ギャンビット・クラブ〉でカクテルを飲みながら打ち明けたところでは、ゲイブリエル・ハナウェイは次のクリスマスを迎えられないだろうということだった。

「賭けてみる価値はありました」

「最後に私にそう言った依頼人は絞首刑になった」ゲイブリエル・ハナウェイは言った。「ライオネル・サヴァナクの弁護をもってしても、彼は救えなかった」

ヴィンセントは胸に不満をつぶやいた。それは二十年以上前の話にちがいない。父は過去に生きている。人生で重要なのは、これから起きることだ。

「サーロウと娘を始末したあとマカリンデンが自分を撃ったとは、これっぽっちも信じていません。彼が嫉妬深い恋人であって初めて成り立つ話じゃないですか。馬鹿げてる」

「もうひとりの記者――名前はなんだ、フリントか？――がベンフリートに行くのをやめたのだとしたら？」

「やめる理由がありますか？　彼は知りたがりです。それが仕事ですから。サーロウはすでに有益な情報をあれこれ与えていた。その招待を無視できるわけがありません」

「いいだろう。では、かりに何かの事情でその記者が行けなくなったとしよう。マカリンデンがそれでパニックを起こしたのなら……」

「追加の指示を求めてくるでしょう。ありえませんよ、父さん。マカリンデンの自殺は偽装です」

「われわれのスコットランド・ヤードの友人はどうだ？　彼も同じ意見なのか？」

ヴィンセントはうなずいた。「一時間ほどまえに話しました。彼は事件全体に驚愕しています。悪いことがまだ足りないと言わんばかりに、ペイシェンス・ダウドに知らせに行った警官の報告によると、彼女はヒステリーを起こしているそうです。もう安楽死させるしかないのではと彼も思っています。彼自身も急にそわそわしはじめました。サーロウを犠牲にしたことで動揺し、突然、サーロウと娘は無駄死にだったと思いはじめたようで」

「あのふたりは役に立たなくなったあとも生きていた。母親について言えば、いずれにしろ生きる目的をなくしていた」

「ジンのボトルを除いて」

「それは大きな目的だな」老人は爪のひと振りでダウド夫人を片づけた。「フリントは機転を利かせてマカリンデンの不意をつき、あれをやってのけたのかもしれん」

「マカリンデンが仕掛けた罠を逆に利用して？」ヴィンセントは鼻を鳴らした。「彼にそんな甲斐性はありませんよ。ちがいます。昨夜は本当に例外的なことが起きたんです」

「因果連鎖を断つ介在行為《ノヴス・アクトゥス・インテルヴェニエンス》か？」老人はうるさい咳をした。「私の意見を言えば、誰かがフリントの代わりにやったのだ」

「ありえます」

涙で潤んだ眼が年若い男を見た。「おまえがその口調でしゃべるときには、息子よ、同意しかねるということだ。この惨事についておまえの説明を聞かせてもらおうか」

ヴィンセントはペン先でデスクマットをつついた。「マカリンデンは、彼を制圧できるほど力のある誰かによって殺された。その人物は至近距離からマカリンデンを撃てるほど無慈悲で、巧みに自殺を偽装できるほど繊細です」

「それで？」

「可能性のある候補者がひとりいます」

「レイチェル・サヴァナクの使用人か？」

ペン先が折れた。ヴィンセントは手の怒りのひと振りでそれを机から払い落とした。

「ほかに誰がいます？」

「あの娘は厄介のもとだと言ったろう。彼女の父親ほど獰猛な気性の持ち主には会ったことがない。そこがそっくりだ」

「将来、義理の娘にするには完璧な資質ですね」いつもの皮肉な調子に苦々しさが混じっていた。

「たしかに、おまえが遊んでいる貪欲な娼婦たちより資質に恵まれているな。見た目もきれいだ。頬骨が高く、すらっとしていて。誰かに似ているが……」

「亡くなったセリア・サヴァナクでしょうね」ヴィンセントはつぶやいた。

「いや、ちがう、母親ではない」老人は首を振った。「思い出せんな。記憶力が衰えた」

記憶力だけではない、とヴィンセントは乱暴に考えた。腹立ちを意志の力で抑えこんで言った。「われわれはみな、若い時代には戻れません」

「だから私が逝くまえに身を固めてもらいたいのだ、息子よ」

「レイチェル・サヴァナクとは結婚しませんよ、父さん」

「馬鹿を見るのはおまえだ。むろん自分で決めることだがな。おまえが愛情を注ぐ価値のある女をもうひとり知っている。働かなくても暮らせるだけの財産があり、いまは恋愛をしていない」

「かぐわしきウィドー・ビアンキですか？」ヴィンセントは鼻で笑った。「いま最優先事項は、この腐った混乱を収拾することです。レイチェル・サヴァナクがロンドンに来て以来、われわれには次から次へと災難が降りかかっている。リナカー、パードウ、キアリー、今度はマカリンデン」

「どこで終わる？」老人は遠い眼つきで訊いた。

ヴィンセントは机に拳を打ちつけた。「どこで終わるか教えましょうか。くだらないウェディング・ベルなど忘れることです。レイチェル・サヴァナクが墓で冷たくなったときに終わるんですよ」

「フリントに娘の母親の取材を勧めませんでしたね」トルーマンが言った。

レイチェルはクランペットにバターを塗った。彼女とトルーマン夫妻は応接間で紅茶を飲んでいた。「どうして彼の時間を無駄遣いする必要があるの？ミセス・ダウドは何も話さないでしょう。そもそもほとんど何も知らないし」

「エドガー・ダウドは判事の会計士でした」

「ゲイブリエル・ハナウェイみたいな親友ではなかった。奥さんはときどき夫の旧友たちのために働くことで困窮から救い出されたけれど、本当に価値があったのは娘のほうだった」

トルーマン夫人は自分に紅茶のお代わりをついだ。「サーロウの妻はどうなんです？ サーロウは彼女に話してたんですか？」

レイチェルは首を振った。「エレイン・ダウドと不倫行為をしてたのに？ 話していないと思う」

「これからどうします？」トルーマンが訊いた。

「スコットランド・ヤードへの訪問が必要ね。でもそのまえに、クランペットをもうひとついただける？」

＊

「会う時間を割いてくれて感謝する」陽気なウェイトレスが紅茶を運んできたあとで、オークス警部が言った。「きみも今日はとりわけ忙しいだろうに」

警部とジェイコブはストランドの〈ライオンズ・コーナー・ハウス〉でまた会い、鏡張りのレストランで紅茶を飲んでいた。ジェイコブはクラリオン・ハウスに戻ったときに、オークスから電話があったと告げられた。警部にかけ直すと、できるだけ早く会いたいと言われたのだった。

「皮肉ですよね」ジェイコブは弱々しい笑みを浮かべた。「主任犯罪報道記者として朝から働く初日なのに、昨夜の出来事すら記事にできないとは。マカリンデンがかかわっているので書きにくいのは確かですが、エレインが犠牲者なので、ぼくが書くには身近すぎるということになりました」

「お悔やみ申し上げる」

オークスの口調は堅苦しく、このまえの会話のくつろいだ親密な雰囲気はもはや嘘のようだった。警部は立てつづけに煙草を吸い、ジェイコブより寝ていないのではないかと思うほど眼が疲れていた。シャツにはいつものようにきちんとアイロンがかかっておらず、ネクタイすら片手で結んだように見えた。夜も寝られないほどの心配事とは何なのか。

「ありがとうございます」ジェイコブは必要な時間より長くスプーンで紅茶を混ぜた。ことばに注意は必要だが、何か言わなければならない。「エレインは……愉しい話し相手でした」

墓碑銘にするには淡白すぎるが、心からのことばだった。彼女とすごすのは実際愉しかったし、ときおり自分にくっついてきた体の温かみも思い出す。レイチェル・サヴァナクの言うことが正しいとすれば、エレインは彼の愛情を弄んでいたことになるが、ジェイコブはなぜか不誠実を責める気になれなかった。どんな悪いことをしたにせよ、寂しいバンガローであんな最後を迎えるのはひどすぎる。

「彼女とは親しかった？」

「たんにいい友だちでした。お母さんのほうはぼくを娘の夫にふさわしい人材と見ていたようですが、エレインに結婚を申しこもうと思ったことはありません、彼女もまちがいなく、愉しい時間をすごしたかっただけです」

「ほかの誰かとつき合っていたのなら、なおさらだ」オークスは言った。「きみはそのことを知らなかったのか？」

「なんとなくほかの男がいて、その彼は既婚者だという感じはしましたが、エレインのほうから話したことはありませんでした。ぼくも訊かなかった」

「不思議だな。きみは嫌になるくらいあれこれ知りたがる人間だと思ったが」

「知らないほうがいいこともあるんです。ぼくのなかでは、彼女との関係は自然死したことになっています」

オークスがびくっとしたので、ジェイコブは顔を赤らめた。プロの物書きとして、いまの言い方は驚くほど配慮に欠けていた。彼は心のなかで自分を叱った。

「つまり、その男がサーロウ刑事だとは夢にも思わなかったということかね？」

「それがわかったとき」――ジェイコブは罠にはまるまえに立ち止まった――「今朝早くでしたが、本当にびっくりしました。いまも信じられません。よりにもよってスタンリーとは」

「狭い世界だな」オークスはまた煙草に火をつけた。「きみは犠牲者ふたりを知っていた。おまけに殺人犯も」

「ええ」ジェイコブは流砂のまわりを恐る恐る歩いている気がした。「ただの悲劇じゃありません。ものが考えられなくなるほどの衝撃です。ぼうっとしているように見えても赦してください。このニュースをいまだに消化できずにいるので」

「マカリンデンとは仲がよかったのかな？」

「あまり」ジェイコブはすぐに答えた。

「彼は同性愛者だったのか？」オークスは訊いた。

「どうでもいいことです。ぼくとは関係ないので」しかし、報復の一撃を加えたい欲求に逆らえなかった。「ときどき態度がおかしいとは思いましたが、パブリックスクールで受けた教育の名残だろうと」

オークスは彼を睨みつけた。「たまたま彼は恥ずべき状況で二度逮捕されたことがあってね。父親が裏から手をまわして、いずれも起訴されることはなかったが」

警部の声が不機嫌になったので、ジェイコブは顔を上げた。「でも彼はエレインとつき合っていましたよね？」

「少なくとも彼女に気があった。そう見える」

「確信がなさそうな言い方だ」

「私の意見はどうでもいい。いま話しているのは、この悲劇の解明にきみがどう協力できるか知るためだ」

「すでに警察の質問には答えましたよ。ドビングという刑事さんに。顔が……」

「ドッビンおやじかね？　ああ、きみの供述は読んだ」オークスは椅子の背にもたれた。

「あれにつけ加えたいことはないかな？　つまり、いま振り返って？」

攻撃は最大の防御なり。ジェイコブはそれでいくことにした。「サーロウには本当に驚いたということぐらいです。警官としてどの程度優秀だったのかはわかりませんが、好感が持てました。一、二度、いっしょに飲んだこともある。ご存じかもしれませんが」

「ああ」オークスは言った。「知っていた」

「それにしても、まさかエレインとつき合っていたとは。ぼくが鈍いんでしょうね」

「だからきみと会っていたのかもしれんな」オークスは無情にも言った。「陰で馬鹿にするために」

「ヤードの人たちはみなサーロウの不倫を知っていたんですか？」

オークスが顔をしかめたので、ジェイコブに満足感がこみ上げた。くたびれ戸惑っていようと、一発パンチを決めたのだ。

「まったく知らなかったと言っていい。サーロウは細心の注意を払って自分の……活動を秘密にしていた。もっともな話だ。われわれが嗅ぎつけたら彼の耳をつかんで追放していただろう」

「職場での評価はまちがいなく高かったんでしょう」ジェイコブは言った。「でなければ、昇進の話を持ちかけられるはずがない」

「昇進？」オークスは彼を睨みつけた。「どういう意味だね？」

「部長刑事になると本人から聞きましたよ。率直に言えば、あなたがそこまで彼を買っているとは思いませんでした」

「私が知るかぎり」オークスは険しい顔で言った。「スタンリー・サーロウは昇進には遠く及ばなかった。きみは誤解しているにちがいない」

「誤解なもんですか。彼は断言しましたし、当然すごく喜んでいました」

「それを聞いたのはいつだね？」

ここは用心が必要だった。「昨日聞いたばかりです。それが最後になりました。そのことを知らせるためにぼくに電話してきて、ぼくも自分の昇進の話をした。今度会っていっしょに祝おうということになりました」

「だが結局会えなかった？」

「ええ、もう永遠に会えません」ジェイコブは思いきり大きなため息をついた。「昇進が決まってなかったというのはおかしいな。スタンは警察を代表するような男ではなかったかもしれないけど、その種の勘ちがいをしたことはなかった。まさか……」

「まさか……なんだね？」

「こういうことは言いたくありませんが」ジェイコブは、フリート街の白髪交じりのベテラン記者のようないかがわしさで言った。「いや、ありえませんよね……彼がスコットランド・ヤードの上層部の誰かの弱みを握っていたとか」

「何が言いたい？」オークスは怒って頬を紅潮させた。ジェイコブは警部がここまで腹を立てるのを見たことがなかった。「警察上層部に腐敗した友人がいるということか？」

「すみません」とジェイコブ。「身のほど知らずなことを言いました」

ふたりは眼と眼を合わせた。両者のあいだに口には出されない冷笑めいたことばが宙ぶらりんになっているのを、痛いほど感じながら。

もしそれが正しかったとすれば……

＊

クラリオン・ハウスに歩いて帰りながら、ジェイコブは自分を褒めずにはいられなかった。罠にはめて何かを認めさせることがオークスの狙いだったとすれば、会話は計画どおりに運ばなかった。できる範囲でもっともうまく対処した自信があった。スコットランド・ヤードに関する指摘は見事に的を射たようだ。オークスがあわてたのは、じつのところ彼も似たような結論に達していたからではないか？　だとしたら、警部は誰を念頭に置いているのだろう。

ニュース編集室の開いたドアのまえを通ると、ポイザーが印刷責任者と打ち合わせをしていた。ギョロ眼は挨拶の手を上げた。

「ジョージ、誰かミセス・ダウドに取材しましたか？」

ポイザーはうなずいた。「おれ自身が行った。娘に二度と会えないってことが、まだピンときてないんじゃないかな。とりあえずはジンのボトルが彼女を慰めてる。きみがいますぐあそこに戻らなくても、責めようとは思わないな」

ジェイコブはとぼとぼと暗い気持ちで自室に戻った。ひとり娘を亡くした女性をどう慰めようかと考えることから、頭をスコットランド・ヤードの腐敗の可能性へと切り替えた。サーロウがすぐに昇進すると言っていたことに対するオークスの動揺が、何よりの証明だ。唯一筋の通る説明は、糸を正しく引ける上層部の誰かがサーロウに報いたということだろう。

ふいに、イナニティ劇場で照明が暗くなって公演が始まるまえのある光景が心に浮かんだ。レイチェルの向かい側のボックス席に、サー・ゴドフリーの姿がちらっと見えた。ドリー・ベンソン殺害事件のあとのヤードのもたつきをクラリオン紙がしつこく追跡していた際、トム・ベッツがマルハーンの無能ぶりを嘲笑っていた。ベッツにとって、マルハーンは警察の階級組織の悪いところを体現していた。元軍人であり、現実の捜査をほとんど理解していない。戦時中はあまりにも多くの勇敢なライオンを（フランスで爆死したジェイコブの父親も含めて）殺戮の現場に導いたロバの部隊のひとりだった。

だが、戦争行為と冷血な殺人はまったく別のものだ。ちがうか？

頭のなかでまだその問題について議論していたとき、部屋のドアが軋んで開いた。トーズランド、またの名をトリテミウスが入ってきた。豚を思わせる眼のいつにない輝きが、彼の興奮を示していた。

「解けたぞ！」あえいでいた。「じつは馬鹿らしいほど単純な暗号だった。真剣に考えたら、すぐわかってきたが、細部を詰めるために少々調べなきゃならなかった」

「ありがとう。どういう意味でした？」

「ふたりの人間の死に関する覚書なんだ」

「ふたり？　それは確かですか？」

「まちがいない」トーズランドは鼻の横をトントンと叩いた。「トリテミウスを信じろ」

「この命をかけても」ジェイコブは大げさに答えた。

「あわてるな、きみ。われを忘れないことだ、とくにマカリンデンにあんなことがあったあとだからな。ひどい事件だったな、え？」

「ショックでした」ジェイコブは同意した。「それで――暗号は？」

「きみがギャロウズ・コートと言ったから興味が湧いて、今日の午後、ひとっ走り行ってきた」

「そうなんですか？」ジェイコブは、場所がどこであれひとっ走りするトーズランドを思い描けなかった。「で、何が見つかりました?」

「〈ゴーント会館《チェンバーズ》〉というところがあって、ドアの隣の表示に〝ギャンビット・クラブ〟と書かれていた。そこから暗号の最初の六文字が判読できる。逆にした同じイニシャル三組だ」

ジェイコブはうなずいた。ここまでは上出来。

「メッセージを逆から読むと、〝安らかに眠れ《RIP》〟と〝一九一九年一月二十九日〟という日付が出てくる」

「ええ、ぼくもそう思いました」

「だとすれば」トーズランドはわざと厳しい顔を作って言った。「退屈な重労働で小生の時間を奪う代わりに、きみ自身がサマセット・ハウス（イングランドとウェールズの戸籍本署などが入った建物）に行けばよかったな」

「すみませんでした。そのとおりです」

「戸籍からその日に死んだ全員を調べたよ。しばらくかかったが、条件に合う名前はふたつ、チャールズ・ブレンターノとイヴェット・ヴィヴィエだ」

「どちらも聞いたことがない」

「ふたりが死亡した場所はリンカーン法曹院だから、つながりがあるにちがいない。暗号も彼らを指しているのさ」

「ええ、解釈はそれしかありませんね。でも、彼らがどういう人なのか……」

「女性のほうは何もわからなかった。名前からするとフランス人だが。しかしブレンターノは、タイムズ紙に死亡記事が出てた」

「本当に？」

「ああ。裕福な家族に生まれ、イートン校からオックスフォード大学に進み、あれやこれや。だが、注目すべき功績は戦争が始まってからだ。殊勲従軍勲章《DSO》と戦争十字勲章《クロワ・ド・ゲール》を与えられてる。立派な英雄だが、その代償はドイツの爆撃で吹き飛ばされたことだった。大戦の最後の数カ月は、負傷で軍病院に入院してた」

「その怪我で亡くなったんですか？」

「ちがうようだ。死亡証明書によると、死因は心不全だ」

「家族はいました？」

「死亡記事には妻や子供のことが書かれていない。何か裏がありそうだな」

「どういう意味です？」

「概して死亡記事というのは、書かれていることと同じくらい、書かれていないことが興味深いのだ。男の独身主義者であれば、言外に好ましくない性癖が仄めかされていたりね。

たいていうまくごまかされている」

「なるほど」

「女性のイヴェットの死因も同じだ」

「ふたりが同じ日に心不全でなくなった？」

「奇妙な偶然だろう？」トーズランドはまだ息を切らしてあえぎながら、ドアに向かった。

「どんな記事を書いてるのか知らんが、役に立ったことを祈るよ。とにかく、ちょっと休憩させてもらう。活動しすぎて腹が減った」

「ありがとう、トーズランド。ことばにできないくらい感謝しています」

「どういたしまして。このところ、われわれも興奮しっぱなしだな。まずベッツが亡くなり、今度はマカリンデンが自殺。聞いた話だと、永遠の三角関係だったそうじゃないか。信じられん。クラリオンの記事で読んでいなければ、ひと言も信じなかったと思う」

ジェイコブは笑った。「だったら真実ですね。死亡記事にはほかに何か書かれてました？」

「ごく短かったんだ。もうひとつ、きみの興味を惹くことがあるかもしれない。ブレンターノの父親だが、ベルリンからやってきた外交官で、イギリスの女性と恋に落ちた。その女性は富豪の一族、サヴァナク家の娘だった。彼女の兄はライオネル・サヴァナク、あの悪名高き絞首刑好きの判事だよ」

# 25

「レイチェル・サヴァナクがわれわれに会いたいと？」チャドウィック警視がくり返した。

「そう、今晩だ」サー・ゴドフリー・マルハーンは言った。「異例だよ。まったく異例だが、われわれは異例の日々を生きている」

「つまり会うことにしたのですか、総監補？」珍しくチャドウィックの規律が揺らいだ。あからさまに信じられない様子で、口をぽかんと開けていた。

「そういうことだ、チャドウィック」サー・ゴドフリーの頬に赤みが差した。「彼女は非常にしつこかった。勝手に押しかけてくるのに近い。サーロウ刑事の死について決定的な情報があると言っている」

「どういう情報ですか？」

「それは明かそうとしない。マカリンデンがサーロウとその女友だちを殺し、自分の脳に弾を撃ちこんだということで警察は満足している、と私は伝えたのだ。単純な嫉妬による殺人だと。しかし彼女は電話でそれ以上話そうとしなかった」

「以前にも申し上げましたが、総監補」チャドウィックは冷たい声で言った。「警察の真剣な捜査に素人をやたらと招き入れることには賛成しかねます」

サー・ゴドフリーは不満げに鼻を鳴らした。チャドウィック警視の考える〝素人〟がレイチェル・サヴァナクだけではないことを、痛いほど意識していた。

トーズランドの重い足音が廊下の先に消えていくあいだに、ジェイコブはシューメイカーの死亡記事についてマカリンデンに質問したときのことをふと思い出した。たしかベッツの部屋から出てきたマカリンデンにぶつかりそうになったのではなかったか？　彼はベッツの部屋で何をしていたのだろう。仕事に関係がなかったのは確かだ。あのときにはとくに考えもしなかったが――自分がこっそり調べたかったことのほうが気になっていた――いまはマカリンデンが殺人者だったことがわかっている。オイリーはベッツの資料をあさっていたのだろうか。犯罪報道記者がレイチェル・サヴァナクについて取材した記録を探していたとか？

ジェイコブはまわりのものの山を見渡した。ここを探せという場所がわからないかぎり、手をつけることはまず不可能だ。おそらくマカリンデンは部屋を引っくり返すほど探して、それでも入ったときよりはきれいにして出ていったのだろう。

もし価値のあるものが見つかったとしたら、マカリンデンは疑いなく持ち去っただろうが、ジェイコブはアムウェル・ストリートに戻るまえに、念のため探してみることにした。ダウド夫人との対面という恐ろしい瞬間を先延ばしにする、恰好の言いわけでもあった。

十分後、またしても彼は敗北を認める気分になった。ベッツの戸棚の抽斗を一つひとつ見ていき、目についた手帳を片っ端から読んでみたものの、何もわからなかった。

ベッツがタイプライターの下に入れていたリディア・ベッツの無邪気な顔が、ジェイコブに微笑んでいた。まもなくトムの葬儀で、家族を亡くしたまた別の女性と会うことになる。また希望のない堅苦しい会話を交わさなければならない。ジェイコブはうめいた。葬儀や墓場は病院より嫌いだった。

リディアを見ているうちに、別の光景が頭に浮かんだ。ベッツのアパートメントの本棚にあった、まぎれもなく彼の蔵書であるポーの『怪奇と幻想の物語』。あれはジェイコブの『盗まれた手紙』と同様、彼の愛読書だったのだろうか。

ジェイコブは写真を引き出し、裏返してみた。鉛筆の走り書きがあった。ベッツの懐かしい、ほとんど判読不能の文字だった。

チャールズ・ブレンターノ

ヴィンセント・ハナウェイ

カンバーランド・フュージリアーズ連隊、第九十九歩兵師団

サン・カンタン要塞

何があった？

ベッツのメモは、ポーの手がかりのようにすぐ見つかる場所に隠されていたが、謎は解けるどころか新たに深まった。サヴァナク判事の甥で、ギャロウズ・コートで死亡したチャールズ・ブレンターノと、そこに事務所を設けている事務弁護士のヴィンセント・ハナウェイは、大戦中に同じ部隊に所属していたのだ。

ジェイコブは、エドガー館に到着したときにもまだトム・ベッツのメモの謎に頭を悩ま

せていた。大きく息を吸って、玄関のドアの鍵をあけた。

自分を直感の鋭い人間だと思ったことはなかったが、家のなかに足を踏み入れたとたん、何かおかしいと感じた。静寂は悲しげというより不吉だった。さらにそれは、星まわりの悪いベンフリート旅行を経験したあとでは、痛々しいほどなじみのある感覚だった。

「ミセス・ダウド?」

返事はなかった。

台所に入るドアのノブをまわそうとすると、鍵がかかっていた。鍵穴にはプラグがはまっている。ジェイコブは不審顔でにおいを嗅いだ。

「ミセス・ダウド? 大丈夫ですか?」

ドアを肩で押してみると隙間ができた。全力でもたれかかると木の割れる音がして、最後のひと押しでドアが開いた。

ガスの強烈なにおいで気絶して倒れそうになった。針で刺されているような感じがする眼で、洗っていない片手鍋や皿が積み上がった流しを見やり、リノリウムの床の上の悲しい姿を見た。

ペイシェンス・ダウドは、ぴくりとも動かなかった。彼女の頭がオーブンのなかに入って、かなり時間がたっていたにちがいない。

「急な連絡でしたのに会っていただき、本当にありがとうございます、サー・ゴドフリー」

レイチェル・サヴァナクはハンドバッグを置き、総監補室に坐ったほかの男たちに微笑んだ。マルハーンの横にはチャドウィックとオークスがいた。トルーマンは警視の隣のいちばん窓寄りの椅子に坐り、顔に明るい月の光を受けていた。

サー・ゴドフリーはトルーマンを指差した。「使用人をお連れになるとは、うかがっていませんでした」

沈黙を破ったレイチェルの声は、肉に切りつける剃刀のようだった。「トルーマンに隠しごとはいっさいしません」

「たとえそうでも、こういうデリケートな話の場合……」

「トルーマンはこういう……強面の外見ですが、デリケートな問題にもつうじています」

彼女は言った。「さあ、始めましょうか？」

「どうぞ」サー・ゴドフリーは懐中時計を見る演技をした。「今晩は食事の約束があります。もしよろしければ簡潔に……」

「非常に簡潔に説明します、サー・ゴドフリー」冷静な口調だった。「今日ここへ来たのは、スタンリー・サーロウ刑事が賄賂を受け取っていたことをお伝えするためです」

「ミス・サヴァナク！」サー・ゴドフリーは同僚たちに落ち着きのない視線を送った。

「そういうことは……」

オークスが割りこんだ。「そのただならぬ告発にはどういう根拠がありますか？」

「サーロウは明らかにそうとわかる話を、クラリオン社のジェイコブ・フリントにしました」

「どうしてあなたがそれを？」

「フリント本人から聞きました」

「記者のことばですよ」チャドウィックはあきれたように言った。

「嘘をつく理由はありません、警視。彼は真実を話したのだと思います」

オークスは言った。「今日私が彼の話を聞いたときには、そんなことは何も言っていませんでしたが」

「それはおそらく」レイチェルは答えた。「警部が正しい質問をしなかったからではないでしょうか」

「サーロウは夢物語を聞かせたのかもしれない」サー・ゴドフリーが言った。「若者にはよくあることです、ミス・サヴァナク。友人を感心させようとして」

「若者のそういう行動は、おっしゃるとおりです」レイチェルは言った。「ですが、疑問の余地のない証拠があるのです。サーロウは収入をはるかに上まわる贅沢な生活をしていました。ピカピカの新車に、金時計に……」

「彼は死んだのです！」サー・ゴドフリーは練兵場に戻ったかのように吠えた。「その不名誉な中傷に反論することができない」

「行動が不名誉でしたから、サー・ゴドフリー。それに残念ながら、不適切な行動をとっていたのは彼だけではありません」

「どういうことです？」オークスがつぶやいた。

「サーロウはフリントに、もうすぐ部長刑事に昇格すると語っていました」

「ありえない！」サー・ゴドフリーはすぐに言い返した。「どうしてそんなでたらめを……」

「彼の忠誠心は金で買われていました」

「昇進の話は本人のでっちあげだ。そうとしか考えられない」

「いいえ、彼はもうすぐ昇進のご褒美をもらうと自信満々だったのです」

「たわ言もはなはだしい！」

レイチェルは首を振った。「あなたがたのひとりは、わたしが正しいことを知っています。そのひとりは自分の評判だけでなく、魂も売ったのです」

救急車がペイシェンス・ダウドの遺体を運び出し、ジェイコブは気むずかしい警官に供述を取られた。その後いくつかのものをスーツケースに放りこみ、重い足取りでマージェリー・ストリートを歩いて、見つけた最初のホテルに入った。エドガー館でその夜をすごすなど考えたくもなかった。

ロビーの奥のガラス張りのカウンターに、しなびた大地の精《ノーム》が坐っていた。蜘蛛の巣だらけの博物館に展示された剥製を思わせるその男は、明らかに嫌そうな態度でガラスの仕切りを持ち上げ、暗い面持ちで、シングルルームが空いていると言った。提供された部屋は薄汚く、カーテンには虫食いの穴があき、マットレスはごつごつしていた。ジェイコブが鏡で見た自分の像は、変形したガーゴイルに似ていたが、もうどうでもよかった。この二十四時間で感覚が麻痺していた。

壁は薄く、隣室の男女は金のやりとりでもめているようだった。払える金額と、提供されたサービスの範囲や価値についてかまびすしい議論になっていたが、最後は体のどこかを叩く音と、ドアを勢いよく閉める音、廊下を歩き去る大きな足音で終わった。女性の泣き声が聞こえていたが、数分後には彼女も部屋をあとにし、三階は静寂に包まれた。

ジェイコブはベッドに仰向けに横たわり、痛む眼で天井をじっと見つめた。漆喰のギザギザのひび割れから、自分の知っていた人生が崩れかかっていることを思い出した。かつて霧のなかでレイチェル・サヴァナクに声をかけたジェイコブ・フリントは、無邪気で気苦労もなく、別人のように感じられた。ベッツの死は、避けられなかったとはいえ、彼を動揺させた。サーロウとエレインの殺害、それに続いた彼女の母親の自殺も、大きな喪失感を生んだ。スタンとふたりの女性が親しくしてくれた裏には、隠された動機があったのかもしれないが、ジェイコブは彼らとすごす時間を愉しんだ。

レイチェル・サヴァナクについては、あの魅力が空恐ろしいし、動機は計り知れない。昨晩、警察にどう見られるかということでレイチェルにからかわれたとき、ジェイコブは彼女に、オークスを信頼しているのかと尋ねた。

レイチェルの答えは弁護士の言い逃れのようにとらえどころがなかった。「彼は賢い警官という稀少な存在よ。もちろん、賢すぎることが仇《あだ》になることもあるけれど」

このまえのオークスの態度の変化には驚いた。彼に何が起きたのだろう。考えられる答えはひとつだけだ。オークス警部は何かを怖れている。

「マダム！」激怒したサー・ゴドフリーの声が裏返った。「それは告訴に値する名誉毀損ですぞ」

レイチェルはオークスのほうを向いた。「どう思われます、警部？」

血の気を失い緊張した様子で、オークスはこうべを垂れた。「残念ながら、あなたのおっしゃるとおりです、ミス・サヴァナク」

「同僚のおふたりに説明していただけますか？」

オークスは深く息を吸った。「私はこのところの……事件の連続が偶然ではないと確信するに至りました。有力者が結託したある集団が法を犯しています。パードウ、リナカー、キアリーに加えて、まだ特定できていない人々もいます。全員同じ社会集団に所属していますが、彼らの結びつきはわれわれの想像よりはるかに強く、その動機は行動と同じくらい謎に包まれています。しかしながら、彼らの凶悪犯罪はスコットランド・ヤードの違法な支援を受けていると考えられるのです」

「なんてことを言うんだ、きみ！」サー・ゴドフリーが叫んだ。「口を慎みたまえ」

「こんなことはひと言も口にしたくありませんでした、総監補。私の調査はまだ初期段階で、まだわからないことが多々あるのは率直に認めます。しかし、ミス・サヴァナクの爆弾発言で自分の手札を見せざるをえなくなりました。胸が痛みますが、彼女の言うことは正しいのです。警察内の腐ったりんごはサーロウ刑事だけではありませんでした」

サー・ゴドフリーは彼を睨みつけた。「いいだろう、警部、言ってしまえ。誰がその……」

「オークス警部の気苦労を減らしてあげましょう」レイチェルが言った。「わたしには彼の心が読めます。残念ですけれど、彼の嫌疑はあなたに向けられています、サー・ゴドフリー」

総監補の頬が不自然なほど紫色になった。「マダム、そんなことを……」

レイチェルは手を上げて制した。「そうでしょう、警部？」

オークスは悔しさのあまり顔を真っ赤にして、何も言わなかった。

「あちこちに散らばった情報の断片から推理したのです、サー・ゴドフリー。あなたはパードウやリナカーと同じく、裕福で育ちのいい階級に属しています。ご家族はパードウの銀行と取引している。あなたは大の芝居好きで、イナニティのボックス席にたびたび坐り、ウィリアム・キアリーが殺された夜にも劇場にいらした」

「家内の誕生日だったのだ！　あれはちょっとした祝いで……」

「わたしも逐一説明はいたしません。警部はそれなりに状況証拠を集めたうえでこの結論に達したと言えば充分でしょう。ですが、はずれています」

「どういう意味です？」オークスがかすれ声で訊いた。

チャドウィックが立ち上がった。「オークス自身がサーロウに賄賂を渡していたと言うつもりじゃあるまいね？　無礼にもほどがある！　サー・ゴドフリーを中傷したかと思えば、今度は……」

「お坐りなさい」レイチェルはぴしりと言った。「警部を責めているわけではありません。木を見て森を見ずの失敗をしたと言っているだけで」

「何わけのわからないことを言っているんだね、あんた？」チャドウィックは訊いた。

「サー・ゴドフリーも、警部も、サーロウに賄賂を渡してはいません。樽の上のほうの腐ったりんごは、あなたです、チャドウィック警視」

「ミス・サヴァナク」サー・ゴドフリーはいまにも卒中を起こしそうだった。「あなたがその申し立てを立証できることを心から祈る。できないなら、ただちに取り下げて謝ってもらおう。警視は——」

「……本庁ではきわめて経験豊かで高く評価されている警官のひとり」レイチェルはあくびをした。「まさにそのせいで、さすがのオークス警部も真相にたどり着けなかったのです。それほどの人が職歴のすべてを犠牲にするという考えが、とうてい受け入れられなかったから」

ようやく声が出るようになったチャドウィックが反論した。「いまの告発は卑怯で唾棄すべき言いがかりだ。あんたは女性の恥だ、父親が法曹界の恥だったように」

「判事のこと？　二十年前、あなたは彼の残忍さに尻込みした。判事の弟子たちの提案にあなたが屈したのは、残念などということばでは言い尽くせません」

「でたらめもいいところだ！　名誉毀損の訴状を送りつけてやるから、父親くらい獰猛な弁護士を雇うんだな。証拠はどこにある」

「フリントが匿名の手紙でパードウの家に導かれたとき、サーロウはその情報をあなたに伝えると彼に言いました。おかしな話ですよね、あなたは内勤のみの警視なのに。サーロウは警部に報告すべきでしょう？」

「取るに足りない伝聞証拠だ」チャドウィックは嘲った。「それで精いっぱいなのかね？」

「サーロウはフリントに、パードウの書斎でチェスのポーンが見つかった話をしました。警部は部下たちにこの情報を表に出さないよう指示しましたが、あなたはサーロウにリークを認めた。フリントにその旨みのある情報を流して、信用を得ようとしたんでしょう」

「私とはなんの関係もない。ほかには？」

「たくさんあります、あいにくと。あなたの資金提供者が早すぎる死を手配したレヴィ・

シューメイカーは、亡くなるまえにいろいろ調査していました。それによると、あなたの息子とその家族はヘイスティングスの海辺に立つ新しいバンガローに引っ越されたそうですね。海風が病後のお孫さんの回復に役立つことでしょう。もちろんそこも、あなたと奥さんが自分たちのためにウィンブルドンに買われた大邸宅よりはるかに安いのですが、失業中の夫と妻に、常時治療を必要とする娘の三人家族には贅沢な家ですね。医療費だけでもそうとうな金額になるはずです」

「チャドウィック？」サー・ゴドフリーの眼は飛び出しそうだった。「いまの話は多少なりとも事実なのか？」

「オークスに訊いてください」レイチェルは言った。

マルハーンはオークスのほうを向いた。警部はみじめな顔でうなずいた。

「ヘイスティングスの家のことは知りませんでした、総監補。しかし、ウィンブルドンの地所はたいしたものです。近所はほとんどシティの大立者ばかりで、正直申せば、私は心配になりましたが、警視が安心させてくれました。いつだったか、おばさんが亡くなって遺産を受け取ったという話をされたのです。あの不動産の相続人だったのだと思います」

「まさしくそのとおり」チャドウィックは悔しそうに歯ぎしりした。「すべて公明正大な取引です。疑わしいならサマセット・ハウスで書類を確認してください」

「レヴィ・シューメイカーもまさにそうしました」レイチェルは言った。「あなたはおばさんの借金を返済したあと、九十三ポンドという大金を受け取りました。自己耽溺の道楽生活を支えるにはとても充分とは言えません。あなたもご家族も、そういう生活に慣れてしまわれているようだけど」

「自己耽溺？　よくもそこまで」

チャドウィックは癇癪を起こした。両手の拳を握り、レイチェルに一歩詰め寄った。ボクシングをやっていたころにはヘビー級だったが、レイチェルは少しも怯まなかった。

「リングで闘ったのは、はるか昔でしょう」レイチェルは落ち着いて言った。「恥ずかしいまねはおやめなさい」

「おいこら、きみ！」サー・ゴドフリーが言った。「馬鹿なことをするんじゃない！」

「黙れ、このおしゃべり男！」チャドウィックは叫んだ。「おまえたちの誰でも、生涯身を粉《こ》にして働いてきたのに孫が痛ましいほどの絶望感で命にしがみついているのを見る気持ちが、ほんのちょっとでもわかるか？　え、どうなんだ！」

「誰にでも耐えなければならない試練はあります」レイチェルが言った。「情状酌量につながる状況は、裁判で減刑を申し立てるときのために取っておきなさい」

「偉そうなクソ女が！　どんな目に遭っても自業自得だ！」

チャドウィックは上着の内側に手を入れたが、リボルバーを取り出す間もなく、トルーマンが椅子から飛び出して彼を床に打ち倒した。長年の書類仕事のせいで警視の反応は鈍り、筋肉はたるんでいた。トルーマンは彼を床に押さえこんだ。荒々しく悪態をつくチャドウィックからオークスが銃をすぐに奪い取った。

レイチェルはハンドバッグを開いて、手錠を取り出した。「お赦しください、サー・ゴドフリー。たとえスコットランド・ヤード内でも、あなたが自室に手錠を置いているかどうか自信が持てませんでしたので。こちらで準備してきました」

## ジュリエット・ブレンターノの日記

一九一九年二月四日

思いがけないことは起きるもの——母がよく口にしていた教えだった。今晩、ヘンリエッタがわたしの夕食といっしょに珍しくいい知らせを運んできてくれた。とてもすばらしくて、食欲を取り戻すほどの。

クリフの病状が悪化しなかったのだ。ヘンリエッタは、少しよくなったかもしれないとさえ言っている。まだ彼に希望はあるということ？

だとしたら、妹をブラウンが傷つけたと知ったクリフは、これからどうするだろう。

# 26

ジェイコブは翌朝なかなか起きられなかった。無理やり眼を開けたときには、遠く陰気に鳴る教会の鐘の音で十一時になっているのがわかった。幸い出社する必要はなかった。クラリオン紙は週六日の発行で、日曜には姉妹紙のサンデー・クラリオンが出る。名目上、二紙の業務は切り分けられているが、月曜から土曜の紙面を受け持つ記者たちが日曜の新聞の記事を書くことも多い。安息日に醜聞や衝撃的な事件の報道を愉しみたいイギリスの大衆のために、犯罪報道記者はいつも忙しく働いているが、親方のゴマーソルも、部下たちに週一日――無理ならせめて数時間――の休息が必要なことは理解していた。

頭痛がして喉もカラカラに渇いていた。一滴のアルコールも飲んでいないのに二日酔いの気分だった。窮屈で寝心地の悪いベッドだったが、そこから自分を引きはがすのに努力を要した。鏡に映った見苦しい自分の姿に啞然とした。眼はうつろで、ひげも伸びっぱなしだ。体の節々が痛んだ。歳をとるとこうなるのか?

ドレッシングガウンを着て、裸足で廊下の突き当たりの小さく不快なバスルームまで歩いていった。湯が出ないことに気づくと、水風呂は体にいいはずだと自分に言い聞かせた。タオルで体をふき、ひげを剃ったあと、ごつごつしたベッドにまた寝て眼を閉じた。サラ・デラメアの顔が頭に浮かんだ。彼女がどうやって異国の蠱惑的なネフェルティティに変貌できるのか、わかってきた。あのおてんば娘のような外見は、彼が大好きなアメリカの映画スター、ルイーズ・ブルックスを思い出させた。

サラの顔がどうしたことかエレイン・ダウドの顔に変わった。驚き困惑しつつも、ジェイコブは彼女がとても大切な存在だったことに気づいた。エレインにだまされていたことがわかったいまも、その気持ちに大きな変化はなかった。彼女には欲望と同じくらい、経済的な必要性もあったのだ。ジェイコブはいっしょにすごした時間を愉しんだ。エレインが指示にしたがって動いていたのだとしても、あの愛情のいくらかはぜったい本物だったのでは？

遺体安置所に横たわっているエレインを想像するのはつらかった。彼女の息のない体を見つけた瞬間を思い出すだけでも胸が悪くなった。彼女の母親の自殺は……。

自殺？　ふいに疑問が湧いた。一見明らかな結論に飛びついたのはまちがいだったのだろうか。遺書はなかったが、説明を残さない自殺も数多くある。

些細だが奇妙な点が心に引っかかっていた。台所には洗っていない皿や鍋が積まれていた。ダウド夫人がつけていたエプロンにもスープの染みがあった。台所をきれいにする夫人の執着心は病的なほどだった。そんな彼女がオーブンに顔を突っこむまえに、あそこまで汚い台所を放置しておくだろうか。ジェイコブ自身は、人生からもう何も得られないとあきらめたら断じて皿を洗おうなどとは思わないが、ペイシェンス・ダウドの人生の優先順位は、彼とはまったくちがった。彼女は外面《そとづら》を気にする人だった。

ペイシェンス・ダウドは、エレインが何をしているか知っていた。全知のレイチェル・サヴァナクはそのことを確信していて、夫人が娘と口論をしたとジェイコブに言った。夫人は自分たちがかかわりを持ったマカリンデンやサーロウといった連中に怖気づいたのか？　娘が死んだあと、もしかすると警察に余計なことをしゃべり、口を封じられたのか？

だとすると、誰が彼女を殺した？

ゲイブリエル・ハナウェイと息子のヴィンセントは、チッペンデールの食卓の両端に向かい合わせで坐っていた。ハムステッド・ヒースの端に立つ、父親のジョージアン様式の邸宅で、日曜の昼食をとっているのだ。ヴィンセントはチェルシーに豪華なアパートメントを所有しているが、毎週日曜と火曜はこの家に来て父親と食事をする。それが家族の伝統だった。

清楚な制服姿のメイドが、シャトー・ラトゥールのボトルから彼らのグラスにワインをつぎ足した。ブロンドのショートヘアで、えくぼがあり、十六歳は超えていない。緊張して手つきがぎこちなく、ボトルを空けた際に白いテーブルクロスにワインを数滴こぼした。

「馬鹿娘！」老人がぜいぜい言いながら叱りつけた。

メイドは顔を赤らめ、あわてて謝りはじめたが、ヴィンセントに手首をつかまれて、ことばが出なくなった。

「気にしなくていい、ビアトリス」慰める口調であっても、ヴィンセントの視線はメイドに突き刺さった。「父さんは今日、体調が万全ではなくてね。痛風だよ。下がっていなさい。あとで話そう」

娘はびくびくしながらお辞儀した。痩せ細った体が震えていた。ヴィンセントは固い指先を一瞬彼女の細い手首に食いこませてから、手を放してやった。メイドは急ぎ足で部屋から出ていった。

ゲイブリエル・ハナウェイは首を振った。「まだまだ学ばなければならんな」

「ぼくが教育します」

老父は鼻で笑った。「教育だと？　おまえが飽きるまでにどのくらいかかるだろうな。答えてみろ。少なくとも、このまえの子はわずかながら個性があったが」

「彼女は虚栄心から身のほど知らずの考えを抱いたんですよ。父さんがいつもぽっちゃりした子に惹かれるのは知ってますが、ぼくの趣味はもっと広いので」ヴィンセントはオーブン焼きのじゃがいもを食べた。「多様性は人生のスパイスです。あなたは誰よりもそのことをよく知っている」

「何もかもバラバラになりかけているのは知ってるさ。世界は堕落したよ、わが息子。ソブリン金貨の代わりに紙のポンド札、まともなビールの代わりに化学物質の混ぜ物……」

ヴィンセントが声を出して大きなあくびをすると、老人はナイフとフォークを乱暴に置き、皿を押して遠ざけた。「こんなゴミは食う気がしない。料理人は何がしたいんだ？」

「病気のせいです、父さん」パースニップを味わうヴィンセントの眼に、嘲るような光がちらついた。「野菜は新鮮だし、肉もジューシー、わさび大根のソースもいい具合にピリッとくる。悲しいかな、あなたの味覚がもう昔とはちがうということです」

「なんでもわかっていると言いたげだな」老人は入れ歯を鳴らした。叱りたいときによくそうする。「だが、いまのざまはなんだ。われわれは史上最悪の危機に直面している。仲間を何人失ったことか。しかも今度はチャドウィックの悲報まで……」

「チャドウィックは怠けていました。サーロウを信頼しすぎて。要するに、自分の命令を若い部下に実行させたかったんです。歳をとって自己満足した男によくあることだ」

イグアナの眼が光った。「われわれのどちらが自己満足している？　私には、わが人生をかけた仕事が脅かされていることしか見えないが、おまえは平然としている。パングロス博士（ヴォルテールの小説『カンディード』に登場する楽天主義の哲学者）を思い出すよ」

ヴィンセントは、グレイビーソースのかかったローストビーフを三十秒ほど嚙んでから答えた。「後退を嘆くよりチャンスをつかみたい気分です。パードウとキアリーの死は無念でしたが、少なくとも彼らはもう進歩の妨げにはならない」

「おまえの邪魔をしないという意味だな？」老人はしわがれ声で言った。

「そう言いたければどうぞ」ヴィンセントは肩をすくめた。「レイチェル・サヴァナクがすべての裏にいます。父さんもそこを見ないと」

老人はうなだれた。「私は彼女を見くびっていた」

「ぼくには親切でしたよ、ぜったいそうしたくなかったはずですが」

「彼女の父親は気がふれたのだ、知ってのとおり」

「第一法廷で自分の手首にペンナイフを刺したんでしたっけ？」ヴィンセントの笑みには悪意があった。「もちろん知っています。われわれの団体内であの不快なエピソードを仄めかすことさえ禁じられていた時代は終わりました」

「そのとおりだ」入れ歯がまた鳴った。「私はこれまでの人生でずっとサヴァナク家に仕えてきたが、これは不埒千万な裏切りだ。少なくとも、判事はロンドンから逃げて、みなのまえから姿を消しただけだった。ところが娘のほうは……」

ヴィンセントは微笑んだ。「まちがいなく彼女も正気と狂気の境目をふらついていると思います」

「サー・ユースタスに頼めば、ことによると……」

ヴィンセントはひどく苛立った声を発した。「あの女が老ライヴァースにおとなしくしたがって、療養所に入ると本気で思ってるんですか？ 彼女はキアリーの妻より芯が強い。おわかりでしょう」そこで間を置いて、「あるいは、母さんより」

老父は何も言わなかった。まるで敗北の化身だった。

「境目で思い出しましたが」ヴィンセントは言った。「ひとつだけ疑問が残っています。彼女に情報を流してやる必要がありますかね？」

ヴィンセントは椅子の背にもたれ、ワインの染みのついたテーブルクロスをじっと見つめた。深紅のその染みは血痕に似ていた。

*

ジェイコブは朝食のみならず昼食もとらなかった。空腹も覚えなかったが、グラスの水を二杯飲むと元気が出てきた。まずしなければならないのは、いまのろくでもない場所から逃げ出すことだった。別の宿泊先を見つけるべきか、それともアムウェル・ストリートに戻るべきか。所持品の残りはまだエドガー館にあるし、家賃も一月末まで支払っている。家主が亡くなったとはいえ、月末まで住む権利はある。犯行現場と向き合えるかどうかはわからないが、それを知るには実際に戻ってみるしかなかった。犯行現場であることは確かだった。ペイシェンス・ダウドが殺されたのではないとしても、自殺は重罪であり、昔から神と人間に対する罪だと考えられている。みずから命を絶ったのではないと誰かが証明してくれるまで、家主が神聖な場所に埋葬されることはない。しかし、そんなことを誰が気にするだろう。

荷物をバッグに詰め、しなびた大地の精《ノーム》に、もう戻ってこないと告げて――相手は本物の剥製の展示物のように無関心だった――アムウェル・ストリートへと出発した。途中でクラリオンの競争会社の看板広告を掲げた新聞売りのまえを通った。見えたものにジェイコブは驚いてよろめき、走ってきたタクシーに危うく轢かれそうになった。

スコットランド・ヤードの警視を逮捕！　容疑は共同謀議の衝撃！

　ジェイコブはポケットを探り、硬貨をいくつか取り出した。不本意ながら敵の収入に貢献することになったが、そこはやむをえない。街灯にもたれて、ざっと記事を読んだ。内容は、火のないところに煙を立たせる典型だった。ジェイコブも相手の技術を称賛できるくらいには経験を積んでいた。

　チャドウィック警視が、先日のサーロウ刑事の死に関連して逮捕されていた。ベンフリートの事件で共謀が疑われるが――ここで記事は、前日の報道を忘れかけている読者のために、ぞっとする事件の詳細をくり返した――チャドウィックがどのように関与していたかという点については救いがたいほどあいまいだった。サー・ゴドフリー・マルハーンが報道機関向けに出した短い声明では、意味のあることを何も言わない態度を覆い隠すイチジクの葉として、〝審理中《スブ・ユーディケ》〟ということばが使われていた。

　ジェイコブは新聞をたたみ、不思議そうにしている売り子に返した。競合紙を持ち歩いているときに知人にばったり出くわすと恥ずかしい。マーチモント・ストリートの店のカウンターの下にしまわれている、いかがわしいフランスの絵葉書のセットを持ち歩いているところを見られるよりはましだが。

　ややあって、ジェイコブはエドガー館のまえに到着した。警官が見張りに立っているかと思いきや、人気《ひとけ》はまったくなかった。おそらくスコットランド・ヤードは、サーロウ殺害とチャドウィック逮捕という大惨事の後処理で大忙しなのだろう。悲嘆に沈んだ五十がらみの女性がガスオーブンで自殺したことなど、優先案件からほど遠い。

急いで自分の部屋に上がった。エレインを抱きしめたソファをじっと見ることは不可能だった。家に戻ってはみたが、夜をすごすことに耐えられるかどうか自信がなかった。あまりにも多くの記憶が洪水のように押し寄せた。

簞笥の抽斗から残りの服を取り出し、次はどこへ行こうかと考えたが、心はふらふらとレイチェル・サヴァナクに戻りつづけた。彼女はチャドウィックの逮捕でどんな役割を果たしたのだろう。レイチェルの張りめぐらす罠はじつにこみ入っているので、警視の転落にかかわっていないと考えるほうがむずかしかった。

階下で大きなノックの音がして、ジェイコブは白昼夢から覚めた。家に入ったとき、ほとんど考えもせず鍵をかけていたが、そうしてよかったと思った。ふいに背骨に寒気が走った。部屋の窓からは路地しか見えないので、廊下を急いで、正面の通りに面した空き部屋に入り、引いてあるカーテンの隙間から外をのぞいた。しかし玄関の上には庇があり、大きな音を立てている人物の姿は見えなかった。いないふりをしたほうがいいだろうか。

そこでいきなり思いついた。レイチェルがトルーマンを送りこんできたとか？　彼女から危害を加えられるとは考えたくなかった。なんと言っても、あの運転手はベンフリートで命を救ってくれたではないか。しかしそれまでの出会いから、甘い考えを抱いてはいけないことはわかっていた。レイチェルは自分の美しさにジェイコブが惹かれていることをすでに見抜き、彼を利用しようと思えばいくらでもできる力を持っていた。彼女にとってジェイコブは、ある目的を果たすための手段であり、ベンフリートの殺人事件で彼を窮地に追いこむ気も満々だった。ジェイコブはいつの間にか、自分にまだ利用価値がありますようにと祈っていた。

ノックの音の大きさが二倍になった。誰であれ会いたがっている人物は、応答があるまで去る気がないようだった。ことによると、家に入るところを見られたのかもしれない。だとすれば、無視されていると感じた訪問者が無理やり侵入してくる可能性は大いにある。ドアの造りは頑丈だが、トルーマンなら、紙でできているかのように打ち破れるだろう。

ジェイコブは意を決して階下におりはじめた。

「これで私も破滅だ」サー・ゴドフリーが言った。

総監補室で机の反対側に坐ったオークス警部は、沈黙を守る戦術をとっていた。総監補の予想はたぶん正しい、と彼は思った。

「腐敗警官がいたのも打撃だが」とサー・ゴドフリー。「人もあろうに警視まで……報道機関は大はしゃぎだ」

そこで期待するように部下を見た。オークスは咳払いをした。

「彼らの注意をそらすほかのことが、できるだけ早く起きるのを祈るしかありません、総監補」

「インドの民族主義者が暴動を企てている」マルハーンは期待をこめて言った。「それを阻止できれば……」

声が細くなって消えた。亜大陸の過激派の行動が読めず、当てにならないことは、ふたりともわかっていた。オークスは話題を変えることにした。

「チャドウィック警視は自分の考えを明かさない人です、総監補。刑務所に長く入ることより、仲間を裏切ったときの結果のほうが怖いのではないでしょうか。たとえ重労働をともなう服役になったとしても」

サー・ゴドフリーは机に拳を叩きつけた。「われわれはどういう連中を相手にしているのだ、オークス？　公務員としての立派な職歴に加え、勇敢な行動で何度も表彰されているチャドウィックのような人間を、どうしてこの悪党どもはそこまで支配できるのだ？」

金の力は大きい、とオークスは思ったが、賄賂を超えるものがあるのも確かだった。彼らには恐怖を植えつける才覚がある。それもただ怖いだけでなく、命の危険を感じるほどの恐怖を。

「連中とおっしゃいましたが、総監補、まだミス・サヴァナクがどんなゲームをしているのかもよくわかっていません」

「どういう意味だね？　彼女がチャドウィックを告発したのはずいぶん唐突だった」サー・ゴドフリーは気まずそうにことばを切った。「彼女がオークスの悪事を暴くのかと思った、と危うく言いそうになったのだ。つまり、われわれとしては、まさか身内に毒蛇を飼っていようとは思ってもみなかったということだ。チャドウィックはベンフリートの事件にどっぷり浸かっていて、彼女はたまたまその秘密を知った。だが、報道機関にはしゃべらなかった。まえにも言ったが、もう一度言う。あれほど若い女性が思慮深く自制できるのは称賛に値する」

「レイチェル・サヴァナクがこれまでの人生でたまたま何かを知ることがあったか、疑問です」オークスは静かに言った。「彼女の場合、やることすべてに理由がある。彼女の動機は何でしょう」

「私に言わせれば、公共心だな」サー・ゴドフリーは言った。

オークスはそのことばをしばらく中空に漂わせた。「それもあるでしょう、総監補。しかし、ほかに何を考えて行動しているのか」

「たとえば？」

「レイチェル・サヴァナクはある種の素人探偵を装っています。間接的にリナカーの死をもたらし、証明はできませんが、パードウの死にもかならずかかわったはずです。彼女が雇っていた私立探偵は殺された。サヴァナクはキアリーが殺されたときにも現場にいた。そしていまや彼女の働きで、尊敬を一身に集めていた警察幹部が監房でみじめに寝起きしています。これらすべてはつながっている。つながっていなければおかしい」

サー・ゴドフリーはじっと警部を見た。「きみはゆうべチャドウィックが……連れ去られたあとで彼女と話したんだろう。彼女がヨークシャーのバッツマンよりブロック上手なのはわかっているが、何か手がかりは得られたか？」

オークスは歯ぎしりした。「これはあくまで直感ですが、レイチェル・サヴァナクは使命を果たそうとしています。自分のまえに立ちはだかる人々を破滅させるという」

「だが、なんのために？」

オークスは首を振った。「そこが問題なのです、総監補。いまに至るも、まったく見当すらつきません」

ジェイコブが鍵を探っているあいだも、未知の訪問者は玄関のドアを叩きつづけていた。トルーマンと向かい合うにちがいないとジェイコブは思っていた。ようやくドアを開けると、そこにいたのは、なで肩のずんぐりした体型でどう見てもひげ剃りが必要な男だった。ジェイコブが一歩下がると、男はそのためらいに乗じて玄関に入り、ドアを勢いよく閉めた。

拳を握った男の手をよく見ると、メリケンサックをつけていた。

「彼女はどこだ」

「エレインですか？」ジェイコブは菓子屋で万引きをして捕まった少年のように狼狽した。「亡くなりました。殺されたんです。母親も自殺しました」

男は右手を振り上げた。「馬鹿のふりはやめろ。誰の話かわかるだろう」

ジェイコブは体全体が震えるのを感じた。どうすれば助けを呼べるだろう。クラーケンウェル地区の静かな日曜の午後だ。家が倒れるほどの大声で叫んでも、誰に聞こえる？

「だとすると……レイチェル・サヴァナク？彼女は……」

男はジェイコブの首をつかんだ。「馬鹿のふりはやめろと言ったぞ。さあ、彼女はどこだ」

「す……すみません」息をするのもむずかしくなった。男はジェイコブの気管をつぶそうとしていた。「誰のこと……」

「デラメアだよ」

「ここにはいません。いままで一度もここに来たことはありません。彼女は……」

「おれの時間を無駄にするな。あの女は家を捨てたが、おまえと連絡をとり合ってる。さあ、あいつはどこに隠れてる？」

「しょ……正直、想像もつきません」いっそう喉が締めつけられ、ジェイコブはあえいだ。

「たしかに彼女とは話しました」

「で？」男は手の力をゆるめた。

「すごく怖がっていて、家から出ると言ってました。あちこち移動してるんだと思います。また連絡はあるでしょうが、いつになるかはまったくわかりません」

拳が飛んできてメリケンサックがこめかみをかすめ、ジェイコブは悲鳴をあげた。涙で視界がぼやけた。

「ワーワー泣いたら、それだけで殺すぞ」男が言った。

ジェイコブは血が頬を流れ落ちるのを感じた。英雄として死にたくはなかった。

「知ってれば話しますよ」

自分は臆病なのか？　それとも常識？　ジェイコブは息をあえがせた。恐怖で窒息しそうだった。

「最後にもう一度訊く。あの女の住所は？」

「本当に知りません！」

男はジェイコブの脇腹にパンチを打ちこんだ。「このひょろっとした体の骨を全部折らなきゃいけないのか？」

「教えてもらえるほど、ぼくは信頼されてなかった」

咳といっしょにことばが出た。殴られたところがひどく痛んだ。内出血している？　ペイシェンス・ダウドの死から二十四時間待たずに、自分もここで死ぬのだろうか。

男はジェイコブを鋭く長々と見つめたあと、ぶっきらぼうにうなずいた。「おまえみたいなへなちょこを誰が信頼する？」

ジェイコブは震え上がった。屈辱で体が燃えそうだったが、自尊心を気にする段階はとっくにすぎていた。いまや人生のすべては、どうしても生き延びたいという一点に集中していた。

「おまえは監視されてる」襲撃者は言った。「女がどこにいるかわかったら、クラリオンに個人広告を出して、まずおまえのファーストネーム、次に住所を書きこめ。すぐにだ。わかったな？」

ジェイコブは、うがいのような音を出した。同意したことが伝わればいいが。

「まちがいなくやれ。遅れは認めない。もし遅れたら、そのひょろっとした首をまっぷたつに叩き折る」

男はくるりとうしろを向いて、いなくなった。ジェイコブは床にくずおれた。血が手に流れ落ち、床の花柄の敷物に染みて、ピンクの薔薇の模様を黒く汚していた。けれどもジェイコブは気にしなかった。とりあえず生きている。この瞬間、ほかのことはどうでもよかった。

# 27

「自分より大きな相手にちょっかいを出したのか、え？」ゴマーソルが翌朝の編集会議のあとで訊いた。

ジェイコブはなんとか弱々しい笑みを浮かべた。「ドアと対決したんです。ドアが勝ちました」

「そのようだな」

「見た目ほど痛くはありません」

「それはよかった」

ジェイコブは顔をしかめた。朝、ひげを剃ったときには、鏡で顔の切り傷やすり傷をよく見て、メリケンサックをつけた悪漢から巧みに逃げたのだと自分に言い聞かせた。襲撃者が去って落ち着いたあとは、生き延びられて運がよかったとつくづく感じ、この状況をできるだけ活用しようと心を決めた。結局アムウェル・ストリートの自室でひと晩すごしたが、ここ数日、身体的にも精神的にもめった打ちにされた状態だったので、早々とベッドに入り、ときどき浅い眠りに落ちているうちに目覚まし時計が鳴ったのだった。見たかぎり、エドガー館を監視している者はいなかったが、考えてみれば、監視がうまい人間は、気づかれることを避けるのもうまいはずだった。

他人をぜったい信用しないゴマーソルは、疑いの眼でジェイコブを見た。

「きみが心配なのだよ。ドアと闘うのは大いにけっこうだが、トム・ベッツの身に起きたことを忘れないように。あの若き悪人マカリンデンに起きたことは言うまでもなく。いまはクラリオンの記者にとって危険な時期だ。ましてきみには暴力的な死に近づきすぎる癖がある。この国にきみを低リスクだと評価する保険会社はひとつもないぞ」

ジェイコブは偉そうに言い返すより反省するほうを選んだ。「申しわけありません。この仕事をするなら頭のうしろに眼が必要だということを学んでいるところです。編集長に迷惑はかけないようにします」

ゴマーソルはジェイコブの肩をぽんと叩いた。「迷惑だと言っているわけじゃないよ。だが、二度あることは三度ある。きみの墓のそばで悔やむのは嫌だからな。とりわけ冬には。葬式はもとから嫌いだが、気候が悪いときの葬式は最悪だ」

ゴマーソルが天気について言ったことは正しかった。気温は一夜で急降下し、ジェイコブは降りしきるみぞれのなかをとぼとぼとフリート街まで歩いてきたのだ。編集長の聖域からトム・ベッツの部屋に戻ると――いや、自分の部屋だ、うしろではなく、まえを見ないと――決意を固めろと自分を叱咤した。昨晩は〝安全第一〟というスタンリー・ボールドウィンの哲学を採用すべきか否かでずいぶん悩んだのだ。

問題は、ボールドウィンがそのスローガンのせいで前回の選挙に負け、自身の職歴を台なしにしたことだった。犯罪報道記者は危険を承知で行動しなければならない。毎日命の危険にさらされるのは仕事に身を入れすぎであるとわかっていてもだ。ジェイコブは、レイチェル・サヴァナクに関する調査をあきらめると考えるだけで耐えられなかった。そちらのほうが顔の傷より痛い。トムのためにも、ハリー・ローダー（スコットランド出身の歌手・コメディアン）の歌のように〝道の終わりまでまっすぐ進む〟必要があった。そうしなければ、トムのみならず、サラ・デラメアを裏切ることにもなる。

サラはまた連絡するという約束を守るだろうか。守ってくれればいいが。しかし、そう思わせるのが自分の好奇心なのか、欲望なのかはわからなかった。もし本当に連絡してきたら、用心の上に用心を重ねなければならない。偽の情報を混ぜた個人広告を出すことにしようか。それとも何もしないほうがいい？　強引に彼女の行方を突き止めようとした例の悪漢を思い出すたびに、体の震えが止まらなくなった。誰があの男を雇ったにせよ、サラが知っている何かを聞き出したいか、知りすぎた彼女を黙らせたいかだ。

ジェイコブは唇を噛んだ。レイチェル・サヴァナクの部下はベンフリートで彼の命を救ってくれた。レイチェルに不純な動機があったと考えたくはない。サラはレイチェルにパードウの脅威を知らせたがっていた。だとしたら、レイチェルが彼女の不幸を願う理由はないのでは？

それでも、レイチェルにはどこか物騒で予測できないところがあった。ウィリアム・キアリーが焼け死ぬのを淡々と見ていたことも、ベンフリートの件で自信たっぷりに脅迫してきたことも、ジェイコブは怖かった。トルーマンがマカリンデンを殺したことについても――それ自体はありがたかったが！――彼女は眉ひとつ動かさなかった。あれほど落ち着き払った女性は見たことがない。常識では考えられなかった。

机に黒電話が静かにのっていた。ジェイコブの手はためらいながら受話器に伸びた。ゴーント館にかけてレイチェルを呼び出したい衝動は、かかずにいられないかゆみのようだった。しかし彼女は、また話すかどうかを、その時期を含めて自分が決めると明言した。ジェイコブは手を引っこめてポケットに戻した。彼女に逆らう勇気はなかった。

スコットランド・ヤードに電話してはどうだろう。オークス警部は三十分くらいなら時間を割いてくれるかもしれない。チャドウィック逮捕までの経緯についてはまだ固く口を閉じているにしろ。

電話が急に鳴り、ジェイコブは飛び上がった。警部に心を読まれたのか？

受話器を取ると、ペギーがわざとらしく鼻をくんくん言わせる音が聞こえた。

「女性からです」

ジェイコブはどきっとした。サラかレイチェル、どちらが話したがっているのだろう。

「名前は？」

「ミセス・ウェナ・ティルソンですって」ジェイコブはペギーのしかめ面を想像した。

「妙な訛りがあるの」

サラだ、と彼は思った。サラにちがいない。怖がって別人のふりをしているのだ。

「つないで」

「ミスター・フリント？」

声に聞き憶えがなかった。年配女性で、発音からするとイングランド最南西部の出身だ。

「サラ？」ジェイコブはささやいた。「あなたですか？」

「すみません、ミスター・フリント。受付のかたに聞きませんでした？　わたしはティルソン。サンクリードのミセス・ウェナ・ティルソンです」

ジェイコブは眼をぱちくりさせた。「サンクリード？　聞いたことがありません」

「コーンウォールの町です。親友からあなたの名前をうかがいました」彼女の声が震えた。

「彼があなたに電話するようにって。とても大事なことだと」

「その友人とは誰ですか、ミセス・ティルソン？」

女性の息が詰まる音がした。いまにも泣きだしそうだった。「彼は先週亡くなりました」

ジェイコブは頭のなかをあわてて探った。最近亡くなった人のリストは驚くほど長い。

「彼の名前は？」

電話の向こうの女性が受話器を握りしめるところまで見える気がした。意志の力を振り絞っているような声だった。サラと同じくらいすぐれた役者なら話は別だが、彼女にとってこの会話は本当につらいのだ。

「名前は、ミスター・レヴィティカス・シューメイカーです」

＊

このときばかりはジェイコブもことばを失った。まわりの雑音が彼の心の混乱に似合っていた。

「まだつながっていますか、ミスター・フリント？」女性は途方もなく無礼なことをしたかのような、おどおどした声で訊いた。

「ええ、はい」彼は言った。「こんなお電話をいただくとは思ってもみませんでしたので」

「申しわけありません。突然お電話するなんて、ひどく失礼だとお思いになったでしょうね。とてもお忙しいかたなのに。わたしみたいな名もない人間と話すより、ずっと大切なことがあるはずです」

「いえいえ、どうか謝らないでください」ジェイコブは電話を切られるのが怖くて、しどろもどろになった。「ご連絡いただいてうれしいんです」

「レヴィがどうしてもと言わなければ、お仕事の邪魔をすることはありませんでした」

「レヴィの友人は、例外なくぼくの友人でもあります」ジェイコブは大らかに言った。

「そう言ってくださるなんて、ありがたいことです」

「ジェイコブと呼んでください。ご連絡いただいて本当に感謝しています。ぼくに伝えたいことがあるとか？」

「口述録音機のことなんです」

「どういう意味でしょう」

「このまえ彼がここに来て録音した口述記録があるんです。あなたに最初に聞いてもらいたいということでした」

レイチェルはトルーマン夫妻とマーサとコーヒーを飲んでいた。メイドがスイッチを入れたラジオで、ジャック・ヒルトン管弦楽団が『人生最高のものはタダ《ベスト・シングス・イン・ライフ・アー・フリー》』を演奏していた。予備の机の上に手書きの大邸宅の間取り図が広げられていた。もうひとつの机には、たたんだロンドンの地図が置かれている。

「水曜日がだんだん近づいてくる」レイチェルは言った。「もうすぐ終わりね」

マーサは音楽に合わせて鼻歌を歌っていた。「ここまで来たのが信じられませんね」

「わたしは約束を守った」レイチェルは言った。「若い友人たちは、やるべきことの準備ができている？」

「完全に」マーサの声が大きくなった。興奮を抑えるのに苦労している。「みんなすっかり準備ができています」

「不安もないし、考え直してもいない？」

「人は注意深く選びましたから」マーサはコーヒーを味わった。「彼らはくじけたりしません。わたしを信じて」

「命をかけて信じてる」レイチェルは静かに言った。

トルーマンが言った。「今日の午後、リボルバーを取ってきます。もちろん異なる鉄砲工から。口が堅いことで有名な男です」

「すばらしい」レイチェルは家政婦のほうを向いた。「あなたは薬剤師を訪問した？」

「朝いちばんで行ってきました。あなたがトレッドミルを一生懸命踏んでいるあいだに」

トルーマン夫人が言った。「どうしてあんなことするのか、わかりませんけど」

「わかるでしょう。体調を保つのが好きなの。あらゆる不測の事態に備えて」レイチェルは微笑んだ。「あなたは必要なことをするだけで精いっぱい？」

「精いっぱいを超えてますよ」年上の女性は言った。「ひとつ気になるのは……」

レイチェルは芝居がかったうなり声を発した。「いつも気にしすぎ。オークスがまだ脅威だと思っているのなら、安心させてあげる。チャドウィックのことがあってから、彼はわたしの言いなりよ」

「でも、ジェイコブ・フリントはどうなんです？　彼がすべて台なしにしてしまうかもしれない」

「それはないでしょう」レイチェルは腕時計を見た。「まもなくコーンウォールに旅立つことになっているから」

途中で何度もつかえながら、ウェナ・ティルソンはジェイコブに自分の話を聞かせた。彼女はペンザンスの地主の子供たちの家庭教師をしていたが、その後、町に食料雑貨店を所有していた十五歳年上の男と結婚した。五年前にその夫が亡くなり、一九二八年の夏、レヴィ・シューメイカーがコーンウォールの海辺で一週間の休暇をすごしにやってきた。ふたりはモラブ亜熱帯庭園で出会い、楽団が演奏するロンバーグとレハールのオペレッタを聴きながら会話を始めた。友情は深まり、シューメイカーはたびたびコーンウォールを訪ねるようになった。引退後の生活について語り、フランスのプロヴァンスに家を買い、コーンウォールの田舎にあるウェナの家の改装費も支払った。ふたりは理解し合っていた。レヴィがこれから若くなることはないし、ロンドンを離れて残りの人生を自分とすごすつもりだろう、とウェナは思っていた。いっしょにコーンウォールとフランスを移動しながら暮らすのだろうと。

ところが、このところレヴィは長時間働いていて、仕事の話は決してしなかったものの、進行中の調査に心配事がたくさんあるのが見て取れた。亡くなる数日前には、コーンウォール訪問を急いで手配し、口述録音機を持ってきて、午後はずっと書斎に閉じこもっていた。その後、〝自分の身に何かあったときのために〟口述記録を用意したと言った。不安になったウェナがもう仕事は辞めてと懇願すると、レヴィはもうすぐ辞めると答えた。危険なことになったら急いで海峡を渡り、プロヴァンスに身を隠す必要があるかもしれない。そのときには、彼女を呼び寄せても安全な状態になってから連絡するということだった。

水曜にレヴィから電話があった。ものすごく急いでいて、もしなんらかの理由で自分からジェイコブに連絡できなくなったら、口述記録があることをかならず伝えるよう彼女に約束させた。明らかにその電話は、ジェイコブが避難梯子を伝いおりた直後、そしておそらく、シューメイカーが命を落とす直前にかけていた。数分も話さないうちに、階下のドアが激しく叩かれる音をレヴィが聞き、通話は途絶えた。

ウェナ・ティルソンが次に知ったのは、愛する男性が死んだということだった。レヴィの弁護士からの電報で告げられ、ウェナは悲しみに打ちのめされたが、レヴィの最後の望みを叶えてやる必要があった。

「こちらにおいでいただけますか、ミスター・フリント？」彼女は訊いた。「彼がそう望んでいたので」

「ご自宅はどこですか？」

「サンクリードは、ペンザンスから数キロ西の村です。何もないところだとレヴィはよく言っていました。その辺鄙なところが好きだったのです。ロンドンの喧騒と正反対で。少なくとも、わたしはそう思っていました。わたし自身はトーキーより先に旅行したことがありません」

ジェイコブは地理にくわしいほうではないが、サンクリードは遠そうだった。それだけでなく、過去に田舎の隠れ家を訪ねた苦い経験から、足を運びたくない気持ちのほうが強かった。低劣な三流新聞、ウィットネス紙の見出しを思い出す。

ベンフリートのバンガローが血の海！

「来てくださいますか、ミスター・フリント？　お忙しいのは承知していますが、重要な内容でなければ、レヴィがあそこまで主張することはなかったはずなんです」

また新たな罠に引っかかるのだろうか。ジェイコブは思考のヒントを求めて部屋のなかを見まわした。トム・ベッツの亡霊が耳元でささやいた――〝疑わしいときには、お世辞で逃げろ〟。

ジェイコブは咳払いをした。「改めまして、ミセス・ティルソン、大切な友人を亡くされたことをお悔やみ申し上げます。ミスター・シューメイカーに会ったのは一度きりでしたが、彼の評判は業界随一でした。お電話いただいて本当に感謝しています」

そこで間を置いた。話しながら考えていた。「スケジュールはずっと埋まっているのですが、サンクリードを訪ねたいと思います。今日あとでこちらから電話させてください。くわしいことは、そのとき相談しましょう」

「ご親切にありがとうございます、ミスター・フリント」彼女は誠実な人に思えたが、それを言えば、スタン・サーロウだってそうだった。エレインや彼女の母親はもちろんのこと。「わたしの番号はおわかりですね。今日は外出しません。外はどうにかなりそうなほど寒いので」

電話を切ったあと、ジェイコブはウェナ・ティルソンが本物かどうか調べはじめた。コーニッシュマン紙の愛想のいい社員の助けを借りて、五年前に彼女の夫の葬儀が告知されていることを確かめた。夫は食料雑貨や惣菜の販売者だと記されていた。ただ、先ほどの電話の主が夫人のなりすましだという可能性も排除できない。住居の〈サンクチュアリー・コテージ〉は牧歌的な響きだが――藁葺き屋根と、明るい色に塗られた玄関ドアを取り巻く赤い薔薇が眼に浮かぶ――パードゥ不動産が所有する物件ではないか？ジェイコブはポイザーに頼みこんで、リンカーンズ・イン・フィールズの角を曲がってすぐの壮大な建物に入っている土地登記所の誰かに問い合わせてもらおうとした。

「時間の無駄だ」ギョロ眼は答えた。「新しい不動産取引規則は、コーンウォールで家を買う人々には適用されない。トルーロまで出かけて調べてみる手はあるが」

「わかりました」ジェイコブはがっかりして言った。「まあ、もとからむずかしいとは思っていたので」

レヴィの事務弁護士の名前を聞いておけばよかった。事実を確認できたかもしれない。とはいえ、弁護士はふつう依頼人のことを話したがらないし、まして記者に有用な情報は与えない。結局ジェイコブは直感にしたがうことにして、ウェナ・ティルソンに電話をかけ、夜行列車に乗ると告げた。受話器を置いたあと、致命的なまちがいをしでかしたのではないかと自分に問いかけた。

それまで夜行列車に乗ったことはなかったが、グレート・ウェスタン鉄道の旅は驚くほど快適だった。客車はがらがらで、誰にも邪魔されずにぐっすり眠ることができた。小さめのバッグに荷物を詰めるためにエドガー館に一度帰り、誰かに監視されていることを考えて非常口からこっそり抜け出し、ファリンドン・ロードでタクシーを拾って、パディントン駅に向かったのだった。気づく範囲では、誰にも尾行されていなかった。

ウェナ・ティルソンを訪ねるのは十時の約束だったので、小さなカフェで朝食をとって時間をつぶした。冬のあいだも開いている数少ない店のひとつだった。曇った窓越しに、港に出入りする船と、はるか先でスレート色の海が木炭色の空とぶつかる水平線が見えた。

ほどなく彼の二倍の年齢の陽気なウェイトレスと愉しく会話していた。彼女の笑い声は、その胸元と同じくらい迫力満点だった。ウェイトレスは、ジェイコブの顔の傷跡を好奇心もあらわにじろじろ見ながら、ヨークシャー訛りの若者が北部からわざわざやってきた理由を知りたがった。旧友のレヴィ・シューメイカーとウェナ・ティルソンに会いに来たとジェイコブが応じると、彼女は驚いて息を呑んだ。

「じゃあ、ニュースを知らないのね？」

「ニュース？」ジェイコブは眼を見開いた。記者であることをうっかり明かしていなくてよかった。

「ああ、ほんと悲しい。わたしはウェナの弟と同級生だったの。とっても素敵なレディで、町でも大人気なのに、人生はときに残酷よね。夫を心臓発作で亡くしたと思ったら、今度は男友だちまで。よりにもよって溺れたなんて。テムズ川で発見されたんでしょう。これ以上残酷なことってある？」

ペンザンスには、レヴィの死について検閲でゆがめられた話だけが伝わっている、とジェイコブは思った。巷の噂では、彼はある晩、酒を飲みすぎて川に落ちたことになっているのだ。彼らしくない行動だが、ほかに死の説明のしようがあるだろうか。誰も拷問のことは知らない。ジェイコブはポークソーセージの最後のひと口を味わいながら、内心喜んだ。今回は直感が正しかったのだ。ウェナ・ティルソンは真実を語っていた。

ウェイトレスからタクシーの見つかる場所を教えてもらった。彼女はカフェを出るジェイコブに手を振った。サンクリードに向かう寂れて曲がりくねった道のまわりは、ヨークシャーの田舎が大都会に感じられるほどだった。途中で運転手が、古代の聖なる泉とそれにまつわる伝説について話してくれた。ホワイトチャペル地区の汚れと熱気と危険からこれほどかけ離れた場所もないだろうとジェイコブは思った。

タクシーは、敷地内に一軒立っている水漆喰を塗った石造りの建物の外に停まった。薔薇も藁葺き屋根もなかったが、芝生はきれいに手入れされ、木々のあいだから村の教会が見えた。看板に上品な文字で〝サンクチュアリー・コテージ〟と書かれている。つまり、レヴィ・シューメイカーが家を離れたときの〝家〟がここだったのだ。ロンドンのあの怪しげな事務所とここまでちがう住まいだとは思わなかった。喪に服してすべての窓のカーテンが引かれていた。

ジェイコブは小径を早足で進んで、呼び鈴を鳴らした。ドアが開いて、おそらく四十代なかばの女性が現われ、弱々しく歓迎の笑みを浮かべた。上から下まで黒ずくめの服装でありながら、消えかけた気品や威厳のようなものが感じられた。眼のまわりには縦横にしわが刻まれ、最近流した涙のせいで頬にはうっすらと赤い染みができていたが、握手の手は温かかった。形のいい頭に薄黄色の髪、すっきりした魅力的な顔立ち。ジェイコブにはレヴィ・シューメイカーが彼女のなかに見ていたものが理解できた。見たとたんに、私立探偵生活の厳しい現実を忘れさせてくれる上品な女性という印象を抱いたことだろう。

彼女はジェイコブの帽子と外套とバッグを預かり、彼を暖炉で薪が燃えている正面の居間へと案内した。アンティークの紫檀の家具や、毛足の長いアクスミンスターの絨毯を、ジェイコブが鑑定するように見ているのに気づいて言った。

「ティルソンが遺してくれたお金では、これほど心地よいものは買えませんでした。レヴィは本当に気前がよくて。彼とはどうして知り合ったのですか？」

「記事の素材を追っていたときに、役にたつ情報をもらえるのではと思ったんです」ジェイコブは火のまえに立った。「彼が亡くなった日の午後に事務所を訪ねました」

「レヴィがどんなふうに亡くなったか、弁護士の先生はくわしく話してくれませんでした」ウェナ・ティルソンは静かに言った。「あとで彼の秘書が電話をかけてきたときに、何があったか訊いたら、死因審問があるはずだということでした。わたしを気遣ってくれましたが、わたしは人が考えるより強いんです。レヴィに会うまえでも、すでに子供ふたりと夫ふたりを亡くしてたんですから。レヴィが事故で溺れたとは思えません。泳ぎが得意な人でした。ふたりでよくニューリンに海水浴に行ったんです。本当のことを教えてください。彼は殺されたんでしょう？」

ジェイコブは眼を伏せた。「残念です、ミセス・ティルソン。誰が彼の死を企てたのかはわかりませんが、していた調査が関係していると思います。尾行されている、国を出るつもりだと言っていました。ぼくは助けられたんです。彼に説得されて事務所の非常口から脱出しましたから。ぼくがいなくなるとすぐ、あなたに電話したにちがいありません。ぼくもあと十分あそこに残っていたら、襲撃されて殺されていたでしょう。彼に命を救われたようなものです」

ウェナ・ティルソンは眼を閉じ、怖れていた事実を受け止めた。「レヴィはウクライナで、ことばにならないほどの恐怖を味わいました。あれに匹敵するものはないと言っていました。でも最近、何かが変わったんです。つねにうしろを気にしているようで。怖がるのは彼らしくありませんでした」

「勇敢な人だったんですね」

ウェナ・ティルソンはジェイコブの顔の傷跡を観察した。「拝見したところ、あなたも勇敢なようですね」

「ちょっとした諍《いさか》いです」ジェイコブは手を振って否定した。「なんでもありません」

「レヴィの録音を聞けば、彼を殺した犯人のことが少しはわかると思います？」

「運がよければ」ジェイコブは言った。「あなたは聞かれたのですか？」

「いいえ。もう一度彼の声を聞く心の準備ができないんです」声が乱れた。「ごめんなさい、ミスター・フリント。とてもつらいんです。レヴィは亡くなるまえの週に突然ここにやってきて、口述記録を残しました。命の危険があることがわかっていたんでしょう。あなただけで聞いていただけるように、わたしは失礼いたします。録音機はあそこのサイドボードの上です」

ドアが閉まり、ジェイコブはメモ用紙と鉛筆を取り出して、死んだ男の声を聞く準備を整えた。

# 28

「いまから語るこの話がどんなふうに終わるかはわからない」レヴィ・シューメイカーが注意深く、ほとんど訛りのない英語で言った。「誰かがこれを聞くことがあるのかどうかも。聞いたとしたら、それは私が死んだからだろう。もし私が疑わしい状況で天に召されたら、この口述記録が犯人に法の裁きを受けさせることに役立つだろう。

去年の秋、私はトルーマンと名乗る男から相談を受けた。何人かの著名人の行動について、極秘の調査をしてくれないかという依頼だった。トルーマンは、私の説明で任務遂行能力があると判断した。私が調査料として過去最高の日当を提案しても、まばたきひとつしなかった。

四人の名前を与えられた。クロード・リナカー、ローレンス・パードウ、ウィリアム・キアリー、ヴィンセント・ハナウェイだ。芸術家、銀行家、俳優兼劇場支配人、そして事務弁護士。キアリーがずば抜けて有名ではあったが、私も全員の評判を耳にしていた。トルーマンは、彼らの個人的な習慣と行動が知りたいと言った。仕事上の活動は私生活にかかわる部分にだけ興味があると。調査の目的は何も説明せず、完全に先入観なしで調べてほしいということだった。

トルーマンは実務的で知的だったが、莫大な富に慣れた人間によく見られる傲慢な態度はとらなかった。日焼けした頬と、たこのできた手から、長年、多くは戸外の重労働をしてきたことがうかがわれた。素性不明の主人のために行動しているのは明らかだった。

私がそう指摘すると、彼はミス・レイチェル・サヴァナクの下で働いていると答えた。故人でその苗字の判事がいたことはなんとなく憶えていた。彼女はその判事の娘だとトルーマンは言った。最近ロンドンにやってきて、ある理由から、かつて父親の知り合いだった一部の人たちのことを知りたがっているのだという。話せるのはそこまでだとトルーマンは言った。

依頼人に直接会わないかぎり指示にはしたがえない、とこちらが主張すると、最終的に合意が成立して、私はゴーント館を訪ねることになった。以前、詐欺師のクロッサンが所有していた屋敷だ。見た目は家庭的な住まいというより豪華な要塞のようだった。もっと興味をそそられたのは、レイチェル・サヴァナク本人だった。驚くほど落ち着いていて、熱烈な信仰があるために鞭打ちにも斬首にも超然としている聖女のようだった。

彼女はきわめて理性的だが、どこか狂信者のようなところがあると感じた。目的を果たすためなら——おそらく自分自身も含めて——あらゆるものを破壊する心構えの女性だった。

仕事の内容は怪しいと思いつつも、私は強い好奇心に負けた。もっとも古くからある誘惑にも。美女の魅力のことではない。彼女が支払ってくれる金で実現しそうな豊かな引退生活だ。

まず、私の要求した法外な調査料を支払える証拠を見せてほしいと言うと、彼女は進んで質問に答えるだけでなく、父親の遺言書まで見せてくれた。判事は財産をレイチェル・サヴァナクの信託にしており、彼女は二十五歳の誕生日にその完全な処分権を得ていた。判事は島ひとつと、荒廃はしていても大きな領主館を含む多額の遺産を相続したうえ、法曹界で働いた時代に大きな富を蓄えていた。つまりレイチェル・サヴァナクは、わが国でも指折りの女性資産家だったのだ。

ほどなく私はフルタイムで彼女のために働くようになった。ただ、彼女はほかの探偵も雇っていた。本人曰く、すべての卵をひとつの籠に入れるようなことはしないのだ。私はさらに、サーロウという名の刑事、クラーケンウェルに住むダウドという家の母親と娘、そしてクラリオン社の三人の記者、トマス・ベッツ、オリヴァー・マカリンデン、ジェイコブ・フリントの調査を依頼された。

クロード・リナカーについては、下劣なサディスト、二流の芸術家、三流の放蕩者という全体像が見えてきた。私はレイチェル・サヴァナクの小切手帳を自由に使いながら、リナカーがイナニティ劇場で出会った若い女性たちにとった行動について胸が悪くなるような詳細情報を集め、最終的にはドリー・ベンソンとのつき合いまで調べ上げた。ベンソンの事件では元恋人が逮捕されたが、私の情報によれば、容疑者は明らかにリナカーだった。レイチェル・サヴァナクにはその旨報告し、警察に知らせるべきだと助言した。

驚いたことに、彼女は言下に同意し、私の名前は出さないと約束した。そして、そのことばどおり警察に知らせたが、ヤードの愚か者どもは大臣の弟を尋問しなければならないことにすくみ上がった。おそらく彼女はそれに業を煮やして、みずからリナカーに接触した。そこで何を話したのかは知らないが、相手を自殺に追いやるには充分だった。

ひねくれた考えかもしれないが、そのとき私はほっとした。レイチェル・サヴァナクは死んだ父親から彼の昔の友人たちが信用ならないという情報を仕入れ、疑惑が正しかったことを私に立証させたうえで、正義を実現したのだろうと思ったのだ。ところが、サー・ゴドフリー・マルハーン、チャドウィック警視、オークス警部の背景調査まで依頼されて、私は戸惑った。サーロウ刑事がダウドの娘とこっそりつき合っていることはすでに調べていた。また、サーロウと娘の母親にはなんとなく共通点があった。ふたりとも収入に見合わない生活をしていたのだ。ヤードの腐敗の噂はそこらじゅうにあったけれど、癌は、地元の悪の巣窟に目をつぶって賄賂を得る巡査部長止まりだろうと思っていた。腐敗が階層の上のほうまで及んでいるとは考えてもみなかった。だが心配なことに、いまや私は、アーサー・チャドウィックが収入をはるかに上まわる支出をしているという結論に達した。少しまえに彼が受け取ったささやかな遺産ではとうてい説明できない。

パードウ、キアリー、ハナウェイはみな同類だ。パードウの二番目の妻は、彼がイナニティで出会った身持ちの悪い女性だったが、自然死した。キアリーは数かぎりない女性との交際を誇るが、いまは、働かずにすむほど蓄えのあるイタリア人の寡婦に落ち着いている。ハナウェイは独身で、若い女性を何人も妊娠させ、大金を払って胎児を堕ろさせている。

マカリンデンは荒々しい男たちと遊ぶのが好きだ。フリントは利口だが衝動的。彼はまえの下宿人のマカリンデンと同じように、ダウド家の女性たちと暮らしている。ベッツは誠実で法律を守る。レイチェル・サヴァナクに興味を惹かれて調べていたときに、誰かの車に轢かれた」

シューメイカーは咳払いをした。「ベッツの事故はどうも胡散臭かった。レイチェル・

サヴァナクに依頼されたわけではないが、独自に調べてみたところ、重要な目撃者が偽の名前を告げたあと姿を消していた。ベッツは故意にはねられたのだと思う。好奇心が不幸のもとだったのか？

私は大英博物館の新聞閲覧室に出かけて、ベッツが発表した記事をしらみつぶしに読んでいった。すると、ハロルド・コールマンという犯罪者が過日むごたらしく殺された事件に、ベッツが並々ならぬ関心を抱いていたことが気にかかった。ベッツが書いたその死亡記事からのつながりで、コールマンが収監前に故殺の有罪判決を受けたときの記事も出てきた。五、六人を巻きこんだ喧嘩で賭け屋が殴り殺された事件だった。致命的な一発をコールマンが放ったと特定する証拠には疑問の余地があり、ベッツはコールマンがスケープゴートにされたのではないかと示唆していた。ギャングが力のある大物を守るために手下のひとりを犠牲にするのは、これに始まったことではない。コールマンが脱獄すると、それを取り上げたベッツの記事はまたしても彼の疑わしい有罪判決に立ち戻った。

私の次のステップは、コールマンについて調査することだった。スクラブズ刑務所で彼と親しかった同房者が出所したばかりだったので話を聞くと、コールマンから打ち明けられたことがあったという。要約すると、コールマンの本名はスミスで、一九一六年、兵役の休暇中に軍から逃亡した。その後、故郷のカンバーランドで職を転々とし、ハロルド・

ブラウンと名乗っていたが、のちに苗字をコールマンとして、北部の競馬場で〝バケッ方式〟のみかじめ料を取って食い扶持を稼いでいた。賭け屋は、保護料を支払わなければ商売がつぶれるぞと脅されて、ごろつきがコースのまわりを持って歩くバケツにおのおの半クラウン硬貨を入れるのだ。コールマンはロンドンに引っ越したあと目標をもっと高く設定し、逮捕されるまで〈ロザーハイズ・レイザーズ〉というギャングの分派とよく活動していた。

私が驚いたのは、彼のもっとまえの活動だった。具体的に言うと、停戦直後にしていた仕事である。同房者もおもしろがっていたが、コールマンは数週間、遠い北部の島の領主館で執事として働いていたのだ」シューメイカーはそこでひと息入れた。「そのときの雇い主は、サヴァナク判事だった」

＊

ドアを控えめに叩く音がして、ジェイコブは録音機を止めた。

「歳のせいで礼儀を忘れかけているようです」ウェナ・ティルソンが紅茶の盆を持ってきた。「飲み物でもいかがですか？」

「ありがとうございます」

彼女はジェイコブを見た。「大丈夫ですか？」

「はい」ジェイコブはあわてて答えた。「でも、彼の声を聞くのが奇妙な感じで……その、いないとわかっているのに」

「だからわたしは耐えられないんです。臆病なんでしょうか、ミスター・フリント？」

ジェイコブは、いいえと首を振った。

「では、失礼いたします」

彼女が出ていってドアが閉まるやいなや、またレヴィの声が部屋を満たした。

「同房者の話はどこまでが真実で、どこからがメロドラマ的な創作だったのだろうか。私には、コールマンの物語はでっちあげにしては突飛すぎて、たとえ創作が含まれるとしても核心部分は真実にちがいないと思われた。

コールマンによると、判事は何をするかまったく予測できなかったそうだ。精神と気性のバランスをとるために、お抱えの医師が処方した調合薬をのませても、常識はずれの乱暴な行動をとる。島じゅうの住人が彼を嫌っていたが、娘のレイチェルだけは例外だった。彼女は父親の残忍な性格を受け継いでいた。腹を立てるとかならず、無防備な誰かに苛立ちをぶつける。あるいは何かに。一度コールマンは、レイチェルが父親と口喧嘩したあとで、使用人の飼っている猫の首を絞めているところを目にした。

島のサヴァナク荘には、レイチェルと歳が近い別の娘が住んでいた。判事の又姪にあたる私生児のジュリエット・ブレンターノだ。ジュリエットの父親は兵士で、判事の甥だった。チャールズ・ブレンターノというその甥は賭博が好きで、判事と仲がよかった。ジュリエットを産んだのはフランス人の娼婦だ。戦争が勃発するまで、母と娘はブレンターノの庇護のもとでいっしょに暮らしていた。ちょうど同じころ、判事はオールド・ベイリーで自分の手首を切ろうとして公職から引退を余儀なくされた。ブレンターノはフランスに出征しているあいだ、愛人と娘をサヴァナク荘に預けた。戦地でかなりの英雄になったが、重傷を負ってしまい、停戦後数週間はゴーント島に戻らなかった。

ジュリエットは肺病で体の弱い子だったが、コールマンによると、母親が彼女を危険から遠ざけるために、病気を大げさに言い立てていたらしい。レイチェルはこの母娘《おやこ》が島にいることを恨み、ジュリエットに見境なく猛烈な嫉妬を抱くようになった。そして判事の被害妄想に拍車をかけるために、ブレンターノに乱暴されたと嘘を言い、判事を説得してブレンターノと愛人を追い出そうとした。コールマンが五十ギニーを支払われて、ふたりを誘拐し、ロンドンのある住所に送り届けた。彼自身はゴーントに戻ったが、ブレンターノと女は二度と戻ってこなかった。ふたりともインフルエンザで亡くなったという話だったが、コールマンは、判事の仲間がふたりを殺したと信じていた。そして、まだ十五歳にもなっていなかったレイチェル・サヴァナクがふたりの死の裏で糸を引いていた、と。

コールマンは同房者に、島にも人にも虫唾が走ったから本土に出てきたと語った。レイチェルはあの若さで純粋に邪悪な人間だ、とコールマンは言っていたが、彼自身、サヴァナク家に取り憑かれているようだった――ちょうどベッツがコールマンに取り憑かれていたように。そして、レイチェル・サヴァナクに関する秘密を知っていると、いわくありげに仄めかして喜んでいた。出所さえすれば、そのことでいくらか稼げると。

彼の同房者は、コールマンがスクラブズ刑務所から消えて遺体安置所に到着するまでのあいだ何をしていたのか、まったく知らなかった。コールマンが死ぬまえに受けた暴行はギャングを思わせるところもあったが、ひとつちがっていた。今回、彼らは剃刀だけでなく酸も使ったのだ。コールマンは早く殺してくれと懇願したにちがいない。

コールマンを殺した犯人は捕まらなかった。わざわざ事件を報道したのも、ベッツが取材したクラリオン紙だけだった。ブレンターノと愛人の死にレイチェルが果たした役割については、コールマンが誇張したのだろうと思う。若い娘がそこまで邪悪になれるものだろうか。ただ、ふたりが同時に死んだという点は、コールマンの言ったとおりだった。サマセット・ハウスで私が調べたところ、チャールズ・ブレンターノと、イヴェット・ヴィヴィエという女性の死亡証明書が見つかった。死因は心不全ということだが、心不全を引き起こす原因はたくさんある。

死亡場所はチャンスリー・レーン、日付は一九一九年一月二十九日だった。それ以上くわしい住所はわからなかった。どちらの死亡証明書も、わが国でもっとも著名な医師、サー・ユースタス・ライヴァースが書いていた。私の調べでは、サー・ユースタスもまた、パードウ、キアリー、ハナウェイが所属するチェスクラブの会員だ。そのクラブには政治家、実業家、主教、さらには労働組合長まで含めて、あらゆる職業の著名人が名を連ねている。

そこは〈ギャンビット・クラブ〉として知られ、ゴーント会館《チェンバーズ》という建物のなかに入っている。所在地は、リンカーン法曹院とチャンスリー・レーンの角にあるギャロウズ・コートだ。ゴーント会館《チェンバーズ》は、ライオネル・サヴァナクが創設した法廷弁護士事務所があった建物で、〈ハナウェイ&ハナウェイ〉法律事務所も入っていて、キアリーやパードウたちとつながりのある多くの会社の登記上の所在地になっている。

私が発見したことは、これでほぼすべてだ。事態が急迫する気がして心配だが、今後どうなるのかは予測できない。このところ、私は一度ならず尾行されている。誰が監視しているのかはわからない。ベッツと同じような不幸が自分に降りかからないことを祈る。レイチェル・サヴァナクからは、ローレンス・パードウの調査を中止しろと言われた。リナカーが死ぬ二日前にも同じ命令を受けた。もしパードウが不慮の死をとげたら、私はただちにミス・レイチェル・サヴァナクの仕事を辞めなければならない」

「私は誰かの犯罪を告発しているのではない」口述記録が終わりに近づくにつれ、レヴィ・シューメイカーは、名誉毀損の可能性を極力避ける弁護士さながら用心深くなった。「いまわかっている事実をただ述べたかっただけだ。そこから何かを読み取る判断は——もし何かあるとすればだが——ほかの人たちにゆだねたい」

録音はここまでだった。ジェイコブはしばらく静かに坐って、聞いたことすべての意味を探ろうとした。シューメイカーの終始落ち着いた話しぶりに不安がにじんでいたのは、空想ではなかった。彼は自身に危険が迫っていることを知っていたのだ。ジェイコブの心のなかに、シューメイカーがレイチェル・サヴァナクを怖れていたことを疑う余地はほとんどなかった。

コールマンが正しかったと仮定しよう。レイチェルは父親を介してチャールズ・ブレンターノとイヴェット・ヴィヴィエの殺害を企て、判事の友人たちに実行させた。莫大な遺産を相続してロンドンで新しい生活を始めた彼女は、その秘密をなんとしても守りたいはずだ。だから、ふたりを殺した男たちの抹殺に乗り出したのか？

逃亡中のコールマンは、どうしても金が必要だった。犯罪に手を染めたころ、彼はトム・ベッツと偶然出会ったのではないか。だからトムはコールマンの記事を書こうと思った。

コールマンが言った。彼女の秘密を知っていると。

レイチェルは自分の過去について沈黙を守らせるために、コールマンに金を払ったのだろうか。それとも、彼の口を永遠に封じるために殺しを手配した？　一か八かの賭けは、レイチェル・サヴァナクをわくわくさせる。あの家族の血には狂気が流れているのかもしれない。

## ジュリエット・ブレンターノの日記

一九一九年二月五日

一日じゅう、すさまじい嵐になっている。記憶にあるなかでいちばんひどい。ヒナギクを引き抜く子供のように、木々を根こそぎにしている。土手道は一メートル以上海面下に沈み、海は荒れて、ゴーント湾を船で渡ろうとするのは自殺行為だ。

電話もつうじなくなった。ハロルド・ブラウンはまだ村にいて、たぶんパブの酒樽を空《から》にしている。クリフはというと、回復してきた。一方、レイチェルが今朝咳をしはじめたとヘンリエッタは言う。熱も出て、うわ言をつぶやきだしたそうだ。

これから数日で何が起きるかわからない。

# 29

ロンドン行きの列車に乗るまえに、ジェイコブはクラリオン・ハウスに電話をかけた。ペギーは誰からもジェイコブに連絡がなかったことを喜んでいるようだった。つまり、オークルからも、サラからも、レイチェル・サヴァナクからも伝言はない。

急行列車が田園地帯を駆け抜けるあいだ、ジェイコブは裸の木々や眠っているような牧草地をじっと眺めていた。死んだ男の声を聞いて、それまで味わったことのない感傷に浸っていた。ロンドンに移ってから初めて、空腹より鋭い痛みを覚えた。彼は孤独だった。サラは美しいが、億万長者の元愛人だ。危害を受けていないことを心から望んでいても、ジェイコブにとっては、はるか手の届かない存在だった。

レイチェル・サヴァナクについては、別れの挨拶をしていたときにウェナ・ティルソンが言ったひと言が気になっていた。

「あなたにレヴィの口述記録を聞いてもらわなければならないと秘書から言われたんで

す」

「秘書？」

「ええ、そう。彼女から電話があって、レヴィが誰かにメッセージを残していないかと訊かれました。彼女の雇い主に報告しなければならないということで。何か遺言の検認に必要だとか。法律の話はよくわかりませんけど、法律ってそういうものでしょう。だから彼女に、口述録音機があることと、レヴィからあなたに電話するよう頼まれたことを伝えました」

ジェイコブは縮み上がった。「そうなんですか？」

「ええ。彼女は驚いていないようでした。親切にクラリオンの電話番号まで教えてくれたんです、わたしが調べなくていいように。月曜の朝まで待ってあなたに知らせてはと提案されたので、彼女の助言にしたがいました」

その秘書とやらはレイチェル・サヴァナク以外にありえない、とジェイコブは思った。彼女はウェナ・ティルソンの存在を知って、レヴィの弁護士の名前を、おそらくは自在に動かせるほかの探偵に調べさせた。レイチェルは何事も運まかせにしない。レヴィの死後も監視を続けていたのだ。

だとしても、彼女はジェイコブがコーンウォールに出向くことを妨害しなかった。今週の初めまでそれを延期させただけだ。旅行開始が早くなりすぎないように。まるでジェイコブに自分のことをすべて知ってもらいたいかのようだった。

それともたんに、彼をしばらくロンドンから遠ざけておきたかったのか？


ゲイブリエル・ハナウェイはコーヒーを飲み終え――多額の輸送費をかけてブラジルから取り寄せた豆の濃いめのブレンドだ――えくぼのあるメイドを睨みつけた。彼女がポットを持ってそそくさと食卓の反対側にまわると、その尻をヴィンセント・ハナウェイがうれしそうに叩いた。

「ユーイングはどこだ？」老人がしわがれ声で言った。「ベルを鳴らしたが、ちっとも現われない」

「申しわけございません」メイドが言った。「ミスター・ユーイングはいらっしゃいません」

「いない？」ゲイブリエルの革のような顔面に怒りのしわが寄った。「いないとはどういうことだ。私の執事だぞ、わかっているのか？　いないなどというのは論外だ」

「わたしがもう一度お呼びしてみましょうか？　そうすればおわかりになるかと」

イグアナの眼が細くなった。「おまえは自分が分を超えた態度をとっていることに気づかんのかね、え、お嬢さん？」

「申しわけございません。お手伝いできればと思っただけです」

「もっと努力しろ、愚か者。知っていることの説明もしとらんじゃないか」

「ミスター・ユーイングが三十分前に帽子と外套を身につけているのを見ました。そのあと出ていかれたのです」

「馬鹿な！　われわれが食事をしているときに許可なく出ていくわけがないだろう」

メイドはぶるぶる震えていた。ヴィンセントはまたコーヒーをひと口飲み、鼻から伸びていた毛を一本抜いた。それで考えが進むかのように。

「ユーイングは行き先を言ったのか、ビアトリス？」

「いいえ。ですが、五分後に外に出てみると、ミスター・ユーイングのオートバイがなくなっていました」

「おかしいな」ヴィンセントは父親のほうを向いた。「日曜にぼくがここに来たとき、彼はどうも落ち着かない様子でした。まさか……大丈夫ですか、父さん？」

ゲイブリエル・ハナウェイの顔がゆがんだ。消えそうなささやき声で言った。「気分が悪い。だからユーイングを呼んで、ロブスターをどこから仕入れたのか訊きたかったのだ」

「この部屋はずいぶん暑いな」ヴィンセントは襟元をゆるめた。「燃え盛る火は好きだが、ちょっと……」

「私はいったいどうしたんだ」老人は喉をぜいぜい言わせた。「めまいがする……忌々しいロブスターのせいだ」

メイドは食堂のドアを少し開けたまま去っていた。その向こうから、低く美しい調べの鼻歌が聞こえた。人気の曲のメロディだとヴィンセントは気づいた。

「〝きみはぼくのコーヒーのクリーム……〟」

「そこにいるのは誰だ?」ヴィンセントは呼ばわった。

鼻歌が止まり、姿の見えない女性の声がつぶやいた。「ロブスターのせいじゃないの」

ふたりの男は同時に顔を上げ、ドアが大きく開くのを見た。

レイチェル・サヴァナクが部屋に入ってきた。うしろにトルーマンがいた。ふたりとも手袋をはめ、それぞれリボルバーを持っていた。レイチェルは父親に、トルーマンは息子に銃口を向けた。

「わたしのせいよ」レイチェルが言った。

タクシーがエドガー館の玄関前にジェイコブをおろしたときには、夕闇がおりてだいぶたっていた。アムウェル・ストリートはしんと静まり、夕方の靄《もや》が濃くなって霧に変わろうとしていた。暗がりに眼を凝らしたが、ぶらぶらしている人間はいなかった。しかし、ドアの鍵穴に鍵を差しこんでいるときに、小声で名前を呼ばれた。

「ジェイコブ!」

彼はドアを開けて、バッグを持ったまま玄関に転がりこんだ。

「ジェイコブ、わたし。サラよ!」

暗がりから人影が現われた。ジェイコブの眼のまえにいたのは、背中の曲がった年寄りの女性だった。黒いボンネット帽をかぶり、夫を亡くした妻の喪服を着ている。分厚い眼鏡をかけ、ひどくすり減った大きなハンドバッグを持っていた。聖書に誓って、こんな女性には会ったことがなかった。だが、声は嘘をつかない。

ジェイコブは彼女の肩をつかんで家のなかに引き入れ、ドアを閉めて鍵をかけた。

「あなただとわかりませんでした!」

彼女はジェイコブの手を振り払うと、曲がっていた背を伸ばし、帽子を足元に放った。

「思い出して。わたしは女優です」

驚きが喜びに変わり、ジェイコブは大声で笑った。「千の顔を持つ女!」

老婦人が、さあ見なさいというふうに眼鏡をはずすと、からかうような笑みを浮かべた若い娘に変貌した。まるでおとぎ話のクライマックスだった。

「誰かがあなたの家を見張りつづけているかもしれないと思ったから。でも、ほかに何もすることがないお婆さんみたいに、このへんを一時間以上往ったり来たりして、この家は監視されていないと確信したんです」

「日曜に招かれざる客が来ました」ジェイコブは怪我をした顔をなでた。傷はまだヒリヒリした。「あなたを捜していた」

サラはため息をついた。「予想しておくべきでした」

「ぼくは彼に本当のことを言いました。あなたがどこにいるか見当もつかないって」

「そして殴られたんですね、顔をそんなふうに」彼女はジェイコブの頬を指先でやさしくなでた。「痛々しい」

「何が起きてるんですか、サラ?」彼は訊いた。「誰に追われている?」

「ヴィンセント・ハナウェイのために働いている人たち」

「どうしてハナウェイがあなたを見つけたがるんですか?」

「ウィリアムがわたしに〈劫罰協会〉のことを打ち明けたから」

「まだすべては話していませんでした」サラが言った。

ふたりは長椅子に慎ましく坐っていた。ほんの数夜前にジェイコブがエレインと使っていた椅子だった。ジェイコブはようやく台所の犯行現場に対峙でき、ダウド夫人の食糧庫からハーベイの〈ブリストル・クリーム〉のボトルを取り出して、グラスに一杯ずつついでいた。

「〈劫罰協会〉について何を知っているんですか？」ジェイコブは訊いた。「ぼくは名前しか知らない。最初に聞いたのは同僚からでしたが、レイチェル・サヴァナクに尋ねると、そんなものは存在しないと言われました。彼女は……」

「嘘をついた？」サラは眉をひそめた。「〈劫罰協会〉はサヴァナク判事が設立したんです」

「本当に？」ジェイコブの背筋に寒気が走った。

「彼女は父親がやったことを恥じているにちがいありません。この協会は快楽主義者の秘密の集団です。退廃的な趣味を持つ金持ちの男たちの。彼らはおよそいちばん無害な娯楽を追い求めているふりをして、おもしろがっています。つまり、チェスを指すこと」

「〈ギャンビット・クラブ〉ですね」ジェイコブはゆっくりと言った。「ギャロウズ・コートにある」

「そのとおり。協会の設立者はサヴァナク老判事。ウィリアムも会員で、パードウもクロード・リナカーも入っていました。大臣のアルフレッド・リナカーも会員、ハナウェイ親子は協会の指導者的存在です。みんなやりたいことを好き放題やるのに慣れた人たち。特別な快楽をなんの制限もなく貪ってきた人たちです」

ジェイコブは声に出して考えた。「彼らはオックスフォード孤児院を経営して慈善家という印象を与えているけれど、関心があるのは、少女を安定的に供給してくれる場所の確保だった」

「少女だけじゃない」サラはささやいた。「少年もよ。話したでしょう。十四歳に達した孤児たちは、途切れなく順番にハナウェイのような男たちのところへ使用人としてもらわれていく。運がよかったひと握りの子たちは、わたしみたいに舞台で職を得る。ドリー・ベンソンも同じでした。たまに、ローレンス・パードウの二番目の妻になったウィニフレッド・マリーのような例外もあったけれど、〈劫罰協会〉の犠牲者が会員と結婚することはめったにありません。目的を果たしたあとは、たいてい地上から消えるんです」

ジェイコブはたじろいだ。「胸が悪くなる」

「権力者と親しくなることで、ウィリアムはひと財産を築きました。彼らのような趣味はなかったけれど、見て見ぬふりをしていたんです。スコットランド・ヤードに通報して、裏で起きていることを暴き出してとわたしが頼みこむと、ウィリアムは、ふたりとも足首に鎖で石の塊をつけられてテムズ川に沈んでもいいのか、それよりひどい目に遭うかもしれないって」

「怖かったでしょうね」

「ふたりともです。ウィリアムは、話したことがほんの少しでも外にもれれば、わたしの命も危なくなる、でもぜったい安全は守ると約束してくれました。わたしにこのことを公にする勇気さえあったら！　黙っていたって彼を救えなかったのだから。でしょう？」

「そんなふうに考えるべきじゃない」

「考えてしまうんです、ジェイコブ！　でも、協会の触手は政府にも伸びています。スコットランド・ヤードにまで」

「チャドウィック警視が逮捕されましたね」

「ええ、わたしも新聞掲示板で記事を読みました。次に何が起きるか、神様にしかわかりません」サラは手をジェイコブの手に重ねた。冷たい感触だったが、ジェイコブは気にしなかった。「いまはたいへんなあやまちだったとわかっていますが、そのときにはウィリアムを信じなければと思ったんです。そのせいで彼を失ってしまった」

ヴィンセント・ハナウェイは額の汗をふいた。レイチェルは訊いた。「脈が速くなった？　めまいもする？」

ヴィンセントの眼が銃からカップに泳いだ。「コーヒーだったのか？」

レイチェルは空いた手を若いメイドのほうに振った。メイドのいつものおどおどした屈従は、威圧的で厳しい雰囲気に変わっていた。「あなたは取り決めた役割を完璧に果たしてくれた、ビアトリス。これからのことはわかってるわね」

ゲイブリエル・ハナウェイがあえぎながら悪態をついているあいだに、メイドは部屋からしずしずと出ていった。二挺の銃はぴくりとも動かなかった。

「そう、コーヒーだった」レイチェルは言った。「青酸カリの結晶が混じってたの」

「青酸カリ？」ヴィンセントの眼に恐怖が燃え上がった。「何が望みなんだ。言えば叶えよう。その代わり……」

トルーマンが割りこんだ。「彼女はおまえたちに関係なく望みを叶える」

「準備はすべて整っている」レイチェルは言った。「電話線は切ったし、執事は財布に五百ポンドを入れて、オートバイでソーホーに行った」

「五百ポンド！」老人の声が裏返った。

「ええ、彼はこちらの手ちがいで大儲けしたと思いこんでいる。本当はたったの百ポンドであなたたちを裏切ることに同意したのよ。でも、渡された封筒には五百ポンド入っていた。自分の幸運が信じられないでしょうね」

ヴィンセントは話そうと口を開きかけた。レイチェルはその唇に人差し指を当てた。

「もう静かにして。すぐにビアトリスが戻ってくる」

それが合図だったかのように、メイドが部屋に戻ってきた。汚れた古いブリキ缶を持っている。石油が入った缶だった。


「これからあなたはどうするんですか？」ジェイコブが訊いた。

「お金は取ってあるんです」サラは言った。「ウィリアムがイナニティの出演料のほかに手当をくれていたので。明日新しい生活を始めます。ロンドンにはとどまりたいんですけど……」

「けど？」

「レイチェル・サヴァナクと話さなければなりません。この狂気の沙汰を終わりにできるのは彼女だけだから」

「どうしてそう思うんです？」

サラは大きく息を吸った。「ローレンス・パードウが彼女についてわめき散らしたときに、わたしが聞いたことがほかにもあるんです。ごめんなさい、ジェイコブ。話すのがわたしたちふたりにとって安全かどうか、わからなかったので」

ジェイコブは彼女の手を握った。サラはその手から逃げなかった。「何も謝ることはありませんよ」

「ありがとう」サラも手を握り返した。「パードゥは、彼やヴィンセント・ハナウェイのような男たちをレイチェルが無理やり手に入れようとしていると信じていました」

ジェイコブは面食らった。「手に入れる？」

「彼女が父親の遺したものを引き継ごうとしている、そう想像してたんです」

「つまり——具体的には〈劫罰協会〉を運営するということですか？」

「わたしは信じていません」サラはすぐに言った。「彼女は女性です。怪物じゃありません。父親のしたことを深く後悔して、彼が作り出したものを終わらせようとしているのは確かですけど」

「一種の罪滅ぼしで？」

サラはため息をついた。「明日、できれば滞在先を決めたあとで彼女と話したいんです」

「今晩はここに泊まってください」ジェイコブは思わず言った。

「ここに？」サラは微笑んだ。「とてもご親切な申し出ですけど、あなたはすでにわたしのために危険な目に遭っている。顔の傷はもうすぐ消えるかもしれませんが、次はもっとひどいことになるかもしれない」

「かまいません。必要ならひと晩じゅう起きていて、あなたに危害が及ばないようにします」

サラは眉を持ち上げた。「いい人ですね、ジェイコブ。でも、自分の評判を考えて。わたしは過去のある女です」

「過去なんてどうでもいい」ジェイコブは言った。「いまのあなたが大切です。それも、ひどい過去のあなたが。二階に通りを見おろせる予備の寝室があります。もうひとり下宿人が入ることを考えてミセス・ダウドが用意していました。そこで休んでください。邪魔はしません。誓います」

サラはためらった。「本当にやさしいかたなのね、ジェイコブ」

ふたりは眼を見つめ合った。ジェイコブは顔が赤くなるのを感じた。

「どうか使ってください。まじめな提案です。何も下心はありません」

「ありがとう、ジェイコブ。じゃあ今晩だけ、ありがたく泊まらせてもらいます」サラは彼のほうに顔を寄せ、ジェイコブがライラックの香りを吸いこんでいるあいだに、彼の頬にそっとキスをした。

ゲイブリエル・ハナウェイは体をふたつ折りにしてえずいた。彼の息子は両手を伸ばして懇願した。

「レイチェル、親愛なるきみ、〈劫罰協会〉はあなたのものだ。信じてほしい、あなたの邪魔をするつもりはなかった。判事がわれわれを作り出したのだから、あなたが彼の跡を継ぐのは当たりまえだ。判事が望んだものを望むんだろう？　国と力と栄えとは、かぎりなく汝のものなればなり（主の祈りの一節）」

*

レイチェルのうなずきで、メイドが石油缶の蓋を開けた。そしてまず食卓、次に絨毯、最後にカーテンに石油をかけた。それを見たヴィンセント・ハナウェイは、コイルばねのようにはね上がった。汗をかいた赤い顔には、椅子から飛び出して逃げたいという気持ちがありありと記されていた。

レイチェルは、食卓のヴィンセントの皿の隣にあったワイングラスを狙って発砲した。グラスは爆弾音とともに砕け散り、鋭い破片がヴィンセントの顔に刺さった。彼は半狂乱の悲鳴をあげて頰を引っかいた。傷から血が流れた。

老人は顔を上げ、かすれた低い声で言った。「おまえの父親は狂っていた。おまえもだ！」

レイチェルは微笑んだ。「安心して。判事の罪にはちゃんと罰が与えられた」

食堂に石油の不快なにおいが漂った。えくぼのメイドが、エプロンからマッチの箱を取り出した。

「頼む」ヴィンセントがささやいた。「われわれ全員を滅ぼすことはできないぞ」

「そのとおりね」レイチェルは言った。「わたしはドアの鍵を持っていて、あなたたちをここに閉じこめる。外に車を駐めてあるの。ビアトリスと料理人はわたしたちといっしょに去る。家に火がまわるころには、ドライブウェイを遠ざかってるわ。青酸カリで死ぬまえに煙を吸って死ぬ？　トルーマンはそう思ってるけど、わたしはそこまで確信していない。賭けることにしてるの。でも、死因審問でも最終的な結論は出ないでしょうね。この霊廟みたいな家は燃え落ちる。くすぶる瓦礫になって、法医学者が調べるものはほとんど残らない。あなたの歯は残るかもしれないけれど」

毒が体じゅうにまわって、ヴィンセントの顔はどんどん赤くなっていた。血走った眼の端から涙が流れ落ちた。

「こんなことをして、逃げられないぞ」

「いいえ」レイチェルは言った。「逃げられる」

「無理だ！」

「スコットランド・ヤードに、これからユーイングの行方に関する通報があって、彼の本名がウォルター・バズビーであることがわかる。ユーイングはまともに見えるけど、前科があるの。雇い主からものを盗んで犯行を隠すために放火したのが、そのひとつ」

「え？」

「あなたもレヴィ・シューメイカーみたいに、きちんと彼の推薦状を調べるべきだった。ユーイングは、ポケットの五百ポンドをどう言い逃れするんでしょうね。ビアトリスがオックスフォード孤児院の友人宛の手紙で、彼から残酷な暴行を受けたと告白していることについても。検察の立論は単純明快。ユーイングは若い女性を餌食にしていて、それがばれるのを怖れた。ここはいったん退却と決めて、『峡谷の王』の裏に隠されていた金庫から、新しい生活を始めるのに必要な金を盗んで逃げた」

ゲイブリエル・ハナウェイは喉をかきむしった。彼のしゃがれ声はほとんど聞き取れなかった。

「憐れみを、どうか」

「教えて」レイチェルは言った。「あなたが最後に誰かに憐れみをかけたのはいつ？」

彼女とトルーマンはそろって一歩後退した。まるで演出されたような動きだった。

「会話は終わり」レイチェルはメイドのほうを向いた。「わたしは約束を守った、ビアトリス。あとの舞台はあなたにまかせる」

ビアトリスはヴィンセントに眼をすえ、小さな箱からマッチを一本取り出した。ドアのまえで、レイチェルは静かに歌った。

「恨みを抱いた孤児だってできる。レッツ・ドゥ・イット……」

## ジュリエット・ブレンターノの日記

一九一九年二月六日

あまりの急展開だった。ときにこういうこともある。レイチェルはインフルエンザに罹って数時間で死んでしまった。

ヘンリエッタによると、顔が青ざめ、呼吸も苦しくなったそうだ。この疫病にがっしりつかまれると、空気を求めてあえいでも無駄だ。ほかの無数の人たちと同じく、彼女も窒息した。

医師に診てもらったところで、ちがいはなかっただろう。〝スペインの貴婦人〟が世界各地の医学を次々と打ち負かしてきたなかで、一介の田舎医者に何ができるというのか。

判事は娘が亡くなるまでいっしょにいたとヘンリエッタは言う。

「あれで精神がおかしくなりますよ」

「何年もまえからおかしくなってる」わたしは言った。

「まだ息があるかのように、彼女に話しかけてました」

「彼から見れば、悪事を何ひとつ働かない完璧な娘だった。だから彼女はあそこまで邪悪に——」

「まあ、ジュリエット、死者を悪く言うようなことは——」

「わたしは彼女が大嫌いだった。レイチェル・サヴァナクは嫉妬深くて、見栄っ張りで、残酷だった。わたしを心底憎んでいた」

ヘンリエッタの青ざめた頬に血がのぼった。率直な物言いは彼女の得意とするところではない。少なくとも、世話をすべき相手がいるまえでは。でも正直な人だから、真実を否定することはできなかった。何か言う代わりに、わたしの腕をなでた。

ヘンリエッタが怖れているのはわかる。職を失うことを怖れている。判事が精神の病と怒りで暴力をふるいはじめることを。あと、もしかするとわたしのことも。

わたしのほうはまったく怖れていない。両親を失ったと思ったら、間を置かずにレイチェルまで死んで茫然としているけれど、ひとつの問いがしつこく頭に残って、答えを要求しつづけている。

次はどうなる？

# 30

エドガー館での朝食は、現実とは思えないような体験だった。ジェイコブとサラは台所のテーブルで向かい合って坐り、中年夫婦のようにバターを渡したり、濃い紅茶を飲んだりしていた。外には前夜の霧がまだ残っていたが、ストーブが部屋を暖め、トーストとヨークシャー・ティーと杏のマーマレードのにおいが漂うなかにいると、ジェイコブは数日前までここがダウド夫人の住まいだったことを忘れてしまいそうだった。

輾転《てんてん》反側の一夜をすごしたせいで眼がしょぼつき、関節が痛んだ。同じ家にサラがいることを強烈に意識し、彼女に疼くような欲望を感じていたのだ。気が変になりそうだったときには、いっそ彼女の部屋のドアをノックして、いっしょにいたくないかと尋ねようとすら考えた。下心はないと言ったときのサラの反応には希望が持てたが、いまの関係を壊すようなことはしたくなかった。サラは世慣れた人だが、孤児院での年月は心に傷を残しているにちがいない。

この朝の彼女はクリーム色のくたびれた普段着で、十七歳を超えていないように見えた。テーブルに素肌の腕をのせていて、ジェイコブはなでたくなる衝動と必死で闘わなければならなかった。彼女が初めてクラリオン・ハウスを訪ねてきたとき、どうしてこの美しさに気づかずにいられたのか。どこまでも女優のサラは小心者の役を演じ、ネフェルティティ女王の専売特許である異国ふうの気品を封印して、ふたりのあいだに距離ができないようにしてくれた。演技に対する彼女の判断はまさに的確だった。おかげでジェイコブは気圧されることもなく、自然に友情を育むことができた。

サラの忍耐力と勇気が彼の心をつかんでいた。もっと精神の弱い人なら、オックスフォード孤児院での苦難で人格が崩壊していただろう。ここ数日で、サラは元恋人のおぞましい死に立ち会ったショックと悲しみから立ち直り、二度も命を狙われて生き延びた。静かなたたずまいでありながら、彼女もレイチェル・サヴァナクと同じくらい手強いのだ。

サラはトーストをかじった。「何を考えていたの？」

「次はいつ会えます？」熱意が子供じみていたが、自分を抑えられなかった。

サラは紙ナプキンで口をふき、箪笥の上の時計をちらっと見た。「仕事に遅刻してますよ。ご心配なく。次に行く場所が決まったらすぐに連絡します」

「しばらくここにいてもかまいません」

「本当に親切なかたね」

正直者のジェイコブは言わずにはいられなかった。「亡くなった女性の家ですが。でも、一日か二日なら……」

サラは微笑んだ。「わたしのことは心配しないで。さあ行って。またすぐに会いましょう」

ポイザーは、毎朝かならず上級記者のなかでいちばんに出社する。ジェイコブがニュース編集部のまえを通ったときには、コックス・オレンジ・ピピンりんごをもぐもぐ食べていた。ポイザーは挨拶代わりに、昨日はどこに行ったのかと訊いた。

「ネタを追って、夜行列車でコーンウォールに行ってました」

「ゴマーソルを説得して経費を払ってもらえるといいな」ポイザーはりんごの芯を屑籠に放って、いつものようにはずした。「ハムステッドの事件について聞いたか?」

「事件とは?」

「大きな屋敷が全焼したんだ。炎で住人ふたりが焼け死んだ。興味があるかと思ってね」

ポイザーのちょっとした欠点のひとつは、サスペンスを高めるのが好きなことだった。しかしジェイコブはつき合う気分ではなかった。「放火だったんですか?」

「そのようだ。ヤードはすでに容疑者の男を捕まえている。死亡者の名前に眼を惹かれて、きみのことを思い出した」

「なぜ？」

ポイザーは顔を輝かせた。「ギャロウズ・コートに興味があるんだろう？　この父親と息子はそこで仕事をしてた。事務弁護士の事務所の経営者だ。〈ハナウェイ＆ハナウェイ〉の」

ジェイコブは眼を丸くして相手を見た。「ヴィンセント・ハナウェイが死んだ？　父親も？」

「燃えて灰になったよ」ポイザーは愉しそうに言った。「衝撃的な放火殺人事件だ。発生の経緯に謎があるわけではないが、主任犯罪報道記者としては、この悲劇で数段落書いてもいいんじゃないかな？」

「何が起きたんです？」

「斬新な表現を使えば、執事が犯人だ」

ジェイコブは信じられないというように笑った。「まじめに答えてください」

「嘘でも冗談でもない」ポイザーは取りすまして言った。「どうも根っからの悪党だったらしい。雇い主をだまして、ものを盗んだ前科がある。警察が捕まえたときには、ジェラード・ストリートの娼館で愉しいサービスを受けていた。噂によると、ドアに上着をかけていたが、そのポケットには五ポンド紙幣がずっしり詰まっていたそうだ」

「スコットランド・ヤードと話したほうがよさそうですね」

「いい考えだな、きみ。ところで、ギャロウズ・コートにどうしてそこまで興味がある？」

だがジェイコブは、すでに自室へと駆け出していた。

「すでに公表した内容を確認するのはかまわない」電話の向こうで答えるオークス警部の沈鬱でしかつめらしい態度は、葬儀屋のようだった。「昨夜、ハムステッドの邸宅からふたりの遺体が運び出された。われわれは放火殺人事件と見ている。四十七歳の男を逮捕した」

「遺体は本当にハナウェイ親子だったのですか？」ジェイコブは訊いた。「身元を特定できないくらい焼けていたのなら、可能性として――」

「身元を誤認する危険については承知している」警部は冷たく言った。「だからこれまで犠牲者の名前は伏せているのだ。ハナウェイ家の父親と息子はハーレー街の同じ歯医者にかよっていたから、いまそちらに緊急確認しているところだ」

「オフレコで、彼らだという自信はありますか？」

オークスの態度が軟化しはじめた。「オフレコで、非常に自信がある」

「いったい何が起きたんです？」

「まあ、言っても問題ないだろう。最終的には丸く収まる。父親の執事はユーイングという男だった。あらゆる点でしっかりしていて熱心に働いていたが、ゲイブリエル・ハナウェイは、ユーイングが偽名であることを知らなかった。本名はウォルター・バズビー、二十五年前にダービーシャーの地主の使用人として働いていた。バズビーはメイドと問題を起こし、堕胎医に支払いをするために雇い主の金品を盗んで、それがばれると家に火をつけた。火事の被害は大きくなかったが、バズビーは結局ストレンジウェイズ刑務所に入れられた。出所後はユーイングとして再出発し、推薦状を偽造して使用人の仕事に戻った。二年前、ハナウェイ老人が執事の引退を受けて彼を雇った。昨夜、家が燃えるまで、われわれも不審な点には気づかなかった。現場の状況から推定すると、そこらじゅうに石油がまかれて火がつけられたということでまちがいなさそうだ」

「ユーイングがやったんですか？」

「ほかに誰がいる？　家には若いメイドと料理人もいたが、黒焦げになったお仕着せの一部がいくつか見つかった。おそらく彼らの焼け残りはそれだけだろう」

ジェイコブは震えた。「ユーイングは昨日働いているはずだったのですか？」

「取り調べによれば、そうだ。ヴィンセント・ハナウェイは父親と定期的に食事をしていた。息子とユーイングのあいだに諍いがあったのかもしれない。家の近くを通ったオートバイの主が炎に気づき、消防隊を呼んだが、鎮火するころには家は倒壊し、ほぼすべてが焼失していた。なんともひどい話だ」

「どうやってユーイングを発見したのですか？」

「匿名の通報があった。出火が確認されて数時間後だ。名なしのその男によれば、ユーイングはハナウェイ親子の悪口を触れまわって、いつか痛い目に遭わせてやると息巻いていたそうだ。ソーホーのパブでユーイングが金をばらまいて娼婦と交渉しているのを見たということだった」

「警察に知らせるなんて、ずいぶん公共精神にあふれた人だ」

オークスが関心なさげに肩をすくめているところが想像できた。「世の人々は毎日警察に情報を流して溜飲を下げている。彼らがいなければ、刑務所はスカスカだ」

「ユーイングはすぐに捕まりました？」

「そのパブの向かいの娼館に手入れをして見つけた。夜中には留置場に入っていたよ。所持金は五百ポンド近くあった」

ジェイコブは口笛を吹いた。「執事にしては大金ですね」

「競馬で大穴を当てたなどとでたらめを言っていたが、驚くなかれ、具体的にどの不人気馬に賭けたのか、まったく答えられないのだ。ゲイブリエル・ハナウェイから金を盗み、息子に疑われて家に火をつけたのは疑いようがない。昔の癖は抜けないものだ。今回はこの犯罪で絞首刑になるだろうがね」

ジェイコブの心に映像が流れた。寒い灰色の朝、頭にフードをかけられた男が絞首台の階段をのぼっていく。

ジェイコブは身震いした。「ほかに誰も関与していませんよね？」

「たとえば？」オークスが訊いた。

名前がすぐそこまで出かかった。レイチェル・サヴァナク。

しかし何も言わなかった。警部は電話を切った。

ジェイコブがハナウェイ親子の死亡の知らせをまだ消化しきれていないうちに、電話がけたたましく鳴った。ペギーがいつものようにふんと鼻を鳴らして、ミセス・トルーマンが話したいそうですと告げた。

ジェイコブは喉が干上がった気がした。「つないで」

家政婦は言った。「ミスター・フリント？　ミス・サヴァナクの代わりにかけています。あなたに特ダネのチャンスを差し上げたいそうです。今日の午後、ゴーント館にお越しいただけますか？」

「スケジュールを確かめます」

「四時きっかりに」家政婦は言った。「彼女をがっかりさせませんよね」

ジェイコブが厚かましい答えを思いつくまえに、家政婦は電話を切っていた。

＊

ジェイコブは痛む眼をこすった。ここ数日であまりにも多くのことが起き、受け入れることを考えるゆとりすらなかった。靄のなかにいるように朝はすぎ、電話がもう一度鳴ったときに、もう三時になっていることに気づいて驚いた。

「いま忙しいんだ」彼はぶっきらぼうに言った。「何？」

「女性が面会に来てます」ペギーが言った。「帰れと言いましょうか？」

心臓がどきっとした。「名前は？」

「ミス・デラメア」

「すぐ行く」

「そんなに忙しくもなかったのね」ペギーは意地悪に返した。

サラは受付でジェイコブを待っていた。毛皮のコートとマフラーは髪型と同じくらいエレガントだった。ジェイコブはペギーに盗み聞きされないように人差し指を唇に当て、急いでサラを自室に導いた。

「昔の上司の部屋を引き継いだのね」サラは言った。「おめでとうございます」

ジェイコブは赤面した。「そのほうが合理的ですよね。トムのものがまだそこらじゅうに散らばってますが、気にしないでください。ニュースを聞きました?」

「ハナウェイ家の? とても信じられませんよね。さっき新聞を読んだばかりです。こちらの新聞じゃないんですけど。ウィットネス紙が第一面に記事を載せてました。誰かがご老人の家に火を放って、警察はすでにその人を捕まえたとか」

「ゲイブリエル・ハナウェイの執事です」ジェイコブは言った。「オークス警部の話では、彼には似たような前科があるそうです」

彼女は眼を大きく見開いた。「まさか……レイチェル・サヴァナクがかかわっているとは思ってないんでしょう?」

「レイチェル・サヴァナクに不可能なことはありません」

サラの眼が輝いた。「彼女にすっかり夢中なのね」

「いやまさか！」反論しすぎないように自分を抑えなければならなかった。「正直なところ、彼女が怖いんです。己の目標を達成するためなら、まわりにどれほど危害が及ぼうと気にしない狂信者を思わせる」

「わかります。目的が手段を正当化する」

ジェイコブは指摘せずにいられなかった。「驚いていないようですね」

「パードウが死に、今度はハナウェイ親子が死んだ。三人とも数えきれないほど女性を利用し、虐待してきた。あの人たちは心の底では、わたしたちを憎んでたと思います。彼らの存在は、レイチェル・サヴァナクに死の危険をもたらした。わたしにもです。彼らがいなくなって、わたしもまた息ができる」

サラの元恋人、ウィリアム・キアリーも死んだ、とジェイコブは思った。リナカー、マカリンデン、サーロウは言わずもがな。サラの人を信じやすい性格が心配だった。これまでの人生でずっと、恥知らずな連中がそこにつけこんできたのだ。

「家政婦から電話があったんです」ジェイコブは言った。「レイチェル・サヴァナクがぼくを四時に家に呼んでいます」

「本当に？」サラは眉を上げた。「うらやましいわ。どんな用件であなたに会いたいんでしょうね」

「スクープをくれるって。それしかわかりません」

「ワクワクする！」サラは両手を打ち合わせた。「たったひとりの女性が〈劫罰協会〉を滅ぼしたと思うと」

ジェイコブはため息をついた。「彼女がそんなことをしたんですか？」

「わかりません？　ロンドンに来てからずっと彼女の狙いはそれだったにちがいありません」

「ほかの会員は？」

「生き残った人たち？　もう指導者がいないでしょう。頭がなければ体は動かない。判事の精神がおかしくなってからは、ゲイブリエル・ハナウェイが長いこと指導者で、ヴィンセントがそれを受け継いだ。ウィリアムの話では、何人かの会員からヴィンセントに対抗してトップに立てと言われたけれど、ウィリアム自身はそういう気になれなかったって。アムウェル・ストリートに悪者を送ってわたしの行方を聞き出そうとしたのは、ぜったいハナウェイ親子だと思います。彼らはわたしに嫌われてることを知っていました。あのふたりがいなくなって、腐った組織が崩れ去ろうとしている。すべてレイチェル・サヴァナクのおかげです」

ジェイコブは同意してうなずいたが、心はそこになかった。〈劫罰協会〉は継承を重視する。ひとつの世代から次の世代に渡して不朽にできないような特権に、なんの価値があるだろう。レイチェル・サヴァナクは父親が築き上げた組織を支配することに憧れているのではないか？

「どうかしら」サラが言った。「あなたが彼女に会いに行くときに、いっしょについていったら迷惑でしょうね？　あなたが望まないなら家のなかには入りませんけど」

ジェイコブはためらった。ティータイムにロンドン中心部の家を訪ねるのが危ないと言うのは、彼女を子供扱いしているように思えた。想像力を働かせすぎている。

「だって」サラはじらすような笑みを浮かべた。「彼女とわたしがあなたの愛を奪い合っているのなら、ライバルのことをもっと知っておきたいから」

四時十分前、ふたりは広場でタクシーからおりた。ジェイコブがレイチェルに声をかけた夜のように、じっとりして冷たい霧が迫っていた。あれはローレンス・パードゥが死んだ夜でもあった。ジェイコブは運転手に料金を払いながら、円をひとまわりした感覚にとらわれた。

「ミスター・フリント！」

さっと振り返ると、眼のまえにフィリップ・オークス警部がいた。

「どうしてここへ？」

「同じ質問を返したいところだ。ああ、これはこんにちは、ミス・デラメア。一度……イナニティの悲劇の夜にお会いしましたね」

タクシーの後部座席から優雅に出てきたサラは、率直に好奇心をたたえて警部を見た。

「またお会いしました、警部」

「レイチェル・サヴァナクの家政婦から言伝があったんです」ジェイコブは説明した。

「四時にここに来ればスクープがあると」

「ほう、ずいぶん気前がいいことだ」警部は疑うような口調だった。「それで、ミス・デラメアは？」

「友だちになりました」口調がどうしても弁解がましくなったが、美しい女優といっしょにいて愉しいのは別に恥ずかしいことではない。彼女がどれほど忌まわしい過去を持っていようと。「ぼくがレイチェル・サヴァナクの話をしたら、興味が湧いたみたいで」

「それはそうと、警部」サラがのんびりと言った。「どうしてここに来られたんですか？」

オークスは首のネクタイをいじった。「メッセージを受け取ったのです。四時にここに来るようにと」

「本当に？　スコットランド・ヤードに出動をお願いする人は多いと聞きましたけど、こんなに簡単に実現するんですね」

「今回は例外です、ミス、認めますが」小さな叫び声がオークスの注意を惹いた。「いまの声は？」

警部が上のほうを見た。ジェイコブも首を巡らした。暗がりの先、ゴーント館の屋上に毛皮のコートを着た女性がいた。

「彼女なの？」サラがささやいた。

「彼女ですね。あの黒髪はまちがいない」オークスがつぶやいた。「あそこには屋内プールがあって、屋上庭園がバルコニーのようになっている。だが、泳ぐような天気ではないのに……いかん、まさか飛びおりようとしているとか？」

女性が屋上の端まで移動した。低い鉄の柵がついていて、彼女はそこに手を走らせ、またうしろに下がって見えなくなった。

恐怖にわれを忘れて、ジェイコブは叫んだ。「レイチェル！　ジェイコブ・フリントです。どうしてぼくを呼んだんですか？」

ことばが口から出たとたんに勘ちがいだったとわかった。彼女はジェイコブに会いたかったのではない。自分の姿を見せたかったのだ。通りよりはるかに高い屋上の端で、いまにも身投げするかのようによろめいている。

オークスがポケットから呼子笛を取り出し、思いきり吹いた。「ミス・サヴァナク！早まったことはしないで！」

ゴーント館の正面のドアが開き、トルーマンが階段を駆けおりてきた。彼の妻が倒れそうになりながら追ってきた。運転手の顔は恐怖で翳り、家政婦の顔は涙で濡れていた。

「いったい何が？」オークスが訊いた。

「彼女が屋上に上がったのでついていったら、ドアに鍵をかけられました。こういうことになるのを怖れていたんだ、けりがついたあとで……」

「けりがつくって、ヴィンセント・ハナウェイが死んだことですか？」サラが訊いた。

「判事は何度も自殺を試みました！」トルーマン夫人がすすり泣きながら言った。「彼女はそれを頭から消すことができないんです」

ジェイコブはそのことばを聞いて、ベンフリートの殺人事件があった夜に夫人が言ったことをふいに思い出した。彼女を滅ぼせる人はただひとり……彼女自身です。まるで予言のようだった。夫人はレイチェルが自殺することを怖れていたのだろうか。

「こんなところで話している暇はない！」トルーマンが叫んだ。「彼女はいまどこに？」

「見えなくなりました」ジェイコブが言った。「家の裏に階段はありませんか？」

「錆びた古い避難梯子があるが、使えば死ぬだろう」

ゴーント館と隣の建物を敷石の路地が隔てていた。ジェイコブは歩きだし、オークスも続いたが、トルーマンがふたりを肩で押しのけて路地の入口に立ち、厳つい顔に絶望の表情を浮かべて屋敷の屋上を見上げた。

「やめてください！」彼は怒鳴った。「お願いだから聞いてください！　どうか！」

ジェイコブには、四階上の闇のなかで揺れている姿がほとんど見えなかった。はるか上から叫び声が聞こえ、トルーマン夫人がうめいた。

次にジェイコブが聞いたのは、湿った空気を切り裂くくぐもった悲鳴と、大鎌を振りおろしたような、胸の悪くなるドサッという音だった。トルーマンが路地に飛びこんで走り、オークスがすぐあとを追った。笛に応じて現われていた警官もうしろについていた。

サラが驚きに息を呑み、家政婦が金切り声をあげた。「ああ、神様！　あれほどしないでとお願いしたのに！」

ジェイコブが叫んだ。「ここで待って！」

彼も路地に駆けこんだが、走る必要はなかった。できることは何もなかった。オークス警部と別の警官とトルーマンが、路地の突き当たりに集まっていた。運転手はシャベルのような手で眼を覆い、傷ついた動物にも似たうめき声を発していた。

「近づくな！」オークスが叫んだ。

ジェイコブがうしろを振り返ると、サラとトルーマン夫人が恐怖に凍りついてじっと見ていた。頬に傷のあるメイドも加わって、肩で息をしていた。メイドは正気を失ったように甲高い声で叫んだ。

「ああ！」

ゴーント館の庭と人が通る路地を高い塀が区切り、塀の上には短刀の刃のように鋭い黒い鉄の忍び返しがのっていた。

「シーツを取ってきてくれ」トルーマンが低い声でメイドに言った。「頼むから、マーサ、見ちゃいけない！」

まともな精神の持ち主で見たい人などどこにいる？　ジェイコブは思った。

オセロットの毛皮のコートを着た女性の体が、忍び返しに刺さっていた。頭が垂れ下がって、首の骨が折れたかのようだった。つやのある黒髪は見まちがえようがない。思わず顔をそらすまえにジェイコブが認めたのは、見つめ返すレイチェル・サヴァナクのうつろな眼だった。

## ジュリエット・ブレンターノの日記

一九一九年二月七日

夜中をだいぶすぎたけど、眠れない。あまりにも短いあいだに、あまりにも多くのことが起きた。まわりの世界が一変してしまった。

始まったのは今日の午後だった。やっと土手道がまた通れるようになって、ハロルド・ブラウンがサヴァナク荘に戻ってきた。わたしが台所でヘンリエッタと話していると、彼がどすどす入ってくるのが聞こえた。

「パントリーに隠れて！」ヘンリエッタが小声で言った。

わたしはあわてて隠れ、ぎりぎりのところで見られずにすんだ。みだらな挨拶の口ぶりから、ブラウンがへべれけに酔っているのがわかった。

「クリフがあなたに会いたがってます」ヘンリエッタは言った。「体調はかなりよくなった。あなたがマーサにしたことも知っている」

ブラウンは怒りにまかせて悪態をついた。「あの男、くたばるはずだったのに……」

「くたばったのは娘のほうでしたよ。若いレイチェル」

「なんだと？」

「いなくなってよかったわ。彼女が大尉とミス・イヴェットに薬をのませろとあなたに命じたの？」

「くそっ！」彼の声が甲高くなった。「そのナイフをおろせ！」

「妙なことをしたら……」ヘンリエッタは低い声で言った。

「おれは出ていく。もうあんたとは二度と会わない」呂律がまわらず、ぎくしゃくした話し方だった。とてもわが身を守れる状態ではないのがわかった。

わたしはパントリーから飛び出した。「そのナイフを使って、ヘッティ。苦しませてやって、こいつがマーサにやったみたいに！」

ブラウンはわたしを罵ったが、くるりと踵を返して台所から走り去った。

「クリフ！」わたしは叫んだ。「彼が逃げる！」

でも、クリフはまだ二階のベッドにいて、復讐のチャンスをつかむほどには回復していなかった。わたしはブラウンを追いかけて小さな拳で殴りつけてやりたかったが、ヘンリエッタに止められた。

あとでヘンリエッタがわたしの部屋に来た。ブラウンは島から出ていき、戻ってこないだろうと彼女は言った。さらに、判事が会いたがっていると。

わたしはもちろん断わった。母と初めてこの島に来てからというもの、判事には近づかなくてすむように母が気をつけてくれていたのだ。

でも、ヘンリエッタに頼みこまれた。彼の頭はめったになくはっきりしているが、衰弱しているとヘンリエッタは言った。

興味が湧いた。判事の病んだ心に何が去来しているのだろう。結局わたしは折れた。

ヘンリエッタのあとについて書斎に入った。判事は娘のベッド脇から離れ、机について坐っていた。こちらに眼を上げると、顔には苦痛のしわが刻まれていた。百歳くらいに見えた。

「レイチェル」彼は言った。「元気そうじゃないか、愛しい娘。もう寝てなくていいのか？　おやすみ、かわいいわが子」

そう言うと、判事はまた机の書類を読みはじめた。

わたしはことばを失った。ヘンリエッタが手振りでわたしを部屋から連れ出した。外に出るなり彼女はドアを閉め、人差し指を唇に当てた。

「わたしと台所まで来てください」

クリフが待っていた。やつれていながらも、なんとか弱々しい笑みを浮かべ、判事を見ましたかと尋ねた。

「心がさまよってるみたい。きっとレイチェルのことが受け入れられないのね。わたしを彼女の名前で呼んだ」

ヘンリエッタとクリフは眼を見交わした。

「つき合ってあげればいいのでは？」クリフが言った。「つき合って減るもんでもないでしょう？」

# 31

「記事を書かないと」三十分後にジェイコブが言った。

「クラリオンは待たせればいい」サラが言った。

ふたりのまえにブランデーの空いたグラスがあった。彼らはゴーント館から一キロ足らずのパブに退避していた。広く心地よい酒場は陽気なアイルランド人の客で混み合い、樫の梁からいくつもぶら下がったおまるで飾られている。オークス警部はサラに死体を見せなかったが、彼女の顔は青ざめ、別の女性が死ぬところを見たショックを如実に示していた。サラは自分とジェイコブのためにコニャックを二杯注文し、ジェイコブも異は唱えなかった。

「レイチェルには生きる理由がいくらでもあったのに」ジェイコブは同じ話をくり返した。「若くて、きれいで、信じられないほど裕福で。どうしてそれらすべてを思いつきで捨ててしまえるんです？」

「思いつきだったの？」サラが静かに訊いた。「あなたとオークス警部を目撃者として呼んだんでしょう。まるで役者の引退公演みたい。忘れがたい最後の花道というような」

ジェイコブの頭は棍棒で殴られたように痛んだ。「でも、なぜ？」

「罪悪感、後悔、誰にわかります？」

情報を与えすぎないように注意して、ジェイコブは言った。「一度家政婦が、彼女には自殺の傾向があると仄めかしたことがあります。ぼくもそのときには注意を払わなかったけど、もしかすると……でも、どうして罪悪感を？　彼女はリナカーに正義をもたらしたんでしょう。だったら……」

「ねえ、ジェイコブ」サラは彼の冷たい手をぎゅっと握った。「わかりません？　彼女はサヴァナク判事の狂気を受け継いでいるし、それだけじゃない」

ジェイコブはさっと顔を上げた。「それだけじゃない？」

「イナニティでの最後の夜、ウィリアムから彼女の話を聞いたんです。ウィリアムがプライベート・ラウンジで彼女と会話して楽屋に戻ってきたときでした。いつになく静かだったので、どうしたのと訊くと、彼女の父親は怖い人だったけれど――それでもウィリアムは判事を尊敬していたんですよ、お忘れなく――レイチェルのほうがもっと怖いって。執念深い人だと言っていました。情け容赦がないと。わたしには意味がわからなかったけど、いま思うと……」

「何を思ったんですか？」

サラは唇を噛んだ。「もしレイチェルがジョージ・バーンズを説得してウィリアムを殺させたのなら」

「そんなこと信じられない！」

「どうして？」彼女はビアマットをくしゃくしゃにした。「彼が木にぶつけた車の代金を払ったのは誰？」

ジェイコブは眼を閉じた。「ブランデーをもう一杯飲みましょうか」

アイルランド人の客のひとりが調子っぱずれの歌を大声で歌いはじめた。サラは小さく震えた。「レヴィ・シューメイカーがあなたに言ったことを憶えてます？　レイチェルは子供のころ、父親を焚きつけてブレンターノと愛人を殺させたって。その真相を知っている人間を、レイチェルがなんらかの方法でひとり残らず消し去ることに着手したのだとしたら？　パードウだけでなく、リナカー、ハナウェイ親子、そしてウィリアムまで。あなたの同僚のベッツも含まれていたのかもしれない。かりにハロルド・コールマンがレイチェルを強請ろうとしたのなら、彼女はコールマンの昔の友人たちに連絡して、たやすく彼を追うことができたでしょう。レヴィ・シューメイカー自身も……」

ジェイコブは愕然として、サラの悲しみをたたえた眼を見つめた。「どうやってそれらすべてを手配できたというんです？」

「充分な資金があれば、なんだって手配できる。細かいところまでは推測できないけれど。彼女が注意深く日付を選んでいるのは確かです。だって今日は〈劫罰協会〉の創立五十周年の記念日だから」

「え？」

「判事が協会を設立したのは一八八〇年一月二十九日だったんです。ウィリアムの話では、毎年記念日が来ると、おぞましい儀式で祝っているそうで」

「儀式？」

「協会の選りすぐりの会員がギャロウズ・コートに集まるんです。くわしいことはウィリアムも話してくれなかった。でも、とてもことばでは表現できないくらい堕落した祝い方で、ウィリアムの言ったことから想像すると……毎年、娯楽で誰かを殺しているとか」

ジェイコブは脈が速くなるのを感じた。「チャールズ・ブレンターノとイヴェット・ヴィヴィエは一月二十九日に死んだ。十一年前に」

「その日がすべてを物語っています」サラはささやいた。「レイチェル・サヴァナクはふたりを生贄として父親の集団に提供したのでは？」

「彼女はまだ十四歳だったんですよ！」

「あの父親の娘だから」

「つまり、今日という日を選んだのはそのため——すべてを終わらせるためだったと？」

「この日が似つかわしいと思ったのではないかしら」

ジェイコブは、うーんとうなった。「真相は闇のなかだ」

「正直なところ」サラは言った。「正確な真相は永遠にわからないのかもしれませんね。オークスが彼女の運転手を締め上げて情報を得れば別だけど」

ジェイコブはベンフリートの殺人事件があった夜を思い出し、胃のなかのものがせり上がってくるのを感じた。あのバンガローで自分が果たした役割については、必死の思いで胸に秘めていた。殺人こそ犯していないものの、警察をあざむいたのは確かなのだ。レイチェルは死んだが、トルーマン夫妻は熟練の嘘つきだ。自分はまだ危険にさらされているのだろうか。

「彼はそういう類いの人には見えなかったけど」

「それならどういう類いの人？」サラの表情は思いがけず激しかった。「どんな類いの人と話しているか、確信できることなんてないでしょう？　あなたは新聞記者。人が見た目どおりではないことを知っているはずです。たとえ彼らが舞台に立って生活の糧を稼いでなくても」

社に戻ってレイチェル・サヴァナク自殺の衝撃的なニュース記事を書くべきだというのはわかっていたが、あまりにも疲れて気分が落ちこみ、筋の通った段落ひとつひねり出せなかった。少なくともサラにとっては、その朝いい知らせがあった。寡婦《ウィドー》のビアンキがミラノから帰ってきて、キアリーと共有していたケアリー・ストリートの家にサラをしばらくかくまってくれることになったのだ。

「本当にそこでいいんですか？」ジェイコブは、ふたりで通りの角に立ってタクシーを待ちながら訊いた。

「嵐のときにはどこの港でも」サラは微笑んだ。「しかも、すばらしく豪華な港だし。運がよかったと思います」

「ぜったい安全ですか？」

「わからないの？」彼女は訊いた。「もう終わったんです。狂気は一掃された。キアラ・ビアンキは昔から親切にしてくれます。大陸の人たちは本当に大人なので。大きな邸宅で、独立したアパートメントまでついていて」

「よかった」ジェイコブは言ったが、どこか上の空だった。レイチェルの死のせいで心が冷え冷えして、うつろだった。

「ふたりで住める広さですけど」彼女は言った。「あなたはいま……？」

ジェイコブは彼女をまじまじと見た。

「差し出がましい提案でしたね。ごめんなさい」サラはわずかな笑みを自分に許した。

「わたしはあなたより年上だし、過去のある女です。あなたは賢くて若い青年で、これから世の中で名をなそうと決意している。どうかいま言ったことは忘れてください」

ジェイコブは彼女の手を取り、タクシーのヘッドライトが霧を貫いて近づいてくるまで、それを放さなかった。


サラはケアリー・ストリートに立つジョージアン様式の左右対称の邸宅の呼び鈴を鳴らした。ドアがさっと開き、青いチュニックを着た小柄な中国人女性が一礼して脇にどき、寒さと霧からふたりを逃れさせた。

「お帰りなさいませ」

「ありがとう、メイ。こちらはお客様のミスター・フリント。あとで荷物は送ってもらいます。とりあえず彼を居間にご案内してください」サラはジェイコブのほうを向いた。

「わたしは身だしなみを整えなければなりません。五分もかかりませんけど。もうすぐウィドー・ビアンキが戻ってきます。その間、体が温まる飲み物をメイが用意してくれます。ヴェッキア・ロマーニャがいいんじゃないかしら」

メイがジェイコブの先に立って、額入りの絵がずらりと並ぶ広い廊下を進んだ。ジェイコブの無教養な眼には、巨匠たちの作品のように見えた――ラファエロ、ベッリーニ、おそらくティツィアーノ。仔細に眺めるまえに、小柄な女性から部屋に入るよううながされた。そこは贅を尽くした長方形の居間で、壁はフレスコ画で覆われ、豪華な長椅子にビロードのクッションが置かれ、床には複雑な模様のペルシャ絨毯が敷かれていた。装飾全体はイタリア貴族の雰囲気だ。小鳥のような女性はクリスタルのタンブラーになみなみとブランデーを注いだあと、彼を部屋に残して出ていき、ドアを閉めた。ジェイコブは長椅子に坐って、酒の強い香りを味わった。眼を閉じ、トスカーナ地方の宮殿《パラッツォ》でくつろいでいるところを想像した。

レイチェルの死はとてつもない衝撃で、それについて記事を書く気持ちになれるかどうかわからなかった。どれほど遠くまで、しかも速く歩いてきたことか。パードゥが死んだ夜、ゴーント館の外で待ち伏せした新米記者は成長していた。

将来はどうなるのだろう。サラはレイチェル・サヴァナクとはまったくちがう。弱さを伝えるすべを心得ていて、ジェイコブの保護本能に訴えるが、精神的な強さがあるのはまちがいない。彼の骨をブラマンジェに変えてしまったレイチェルの自殺も、サラを恐怖ですくみ上がらせるというより、驚かせただけだった。サラはとても率直だが、〈劫罰協会〉には彼女が語っていない暗い話がまだたくさんあるはずだ。

きびきびしたノックの音で、ジェイコブは現実に引き戻された。部屋の遠い端のドアが開き、女性が入ってきた。絹のようになめらかな黒髪が引き締まった腰まで垂れている。肩にはほとんど透き通ったビロードのケープをまとい、ボタンをはずしているので、アップルグリーンの薄織物のイブニングドレスが見えた。ハイヒールをはいてすらりと背が高く、つやのある白い手袋をはめて、片手に珊瑚と真珠の刺繍が入った絹のハンドバッグを、もう一方の手に長い煙管《キセル》を持ったその姿は、ジェイコブには大陸の粋の化身のように見えた。彼女のあとには、浅黒くたくましい男性の使用人がついていた。

「こんばんは《ブオナセーラ》、シニョール・フリント」

ジェイコブのイタリア語の知識は、ミラノ出身の知的で洗練された婦人との会話の経験と同じくらいかぎられていた。手袋をしているときに握手はするのだったか？　社交のマナーがわからなかったので、ジェイコブは堅苦しく控えめにお辞儀した。

「こんばんは《ブオナセーラ》、シニョーラ・ビアンキ」

驚いたことに、女性は顔を輝かせ、拍手するふりをした。「ブラヴォー！　イタリア人のように流暢ですわ！」

もちろんからかわれているのだが、ジェイコブは気づくと笑みを返していた。

「ありがとうございます、シニョーラ・ビアンキ」

「どういたしまして、ジェイコブ」

ジェイコブは眼をむいた。一瞬で彼女の声が変わったのだ。なめらかな発音のイタリア語がふつうの英語に変わり、ほんのわずかながらロンドン訛りまで感じられた。ぜったいに聞きまちがいではない。

ウィドー・ビアンキは、サラ・デラメアだった。

## ジュリエット・ブレンターノの日記

一九一九年六月三十日

ほとんど信じられないことだけど、まだ誰にも気づかれていない。

たしかにわたしたちは運がよかった。でも、大胆さが功を奏したとも言える。今日はもっとも厳しい試練があった。判事のいちばん古くからの友人が訪ねてきたのだ（もちろん、わたしはいつも彼を判事と呼んでいる。〝お父さん〟なんて口が裂けても言えない）。その友人とは彼の顧問弁護士、ゲイブリエル・ハナウェイだ。

ハナウェイは、判事の見た目と態度にありありと動揺していた。老いた暴君がまたしてもすべてを終わらせようという拙い試みで階段に身を投げ、肋骨を折ってから二週間足らず。強い鎮痛剤でほとんどの時間は意識朦朧としていた。そんなときにハナウェイを招くのは賢い判断だろうかとヘンリエッタに確かめたのだが、彼女は、判事を世間から隠すぎるとハナウェイに疑いを抱かれると言った。判事の状態をひと目見れば、この先来訪を断わっても納得するだろう、むしろほっとするのではないか、と。

わたしが紹介されると、弁護士は十四歳の娘と話すことに明らかに不慣れだったものの、なんとか儀礼のことばをひねり出し、母上の葬儀でお会いしたときからずいぶん大きくなられましたねと言った――レイチェルの母という意味だ。どこかおかしいと感じた様子はまったくなかった。

こんなことを言うのは嫌だが、わたしは思ったより体格がレイチェルに似ていたようだ。彼女のほうが背が低くてぽっちゃりしていたけれど――怠け者だったから――この年頃の少女の外見が変わるのは早い。わたしはいま髪を伸ばし、ヘンリエッタの助言どおり染めて、レイチェルのスタイルをまねている。外見はまたすぐに変わる。わたしたちはどちらも眼が黒く、頬骨が高く、レイチェルのほうが色白で鉤鼻っぽいが、そうした細かいところにはほとんどの人が気づかない。ふとした折に村に出かけても、誰もがわたしをレイチェルだと信じて疑わない。聞いた話では、例の裁縫師が近所の人に、わたしの体つきがすらっとして大人びたとまで言ったそうだ。疑り深いある女性も、わたしがすっかり若いレディになりつつあるとつぶやいた。

長年孤立して暮らしていたことも、わたしたちに有利だった。外の世界にはほとんどかかわらず、あちらからかかわってくることもなかったのだ。判事がみずから面倒を起こせた時期に母がわたしを彼から遠ざけておいてくれたのは、本当にありがたかった。母自身は教育を受けていなかったけれど、わたしに読書と勉強を勧めてくれたことは、何よりも貴重な贈り物だった。もちろん書斎の一部の本は、わたしの年齢の少女が読むのにふさわしくない。それどころか、たぶんどんな年齢の人にもふさわしくないものもある。けれども、わたしは本当にたくさんのことを学んだ。ヘンリエッタが言うには、わたしは実際の歳よりずっとませているらしい。

判事はどこまで理解しているのだろう。完全に自分をだまし、レイチェルは生きていると心から信じているのだろうか。それとも、貧相な葬式でジュリエット・ブレンターノとして埋葬された少女がじつは自分の娘だったことを知ったうえで、あえて知らないふりをしているのか。式は耐えがたかったが、ありがたいことに時間は短く、参列者もほとんどいなかった。これだけの人がインフルエンザで死んでいるなか、ひと握りの人しか会ったことのないひとりの少女の死は、村のよぼよぼの医師であれ、間の抜けた牧師や教区のほかの誰であれ、わざわざことばを寄せるほどの価値もなかったのだ。

判事はレイチェルに身も心も捧げていると公言していたが、実際には彼女にほとんどかかわろうとしなかった。ゴーントで余生を送るためにロンドンから戻ってきたあともだ。

レイチェルもまた、彼のとっておきの所有物にすぎなかった。書斎に集めた稀少な初版本と同じように。

クリフに説得されて、わたしもこうすることで八方丸く収まると信じるようになった。判事がわたしを娘として扱いたいのなら、調子を合わせて何が悪い？　もうひとつの選択肢よりひどいとはとうてい言えないだろう。

クリフは正しかった。判事が精神病院に閉じこめられたら何が起きるかなんて、考えるのも耐えられない。彼の甥と娼婦のあいだにできた非嫡出の娘として、わたしは彼に何も要求できなくなる。いま頭上にある屋根の下に住むことすら。

その反面、レイチェル・サヴァナクとしてなら、いつかわたしは莫大な財産を相続するかもしれない。

# 32

「サラ！　本当にあなたなんですか？」ジェイコブの声は驚きでかすれた。

彼女は笑いながら白い手袋を脱ぎ、煙管といっしょに使用人に渡した。「ええ、ジェイコブ、よく見破りました。わたしは二重生活を送っていたんです。成功した孤児という役柄では行動がかぎられてしまうので。わたしたち役者の多くがそうですが、ウィリアムも夢想家でした。美しい外国の愛人に憧れていたから、わたしが彼の人生に欠けていたものを提供したんです。豪華な新しい人格を演じることは、わたしに向いていました。サラにも禁忌は少なかったけれど、キアラにはまったくなかった」

肩をゆすってケープを落とすと、使用人が拾って腕にかけた。「頭がこんがらかりました、ジェイコブ？」

「なんと言えばいいのか」彼はつぶやいた。

彼女は微笑んだ。「ウィドー・ビアンキは、当然サラ・デラメアといっしょに目撃されることはありませんでしたが、そのことには誰も驚きませんでした。愛人と元愛人が親友になることはめったにないので。ただ、どちらも機会があるたびに、裏でふたりが仲よくしていることは有名だと触れまわっていたんですけどね。演技を愛する人間にとっては、こういうことが心の糧になる。偽装の貴い技術ですよ、わが親愛なるジェイコブ」

「でしょうね」ジェイコブはあくびをした。「すみません。言ったように、昨日よく眠れなかったもので」

「そうね」彼女の明るい笑みが消えた。「さて、これからわたしたちがどうするか、話し合わなければ」

使用人が無表情で見ているまえで、ジェイコブは部屋の豪華な内装を指し示した。「あなたはものすごく裕福なんですね、サラ。ここにあるものはすべてあなたの所有物ですか？」

「ええ、レオナルド・ダ・ヴィンチの最後の一枚の絵まで。必要な手続きがすめば、ということですけど。ウィリアム・キアリーは財産のすべてをわたしに遺したんです」彼女の眼がきらりと輝いた。男性から下品すれすれの冗談を聞いた未婚のおばのようだった。

「あまり身も蓋もないことは言いたくありませんけど、それで心への打撃が少し弱まったのは事実です。あなたのおっしゃるとおり。みずから裕福だと認める人はいませんから、クロイソス王（紀元前のリュディア王国の王で、大金持ちの代名詞）のように快適だと言うにとどめましょう」

その皮肉な調子に、ジェイコブは居心地が悪くなった。「つまり、こういうことです。ぼくはどこにでもいる新聞記者で、あなたは美しい遺産相続人だ。たとえ一ペニーもなくたって、あなたは男を自由に選べるだろうに、どうしてぼくなんかと未来を分かち合いたいのですか？」

「ひとつあなたのすばらしいところは」サラは言った。「記者としての野心は満々でも、本当に謙虚なこと。そこは哀れなウィリアムとぜんぜんちがいます。彼のエゴは登頂不可能なエヴェレストのようだったから。あなたとこんな状況で出会ったのはとても残念ね。わたしがもっと若いときだったら、ふたりでいったいどんなことが達成できたか」

口調はやさしいが、ことばは辛辣だった。彼女はジェイコブとゲームをしていた。いまやどちらも最後の手を打った。

ジェイコブとしては、まだいくばくかの尊厳が残っているうちに、この場を去るしかなかった。関節の痛みをこらえて立ち上がろうとしたが、意外にもあらゆる動きが重労働で、なすすべもなくたちまち長椅子にへたりこんだ。サラに指示を出された使用人が一歩進み出た。

「いいえ」ジェイコブは言った。「大丈夫です。本当に助けてもらう必要はありません」

サラはため息をついた。「ああ、ジェイコブ。あなたはわたしの寛大さに期待しすぎている。その魅力でなんとかここまで来られたけれど、ここまでうぶだと考えものね」

「だから大丈夫だと……」

彼女からの合図で、使用人が上着のなかに手を入れ、細身の短剣《スティレット》を取り出した。柄に螺鈿《らでん》がほどこされている。男はすばやい動作で細い刃を出し、輝く刃先をジェイコブの喉に突きつけた。

「このマウリツィオ・ガウディーノはイタリア北東部の出身なの」サラは言った。「故郷のマニアーゴで、家族がこの怖い武器を製造している。ひとつずつ手作りで、意匠を凝らしてある。急に動かないでね。これは彼のおじさんのお気に入りの剣で、彼は使いたくてたまらないの。一瞬で人を切り裂くことができる」

「サラ」ジェイコブは食いしばった歯のあいだから言った。「これは何かのおふざけですか?」

「ふざけてはいません」彼女は穏やかに言った。「もっとも、わたしのユーモアのセンスは残酷になることがあるけれど。さっき、これからどうするか話し合わなければ、と言ったでしょう。あれは、これからあなたに何をするつもりか説明しなければいけないという意味だったの」

鋼鉄の刃がジェイコブの肌をかすめたが、彼が感じたのは体のひどいだるさだけだった。

「ブランデーに薬が入っていた？」

「科学で解明できない猛毒じゃないから心配しないで」サラは言った。「あなたが摂取したのは、ただの弱い鎮痛剤。後遺症は残らないけど、頭はずきずきするし、手足は鉛の重りのようになるから、もう抵抗はできない」

「それはよかった」ジェイコブはかすれ声で冗談を言わずにはいられなかった。「後遺症がなくて」

「鎮痛剤の後遺症についてはね」彼女は静かに続けた。「ほかの点では、悪い知らせがある。憶えているかしら、一月二十九日は〈劫罰協会〉の五十周年記念行事《ゴールデン・ジュビリー》の日なの。伝統にのっとって、毎年この日には、わたしたちの過去、現在、未来の幸運を祝うために生贄を捧げることになっている。レイチェル・サヴァナクは自分の不滅の魂を差し出すと言ってわたしをだましたけれど、代わりにあなたですますことでよしとしましょう」

「わけがわからない」ジェイコブは、まわらぬ舌で言った。「演技はやめてください。おもしろくもない」

「女優といえども、つねに演技をしているわけではないの」サラはバッグを開け、小型の拳銃を取り出した。「あなたが〈刧罰協会〉について想像した禍々しいことは、すべて真実よ。わけがわからないなんて言うのは失礼です。ただ、ここであなたを撃てば、怪我だけでもこの見事な絨毯が血で汚れるから困るけど」
「サラ」ジェイコブはささやいた。「どうしてこんなことをするんです？」
「なぜなら」彼女は言った。「究極の喜びに勝るものはどこにもないから。つまり、別の人間の生殺与奪の権を握る、ぞくぞくする喜びに」

ガウディーノがワイヤーロープでジェイコブの手首と足首を縛り、大きすぎる荷物のように彼を長椅子に置いた。ジェイコブが弱々しく抵抗すると、大男は彼の頭を分厚い平手で二、三度叩いた。ジェイコブの苦難が続くあいだ、サラは自分の話をした。長年、報道機関の取材には苛立っていたと言った。ステージ紙の記者に打ち明けることなどないに等しい。けれども、相手がジェイコブだとちがった。

サラが生まれたとき、母親は結婚しておらず、サラはそのままオックスフォード孤児院に送られた。厳密に言うと孤児ではなかったが、母親は彼女が三歳のときに死んだ。父親が金持ちの権力者だったことから、サラはほかの子供たちより優遇された。魔法とマスケリンへの興味は現実逃避として始まり、前衛奇術に傾ける偏執的な愛情として身を結んだ。

社会制度の決まりや制限に憤慨していた彼女は、舞台に立つことで別人を演じる機会を得た。

「演技は大好き」サラは言った。「ほかの何よりも。ウィリアムはわたしに夢中になった。彼の完全な服従をたんに隠すために、ほかで女遊びをしているという話をふたりででっちあげたの。彼からずっと結婚してくれと懇願されていたけれど、わたしは断わりつづけた。幸せな家庭生活なんて、たとえ裕福な有名人の妻としてだって耐えられなかったから。勲章や家財のひとつにはぜったいなれなかった。

人目を避けて暮らすウィドー・ビアンキという人格を生み出し、気骨のあるサラ・デラメアに、振られた愛人という役柄を演じさせるのは愉しかった。ウィリアムが教えてくれた〈劫罰協会〉にはすっかり魅了されたわ。孤児院であれだけ多くのことを目にしたから、どんな邪悪な行為にも驚かなかった。わたしはウィリアムの行為すら物足りないと思うほど趣味を深めた。そしていつか〈劫罰協会〉に加わるだけでなく、組織を新たな高みに導くことを夢見るようになったの。大胆で高貴な野心だと思いません？」

ジェイコブは彼女の眼がここまで強く輝くのを見たことがなかった。弱って疲れてもいたが、彼は口を開かずにはいられなかった。

「サラ、それはある種の隷属だ。金持ちで残酷な男たちの伝統に自分を縛りつける」

「あなたにはわからない」彼女は言った。「これはわたしの生まれながらの権利なの」

「そのとおり、ぼくにはわからない」

うっとりした表情で、サラは銃をなでた。

「わたしの父親はサヴァナク判事。わたしは彼の第一子なの」

＊

ジェイコブの頭にはロンドンの通りにも増して霧がかかっていた。ブランデーに入っていた鎮痛剤は弱かったのかもしれないが、何も筋道立てて考えられなかった。

「つまり、あなたはレイチェルの異母姉？」

「ねじ曲がった法律のせいで、わたしは自分の遺産を奪われた。結婚証明書という馬鹿げた紙一枚でそうなったの。わたしが生まれるまえにはなかったことが、ふたりの人生にこれほどのちがいを生んだ。わたしは判事の血肉を受け継いでいるのに、そのことにはなんの意味もなかった。彼女が正当な子で、わたしは私生児」

ジェイコブはつぶやいた。「判事はあなたを孤児として扱い、孤児院に入れた」

「わたしの母は娼婦で、酒の飲みすぎで死んだ。判事は当時、もっとも怖れられた反対尋問者だった。〈劫罰協会〉を創設したのはケンブリッジを出たあとよ。そこは退廃趣味中毒になった金持ちの若者のエネルギーと情熱のはけ口だった。活動のための基金は抜け目なく投資された。会員の愛人を住まわせたり、娼館として使ったりする不動産を買ったの」

「病んでいる」ジェイコブはつぶやいた。

「ギャロウズ・コートがすべての中心にあった。オックスフォード孤児院は会員たちに終わりのない……新しい血を供給した。どんな趣味の要求も満たされた。母はわたしを早産するまで妊娠を隠していたの。そうしなければ、まだ生まれていないわたしといっしょに殺されると思ったから。そして、わたしはミセス・マンディのやさしい手に預けられることになった」

「気の毒に」ジェイコブはほかになんと言えばいいのかわからなかった。

サラは彼の同情を銃のひと振りではねのけた。「憐れみは失敗の果実よ。わたしは自分が偉大なものをめざす運命だと理解していた。父親が誰かわかるまえからね」

「どうしてわかったんです？」

「彼自身の口から聞いたの。判事を辞める直前に、わたしを呼んで——そう、わたしはそのことについても嘘をついた。彼は憂いに沈んで打ち明けた。ときどき、自分の精神が崩壊していることがわかる身の毛もよだつような瞬間が訪れて、苦しめられたと。自殺も考えたと言った。オールド・ベイリーで手首を切るよりずっとまえにね。彼はゲイブリエル・ハナウェイを通してわたしにお金をくれた。大金に思えたけれど、彼の富からすればほんのわずかだった。レイチェルが相続人になるしかない、と彼は言った。おまえよりレイチェルのほうが若くても。それが法律だ。おまえではなくあの子のほうが私生児だったらよかったが、私が結婚したのはあの子の母親であって、おまえの母親ではなかった、とね。そのときには判事が本当にわたしを思いやってくれているのがわかった。レイチェルがどこかおかしいことも。わたしの邪魔をするレイチェルが憎かった。彼女のほうは、幸せなことにわたしの存在など何も知らなかったわけだけど。

判事はゴーントに逃げた。でもゲイブリエル・ハナウェイに命じて、わたしの身の安全は図ってくれた。ハナウェイ家はすでに王朝を築いていて、マカリンデン家やリナカー家といった家族も同じだった。生まれながらに権力と影響力を手にした人たち。世界全体に対しても、〈劫罰協会〉に対してもね。ウィリアムですら自分を指導者と見なし、わたしをその配偶者と考えていた。でも、二番手はわたしのめざすところじゃない」

ジェイコブはささやいた。「どうしてそこまでありがたがる？　そんな……道楽者の協会がなぜ特別なんです」

サラは彼の無邪気さに口を尖らせた。「まだわからない？　一国の政府は興隆して没落する。銀行も繁栄して破綻する。でも〈劫罰協会〉はいつまでも続くの。世界は四年間の大殺戮のなかを這い進んだけれど、戦争で何百万ポンドという富が蓄えられた。パードゥとゲイブリエル・ハナウェイには金儲けの才能があった。だからわたしたちは好きなことができる。誰からも施しを受けない」声が大きくなった。「わたしたちは未来を手にしている」

「政治的な狂信者のようだ」ジェイコブはつぶやいた。

「チャールズ・ブレンターノは政界に進出したがった」サラは嘲笑った。「塹壕が彼を変えたのね。世界を変えたい、英雄たちにふさわしい国を築きたいと思うようになった。そして〈協会〉を裏切る決意をした」

「彼も会員だった？」

「一度はね。ブレンターノは判事が特別に目をかけた若者だった。怖いもの知らずで、向こう見ずで。判事がついぞ持てなかった息子だった。カード一枚がめくれることで二万ポンド勝ったり負けたりしても、まばたきひとつしない賭博師でもあった。彼がフランスの女性と子をもうけたとき……」

「イヴェット・ヴィヴィエと」ジェイコブは思わず口にした。

サラは彼をきっと睨んだ。「あなたがいなくなると、ジャーナリズムにとっては大きな損失ね、ジェイコブ。レイチェルがブレンターノの娘をどれほど嫌ったか知っているのね？」

「ぼくが知っているのは」彼は言った。「シューメイカーから聞いたことだけです」

「ブレンターノが彼女と結婚するのは論外だった。ヴィヴィエは娼婦で、そうでないふりすらしていなかった。でも彼女と娘は、戦争が目前に迫るまでロンドンでブレンターノに守られて暮らしていた。ジュリエットはオックスフォード孤児院に送られなかったの。ブレンターノは、戦争が終わるまで娘とその母親をゴーントにかくまってほしいと判事にかけ合い、愚かな老人は同意した。どうして彼女は贅沢な生活ができて、わたしは孤児院に閉じこめられなきゃならなかったの？　わたしのほうが資格はあったのに。判事自身の子なのだから」

ジェイコブの意識は朦朧としてきた。絶望し、信じられない思いで相手を見つめたが、サラは気づかなかった。彼女は自分自身に語りかけていた。

「ブレンターノとヴィンセント・ハナウェイは同じ部隊でフランスに出征して戦ったけど、ハナウェイは敵前逃亡罪を犯した。爆撃がもっとも激しくなったときにパニックを起こして、白旗を振ったの。彼の指揮下にいた兵士が五人殺され、残りは捕虜になった。ブレンターノはハナウェイの裏切りを決して赦さず、〈劫罰協会〉を蔑むようになった。もし生きつづけていたら、協会を粉々にしていたでしょうね。でも判事は、彼を排除する許可を出した。とはいえ、レイチェルがあの小さな指で彼を動かして、ようやくだったけれど。レイチェルはジュリエットとその両親を消し去るチャンスをつかんだの。ブレンターノに暴行されたなんて白々しい嘘をついたら、それがうまくいって、判事はブレンターノと愛人を罰することに同意した。ふたりは薬をのまされ、拉致されて、ロンドンのギャロウズ・コートまで連れてこられた」

「そして殺された」

「裏切り者として罰せられたのよ」サラは肩をすくめた。「詳細は省いてあげる。あなたが気絶するだけだから。巣に残された郭公《カッコウ》になった娘は、スペイン風邪で死んだ。少なくともそう伝えられている。レイチェルが彼女を毒殺したのだとしても、誰にわかる？　わかったところで誰が気にする？　三人が消えてせいせいしたといったところよ。判事の脳が腐ってきて、レイチェルとその少数の取り巻きたちがゴーントを支配した。判事はそのあと何年も生きていたけれど、ゲイブリエル・ハナウェイすら島には近づけなかった。レイチェルと侍者たちが島の砦に立てこもり、父親が死ぬのを待っていた。レイチェルは二十五歳の誕生日に、強欲の夢すらはるかに超える富を手にして、まっすぐロンドンに戻っできた。

当初わたしは、レイチェルが〈劫罰協会〉の支配権を握るつもりなのだと思った。でもいまは、ひたすら破壊を決意していたのだとわかった。過去を消し、自分自身も消したの。パードウ、ハナウェイ親子、ウィリアムは、レイチェルが判事を説得してブレンターノと愛人を殺させたことを知っていた。だから彼らもみな死ななければならなかった」

ジェイコブの頭の歯車がまわっていた。「クロード・リナカーは？」

「あんな軟弱者はそもそも会員として認めるべきじゃなかったわ」サラは軽蔑もあらわに言った。「レイチェルにとっては赤子の手をひねるようなもの。彼の死はウィリアムたちへのメッセージになった。残された彼らには、どうすればいちばんいいのかわからなかった。狂人と交渉はできないから。塹壕のヴィンセント・ハナウェイのように、みんなひどく怯えた。だからパードウはヘイズを殺したの。彼女は孤児院を出たとき、裏で何が起きているのかまったく知らなかったけど、パードウはレイチェルが彼女を見つけることを怖れて、危険は残しておかないことにした。トマス・ベッツが嗅ぎまわりはじめたときには、彼を排除しなければならないのは明らかだった。でも、わたし以外の人たちは十二月の七面鳥みたいにパニックに陥っていたから、もう放っておくことにして、ある夜、わたしは街路清掃人になった」

ジェイコブの喉が干上がった。「あなたがヨーワース・シアーだった？」

「いまわかった？　そうよ」彼女は音楽のようなウェールズ訛りで言った。「ウィリアムには、こののんびりしたしゃべり方は信じがたいほど本物に近いとよく言われたわ。職務質問してきた頭の弱そうな巡査をだますのはむずかしくなかった。質問に時間をかけなかったのは、わたしのことを男の同性愛者だと思ったからかもしれないわね。ここにいるマウリツィオが車を運転して、ベッツをはねた。ハナウェイ親子はレイチェルを脅して手を引かせようとしたけれど、素人ふたりを雇って失敗した。レヴィ・シューメイカーのときには、わたしは同じあやまちをくり返さなかった。ウィリアムの知り合いにナイトクラブのオーナーがいて、その配下に指示どおりに動かせるギャングがいたから、彼らを使ったの。その道のプロだったわ」

ジェイコブの顔の傷はまだヒリヒリした。「アムウェル・ストリートにぼくを訪ねてきた男は？」

「彼も雇ったの。あなたがわたしの居場所を黙っていてくれて、うれしかった。それすなわち、釣り針、釣り糸、重りであなたを引っかけたということだから。あのとき、とっても勇敢だったわね。いまは泣き叫びそうだけど」

ジェイコブは唇を噛み、何も言わなかった。

「それでいい。涙はあとのために取っておいて」そこでサラはため息をついた。「ウィリアムは、レイチェルを魅了してしたがわせることができると信じてた。思い上がりだったわね。致命的なあやまちだった。彼やほかの人たちがぐずぐずしているあいだに、レイチェルはひとりずつ始末していった」

「どうして彼女は自分の痕跡も残さず、あれだけの死をもたらすことができた？」

「レイチェルはパードゥとリナカーと話して、ゲームが終わったことをわからせたの。パードゥは死にかけていたし、リナカーの頭はクスリ漬けだったから、崖っぷちに立った彼らの背中をひと押しするのはわけなかった。そのあと彼女はジョージ・バーンズと結託して、ウィリアムを殺した。ハナウェイ親子については、レイチェルが執事を買収したのはまちがいない。彼らが死ねば〈劫罰協会〉は終焉すると思ったんでしょうね」

「どうして彼女は自殺を？」

サラは微笑んだ。「目標を達成したら、もう生きている意味がないじゃない。わたしたちは父親が同じだけど、決定的にちがうところがひとつある。レイチェルは判事の自己破壊の衝動を受け継いでいて、わたしは受け継いでいない」

ワイヤーロープが手首と足首に食いこむ痛みで、ジェイコブの眼に涙がにじんだ。鎮痛剤の効果は弱まってきたが、頭のなかはぐるぐるまわっていた。ジェイコブは絶望でめまいがした。これ以上の裏切りがあるだろうか。ほんの一時間前には、この女性と人生をともにすることを待ち望んでいたというのに。

「わたしに話させておけば、逃げるチャンスが増えると思った？」サラは腕時計を見ながら訊いた。「むしろ逆なの。こうして話しているあいだに、メイが準備を整えている。そろそろギャロウズ・コートに行く時間よ」

黙って聞いていたガウディーノがまえに進み出て、ジェイコブの肩をつかみ、長椅子から引き上げた。

「ギャロウズ・コート？」ジェイコブはささやいた。

「ほかにどこがある？」彼女は答えた。「五十年前の今日、〈劫罰協会〉が生まれた場所よ。名誉に思うことね。あなたはわたしたちの歴史に名を残す」

「外は霧かもしれないけど」ジェイコブは言った。「誰かに見られるとは思わないのか？」

「ああ、ジェイコブ。いま最後の勇気をのぞかせた？」サラは微笑んだ。「安心して。中世の異端者みたいに通りを引きまわしたりはしないから。ついてきて」

サラは部屋から出ていった。ガウディーノがジェイコブを引きずってあとに続いた。彼女は廊下の突き当たりのドアを開け、明かりをつけた。そこは石造りの階段室で、サラは興奮した子供のように階段を一段飛ばしでおりていった。ハイヒールをはいているのに、ぐらりともしなかった。

ガウディーノがジェイコブをまえに出して押した。階段は急で、倒れないように何かにつかまることもできない。何度も足元が危うくなった。

サラは階段をおりきったところで待っていた。そこは小さな長方形の空間で、狭い通路が曲がりながらリンカーン法曹院のほうへ伸びていた。トンネルの高さは百八十センチを超えるかどうかで、ガウディーノは天井にぶつからないように身を屈めなければならなかった。

「電灯よ」サラがトンネルの煉瓦の壁に埋めこまれた小さなライトを指差して言った。「現代の便利な器具はどんどん使わないとね。ロンドンのこのあたりには蜂の巣状に地下通路が張りめぐらされていて、昔のフリート川の流域には下水道や採石場もある。わたしたちは、バザルジェット（十九世紀ロンドンの下水設備を構築した土木技師）が夢にも思わなかったようなやり方でそれらを活用しているの」

サラは早足で歩きはじめた。ガウディーノがジェイコブを引きずりながら続いた。地面は平坦ではないが乾いていた。ただ、空気には饐えた水のにおいがわずかに漂っていた。

ジェイコブは眼をなかば閉じ、縛られた手足の痛みと、トンネルの向こう側で待っているものに対する恐怖を頭から締め出そうとした。どのくらいたったのかはわからないが、ぞっとする行進は、南京錠のかかった鋼鉄の扉のまえでようやく止まった。サラは鍵を取り出した。

「さあ着いた」彼女は言った。「ギャロウズ・コートはこの上よ。行きましょうか」

鋼鉄の扉が音もなく開いた。サラがスイッチを入れると、彼らのまえに半ダースのシャンデリアで輝かしく照らし出された部屋が現われた。ジェイコブは眼を開け、また閉じた。見たものが信じられなかった。

その地下室は、紳士クラブの喫煙室並みに美しく設えられていたが、広さは喫煙室の二倍で天井も高かった。トンネルより空気が新鮮なのは、おそらく見えないところにすぐれた換気装置がついているからだろう。革張りの肘掛け椅子と、チェスターフィールドのソファが豪華な雰囲気をかもし、ひとつの壁は大きなワインラックとバーカウンターで占められていた。その向かいの壁に飾られたさまざまなタペストリーは、ジェイコブが想像するに、もっとも暴力的で風変わりな性愛をモチーフにしている。ほんの数日前に見たのなら、それらが描写している行為に驚愕しただろうが、もはや彼に衝撃を与えるものはなかった。引き戸が左右に開いて壁に収納されると、部屋のいちばん奥に一段高いところがあり、そこに奇妙で威圧的なものが立っていた。金メッキをほどこされた、人間より大きな裸の女性像だった。

ガウディーノがジェイコブを押して部屋に入れ、うしろの鋼鉄の扉を大きな音とともに閉めた。サラがまわりのものに手を振った。「〈劫罰協会〉の本部へようこそ」

# ジュリエット・ブレンターノの日記

一九二〇年二月六日

一年がすぎた。とても信じられない思いだ。すべてが変わったのに、ゴーントでの生活は表向きそれほど変わらずに続いている。

判事の精神状態がさらに衰えたので、気持ちが焦る。わたしの両親の死の真相を知るいちばんの方法は、彼を説得して話させることだから。説得するか、強要するか。両方試したが、どちらもうまくいかなかった。いずれにせよ、なんであれ彼が言うことはもう当てにならない気がする。

真相の解明には時間がかかる。とはいえ、時間はたっぷりある。ヘンリエッタに言わせると、わたしは頑固者だが、この忍耐力と粘り強さは彼女も認めるところだ。この意志の強さがあるからこそ、新しい名前のもと新しい人生を作り出すことができる。かつては聞くだけでぞっとした名前だけれど。

わたしはレイチェル・サヴァナクになった。

# 33

ジェイコブは苦痛と恐怖と絶望で体の感覚を失った。彼がここにいることは誰も知らない。縛めを解くチャンスもない。オークスがレイチェルの遺体を安置所に運ぶために救急車に乗っていかなければよかったのだが。あの警部を除いて、自分の居場所を少しでも気にしてくれそうな人間は思いつかない。クラリオンの同僚で気にする者などひとりもいないだろう。

「過去五十年」サラが言った。「この部屋は秘伝の娯楽を数えきれないほど目撃してきたの。上席の会員は競うようにして独創的な儀式を考え出した。生贄という概念は人間の想像力のなかで最悪のものを引き出す。苦悩の梨、苦難の車輪、ファラリスの雄牛、ユダの揺籠——特別な苦痛を与える精巧な仕掛けの数々。不正直な料理人は窯で焼かれ、太りすぎの愛人は脂肪が煮えたぎる大釜で茹でられた。すべては内輪の仲間の娯楽のために」

ジェイコブはまばたきして涙を払った。「彼らはどこに?」

「あわてないで、ジェイコブ。レイチェル・サヴァナクのおかげで仲間の数は激減したけれど、あと三十分もすれば集まってくる。今夜はわたしに祭司をやらせてくれることになっているの」

「ぼくに何をするつもりだ？」ジェイコブはささやいた。

サラはついてくるよう手を振って、段の上の金色に輝く巨大な像に近づいた。ジェイコブの心臓は破裂しそうなほど激しく打っていた。彼が動くことを拒んでいると、使用人がこめかみを平手打ちし、まえに押して進ませた。

「アペガを紹介させてもらえる？」

クリスタルのシャンデリアのまばゆい光で、ジェイコブはなかなか眼の焦点を合わせることができなかった。打たれ傷ついて、ガウディーノが支えてくれなければ床に倒れてしまうところだった。

「アペガ？」

「アペガはスパルタの伝説の暴君と結婚したの。王は戦いに備えて、妻の姿に似せた機械装置を作った。その目的は敵を拷問することよ。自動人形《オートマトン》のアペガには鋭い刃がたくさん生えている。彼女の愛の抱擁は命を奪う」

ジェイコブはその刃を見た。巨大な裸像の頭から足先まで、小さいながら鋭く尖った刃が無数に突き出ていた。

「その二千年後、偉大な奇術師たちが自動人形を操って有名になった」彼女の声が畏怖の念で静かになった。「フォン・ケンペレンのチェスを指すトルコ人、フレデリック・アイルランドの自転車に乗るエニグマレル、ジョン・ネヴィル・マスケリンのサイコ。わたしが超えたくてたまらなかった機械の傑作たち。だからわたしは、命を吹きこむことのできる殺人機械を発明した」

彼女は咳払いをした。「おいで、アペガ。ジェイコブ・フリントがあなたに敬意を表したいそうよ。生まれつきロマンティックな人なの。お互いどうやって相手に身をゆだねるか、やってみせて」

ジェイコブは純粋な恐怖で催眠術をかけられたようになった。見えない歯車や車輪が動く金属音がした。自動人形はアペガは長い両腕をゆっくりとまえに伸ばし、関節のついた脚を動かしはじめた。自動人形は段からおりて前進しはじめた。動作は固く、ぎくしゃくしていたが、目的ははっきりしていた。彼に向かって伸びた腕には棘のような刃が並んでいる。アペガに捕まれば、体はずたずたに切り裂かれるだろう。

「あとで観衆が到着したら、彼女があなたを抱きしめて……」

ジェイコブは自動人形のうつろな眼を見つめた。「サラ、お願いだ」

サラは指を鳴らした。「待て、アペガ。まだ時は来ていない」

自動人形は動きつづけた。一歩一歩近づいてきた。

「止まれ、アペガ！」サラは叫んだ。「聞こえなかったの？　まだ早すぎる。そこで止まれ！」

自動人形はなおも進みつづけた。ぎこちなく、うるさい音を立てて、まっすぐジェイコブに向かってくる。横にいるガウディーノが緊張して、ジェイコブの腕を握る手に力がこもった。何かがおかしかった。奇術がうまくいっていない。あるいは、うまくいきすぎているのか。サラはもう主導権を握っていなかった。拷問機械がみずから精神を発達させていた。

「止まれ！」サラは一歩下がった。「もう一歩も動かないで」

アペガは動きつづけた。

「いますぐ止まれ！《スメッテレ・プロプリオ・オーラ》」ガウディーノが叫んだ。

彼はジェイコブの腕を放した。ジェイコブは革張りの肘掛け椅子に倒れかかった。バランスをとろうとしているうちに、自動人形はさらに近づいた。両腕がジェイコブのほうに伸びていた。

サラがハンドバッグから拳銃を取り出し、引き金を引いた。何も起きなかった。

「アペガを止めて！」自動人形はそれに気づいたように方向を変えた。一歩右に踏み出すと、アペガは進行方向をまっすぐサラ・デラメアに定めた。

「止まれ！」

ガウディーノは短剣型の飛び出しナイフを振り上げた。

「マウリツィオ！」彼女は叫んだ。

ガウディーノがナイフを振りまわしながら飛び出して、アペガと女主人のあいだに体を差し入れた。自動人形は腕を上げ、彼の手からナイフを弾き飛ばした。その刃が服の袖を切り、ガウディーノは苦痛の叫びをあげた。ジェイコブは裂けた木綿生地に黒い染みが広がるのを見た。

「メイ、もうたくさん！」サラが叫んだ。

サラは一瞬ためらったあと、靴を脱ぎ捨てて、よろめきながらうしろの鋼鉄の扉のほうへ逃げ出した。自動人形は重々しく彼女を追った。左手の壁のドアが突然開き、トルーマンが部屋に入ってきた。

トルーマンはリボルバーを持っていた。反対側の壁の棚に並んでいたボトルのひとつを狙って撃った。ガラスが砕け散り、破片が榴散弾のように飛んだ。赤ワインが薄い色の絨毯にさっと広がった。

「次は」トルーマンは言った。「心臓を撃つ」

ガウディーノが切り裂かれた腕を抱えて床に沈みこんだ。自動人形は足を踏み出しかけたところで止まった。

「メイ！」サラは顔面蒼白だった。「どうしてこんなことを？」

右側のドアが開いた。ジェイコブは息を呑んだ。小柄な中国人女性が現われた。ワイヤーカッターを持っていた。

サラは信じられないという顔で彼女を見つめた。「メイ！　あなたいったい……？」

サラの眼が自動人形アペガに戻った。機械は筋肉をほぐそうとしているかのように、でたらめに動いていた。ジェイコブはメイにワイヤーを切ってもらいながら、金属板が軋んでずれながら開く音を聞いた。アペガが体内の秘密を明かそうとしていた。

裸足で、白い木綿のベストとショーツだけを着たレイチェル・サヴァナクが、機械の背中側から体をひねり出した。髪は乱れ、両頰は過酷な運動で紅潮していた。息を切らしながら、彼女は鼻歌をくり返し口ずさんでいた。ジェイコブが気づいたその曲は、『浮気は《エィント・》やめた《ミスビヘイヴン》』だった。

「わたしの死の報告は誇張されてたの」レイチェルは言った。「がっかりさせてごめんなさい、サラ。そこが奇術の困ったところよね。現実には勝てない」

サラは何かしゃべろうとするかのように口を開いたが、ことばは出てこなかった。たっぷり十五秒のあいだ、ふたりの女性とふたりの男性はぴくりとも動かず、勇猛と敗北の絵画のようだった。メイのカッターがワイヤーをすべて切った。きつく縛られていたので、ジェイコブの両手両足の感覚はほとんどなかった。体のほかの部分はどこもかしこも痛かった。

サラは身構えて、開いたドアに突進した。トルーマンが銃を構え、また威嚇射撃をして、別のワインボトルが砕け散った。ジェイコブは飛んでくるガラスを屈んで避けたが、サラは部屋から飛び出していった。

「このお友だちを見張っておいて」レイチェルがガウディーノを指しながらトルーマンに言った。メイがワイヤーカッターを持ち上げたが、レイチェルは首を振った。「それは最後の手段」

ジェイコブはひりひりする手首をさすった。「彼女を逃がしちゃいけない！」

「ついてきて」

レイチェルは大股で部屋を横切り、ドアの向こうに消えた。ジェイコブが足を引きずりながら続くと、そこは煉瓦でできたまた別のトンネルだった。短い階段がふたつあった。

ひとつは上方にある南京錠のかかった木製の扉につながり、もうひとつは下におりて、底に暗い井戸の口が開いている。ケアリー・ストリートから来たトンネルのように、このトンネルも曲がってどこに行くのかわからないが、狭くて天井が低く、嫌なにおいがした。レイチェルはどんどん歩いていって見えなくなった。

　ジェイコブは悪臭を吸いこむたびに息を詰まらせながら、よたよたと彼女を追った。大きく曲がったあと、トンネルはまっすぐになり、岩の地表で足を切ってあえぐサラの声が聞こえた。レイチェルは彼の五メートル先にいて、荒々しく呼吸していた。バランスを保つのがむずかしいようだ。叫びそうになるのをこらえているのもわかった。突き出た岩が、何もはいていない彼女の足を傷つけている。

　さらに五十メートルほど進んだところで、レイチェルは立ち止まった。トンネルは大きな円形の空間につながっていた。ジェイコブが追いつき、ふたりは互いの腕をつかんで支え合った。レイチェルの細い筋肉質の体が疲労で震えていた。アペガのなかに無理して入っていたことで体力を消耗し、弱ってきているのがジェイコブにはわかった。

　前方でトンネルはふた手に分かれていた。一方は円形の部屋で終わっていて、部屋は奇怪な道具でいっぱいだった――棘のある金属製のヘルメットや轡《くつわ》、滑車がついた木製の精巧な装置、大きな鉄籠。レイチェルはジェイコブの恐怖の表情に気づいた。

「拷問者の倉庫よ」息をあえがせて言った。「残虐な饗宴には欠かせない」

ジェイコブはトンネルのもう一方の先を見た。徐々に狭くなっていて、そこから漂ってくるにおいには吐き気がした。

「そっちは下水道の支流」レイチェルが言った。「彼女はぜったい逃げられない」

ふたりは手に手を取って、よろめきながら前進しつづけた。トンネルはさらに地中の奥深くへとおりていた。もう電灯もなく、暗いのでサラもほとんど見えなかった。

サラはまだウィドー・ビアンキの美しい装いなので、流れるようなドレスの裾が邪魔になった。身を屈めて、煉瓦一個分の幅の棚の上を慎重に進んでいた。ジェイコブは、そこが高い壁の最上部であることに気づいた。壁は下水道の支流を堰《せ》き止めるダムの一部で、眼下の支流がやがて本流のトンネルと交わるのだ。壁の遠い端には暗い開口部があり、その先がどうなっているのかはわからなかった。

「ここを本当に行く?」ジェイコブはささやいた。

「フリート川の下水道はとんでもない迷路なの。ほんの少し歩くのにもゴム靴と鉄の胃が必要よ。何が起きるか見ていて」

サラは足をすべらせ、倒れまいとトンネルの壁に手を伸ばした。右に落ちればそこは下水の深みなので、左に寄りかかった。

ジェイコブは息を詰めた。彼を殺そうとした女性がいまは自分の命を危険にさらしている。

「なのに彼女は、あなたに自殺の傾向があると言った」ジェイコブはささやいた。

レイチェルはうなった。「指導者になりたがる多くの人と同じように、彼女も希望的観測に命を懸けてきた」

悪臭はのしかかってくるようだった。ジェイコブは吐き気を催したが、サラから眼をそらすことができなかった。サラは綱渡りをしているかのように集中していた。足元は濡れていてすべりやすい。一歩ごとに休んで、そのたびに肺にまた瘴気を吸いこんでいた。ジェイコブは横にいるレイチェルを意識した。湿った冷気のなかで、彼女のほとんど着衣のないしなやかな体の温かみを感じた。ふたりの体が触れ合った。

「もういつでも」レイチェルがささやいた。

サラがドレスの裾に足を取られてバランスを崩した。靴をはいていない足がすべって、彼女は落下した。叫び声をあげ、宙をかきながら真っ逆さまに下水道に落ち、どさっという音とともに、腐った汚物の山に飛びこんだ。

レイチェルはジェイコブの手を握ったまま注意深く前進した。ふたりは一歩ずつ足を出し、煉瓦の棚の手前で止まった。下のほうに下水道のでこぼこした汚泥が見えた。泡立って悪臭を放ち、流砂のように死を招く汚泥だった。三メートルの高さがあり、サラは頭から落ちていた。人の息の根を止める泡状の汚物の上に、ドレスがふんわりと広がっている。かつらもはずれて岩の裂け目に落ちていた。サラの美しさはもはや跡形もなかった。あるのはロンドンのはらわたでゴボゴボ音を立てる汚物だけだった。

ジェイコブは顔を背けて吐いた。サラが言った脂肪の煮えたぎる大釜でさえ、これより早く楽な死をもたらしてくれるだろう。

## ジュリエット・ブレンターノの日記

一九二一年二月六日

また一年がすぎた。わたしたちはここでひっそりと暮らしている。判事、ヘンリエッタ、クリフ、マーサと、わたしで。ほとんど誰にも迷惑をかけないし、誰かから迷惑をかけられることもない。ときどき老ハナウェイから判事に手紙が来る。ゴーントを訪ねたいという短い手紙と、ある種の暗号で書かれたもっと長い手紙が同封されている。判事はそれらを決して読まない。わたしが代わりに返事を書き、判事は体調がすぐれないと説明する。

何より注意が必要だが、まだ誰にも見破られていない。一日がすぎるごとに自信が湧いてくる。判事の精神状態はあまりにも不安定だから、彼が真実を明かしたところで誰も信じないだろう。ハロルド・ブラウンは二度と顔を見せないと思う。かわいそうなマーサにひどいことをしたのだから。

ここゴーントで何をしようか迷うことはないし、学べる技術はいくらでもある。だからこの日記もほったらかしていた。わたしの探求の旅には何年もかかるが、学んだあらゆることを巧みに使うつもり。

手がかりを見つけようと子供時代の記憶を懸命に探ったものの、心のなかの画像は色褪せて、セピア色の古い写真のようだ。わたしたちはキングス・クロスに住んでいた。蓄えはあまりなかったけれど、なんとか暮らしていけた。父は別居していて、たまの訪問は特別な愉しみだった。背が高くハンサムで、話し方にも品がある父を、わたしは畏れ敬っていた。両親は結婚していなかったので、隣に住んでいた少年が一度そのことでわたしをからかった。彼は二度とそのあやまちをくり返さなかった。

子供のころ、わたしはきれいなドレスを着たり人形で遊んだりするより、通りを走りまわっているほうが好きだった。でもそのうち咳が出て、体重が減りはじめた。そして戦争が勃発する直前に、医師から結核による衰弱だと言われた。父は入隊し、わたしに別れのキスをしに来た。体が弱ったおじがいるサヴァナク荘に母とわたしを滞在させる手配をしていた。そこでのんびり静かにすごせば、わたしもまた元気になるだろうと。

レイチェルはわたしたちへの軽蔑を隠そうともしなかった。彼女が母を憎んだのは、どうやら判事が母に愛情らしきものを抱いたからだった。いま振り返っても、母が危害からわたしを守るためにどれだけの犠牲を払ったのか知る由もない。

わたしは徐々に体力を回復した。家からこっそり抜け出しては海岸線を走り、湾で泳ぎ、ごつごつした岩を登った。レイチェルはそのどれもしなかった。無精者だったから、あれほど早くインフルエンザに屈服したのかもしれない。

いまわかっているのは、なりすましに成功したということだ。将来のことなど考えず、捨て鉢で始めたことだったが。そのときからクリフとヘンリエッタとマーサは、わたしの共犯者だ。

正直なところ、わたしはレイチェル・サヴァナクでいることを愉しみ、彼女の人生に自分の趣味を押しつけている。三文小説しか読まなかった少女は、いまや書物に没頭していないほうが珍しい。勉学をつまらない雑用と見なしていた少女は、いまやゴーントの先に広がる世界を可能なかぎり知る決意でいる。しかるべきとき、そのなかに自分の居場所が見つかるように。

判事が卒中を起こしてからは、わたしの両親の死について意味のある手がかりを引き出す望みは潰えた。判事は身体的にも精神的にも滅びた。クリフのほとんど耳が聞こえないいとこ、バーサという年配女性が彼の介護をしている。

わたしたちは不思議な家族だ。広大な古い屋敷にわたしたちだけで暮らしている。管理しやすいように建物の半分は使っていないけれど、わたしはよく、静かで黴臭い部屋を探検してまわる。サヴァナク荘のどこかに、両親の運命に関する秘密が眠っていることがわかっているから。

先週、突破口が開けた。果てしない探索の末、判事の書斎の壁に秘密の戸棚があるのを発見したのだ。弁護士の手紙と同じ種類の暗号で書かれた文書があふれんばかりだった。そのなかに判事の最後の遺言書の写しがあった。原本はハナウェイが保管している。少なくともそれは英語だ。難解な法律用語も英語に数えるとすれば。

簡単に言えば、判事はほぼすべての財産を、愛する娘レイチェル・サヴァナクに遺す。彼女は二十五歳の誕生日にそれを相続する。判事の死亡時に雇われていた使用人は、おのおの少額の遺産を受け取る。娘が二十五歳になるまえに死亡した場合には、全財産が〈ギャンビット・クラブ〉に移譲される。遺言書によると、判事はそのクラブの〝誇り高き創設会員であり初代会長〟である。

〈ギャンビット・クラブ〉の住所は、ハナウェイの法律事務所と同じだ。ギャロウズ・コートのゴーント会館《チェンバーズ》、リンカーン法曹院。判事はそこで法廷弁護士として働いていた。全盛期にはチェスも嗜んだ。わたしは〈ギャンビット・クラブ〉がここの財産から一ペニーも受け取れないようにするつもりだ。

判事の法律書で調べたところ、彼が近い将来死ぬとわたしの利益にならないことは明らかだ。遺言書にしたがってハナウェイが信託財産を管理するから。もっと条件を緩和して、新たにわたしが遺産の大部分を手にする遺言書を作れば、状況は改善する。生まれつき行動の人であるクリフは、やってみる価値はあると考えた。でもわたしは迷った末、新しい遺言書を偽造したり、判事を説得していまの内容を変えさせたりするのは、危険が大きすぎると判断した。多くのことがうまくいかなくなる可能性がある。わたし自身に注意を惹いてはならないし、いかなるかたちでもハナウェイに疑念を抱かれてはならない。判事には、わたしが相続できる歳になるまで生きてもらうのだ。

そのあとは……

いつかわたしはギャロウズ・コートに行く。

もっとも信頼する友人のクリフとヘンリエッタについては、とてもうれしい知らせがある。四月にふたりはささやかな式を挙げて結婚する。ヘンリエッタはミセス・トルーマンになり、わたしとマーサがふたりの介添人になる。

# 34

「どこまで彼に話すんです？」クリフォード・トルーマンが訊いた。

「わたしが話すべきことよりは多く」レイチェルは言った。「彼が知りたいことよりは少なく」

「だが――ジュリエット・ブレンターノについては話さない？」

「ええ、もちろん。彼女については話さない」

「あの日、ハロルド・ブラウンがあなたを台所で見さえしなければよかったんだが。気づいたのはあいつだけでしたから。あなたが本当は……」

レイチェルは手で制した。「もういい」

「ブラウンはトム・ベッツと話した。もしベッツにあなたの秘密をしゃべっていたら？」

レイチェルは首を振った。「謝礼ももらわずに？　彼にかぎってそれはない」

「ほかの誰かにあなたのことを話していたら？　もし……」

「大事なのは今日よ」彼女はため息をついた。「明日のことは明日考えればいい」

四時だった。彼女が自殺したとされた時刻からちょうど二十四時間後、ふたりはゴーント館の屋上庭園をのんびり歩いていた。季節はずれに暖かい午後で、傾きかけた太陽が青灰色の空にオレンジ色の縞模様を描いている。テラコッタの植木鉢ではユキノハナと黄色いクロッカスが咲きかけている。温水プールを取り囲むガラスの壁の向こうに、水に入ったジェイコブが見えた。端から端まで泳ぐのは四回目だ。プール脇の籐椅子にはヘティ・トルーマンとマーサが坐り、ヘティはカーディガンを編み、マーサはE・M・デラフィールドの小説『物事の成り立ち』を読みふけっている。テーブルにはワイングラスとタンブラーが置かれ、すぐそばにはメルローとシャブリのボトル、そしてトルーマンが飲むギネスのジョッキもある。

トルーマンが言った。「マーサは、あなたがジェイコブ・フリントに恋していると思っています」

「マーサは生まれつきロマンティックだから」

「ヘティはちがう。彼女もマーサと同じ意見です」

「あなたは彼を軟弱だと思ってるんでしょう？」

「ギャロウズ・コートでは、木の葉のように震えてました」

「あの状況ではそれも赦されるんじゃない？」

「つまり、彼のことが好きなんですか？」

レイチェルは笑った。「性質《たち》が悪いのは、あなたもヘティと似たり寄ったりね。ヘティは災難の予言と同じくらい出会いの仲介が大好きだから。わたしの異母姉と称する人にだまされるほどのお人好しの彼と、どうして結婚させたがるの？　ジェイコブは愉快な若者で、知り合いにそういう人がとても少ないのは事実。わたしは彼に——フィッツジェラルドのうまい言い方はなんだっけ？——ある種のやさしい興味を抱いている。そこにとどめておきましょう」

レイチェルはガラスの壁の引き戸を開いた。マーサが蓄音機でカサ・ロマ・オーケストラの『幸せの日は再び《ハッピー・デイズ・アー・ヒア・アゲイン》』のレコードをかけ、曲に合わせて素足で水をぴちゃぴちゃ蹴っていた。レイチェルが暖かいサンルームに入ると、ジェイコブはプールから出てきて、柔らかな白いタオルを拾い上げた。レイチェルは毛皮のコートを脱ぎ、みなに飲み物をついだ。

「正しい罰に」彼女は言って、グラスを持ち上げた。

水泳を終えたジェイコブはワインの香りを堪能した。「ありがとうございます。命を救ってもらったうえに、こんなところにまで」

「エドガー館にもケアリー・ストリートにも泊まらせるわけにはいかなかったから」レイチェルは言った。「女性の幽霊とすごすことになったでしょう。何日か、体が回復するまでここに滞在するのは歓迎よ。その間に住む場所を探せばいい。主任犯罪報道記者には、次のスクープの計画を立てる根城が必要でしょう」

ジェイコブはグラスをおろし、濡れた髪をタオルでふいた。「ゴマーソルが、ぼくの書いたサラ・デラメアの記事を喜んでいました」

「〝奇怪な事故で女性奇術師が非業の死〟。一面の大見出しにふさわしい内容じゃなかったわね」レイチェルは肩をすくめた。「自称特権階級の悲しい墓碑銘。彼女の最後の演技は五面に追いやられた」

「慎みが大切だと教えてくれたのはあなたです」ジェイコブは言った。「これでぼくを信用してもらいたいな」

彼女は微笑んだ。「あわてないで、ジェイコブ。わたしはまだ心を打ち明ける準備ができていない。ちょうどクラリオンの読者が、自動人形アペガの馬鹿馬鹿しい話を受け入れる準備ができていないように」

「あなたの自殺の演出については、ぼくの好奇心を満たしてくれると約束しましたよ。とにかく、オークスには計画を知らせてたんでしょう。そもそもどういう説明をして協力させたんですか？」

「彼は〈劫罰協会〉について何も知らなかった。権力と影響力のある男たちの陰謀にはうすうす気づいていたようだけど。警部のまちがいは、哀れなサー・ゴドフリー・マルハーン老人をその仲間と信じてたことね。同じように、わたしもオークスがとんとん拍子で出世したことから、チャドウィックと結託しているのではないかと思っていた。でも実際には、オークスはたんに善良な警官で、おおむね同じ立場で闘っているとわかってからは力を合わせるのが合理的な判断だった。もちろん、わたしが知っていることをすべて共有したわけじゃないけれど」

「そして忍び返しへのあなたの落下が実現した？」

「ハナウェイ親子が死んだあと、オークスが会いに来たの。わたしは、トマス・ベッツとレヴィ・シューメイカーを殺した犯罪者たちがあなたを操っていると指摘した」

蓄音機のレコードが終わった。ジェイコブはワインを長々と飲んだ。「あ痛」

「正直に話してくれと言ったのは、あなたよ」とレイチェル。「わたしはオークスに、あなたとサラ・デラメアにわたしが死んだと思いこませる必要があると言った。サラはわたしの異母姉で、判事の狂気を受け継いでいる。彼女の本当の姿を暴かなければならなかったの」

「ヴィンセント・ハナウェイがいなくなったからですね。〈劫罰協会〉の指導者の地位を争う彼女の最後のライバルが」

「まさにそう」

「でも、ハナウェイ家の執事は？　犯してもいない罪で処刑台に送られる運命ですか？」

「彼は若いころ、少なくとも三人の女性をレイプしている。そのうちのひとりは、生まれたばかりの子と入水自殺した」

ジェイコブは恥じ入った。「知らなかった」

「知らないほうがいいこともある」レイチェルは言った。「昨日四時にあなたをここへ呼んだとき、サラ・デラメアがついてきたいと言い張ることを望んでたの。〈劫罰協会〉の五十周年記念行事《ゴールデン・ジュビリー》は、わたしと同じくらい彼女にとっても重要で、サラはわたしをギャロウズ・コートに引き寄せるつもりだった。わたしとしても、彼女を現行犯《イン・フラグランテ》で捕まえるための時間と場所が必要だったから、彼女のために奇術を演じることにした」

「どうやって？」

レイチェルはあくびをした。「奇術師は探偵みたいなものよ――彼らの説明は興醒め。あなたが初めてここに泊まった夜、ヘティがその頭に種をまいたでしょう。わたしが自殺するかもしれないって」

ジェイコブは眼をむいた。「あれはわざと？　台本の一部だったんですか？」

「サラは疑り深いから、あなたを取りこむ必要があったの。わたしが本当に死んで、もう怖いものはなくなったと彼女に信じさせるために」

ジェイコブは不満げにうなった。「お役に立てて何よりでした」

「そう不機嫌にならないで、ジェイコブ。あなたらしくない。あの朝、マーサは長い髪をヘティに切らせた。貴い大義のための犠牲だった。あなたとサラとオークスが到着したとき、マーサはこの屋上で飛び跳ねてあなたたちの注意を惹いた。かつらをかぶり、わたしのお気に入りの服を着てね。そしてあなたたちから見えないところに移動して、耳をつんざくような叫び声をあげ、下に落ちるふりをした。わたしはすでに串刺しの死体になる準備をして、偽の血も用意していた。オークスと部下たち、それに救急車の運転手がその構図に本物らしさを加え、ヘティは彼女らしくみじめに泣き崩れた」

ヘンリエッタ・トルーマンが鼻を鳴らした。「あなたはご自身をそうとう賢いと思っているでしょう」

「うーん、そうかもね」

「でも、マーサは路地にいたぼくたちに加わって……」

「彼女は電動エレベーターですぐ階下におりて、お仕着せの上に着ていた毛皮のコートを脱ぎ、いまと同じかつらをつけたの」

「彼女が息せき切っていたのも無理はない」ジェイコブはうめいた。「メイがサラの拳銃の弾を全部抜いたんですね？」

「ええ。メイはふたりの姉といっしょに一年半前、イギリスに送られてきた。三姉妹のいちばん上のお姉さんは警察に〈劫罰協会〉の悪事を知らせようとしたけれど、チャドウィックが手をまわして、報告書が行方不明になるようにした。ハナウェイは去年の一月二十九日、彼女の処刑を娯楽に変えた。ほかの人たちを元気づけるために《プル・アンクラジェ・レゾートル》ね。わかるでしょうけど、マーサがメイと仲よくなってからは、わたしたちの目的のためにメイに協力してもらうのは、いとも簡単だった」

ジェイコブは椅子の背にもたれた。「チャールズ・ブレンターノとイヴェット・ヴィヴィエのことをもっと知りたいんですが」

レイチェルは注意深く言った。「わたしは彼らの死にかかわっていない。それは断言できるわ」

「サラがあの話をでっちあげたんですか？」

「ハロルド・コールマン」レイチェルは静かに言った。「彼がしたことでしょうね」

「彼の話を聞かせてください」

トルーマンが椅子で体を動かした。ふいにマーサが本を置き、ガラスの壁の引き戸から出ていって、しっかりそこを閉めた。

ジェイコブは眉を寄せた。「すみません。何かまずいこと言いました？」

「コールマンは――当時わたしたちが知っていた名前はブラウンだけど――害虫にも劣る人間だった。わたしと同い年だけどわたしよりずっときれいなマーサに劣情を起こした。でも、マーサはチャールズ・ブレンターノと彼の愛人がいたことで守られていた。チャールズは、若いころには乱暴者だった。賭博師で放蕩にふけっていたけど、イヴェットとの恋愛が彼を変えたの。イヴェットを心から愛し、彼女とわが子に危害が及ばないようにいつも注意していた。ところが判事が……彼らと敵対して、コールマンはそのチャンスを逃さなかった。判事の命令でチャールズとイヴェットに薬をのませ、車でロンドンに連れていって、ふたりをウィリアム・キアリーとハナウェイ親子に引き渡した」

レイチェルの声が震えた。ジェイコブの経験上、じつに珍しいことだった。彼女はワインを勢いよく飲んだ。

「サラの話では、ふたりは〈劫罰協会〉に罰せられたと」ジェイコブは言った。「でも、死亡証明書には心不全と書かれた」

「ギャロウズ・コートでおこなわれる儀式の生贄に対して、ルーファス・ポールが死因に用いる婉曲表現よ。ハナウェイは、自分が臆病であることをチャールズが吹聴して〈劫罰協会〉の権威が損なわれるのを怖れた。だからイヴェットの眼のまえでチャールズを拷問し、縛り首にし、引っ張って四つ裂きにした。まさに昔、ギャロウズ・コートでおこなわれていたような公開処刑。ただ、観客は特別に招待された集団だったけれど。チャールズが死んだあと、彼らはイヴェットを慰み者にしてからチャールズと同じ目に遭わせた」

レイチェルはことばを切り、いっとき心を落ち着かせた。「ふたりの残骸は焼却された」

「つまり」ジェイコブはゆっくりと言った。「キアリーとハナウェイの死に方は、なんというか、ある種の……詩的正義だった？」

レイチェルの表情は遠い月のように冷たくよそよそしかった。「ゴーントに戻ってきたハロルド・ブラウンは、クリフが病気なのをいいことにマーサに襲いかかった。マーサは虎のように闘って爪で彼の顔に傷をつけた。ブラウンの復讐は、マーサの顔に酸をかけることだった。クリフが回復しはじめると、ブラウンは逃げて、名前をコールマンに変え、新しい人間になりすました。長いこと彼の足取りはつかめなかったけれど、わたしたちは捜索をあきらめなかった」

トルーマンがジェイコブを睨みつけた。「最後には、そこでも正義がなされた」

「〈ロザーハイズ・レイザーズ〉を雇ったのは、サラ・デラメアだけじゃなかったってこと」レイチェルは言った。「あそこの上層部は真の資本主義者だから、最高額の入札者に奉仕するの。そして契約者としての義務を果たす。コールマンの最期の数時間は一生分にも感じられたでしょうね」

ジェイコブはガラスの向こうのマーサを見つめながら身震いした。「彼女はまだきれいだと思いますよ」

「わたしたちもそう思う」レイチェルはやさしく言った。

「ジュリエット・ブレンターノはどうなったんです？」

レイチェルはジェイコブの眼をじっと見た。「自然死だった」

「なるほど」彼女のことばをそのまま受け取るしかなかった。「あなたはそこから十年間ゴーントで暮らしたんですね、判事といっしょに」

「ご老人は何もできなくなっていました」ヘティ・トルーマンが立ち上がり、みなのグラスを満たした。「レイチェルが世話をして、わたしたちが信頼していない人は近くに寄せつけませんでした。本土の人たちは無理だと思ってたんです、わたしたち三人と歳とった看護人だけで、頭がおかしくなった老人と彼の……娘の面倒を見るのは。でも、なんとかやりとげました」

「そのあいだにあなたは独学し、判事が亡くなって彼の財産が遺贈されるときに備えたんですね」ジェイコブは言った。

レイチェルは首を傾けた。「判事は自殺に執着して、わたしたちが薬を隠すと、食事をやめて餓死しようとした。でも、わたしたちは彼の死期が早くなりすぎることを認めなかった。彼はわたしが二十五歳に近づくまで待たなければならなかった」

その表情からレイチェルが考えていることは読めず、ジェイコブも訊かないことにした。

「判事はあなたに〈劫罰協会〉のことを明かしたんですか？」

「彼の頭がはっきりしている時間はまれになっていたの」レイチェルは言った。「幸い、古い書類を全部ためこんでいたから、わたしは長年かけて解読することができた」

「それは暗号で書かれていた？」

「〈協会〉の会員はプレイフェア暗号を使って喜んでいた（第一次世界大戦中にイギリス軍が用いた換字暗号）。扱いに注意を要する通信では、それが会専用の言語になり、彼らは〝フェアにプレイする〟と言っていた。ユーモアのセンスをくすぐられたんでしょうね。娼館とサディストの地下牢を、紳士のチェスクラブと称しておもしろがっていたように。運よく判事の書斎は知識の宝庫だった。わたしは暗号学の要点を一から学び、〈協会〉の秘密の解明に取りかかった。すると、パードウ、リナカー、キアリーという名前にぶつかって、怖気《おぞけ》の走る詳細を読むたびに、彼らを滅ぼさなければならないという決意を新たにした。といっても、わたしの計画を実行するには時間とお金がかかる。〈劫罰協会〉の資源は無尽蔵のようだったから、夢を実現するために判事の財産を相続する必要があったの」

「だからあなたは待った」

「そして準備した。ロンドンに到着すると、パードウたちに連絡をとりはじめ、彼ら自身の暗号を使って不安と不和と恐怖の種をまいていった。パードウの死体のそばで見つかった黒のポーンも同じ役割を果たした。時が来ると、わたしはヴィンセント・ハナウェイに、フェアにプレイすることについて話した。そうして彼は、わたしが彼らの秘密を握っていることを知った」

ジェイコブはまたワインを飲んだ。レイチェルの暗号の使用は、たしかにリナカーとパードウの運命と結びついていた。だが、彼女は正しかった。ときに知らないことは祝福になる。

「〈劫罰協会〉は倒錯し、腐敗していた」レイチェルは言った。「犯罪も特権階級のお偉方の利益になるかぎり合法だった。人を殺すことは名誉の勲章で、しかもショッキングであればあるほどよかった。優雅な人生を愉しむリナカーのような男にとって、美しく愚かなドリー・ベンソンなどなんの意味もなかったの。メアリ＝ジェイン・ヘイズも同じ。パードウは彼女のことが好きになったけど、それも彼女を殺して首を切断する妨げにはならなかった。ああいう犯罪を狂人の仕業のように見せかけるのは、〈劫罰協会〉の典型的なやり口よ」

「トム・ベッツはこの件を追っていました。コールマンとも話してた」

「ベッツはわたしのあとも追っていた」レイチェルは言った。「わたしにかまわないでと警告したんだけどね。彼はその助言にしたがうべきだった」

ジェイコブはふと思いついた。「あなたでしょう。ちがいます?」

彼女は冷たく彼を見つめた。「なんのこと?」

「あなたがトムの奥さんを経済的に支援している?」

レイチェルは微笑むことを自分に許した。「ミセス・ベッツはクラリオンの福祉制度を過大評価しているようね。彼女の誤解は解かないで」

「もちろんです」ジェイコブは半裸の体を彼女にのんびりと査定されている気がした。

「レヴィ・シューメイカーでさえ、何に立ち向かっているのかよくわかっていなかった」

「チャドウィックやマカリンデン、サーロウ、ダウド親子について彼が調べてくれたことには、計り知れない価値があったわ。彼はサラ・デラメアとキアラ・ビアンキが同一人物ではないかと疑うところまで行っていたけれど、その重要性がわからなかったのね。あの世代の男性は総じて女性を見くびっている。そういう習慣だから」

「するとあなたは、彼女がウィドー・ビアンキを演じていると思ってたんですか?」

「サラは才能のある俳優だった」とレイチェル。「でも、本人が思っているほどすばらしくはなかった。ケアリー・ストリートを頻繁に往き来していたからわかったの。サラが家に入って、ウィドー・ビアンキが出てくることがはっきりすれば、推理は簡単よね」

「だからマーサがメイに協力を求めた?」

「メイは、サラとあの獣のガウディーノからどんな仕打ちを受けたか打ち明けた。彼女ももうひとりのお姉さんも、頼るあてがなかったの、わたしたちが現われるまで」

ジェイコブは咳払いをした。「それがあなたの手口《モドゥス・オペランディ》なんですね。気づきましたよ。つまり、使用人を男主人や女主人に逆らわせる」

「わたしは別の見方をする」レイチェルは言った。「使用人から忠誠を得る資格のない雇い主は、その代償を支払わなければならないの。あとでクリフとヘティにこっそり訊いてごらんなさい。わたしがこれまで苦労をかけてきたから、彼らも同じ意見かもしれない」

「ご冗談を」ヘティが言った。

マーサが屋上庭園から戻ってきた。眼が赤かった。レイチェルのところへ行くと、レイチェルは彼女の手を取った。何もことばはなかった。

ジェイコブはグラスを空けた。「オックスフォード孤児院はどうなりました？」

「いまごろ地元の警察が大挙して押しかけてる」レイチェルは言った。「ミセス・マンディは、自分の退職基金をロッテルダムから密輸されたダイヤモンドに投資したりして、賢くなかったわね。盗品取引で逮捕、勾留されているあいだに、警察は彼女を終身刑にするだけの証拠を集めるでしょう」

「ライヴァースやポール、ヘスロップは？」

「彼らの罰は、この先暴露をつねに怖れながら生きることよ。ドアが叩かれるのを待ちつづける。アルフレッド・リナカーや、マカリンデンの父親、彼らの友人たちも同様」

「なるほど」

レイチェルはマーサの手を放した。「ギリシャ神話のヒュドラには頭がたくさんあるの、ジェイコブ。ひとつ切っても別の頭が生えてくる」

「それは絶望的な考えじゃありませんか？」ジェイコブはあえて訊いてみた。

「わたしたちは現実の世界で生きている。こうあってほしいという世界ではなくね。どんな社会にも特権階級の人々はいる。大事なのは、彼らが正義にしたがうことよ。法の手続きでそれが課されることもあるし……」

「法廷外で課されることも？」

レイチェルはうなずいた。「オークスは首相の右腕を刑務所に送ることをためらっている。もっとも人気の高い労働組合長とか、天下一の医師兼法医学者とか、道を誤った主教は言うに及ばず。ギャロウズ・コートに警察が行ったことで、古参組はもう饗宴は続けられないと悟り、早々と逃げを打った」

「警察がギャロウズ・コートに出動してたんですか？」

「当然でしょう。あの地下で何かうまくいかないことがあったらどうするの？　ヘティが美味しいものばかり食べさせるから、わたしはあの馬鹿げた機械装置に詰まって出られなくなったかもしれない。そしたらあなたはいまごろどこにいる？　メイからは、なかは窮屈だと言われてた。彼女はわたしより細いけど、それでも怪物アペガのなかで十分以上すごしたことはなかったらしい。オークスもあなたが生贄になる危険を放置しておくわけにはいかなかった」

ジェイコブは震え上がった。

「その悲しいスパニエル犬の顔はやめて」レイチェルはマーサの手をぽんぽんと叩いた。「またレコードをかける？　クリフとヘティの華麗なフォックストロットを見せてもらいましょう。わたしも踊りたい気分。さあ、ジェイコブ、マーサとわたしの相手を務めて」

マーサが蓄音機のほうへ行った。ジェイコブは笑った。

「わかりました。あなたの勝ちだ」

「この人はいつも勝つんです」ヘティ・トルーマンが言った。

レイチェル・サヴァナクは立ち上がって、ジェイコブを呼び寄せた。

「気をつけてくださいよ」ジェイコブが言った。「ぼくは左脚が二本なので」

「ご心配なく」レイチェルは言った。「力不足の男たちの扱いは心得ているから。さあ来て。わたしの好きな曲よ。『レッツ・ドゥ・イット』」

# 謝辞

本書は私にとって小説家としての新たな出発である。執筆中に私を助け、励ましてくれたすべての人々に感謝したい。じつに多くのかたがたから情報や提案をいただいた。個別にあげるには数が多すぎるが、とくにお世話になったエドワーズ家のキャサリン、ジョナサンとヘレナ、ケイト・ゴッズマーク、アン・クリーヴス、ジェフ・ブラッドリー、モイラ・レドモンドにここで謝意を記したい。いつものように、私の著作権エージェントのジェイムズ・ウィルスにもお礼申し上げる。私の執筆とこの小説に信頼を寄せてくれたニック・チーザム、ソフィー・ロビンソン、そして〈ヘッド・オブ・ゼウス〉のチームにも感謝している。

# 解説

ミステリ評論家
千街晶之

マーティン・エドワーズの名前は、これまで日本では二〇一八年に邦訳された『探偵小説の黄金時代』（二〇一五年）の著者として知られてきた。

ドロシイ・L・セイヤーズ、アントニイ・バークリー、アガサ・クリスティーの三人を中心に、イギリスのミステリ作家の親睦団体であるディテクション・クラブに集った数多い作家たちの姿を活写したこのノンフィクション大作は、作家自身の書簡や家族の証言などをもとにこれまで聞いたこともないような貴重なエピソードを夥《おびただ》しく紹介し、作家たちの群像と時代のうねりとを重ね合わせた大河ドラマ的興趣に満ち溢れた、圧倒的に面白い読み物である（作家本人にとってはあまり掘り起こされたくなかった筈《はず》のゴシップがかなり多いが、それも本書の持ち味と言える）。

『探偵小説の黄金時代』の森英俊氏による「訳者あとがき」では、著者のアンソロジスト・評論家としての業績が中心に紹介されており、小説家としての面はあまり言及されていない。また、著者の小説はこれまで長篇も短篇も邦訳されたことがない。そのため日本では、イギリス・ミステリに造詣が深い一部のミステリファン以外には、彼の小説家としての活躍ぶりは殆《ほとん》ど知られていないというのが現状だろう。

だが、著者はこれまで二十冊以上の小説を上梓し、英米では高く評価されている。簡単に経歴に触れておくと、著者は一九五五年、イギリスのマンチェスター近郊のナッツフォードに生まれ、オックスフォード大学ベイリオル・カレッジを卒業後、マンチェスターで弁護士を開業した。小説家としては、デビュー長篇 *All the Lonely People*（一九九一年）に始まる〈弁護士ハリー・デヴリン〉シリーズ、*The Coffin Trail*（二〇〇四年）に始まる〈湖水地方〉シリーズ（主要登場人物はハンナ・スカーレット主任警部とオックスフォードの歴史学者ダニエル・カインド）などを発表し、二〇〇八年の短篇“The Bookbinder's Apprentice”で英国推理作家協会賞の最優秀短篇賞を受賞、二〇二〇年には同賞のダイヤモンド・ダガー賞（巨匠賞）を受賞している。一方、アンソロジスト・評論家としても活躍しており、『探偵小説の黄金時代』でアメリカ探偵作家クラブ賞、アガサ賞、H・R・F・キーティング賞、マカヴィティ賞を受賞、英国推理作家協会賞にもノミネートされた。

ディテクション・クラブおよび英国推理作家協会の公文書保管役も務め、二〇一五年には前者の第九代会長に就任、また二〇一七年から二〇一九年にかけて後者の会長を務めた。

そんなマルチな活躍を繰り広げている著者の、ミステリ作家としての非凡な腕前を知ることが出来るのが、本書『処刑台広場の女』（二〇一八年、原題 *Gallows Court*）である。

本書を手に取ったミステリファンは、たぶんジョン・ディクスン・カーへのオマージュ的作風ではないかと予想を立てるかも知れない。例えば、ポール・アルテの作品群や、本書に僅かに先駆けて邦訳されたトム・ミードのデビュー作『死と奇術師』（二〇二二年）のような。

というのも、Gallows はカーの『絞首台の謎』（一九三一年）の原題 *The Lost Gallows* を、Court は同じく『火刑法廷』（一九三七年）の原題 *The Burning Court* を、それぞれ連想させるからだ。主人公レイチェルの父ライオネル・サヴァナク判事が〝処刑台のサヴァナク〟と呼ばれるほど被告人に厳しかったという設定は、カーの『嘲るものの座』（一九四一年。別邦題『猫と鼠の殺人』）に登場したホレース・アイアトン判事を連想させるし、そのサヴァナク判事が隠棲した島の屋敷がゴーントという名なのは、カーター・ディクスン名義の作品『弓弦城殺人事件』（一九三三年）の名探偵ジョン・ゴーントに由来しているのかも知れない。実際、物語の舞台となるのは、まさに探偵小説の黄金時代真っ只中であり、ディテクション・クラブの発足年でもある一九三〇年だ。

だが、カーを連想させるのは――というか、当時の探偵小説を彷彿させるのはここまでである。本書は黄金時代ならばあり得なかったような大胆不敵な構図の本格ミステリであり、実に現代的なジェットコースター・サスペンスでもあるのだ。

一九三〇年、ロンドン。クラリオン紙の若き事件記者ジェイコブ・フリントは、颯爽と登場してコーラスガール殺人事件を解決した素人探偵レイチェル・サヴァナクに興味を持ち、取材を試みていた。しかし、レイチェルは彼をにべもなく追い返す。レイチェルにはある秘密があった――彼女は、自分が突きとめた殺人者を死に追いやっていたのだ。今日も、彼女は忠実な使用人のトルーマンとともに、首切り殺人事件の犯人ローレンス・パードウを訪れてその罪を暴き、自らの命を絶つよう言い渡す。追いつめられたパードウは犯行を自白する遺書を認《したた》めて拳銃自殺を遂げる。警察は逃れられないと覚悟したパードウが自発的に死を選んだと判断するが、読者だけはそれがレイチェルの脅迫の結果だということを知っているわけである。

そんな謎めいた彼女の正体をつきとめようと奔走するのがジェイコブだが、既に彼の先輩記者であるトマス・ベッツがレイチェルについて探っている最中に事故に遭い、瀕死の重傷を負っている。その前日、彼は妻に「処刑台広場」という謎の言葉を残していた。また、レイチェルが解決したコーラスガール殺人事件の犯人も服毒自殺を遂げている。レイチェルに関わった者が次々と危禍に見舞われる中、果たしてジェイコブを待つ運命とは？

本書には密室内での自殺やショーの上演中の焼死といった派手な死の場面が幾度も登場するが、カーのようにハウダニットを重視したところはない。そもそも、ひとつひとつの殺人にさほど大きな謎はない。では本書最大の謎は何かというと、レイチェルというヒロインの存在それ自体である。彼女はずば抜けた知性の持ち主で、性格は冷静沈着かつ非情であり、敵に対して情けをかけることは全くない。彼女は現代アートのコレクターという設定だが、自宅にウォルター・シッカートの絵画が飾られているのも意味深長だ（シッカートは切り裂きジャック事件の犯人候補としても知られる）。そんな彼女による殺人者狩りの目的が伏せられているため、読者はジェイコブとともにひたすら翻弄されることになるのだ。

既に述べたように物語は一九三〇年を背景としているが、その随所に、ジュリエット・ブレンターノという女性が一九一九年に綴った手記が挟み込まれている。彼女はレイチェルの父サヴァナク判事の甥の娘にあたるらしいのだが、両親がスペイン風邪で死んだという報せを全く信じておらず、「母と父は殺されたのだ。まちがいなく」「悪いのはレイチェル・サヴァナク」と書きつけるのだ。読み進めるにつれ、手記からはレイチェルの恐るべき所業が明らかになってゆく。レイチェルは〝処刑台のサヴァナク〟と呼ばれた父の狂気を受け継いでいるのか？

レイチェルの目的を探るホワイダニットとしての興味を中心としているぶん、彼女の実像は幾重にも謎のヴェールで包まれており、物語が転がる方向次第で峻厳な正義の女神にも、底知れぬ奸計を秘めた悪魔にも見える。レイチェルのようなキャラクターは、黄金時代の探偵小説で描かれた女性探偵には類例が見当たらない。むしろ、スティーグ・ラーソンの小説のリスベット・サランデルやキャロル・オコンネルの小説の「氷の天使」キャシー・マロリーといった、現代ミステリに登場する独自のルールで動くクールなヒロインたちに近い。

そのような現代的な要素が色濃いにもかかわらず、本書では極めて古典的な要素も物語の軸となっている。本篇を未読の方のためぼかした書き方になるが、本書の真相の構図は、一八四〇年代にヨーロッパのある国でベストセラーになった小説を意識したように思えるのだ（まるで手掛かりのように、著者は本書の中にその小説の作者の名前を一カ所だけ嵌め込んでいる）。二〇世紀の探偵小説黄金時代を舞台背景としつつ、一九世紀のベストセラーを二一世紀のミステリとして再生させる——一冊で三つの世紀のエンタテインメントを融合させるという途方もない野心の産物、それが本書であり、しかも驚くべきは、その試みが完全に成功していることなのだ。

本書にはレイチェル以外にも秘密を抱えた怪しげな登場人物が数多く登場し、意味深長な言動を繰り広げるため、誰と誰が協力し、誰と誰が対立しているのか容易には見通せない。個性豊かな大勢の男女を自在に動かす構成力は、小説とノンフィクションの違いこそあれ、『探偵小説の黄金時代』にも通じるものを感じる。そうした点も含め、本書の構成は細部まで巧妙に考え抜かれており、読者を心理的にミスリードする技巧は奇術を想わせる。そして、読者が違和感を覚えたであろう箇所が、ある真実のもとにすべて綺麗に納得の行く決着を迎えるラストは実に鮮やかである。小説家としての著者が非凡な才能の持ち主であることは、本書一作を読んだだけでも疑いようもない。

ところで著者は『探偵小説の黄金時代』の中で、実際に起きた犯罪やトピックが探偵小説に与えた影響を詳しく掘り下げている。ならば本書には、発想源となった現実の出来事は存在するのだろうか。

ここから先は本篇を読んだ後に目を通していただきたいが——作中で描かれる上流階級の秘密組織は、一八世紀イギリスで放蕩貴族たちが乱痴気騒ぎを繰り広げた地獄の火《ヘルファイア》クラブを彷彿させるけれども、悪の秘密組織が地獄の火クラブっぽく描かれるのは英米のフィクションでは定番なので、さほど独創的着想というわけではない。むしろ気になるのは、

『探偵小説の黄金時代』の二三六ページ（第十八章）の記述と、その註にあたる二四二ページの説明だ。ディテクション・クラブがロンドンのソーホーに借りた部屋の近くには、「ナイトクラブの女王」ケイト・メイリックが経営していた四十三クラブがあり、王侯貴族や政治家、文化人、ギャングまでがそこを訪れたが、一九二八年、メイリックはジョージ・ゴダードという警察官に用心棒代として賄賂を渡した罪で投獄され、やがてクラブは閉鎖された。本書に登場する秘密組織は、女主人《ミストレス》メイリックが統べる享楽の場だった四十三クラブの伝説的なイメージと、地獄の火クラブのどぎついイメージとをない交ぜにしたのではないだろうか。複数の世紀のエンタテインメントを軽やかに融合させる著者の小説作法から類推すれば、異なる時代のトピックを重ね合わせるという発想が本書に盛り込まれていたとしても不自然ではない。

また、メイリックとゴダードが逮捕された背景はというと、一九二〇〜一九二八年にスコットランド・ヤード総監を務めたウィリアム・ホーウッドの時代に警察の腐敗や不祥事が世間の批判を浴びたため、次代の総監ジュリアス・ビング（在任一九二八〜一九三一年）は大鉈を振るうことを決意し、警察組織の改革を押し進めた。そのため、ゴダードのような不良警官を摘発して見せしめとしたのである。上流階級の集まりに警察まで絡む根深い腐敗の構図が描かれた本書の年代が一九三〇年に設定されているのは、それがビングによる浄化作戦の時期と重なっているからとも推測し得る。

本書刊行後、著者は続篇を今のところ三作発表している。本書を読めば、それらの中でどのような物語が繰り広げられるのか気にならない読者はいない筈であり、本書が我が国のミステリファンのあいだに巻き起こすであろう熱狂が醒めないうちに邦訳が刊行されることを期待したい。

## マーティン・エドワーズ著作リスト

【長篇】●＝〈ハリー・デヴリン〉シリーズ　◆＝〈湖水地方〉シリーズ　※＝〈レイチェル・サヴァナク〉シリーズ

*All the Lonely People*（一九九一年）●
*Suspicious Minds*（一九九二年）●
*I Remember You*（一九九三年）●
*Yesterday's Papers*（一九九四年）●

*Eve of Destruction*（一九九六年）●
*The Devil in Disguise*（一九九八年）●
*First Cut is the Deepest*（一九九九年）●
*The Lazarus Widow*（ビル・ノックスの未完の遺稿を補筆、一九九九年）
*Take My Breath Away*（二〇〇二年）
*The Coffin Trail*（二〇〇四年）◆
*The Cipher Garden*（二〇〇六年）◆
*The Arsenic Labyrinth*（二〇〇七年）◆
*Waterloo Sunset*（二〇〇八年）●
*Dancing for the Hangman*（二〇〇八年）
*The Serpent Pool*（二〇一〇年）◆
*The Hanging Wood*（二〇一一年）◆
*The Frozen Shroud*（二〇一三年）◆
*The Dungeon House*（二〇一五年）◆
*Gallows Court*（二〇一八年）※　本書
*Mortmain Hall*（二〇二〇年）※

*The Crooked Shore*（二〇二一年）◆
*Blackstone Fell*（二〇二二年）※
*Sepulchre Street*（二〇二三年）※

【短篇集】
*Where Do You Find Your Ideas? and Other Stories*（二〇〇一年）
*The New Mysteries of Sherlock Holmes*（二〇一四年、電子書籍）
*Acknowledgments and Other Storie*（二〇一四年、電子書籍）

【評論】
*The Golden Age of Murder*（二〇一五年）『探偵小説の黄金時代』森英俊・白須清美訳、国書刊行会
*The Story of Classic Crime in 100 Books*（二〇一七年）
*The Life of Crime: Detecting the History of Mysteries and their Creators*（二〇二二年）

訳者略歴　1962年生，東京大学法学部卒，英米文学翻訳家　訳書『葬儀を終えて〔新訳版〕』クリスティー，『火刑法廷〔新訳版〕』『三つの棺〔新訳版〕』カー，『スパイはいまも謀略の地に』ル・カレ，『レッド・ドラゴン〔新訳版〕』ハリス（以上早川書房刊）他多数

HM=Hayakawa Mystery
SF=Science Fiction
JA=Japanese Author
NV=Novel
NF=Nonfiction
FT=Fantasy

# 処刑台《しよけいだい》広場《ひろば》の女《おんな》

〈HM509-1〉

二〇二三年八月二十五日　発行
二〇二四年七月二十五日　三刷

（定価はカバーに表示してあります）

著者　マーティン・エドワーズ
訳者　加《か》賀《が》山《やま》卓《たく》朗《ろう》
発行者　早川　浩
発行所　株式会社 早川書房

郵便番号　一〇一 - 〇〇四六
東京都千代田区神田多町二ノ二
電話　〇三 - 三二五二 - 三一一一
振替　〇〇一六〇 - 三 - 四七七九九
https://www.hayakawa-online.co.jp

乱丁・落丁本は小社制作部宛お送り下さい。
送料小社負担にてお取りかえいたします。

印刷・株式会社亨有堂印刷所　製本・株式会社明光社
Printed and bound in Japan
ISBN978-4-15-185651-8 C0197



本書は活字が大きく読みやすい〈トールサイズ〉です。